ŒUVRES

DE

GEORGE SAND

MICHEL LÉVY FRÈRES, ÉDITEURS

ŒUVRES COMPLÈTES
DE
GEORGE SAND

FORMAT GRAND IN-18

Clichy. — Impr. M. LOIGNON, PAUL DUPONT et Cie, 12, rue du Bac-d'Asnières.

LUCREZIA

FLORIANI

— LAVINIA —

PAR

GEORGE SAND

NOUVELLE ÉDITION

PARIS

MICHEL LÉVY FRÈRES, ÉDITEURS

RUE VIVIENNE, 2 BIS, ET BOULEVARD DES ITALIENS, 15

A LA LIBRAIRIE NOUVELLE

—

1869

NOTICE

Je n'ai point à dire ici sous l'empire de quelles idées littéraires j'ai écrit ce roman, puisqu'il est accompagné d'une préface qui résume mes opinions d'alors, et que ces opinions n'ont pas changé. Mais je tiens à bien dire ce que j'ai seulement indiqué dans cette préface à l'égard des productions contemporaines dont j'ai critiqué la forme et rejeté l'exemple.

Ce n'est point par fausse modestie, encore moins par pusillanimité de caractère, que je déclare aimer beaucoup les événements romanesques, l'imprévu, l'intrigue, l'*action* dans le roman. Pour le roman comme pour le théâtre, je voudrais que l'on trouvât le moyen d'allier le mouvement dramatique à l'analyse vraie des caractères et des sentiments humains. Sans vouloir faire ici la critique ni l'éloge de personne, je dis que ce problème n'est encore résolu d'une manière générale et absolue, ni pour le roman, ni pour le théâtre. Depuis vingt ans, on flotte entre les deux extrêmes, et, pour ma part, aimant les émotions fortes dans la fiction, j'ai marché cependant dans l'extrême opposé, non point tant par goût que par conscience, parce que je voyais ce côté négligé et abandonné par la mode. J'ai fait tous mes efforts, sans m'exagérer leur faiblesse ni leur importance, pour retenir la littérature de mon temps dans un chemin praticable entre le lac paisible et le torrent fougueux. Mon instinct m'eût poussé vers les abîmes, je le sens encore à l'intérêt et à l'avidité irréfléchie avec lesquels mes yeux et mes oreilles cherchent le drame ; mais quand je me retrouve avec ma pensée apai-

1

sée et rassasiée, je fais comme tous les lecteurs, comme tous les spectateurs, je reviens sur ce que j'ai vu et entendu, et je me demande le pourquoi et le comment de l'action qui m'a ému et emporté. Je m'aperçois alors des brusques invraisemblances ou des mauvaises raisons de ces faits que le torrent de l'imagination a poussés devant lui, au mépris des obstacles de la raison ou de la vérité morale, et de là le mouvement rétrograde qui me repousse, comme tant d'autres, vers le lac uni et monotone de l'analyse.

Pourtant, je ne voudrais pas voir la génération à laquelle j'appartiens s'oublier trop longtemps sur ces eaux dormantes et méconnaître le progrès qui l'appelle sans cesse vers des horizons nouveaux. *Lucrezia Floriani*, ce livre tout d'analyse et de méditation, n'est donc qu'une protestation relative contre l'abus de ces formes à la mode d'alors, véritables machines à surprises, dont il me semblait voir le public confondre avec peu de discernement les qualités et les défauts.

Dirai-je maintenant un mot sur mon œuvre même, non pas quant à la forme, qui a tous les défauts (acceptés d'avance) que mon plan comportait, mais quant au fond, cette inaliénable question de liberté intellectuelle que chaque lecteur s'est toujours arrogé et s'arrogera toujours le droit de contester? Je ne demande pas mieux. Victor Hugo, déniant au public, dans la préface des *Orientales*, le droit d'adresser au poëte son insolent *pourquoi*, et décrétant qu'en fait de choix dans le sujet, l'auteur ne relevait que de lui-même, avait certainement raison devant la puissance surhumaine qui envoie au poëte l'inspiration, sans consulter le goût, les habitudes ou les opinions du siècle. Mais le public ne se rend pas à de si hautes considérations; il va son train, et continue à dire aux grands comme aux petits : Pourquoi nous ser-

vez-vous ce mets? De quoi se compose-t-il? Où l'avez-
vous pris? Avec quoi est-il assaisonné? etc., etc.

De telles questions sont assez oiseuses, et surtout elles
sont embarrasantes; car cet instinct qui porte un écrivain à choisir aujourd'hui tel ou tel sujet qui ne l'eût
peut-être pas frappé hier, est insaisissable de sa nature.
Et si l'on y répondait ingénument, le public serait-il
beaucoup plus avancé?

Si je vous disais, par exemple, ce qu'un très-grand
poëte me disait un jour, sans aucune affectation, et même
avec une naïveté enjouée : à toute heure, mille sujets
flottent et se succèdent dans ma cervelle : tous me plai-
sent un instant, mais je ne m'y arrête point, sachant que
celui que je suis capable de traiter *m'empoignera* d'une
manière toute particulière et me fera sentir son autorité
sur ma volonté par des signes irrécusables? — Quels
sont-ils? lui demandai-je, vivement intéressé. — Une
sorte d'éblouissement, me répondit-il, et un battement
de cœur comme si j'allais m'évanouir. Quand une pensée,
une image, un fait quelconque, traversent mon esprit en
agitant ainsi mon être physique, quelque vague qu'ils
soient, je me sens averti par cette sorte de vertige, d'a-
voir à m'y arrêter afin d'y chercher mon poëme.

Eh bien, qu'auriez-vous à répondre à ce poëte? Eût-il
mieux fait de vous consulter, que d'écouter cette voix
intérieure qui le sommait de lui obéir?

Dans un ordre d'idées et de productions moins éle-
vées, il y a un attrait mystérieux que je n'aurai pas,
quant à moi, l'orgueil d'appeler *l'inspiration*, mais que
je subis sans vouloir m'en défendre quand il se présente.
Les gens qui ne font pas d'ouvrages d'imagination croient
que cela ne se fait qu'avec des souvenirs, et vous demandent toujours : « Qui donc avez-vous voulu peindre? »
Ils se trompent beaucoup s'ils croient qu'il soit possible

de faire d'un personnage réel un type de roman, même
dans un roman aussi peu romanesque que celui de Lucrezia Floriani. Il faudrait toujours tellement aider à la
réalité de cet être, pour le rendre logique et soutenu,
dans un fait fictif, ne fût-ce que pendant vingt pages,
qu'à la vingt et unième vous seriez déjà sorti de la ressemblance, et à la trentième, le type que vous auriez
prétendu retracer aurait entièrement disparu. Ce qui est
possible à faire, c'est l'analyse d'un sentiment. Pour qu'il
ait un sens à l'intelligence, en passant à travers le prisme
des imaginations, il faut donc créer les personnages pour
le sentiment qu'on veut décrire, et non le sentiment pour
les personnages.

Du moins c'est là mon procédé, et je n'en ai jamais pu
trouver d'autre. Cent fois, on m'a proposé des *sujets* à
traiter. On me racontait une histoire intéressante, on me
décrivait les héros, on me les montrait même. Jamais il
ne m'a été possible de faire usage de ces précieux maté-
riaux. J'étais de suite frappé d'une chose que tous, vous
avez dû observer plus d'une fois. C'est qu'il y a un désaccord apparent, inexplicable, mais très-complet, entre
la conduite des personnes dans les circonstances romanesques de la vie, et le caractère, les habitudes, l'extérieur de ces personnes mêmes. De là, ce premier mouvement qui nous fait dire à tous, à l'aspect d'une personne
dont les œuvres ou les actions ont frappé notre esprit :
Je ne me la figurais pas comme cela !

D'où vient? Je ne sais, ni vous non plus, lecteurs amis.
Mais, c'est ainsi, et nous pourrons le chercher ensemble
quand nous en aurons le temps. Quant à présent, pour
abréger cet avant-propos déjà trop long, je n'ai qu'un
mot à répondre à vos questions accoutumées. Examinez
si la peinture de la passion qui fait le sujet de ce livre a
quelque vérité, quelque profondeur, je ne dirai pas

quelque enseignement, c'est à vous de trouver les con-
clusions, et tout l'office de l'écrivain consiste à vous faire
réfléchir. Quant aux deux types sacrifiés (tous deux) à
cette passion terrible, refaites-les mieux en vous-mêmes
si la fantaisie de l'auteur les a mal appropriés au genre
d'exemple qu'ils devaient fournir.

GEORGE SAND.

Nohant, 16 janvier 1853.

AVANT-PROPOS

Mon cher lecteur (c'est la vieille formule et c'est la seule bonne), je viens t'apporter un nouvel essai dont la forme est renouvelée des Grecs tout au moins, et qui te plaira peut-être médiocrement. Le temps n'est plus où

> . . . A genoux dans une humble préface,
> Un auteur au public semblait demander grâce.

On s'est beaucoup corrigé de cette fausse modestie depuis que Boileau l'a signalée au mépris des grands hommes. Aujourd'hui, on procède tout à fait cavalièrement, et si l'on fait une préface, on y prouve au lecteur consterné qu'il doit lire chapeau bas, admirer et se taire.

On fait fort bien d'agir ainsi avec toi, lecteur bénévole, puisque cela réussit. Tu n'en es pas moins satisfait, parce que tu sais fort bien que l'auteur n'est pas si mauvaise tête qu'il veut bien le paraître, que c'est un genre, une mode, une manière de porter le costume de son rôle, et qu'au fond, il va te donner ce qu'il a de plus fort et te servir selon ton goût.

Or, tu as souvent fort mauvais goût, mon bon lecteur. Depuis que tu n'es plus Français, tu aimes tout ce qui est contraire à l'esprit français, à la logique française, aux vieilles habitudes de la langue et de la déduction claire et simple des faits et des caractères. Il faut, pour te plaire, qu'un auteur soit à la fois aussi dramatique que Shakspeare, aussi romantique que Byron, aussi fantastique qu'Hoffmann, aussi effrayant que Lewis et Anne

Radcliffe, aussi héroïque que Calderon et tout le théâtre espagnol; et, s'il se contente d'imiter seulement un de ces modèles, tu trouves que c'est bien pauvre de couleur.

Il est résulté de tes appétits désordonnés, que l'école du roman s'est précipitée dans un tissu d'horreurs, de meurtres, de trahisons, de surprises, de terreurs, de passions bizarres, d'événements stupéfiants; enfin, dans un mouvement à donner le vertige aux bonnes gens qui n'ont pas le pied assez sûr ni le coup d'œil assez prompt pour marcher de ce train-là.

Voilà donc ce que l'on fait pour te plaire, et si tu as reçu quelques soufflets pour la forme, c'était une manière de fixer ton attention, afin de te combler ensuite des satisfactions auxquelles tu aspires. Ainsi, je dis que jamais public ne fut plus caressé, plus adulé, plus gâté que tu ne l'es, par le temps qui court et les œuvres qui pleuvent.

Tu as pardonné tant d'impertinences, que tu m'en passeras bien une petite; c'est de te dire que tu détériores ton estomac à manger tant d'épices, que tu uses tes émotions et que tu épuises tes romanciers. Tu les forces à un abus de moyens et à des fatigues d'imagination après lesquelles rien ne sera plus possible, à moins qu'on n'invente une nouvelle langue et qu'on ne découvre une nouvelle race d'hommes. Tu ne permets plus au talent de se ménager, et il se prodigue. Un de ces matins, il aura tout dit et sera forcé de se répéter. Cela t'ennuiera, et, ingrat envers tes amis comme tu l'as toujours été, et comme tu le seras toujours, tu oublieras les prodiges d'imagination et de fécondité qu'ils ont faits pour toi et les plaisirs qu'ils t'ont donnés.

Puisqu'il en est ainsi, sauve qui peut! Demain, le mouvement rétrograde va se faire, la réaction va commencer. Mes confrères sont sur les dents, je parie, et vont se coaliser pour demander un autre genre de travail, et des salaires moins péniblement achetés. Je sens venir cet orage dans l'air qui se plombe et s'alourdit, et je commence prudemment par tourner le dos au mouvement de rotation délirante qu'il t'a plu d'imprimer à la littérature. Je m'assieds au bord du chemin et je regarde passer les brigands, les traîtres, les fossoyeurs, les étrangleurs, les écorcheurs, les empoisonneurs, les cavaliers armés jusqu'aux dents, les femmes échevelées, toute la troupe sanglante et furibonde du drame moderne. Je les vois, emportant leurs poignards, leurs couronnes, leurs guenilles de mendiants, leurs manteaux de pourpre, t'envoyant des malédictions et cherchant d'autres emplois dans le monde que ceux de chevaux de course.

Mais comment vais-je m'y prendre, moi, pauvre diable, qui n'avais jamais cherché ni réussi à faire d'innovation dans la forme, pour ne pas être emporté dans ce tourbillon, et pour ne pas me trouver, cependant, trop en retard, quand la mode nouvelle, encore inconnue, mais imminente, va lever la tête?

Je vais me reposer d'abord et faire un petit travail tranquille, après quoi nous verrons bien! Si la nouvelle mode est bonne, nous la suivrons. Mais celle du jour est trop fantasque, trop riche; je suis trop vieux pour m'y mettre, et mes moyens ne me le permettent pas. Je vais continuer à porter les habits de mon grand-père; ils sont commodes, simples et solides.

Ainsi, lecteur, pour procéder à la française, comme nos bons aïeux, je te préviens que je retrancherai du récit que je vais avoir l'honneur de te présenter, l'élément principal, l'épice la plus forte qui ait cours sur la place : c'est-à-dire l'imprévu, la surprise. Au lieu de te conduire d'étonnements en étonnements, de te faire tomber à chaque chapitre de fièvre en chaud mal, je te mè-

nerai pas à pas par un petit chemin tout droit, en te faisant regarder devant toi, derrière toi, à droite, à gauche,
les buissons du fossé, les nuages de l'horizon, tout ce qui
s'offrira à ta vue, dans les plaines tranquilles que nous
aurons à parcourir. Si, par hasard, il se présente un ravin, je te dirai : « Prends garde, il y a ici un ravin ; »
si c'est un torrent, je t'aiderai à passer ce torrent ; je ne
t'y pousserai pas la tête la première, pour me donner le
plaisir de dire aux autres : « Voilà un lecteur bien at-
trapé, » et pour celui de t'entendre crier : « Ouf ! je me
suis cassé le cou, je ne m'y attendais guère ; cet auteur-
là m'a joué un bon tour. »

Enfin, je ne me moquerai pas de toi ; je crois qu'il
est impossible d'avoir de meilleurs procédés... Et pourtant, il est fort probable que tu m'accuseras d'être le
plus insolent et le plus présomptueux de tous les romanciers, que tu te fâcheras à moitié chemin, et que tu refu-
seras de me suivre.

A ton aise ! Va où ton penchant te pousse. Je ne suis
pas irrité contre ceux qui te captivent en faisant le contraire de ce que je veux faire. Je n'ai pas de haine contre
la mode. Toute mode est bonne tant qu'elle dure et qu'elle
est bien portée ; il n'est possible de la juger que quand
son règne est fini. Elle a le droit divin pour elle ; elle est
fille du génie des temps : mais le monde est si grand qu'il
y a place pour tous, et les libertés dont nous jouissons s'é-
tendent bien jusqu'à nous permettre de faire un mauvais
roman.

LUCREZIA FLORIANI

I.

Le jeune prince Karol de Roswald venait de perdre sa mère lorsqu'il fit connaissance avec la Floriani.

Il était plongé encore dans une tristesse profonde, et rien ne pouvait le distraire. La princesse de Roswald avait été pour lui une mère tendre et parfaite. Elle avait prodigué à son enfance débile et souffreteuse les soins les plus assidus et le dévouement le plus entier. Elevé sous les yeux de cette digne et noble femme, le jeune homme n'avait eu qu'une passion réelle dans toute sa vie : l'amour filial. Cet amour réciproque du fils et de la mère les avait rendus exclusifs, et peut-être un peu trop absolus dans leur manière de voir et de sentir. La princesse était d'un esprit supérieur et d'une grande instruction, il est vrai; son entretien et ses enseignements semblaient pouvoir tenir lieu de tout au jeune Karol. La frêle santé de celui-ci s'était opposée à ces études classiques, pénibles, sèchement tenaces, qui ne valent pas toujours par elles-mêmes les leçons d'une mère éclairée, mais qui ont cet avantage indispensable de nous apprendre à travailler, parce qu'elles sont comme la clef de la science de la vie. La princesse de Roswald ayant écarté les pédagogues et les livres, par ordonnance des médecins, s'était attachée à former l'esprit et le cœur de son fils, par sa conversation, par ses récits, par une sorte d'*insufflation* de son être moral, que le jeune homme avait aspirée avec délices. Il était donc arrivé à savoir beaucoup sans avoir rien appris.

Mais rien ne remplace l'expérience ; et le soufflet que, dans mon enfance, on donnait encore aux marmots pour leur graver dans la mémoire le souvenir d'une grande émotion, d'un fait historique, d'un crime célèbre, ou de tout autre *exemple* à suivre ou à éviter, n'était pas chose si niaise que cela nous paraît aujourd'hui. Nous ne donnons plus ce soufflet à nos enfants ; mais ils vont le chercher ailleurs, et la lourde main de l'expérience l'applique plus rudement que ne ferait la nôtre.

Le jeune Karol de Roswald connut donc le monde et la vie de bonne heure, de trop bonne heure peut-être, mais par la théorie et non par la pratique. Dans le louable dessein d'élever son âme, sa mère ne laissa approcher de lui que des personnes distinguées, dont les préceptes et l'exemple devaient lui être salutaires. Il sut bien que *dehors* il y avait des méchants et des fous, mais il n'apprit qu'à les éviter, nullement à les connaître. On lui enseigna bien à secourir les malheureux ; les portes du palais où s'écoula son enfance étaient toujours ouvertes aux nécessiteux ; mais, tout en les assistant, il s'habitua à mépriser la cause de leur détresse et à regarder cette plaie comme irrémédiable dans l'humanité. Le désordre, la paresse, l'ignorance ou le manque de jugement, sources fatales d'égarement et de misère, lui parurent, avec raison, incurables chez les individus. On ne lui apprit point à croire que les masses doivent et peuvent insensiblement s'en affranchir, et qu'en prenant l'humanité corps à corps, en discutant avec elle, en la gourmandant, et la caressant tour à tour, comme un enfant qu'on aime, en lui pardonnant beaucoup de rechutes pour en obtenir quelques progrès, on fait plus pour elle qu'en jetant à ses membres perclus ou gangrenés le secours restreint de la compassion.

- Il n'en fut pas ainsi. Karol apprit que l'aumône était un devoir ; et c'en est un à remplir sans doute, tant que, par l'arrangement social, l'aumône sera nécessaire. Mais ce n'est qu'un des devoirs que l'amour de notre immense famille humaine nous impose. Il y en a bien d'autres, et le principal n'est pas de plaindre, c'est d'aimer. Il embrassa avec ardeur la maxime qu'il fallait haïr le mal ; mais il s'attacha à la lettre, qu'il faut plaindre ceux qui le font ; et, encore une fois, *plaindre* n'est pas assez. Il faut *aimer* surtout, pour être juste et pour ne pas désespérer de l'avenir. Il faut n'être pas trop délicat pour soi-même, et ne pas s'endormir dans le sybaritisme d'une conscience pure et satisfaite d'elle-même. Il était assez généreux, ce bon jeune homme, pour ne pas jouir sans remords de son luxe, en songeant que la plupart des hommes manquent du nécessaire ; mais il n'appliquait pas cette commisération à la misère morale de ses semblables. Il n'avait pas assez de lumière dans la pensée pour se dire que la perversité humaine rejaillit sur ceux qui en sont exempts, et que faire la guerre au mal général est le premier devoir de ceux qui n'en sont pas atteints.

Il voyait, d'un côté, l'aristocratie morale, la distinction de l'intelligence, la pureté des mœurs, la noblesse des instincts, et il se disait : « Soyons avec ceux-là. » De l'autre, il voyait l'abrutissement, la bassesse, la folie, la débauche, et il ne se disait pas : « Allons à ceux-ci pour les ramener, s'il est possible. » — Non ! lui avait-on appris à dire, ils sont perdus ! Donnons-leur du pain et des vêtements, mais ne compromettons pas notre âme au contact de la leur. Ils sont endurcis et souillés, abandonnons leur esprit à la clémence de Dieu. »

Cette habitude de se préserver devient, à la longue, une sorte d'égoïsme, et il y avait un peu de cette sécheresse au fond du cœur de la princesse. Il y en avait chez elle pour son fils encore plus que pour elle-même. Elle l'isolait avec art des jeunes gens de son âge, dès qu'elle les soupçonnait de folie ou seulement de légèreté. Elle craignait pour lui ce frottement avec des natures différentes de la sienne ; et c'est pourtant ce contact qui nous rend hommes, qui nous donne de la force, et qui fait qu'au lieu d'être entraînés à la première occasion, nous pouvons résister à l'exemple du mal et garder de l'influence pour faire prévaloir celui du bien.

Sans être d'une dévotion étroite et farouche, la princesse était d'une piété assez rigide. Catholique sincère et fidèle, elle voyait bien les abus, mais elle n'y savait pas d'autre remède que de les tolérer en faveur de la grande cause de l'Église. « Le pape peut s'égarer, disait-elle, c'est un homme ; mais la papauté ne peut faillir : c'est une institution divine. » Dès lors, les idées de progrès n'entraient point facilement dans sa tête, et son fils apprit de bonne heure à les révoquer en doute et à ne point espérer que le salut du genre humain pût s'accomplir sur la terre. Sans être aussi régulier que sa mère dans les pratiques religieuses (car en dépit de tout, au temps où nous sommes, la jeunesse se dégage vite de tels liens), il resta dans cette doctrine qui sauve les hommes de bonne volonté et ne sait pas briser la mauvaise volonté des autres ; qui se contente de quelques *élus* et se résigne à voir les nombreux *appelés* tomber dans la géhenne du mal éternel : triste et lugubre croyance qui s'accorde parfaitement avec les idées de la noblesse et les priviléges de la fortune. Au ciel comme sur la terre, le paradis pour quelques-uns, l'enfer pour le plus grand nombre. La gloire, le bonheur et les récompenses pour les excep-

tions : la honte, l'abjection et le châtiment pour presque
tous.

Les âmes naturellement bonnes et généreuses, qui
tombent dans cette erreur, en sont punies par une éternelle tristesse. Il n'appartient qu'aux insensibles ou aux
stupides d'en prendre leur parti. La princesse de Roswald souffrait de ce fatalisme catholique, dont elle ne
pouvait secouer les arrêts farouches. Elle avait pris une
habitude de gravité solennelle et sentencieuse qu'elle
communiqua peu à peu à son fils, pour le fond sinon
pour la forme. Le jeune Karól ne connut donc point la
gaieté, l'abandon, la confiance aveugle et salutaire de
l'enfance. A vrai dire, il n'eut point d'enfance : ses pensées tournèrent à la mélancolie, et lors même que vint
l'âge d'être romanesque, ce ne furent que des romans
sombres et douloureux qui remplirent son imagination.

Et malgré cette fausse route que suivait l'esprit de
Karol, c'était une adorable nature d'esprit que la sienne.
Doux, sensible, exquis en toutes choses, il avait à quinze
ans toutes les grâces de l'adolescence réunies à la gravité de l'âge mûr. Il resta délicat de corps comme d'esprit. Mais cette absence de développement musculaire lui
valut de conserver une beauté charmante, une physionomie exceptionnelle qui n'avait, pour ainsi dire, ni âge
ni sexe. Ce n'était point l'air mâle et hardi d'un descen-
dant de cette race d'antiques magnats, qui ne savaient
que boire, chasser et guerroyer ; ce n'était point non plus
la gentillesse efféminée d'un chérubin couleur de rose.
C'était quelque chose comme ces créatures idéales, que
la poésie du moyen âge faisait servir à l'ornement des
temples chrétiens ; un ange, beau de visage, comme une
grande femme triste, pur et svelte de forme comme un
jeune dieu de l'Olympe, et pour couronner cet assem-

blage, une expression à la fois tendre et sévère, chaste et passionnée.

C'était là le fond de son être. Rien n'était plus pur et plus exalté en même temps que ses pensées ; rien n'était plus tenace, plus exclusif et plus minutieusement dévoué que ses affections. Si l'on eût pu oublier l'existence du genre humain, et croire qu'il s'était concentré et personnifié dans un seul être, c'est lui qu'on aurait adoré sur les ruines du monde. Mais cet être n'avait pas assez de relations avec ses semblables. Il ne comprenait que ce qui était identique à lui-même, sa mère, dont il était un reflet pur et brillant ; Dieu, dont il se faisait une idée étrange, appropriée à sa nature d'esprit ; et enfin une chimère de femme qu'il créait à son image, et qu'il aimait dans l'avenir sans la connaître.

Le reste n'existait pour lui que comme une sorte de rêve fâcheux auquel il essayait de se soustraire en vivant seul au milieu du monde. Toujours perdu dans ses rêveries, il n'avait point le sens de la réalité. Enfant, il ne pouvait toucher à un instrument tranchant sans se blesser ; homme, il ne pouvait se trouver en face d'un homme différent de lui, sans se heurter douloureusement contre cette contradiction vivante.

Ce qui le préservait d'un antagonisme perpétuel, c'était l'habitude volontaire et bientôt invétérée de ne point voir et de ne pas entendre ce qui lui déplaisait en général, sans toucher à ses affections personnelles. Les êtres qui ne pensaient pas comme lui devenaient à ses yeux comme des espèces de fantômes, et, comme il était d'une politesse charmante, on pouvait prendre pour une bienveillance courtoise ce qui n'était chez lui qu'un froid dédain, voire une aversion insurmontable.

Il est fort étrange qu'avec un semblable caractère le jeune prince pût avoir des amis. Il en avait pourtant,

non-seulement ceux de sa mère, qui estimaient en lui le
digne fils d'une noble femme, mais encore des jeunes
gens de son âge, qui l'aimaient ardemment, et qui se
croyaient aimés de lui. Lui-même pensait les aimer beaucoup, mais c'était avec l'imagination plutôt qu'avec le
cœur. Il se faisait une haute idée de l'amitié, et, dans
l'âge des premières illusions, il croyait volontiers que ses
amis et lui, élevés à peu près de la même manière et
dans les mêmes principes, ne changeraient jamais d'opinion et ne viendraient point à se trouver en désaccord
formel.

Cela arriva pourtant, et, à vingt-quatre ans, qu'il avait
lorsque sa mère mourut, il s'était dégoûté déjà de presque tous. Un seul lui resta très-fidèle. C'était un jeune
Italien, un peu plus âgé que lui, d'une noble figure et
d'un grand cœur; ardent, enthousiaste; fort différent,
à tous autres égards, de Karol, il avait du moins avec lui
ce rapport qu'il aimait avec passion la beauté dans les
arts, et qu'il professait le culte de la loyauté chevaleresque. Ce fut lui qui l'arracha de la tombe de sa mère,
et qui, l'entraînant sous le ciel vivifiant de l'Italie, le
conduisit pour la première fois chez la Floriani.

II.

Mais qu'est-ce donc que la Floriani, deux fois nommée
au chapitre précédent, sans que nous ayons fait un pas
vers elle?

Patience, ami lecteur. Je m'aperçois, au moment de
frapper à la porte de mon héroïne, que je ne vous ai pas
assez fait connaître mon héros, et qu'il me reste encore
certaines longueurs à vous faire agréer.

Il n'y a rien de plus impérieux et de plus pressé qu'un
lecteur de romans; mais je ne m'en soucie guère. J'ai

2.

à vous révéler un homme tout entier, c'est-à-dire un
monde, un océan sans bornes de contradictions, de diver-
sités, de misères et de grandeurs, de logique et d'incon-
séquences, et vous voulez qu'un petit chapitre me suf-
fise ! Oh ! non pas, je ne saurais m'en tirer sans entrer
dans quelques détails, et je prendrai mon temps. Si cela
vous fatigue, passez, et si, plus tard, vous ne comprenez rien à sa conduite, ce sera votre faute et non la
mienne.

L'homme que je vous présente est *lui* et non un autre.
Je ne puis vous le faire comprendre en vous disant qu'il
était jeune, beau, bien fait et de belles manières. Tous
les jeunes premiers de romans sont ainsi, et le mien est
un être que je connais dans ma pensée, puisque, réel ou
fictif, j'essaie de le peindre. Il a un caractère très-déter-
miné, et l'on ne peut pas appliquer aux instincts d'un
homme les mots sacramentels qu'emploient les natura-
listes pour désigner le parfum d'une plante ou d'un
minéral, en disant que ce corps exhale une odeur *sui
generis.*

Ce *sui generis* n'explique rien, et je prétends que le
prince Karol de Roswald avait un caractère *sui generis*
qu'il est possible d'expliquer.

Il était extérieurement si affectueux, par suite de sa
bonne éducation et de sa grâce naturelle, qu'il avait le
don de plaire, même à ceux qui ne le connaissaient pas.
Sa ravissante figure prévenait en sa faveur ; la faiblesse
de sa constitution le rendait intéressant aux yeux des
femmes ; la culture abondante et facile de son esprit, l'o-
riginalité douce et flatteuse de sa conversation, lui ga-
gnaient l'attention des hommes éclairés. Quant à ceux
d'une trempe moins fine, ils aimaient son exquise politesse, et ils y étaient d'autant plus sensibles, qu'ils ne
concevaient pas, dans leur franche bonhomie, que ce fût

l'exercice d'un devoir, et que la sympathie y entrât pour rien.

Ceux-là, s'ils eussent pu le pénétrer, auraient dit qu'il était plus aimable qu'aimant; et, en ce qui les concernait, c'eût été vrai. Mais comment eussent-ils deviné cela, lorsque ses rares attachements étaient si vifs, si profonds et si peu récusables?

Ainsi donc, on l'aimait toujours, sinon avec la certitude, du moins avec l'espoir d'être payé de quelque retour. Ses jeunes compagnons, le voyant faible et paresseux dans les exercices du corps, ne songeaient pas à dédaigner cette nature un peu infirme, parce que Karol ne s'en faisait point accroire sous ce rapport. Lorsque, s'asseyant doucement sur l'herbe, au milieu de leurs jeux, il leur disait avec un triste sourire : « Amusez-vous, chers compagnons; je ne puis ni lutter, ni courir; vous viendrez vous reposer près de moi »; comme la force est naturellement protectrice de la faiblesse, il arrivait que, parfois, les plus robustes renonçaient généreusement à leur ardente gymnastique, et venaient lui faire compagnie.

Parmi tous ceux qui étaient charmés et comme fascinés par la couleur poétique de ses pensées et la grâce de son esprit, Salvator Albani fut toujours le plus assidu. Ce bon jeune homme était la franchise même; et, pourtant, Karol exerçait sur lui un tel empire qu'il n'osait jamais le contredire ouvertement, lors même qu'il remarquait de l'exagération dans ses principes et de la bizarrerie dans ses habitudes. Il craignait de lui déplaire et de le voir se refroidir à son égard, comme cela était arrivé pour tant d'autres. Il le soignait comme un enfant, lorsque Karol, plus nerveux et impressionnable que réellement malade, se retirait dans sa chambre pour dérober aux yeux de sa mère son malaise, dont elle se tourmen-

tait trop. Salvator Albani était donc devenu nécessaire
au jeune prince. Il le sentait, et lorsqu'une ardente jeunesse le sollicitait de se distraire ailleurs, il sacrifiait ses
plaisirs ou il les cachait avec une généreuse hypocrisie,
se disant à lui-même que si Karol venait à ne plus l'aimer, il ne souffrirait plus ses soins, et tomberait dans
une solitude volontaire et funeste. Ainsi Salvator aimait
Karol pour le besoin que ce dernier avait de lui, et il se
faisait, par une étrange miséricorde, le complaisant de
ses théories opiniâtres et sublimes. Il admirait avec lui le
stoïcisme, et, au fond, il était ce qu'on appelle un épi-
curien. Fatigué d'une folie de la veille, il lisait à son chevet un livre ascétique. Il s'enthousiasmait naïvement à la
peinture de l'amour unique, exclusif, sans défaillance et
sans bornes, qui devait remplir la vie de son jeune ami.
Il trouvait réellement cela superbe, et pourtant il ne pouvait se passer d'intrigues amoureuses, et il lui cachait le
chiffre de ses aventures.

Cette innocente dissimulation ne pouvait durer qu'un
certain temps, et peu à peu Karol découvrit avec douleur que son ami n'était pas un saint. Mais lorsque arriva
cette épreuve redoutable, Salvator lui était devenu si nécessaire, et il avait été forcé de lui reconnaître tant d'é-
minentes qualités de cœur et d'esprit, qu'il lui fallut bien
continuer à l'aimer ; beaucoup moins, à la vérité, qu'auparavant, mais encore assez pour ne pouvoir se passer
de lui. Néanmoins il ne put jamais prendre son parti sur
ses escapades de jeunesse, et cette affection, au lieu d'être
un adoucissement à sa tristesse habituelle, devint douloureuse comme une blessure.

Salvator, qui redoutait la sévérité de la princesse de
Roswald encore plus que celle de Karol, lui cacha le plus
longtemps possible ce que Karol avait découvert avec
tant d'effroi. Une longue et douloureuse maladie à la-

quelle elle succomba, contribua aussi à la rendre moins
clairvoyante dans ses dernières années; et lorsque Karol
la vit froide sur son lit de mort, il tomba dans un tel accablement de désespoir, que Salvator reprit sur lui tout
son empire, et fut seul capable de le faire renoncer au
dessein de se laisser mourir.

C'était la seconde fois que Karol voyait la mort frapper à ses côtés l'objet de ses affections. Il avait aimé une
jeune personne qui lui était destinée. C'était l'unique roman de sa vie, et nous en parlerons en temps et lieu. Il
n'avait plus rien à aimer sur la terre que Salvator. Il
l'aima; mais toujours avec des restrictions, de la souffrance, et une sorte d'amertume, en songeant que son
ami n'était pas susceptible d'être aussi malheureux que
lui.

Six mois après cette dernière catastrophe, la plus sensible et la plus réelle des deux, à coup sûr, le prince de
Roswald parcourait l'Italie, en chaise de poste, emporté
malgré lui, dans un tourbillon de poussière embrasée,
par son courageux ami. Salvator avait besoin de plaisirs
et de gaieté; pourtant il sacrifia tout à celui qu'on appelait devant lui son enfant gâté. Quand on lui disait cela,
« dites mon enfant chéri, répondait-il; mais tout choyé
que Roswald ait été par sa mère et par moi, son cœur ni
son caractère ne se sont gâtés. Il n'est devenu ni exigeant,
ni despote, ni ingrat, ni maniaque. Il est sensible aux
moindres attentions, et reconnaissant plus qu'il ne faut
de mon dévouement. »

Cela était généreux à reconnaître, mais cela était vrai.
Karol n'avait point de petits défauts. Il en avait un seul,
grand, involontaire et funeste, l'intolérance de l'esprit.
Il ne dépendait pas de lui d'ouvrir ses entrailles à un sentiment de charité générale pour élargir son jugement à
l'endroit des choses humaines. Il était de ceux qui croient

que la vertu est de s'abstenir du mal, et qui ne comprennent pas ce que l'Évangile, qu'ils professent strictement d'ailleurs, a de plus sublime, cet amour du pécheur repentant qui fait éclater plus de joie au ciel que la persévérance de cent justes, cette confiance au retour de la brebis égarée; en un mot, cet esprit même de Jésus, qui ressort de toute sa doctrine et qui plane sur toutes ses paroles : à savoir que celui qui aime est plus grand, lors même qu'il s'égare, que celui qui va droit, par un chemin solitaire et froid.

Dans le détail de la vie, Karol était d'un commerce plein de charmes. Toutes les formes de la bienveillance prenaient chez lui une grâce inusitée, et quand il exprimait sa gratitude, c'était avec une émotion profonde qui payait l'amitié avec usure. Même dans sa douleur, qui semblait éternelle, et dont il ne voulait pas prévoir la fin, il portait un semblant de résignation, comme s'il eût cédé au désir que Salvator éprouvait de le conserver à la vie.

Par le fait, sa santé délicate n'était pas altérée profondément, et sa vie n'était menacée par aucune désorganisation sérieuse; mais l'habitude de languir et de ne jamais essayer ses forces, lui avait donné la croyance qu'il ne survivrait pas longtemps à sa mère. Il s'imaginait volontiers qu'il se sentait mourir chaque jour, et, dans cette pensée, il acceptait les soins de Salvator et lui cachait le peu de temps qu'il jugeait devoir en profiter. Il avait un grand courage extérieur, et s'il n'acceptait pas, avec l'insouciance héroïque de la jeunesse, l'idée d'une mort prochaine, il en caressait du moins l'attente avec une sorte d'amère volupté.

Dans cette persuasion, il se détachait chaque jour de l'humanité, dont il croyait déjà ne plus faire partie. Tout le mal d'ici-bas lui devenait étranger. Apparemment,

pensait-il, Dieu ne lui avait pas donné mission de s'en inquiéter et de le combattre, puisqu'il lui avait compté si
peu de jours à passer sur la terre. Il regardait cela comme
une faveur accordée aux vertus de sa mère, et, quand il
voyait la souffrance attachée comme un châtiment aux
vices des hommes, il remerciait le ciel de lui avoir donné
la souffrance sans la chute, comme une épreuve qui devait le purifier de toute la souillure du péché originel. Il
s'élançait alors en imagination vers l'autre vie, et se perdait dans des rêves mystérieux. Au fond de tout cela, il
y avait la synthèse du dogme catholique ; mais, dans les
détails, son cerveau de poëte se donnait carrière. Car il
faut bien le dire, si ses instincts et ses principes de conduite étaient absolus, ses croyances religieuses étaient
fort vagues ; et c'était là l'effet d'une éducation toute de
sentiment et d'inspiration, où le travail aride de l'examen, les droits de la raison et le fil conducteur de la logique n'étaient entrés pour rien.

Comme il n'avait suivi et approfondi par lui-même aucune étude, il s'était fait dans son esprit de grandes la-
cunes, que sa mère avait comblées, comme elle l'avait
pu, en invoquant la sagesse impénétrable de Dieu et
l'insuffisance de la lumière accordée aux hommes. C'était
encore là le catholicisme. Plus jeune et plus artiste que
sa mère, Karol avait idéalisé sa propre ignorance ; il avait
meublé, pour ainsi dire, ce vide effrayant avec des idées
romanesques ; des anges, des étoiles, un vol sublime à
travers l'espace, un lieu inconnu où son âme se repose-
rait à côté de celles de sa mère et de sa fiancée : voilà
pour le paradis. Quant à l'enfer, il n'y pouvait pas
croire ; mais, ne voulant pas le nier, il n'y songeait pas.
Il se sentait pur et plein de confiance pour son propre
compte. S'il lui avait fallu absolument dire où il reléguait
les âmes coupables, il eût placé leurs tourments dans les

flots agités de la mer, dans la tourmente des hautes ré-
gions, dans les bruits sinistres des nuits d'automne, dans
l'inquiétude éternelle. La poésie nuageuse et séduisante
d'Ossian avait passé par là, à côté du dogme romain.

La main ferme et franche de Salvator n'osait interroger
toutes les cordes de cet instrument subtil et compliqué.
Il ne se rendait donc pas bien compte de tout ce qu'il y
avait de fort et de faible, d'immense et d'incomplet, de
terrible et d'exquis, de tenace et de mobile dans cette
organisation exceptionnelle. Si, pour l'aimer, il lui eût
fallu le connaître à fond, il y eût renoncé bien vite: car
il faut toute la vie pour comprendre de tels êtres : et encore n'arrive-t-on qu'à constater, à force d'examen et de
patience, le mécanisme de leur vie intime. La cause de
leurs contradictions nous échappe toujours.

Un jour qu'ils allaient de Milan à Venise, ils se trouvèrent non loin d'un lac qui brillait au soleil couchant
comme un diamant dans la verdure.

— N'allons pas plus loin aujourd'hui, dit Salvator, qui
remarquait sur le visage de son jeune ami une fatigue
profonde. Nous faisons de trop longues journées, et nous
nous sommes épuisés hier, de corps et d'esprit, à admirer
le grand lac de Côme.

— Ah ! je ne le regrette pas, répondit Karol, c'est le
plus beau spectacle que j'aie vu de ma vie. Mais cou-
chons où tu voudras, peu m'importe.

— Cela dépend de l'état où tu te trouves. Pousserons-
nous jusqu'au prochain relais, ou bien ferons-nous un
petit détour pour aller jusqu'à Iseo, au bord du petit lac ?
Comment te sens-tu ?

— Vraiment, je n'en sais rien !

— Tu n'en sais jamais rien ! C'est désespérant !
Voyons, souffres-tu ?

— Je ne crois pas.

— Mais, tu es fatigué?

— Oui, mais pas plus que je ne le suis toujours.

— Alors, gagnons Iseo; l'air y sera plus doux que sur ces hauteurs.

Ils se dirigèrent donc vers le petit port d'Iseo. Il y avait eu une fête aux environs. Des charrettes, attelées de petits chevaux maigres et vigoureux, ramenaient les jeunes filles endimanchées, avec leur jolie coiffure de statues antiques, le chignon traversé par de longues épingles d'argent, et des fleurs naturelles dans les cheveux. Les hommes venaient à cheval, à âne ou à pied. Toute la route était couverte de cette population enjouée, de ces filles triomphantes, de ces hommes un peu excités par le vin et l'amour, qui échangeaient à pleine voix avec elles des rires et des propos fort joyeux, trop joyeux certainement pour les chastes oreilles du prince Karol.

En tout pays, le paysan qui ne se contraint pas et ne change pas sa manière naïve de dire, a de l'esprit et de l'originalité. Salvator, qui ne perdait pas un jeu de mots du dialecte, ne pouvait s'empêcher de sourire aux brusques saillies qui s'entre-croisaient sur le chemin, autour de lui, tandis que la chaise de poste descendait au pas une pente rapide inclinée vers le lac. Ces belles filles, dans leurs carrioles enrubanées, ces yeux noirs, ces fichus flottants, ces parfums de fleurs, les feux du couchant sur tout cela, et les paroles hardies prononcées avec des voix fraîches et retentissantes, le mettaient en belle humeur italienne. S'il eût été seul, il ne lui eût pas fallu beaucoup de temps pour prendre la bride d'un de ces petits chevaux, et pour se glisser dans la carriole la mieux garnie de jolies femmes. Mais la présence de son ami le forçait d'être grave, et, pour se distraire de ses tentations, il se mit à chantonner entre ses dents. Cet expédient ne lui réussit point, car il s'aperçut bientôt

3

qu'il répétait, malgré lui, un air de danse qu'il avait saisi au vol d'un essaim de villageoises qui le fredonnaient en souvenir de la fête.

III.

Salvator avait réussi à garder son sang-froid, jusqu'à ce qu'une grande brune, passant à cheval, non loin de la calèche, jambe de çà, jambe de là, lui montra avec un peu trop de confiance son muscle rebondi surmonté d'une jarretière élégante. Il lui fut impossible de retenir une exclamation et de ne pas pencher la tête hors de la voiture, pour suivre de l'œil cette jambe nerveuse et bien tournée.

— Est-elle donc tombée? lui dit le prince, apercevant sa préoccupation.

— Tombée, quoi? répondit le jeune fou; la jarretière?

— Quelle jarretière? Je parle de la femme qui passait à cheval. Que regardes-tu?

— Rien, rien, répliqua Salvator, qui n'avait pu s'empêcher de soulever son bonnet de voyage pour saluer cette jambe. Dans ce pays de courtoisie, il faudrait toujours avoir la tête nue. » Et il ajouta, en se rejetant au fond de la voiture : « C'est fort coquet, une jarretière rose vif bordée de bleu-lapis. »

Karol n'était point pédant en paroles; il ne fit aucune réflexion, et regarda le lac étincelant où brillaient, certes, de plus splendides couleurs que celles des jarretières de la villageoise.

Salvator comprit son silence et lui demanda, comme pour s'excuser à ses yeux, s'il n'était pas frappé de la beauté de la race humaine dans cette contrée.

— Oui, répondit Karol avec une intention complaisante : j'ai remarqué qu'il y avait par ici beaucoup de statuaire dans les formes. Mais tu sais que je ne m'y connais pas beaucoup.

— Je le nie ; tu comprends admirablement le beau, et je t'ai vu en extase devant des échantillons de la statuaire antique.

— Un instant ! il y a antique et antique ; j'aime le bel art pur, élégant, idéal du Parthénon. Mais je n'aime pas, ou du moins je ne comprends pas la lourde musculature de l'art romain et les formes accusées de la décadence. Ce pays-ci est tourné au matérialisme, la race s'en ressent. Cela ne m'intéresse point.

— Quoi ! franchement, la vue d'une belle femme ne charme pas tes regards, ne fût-ce qu'un instant... quand elle passe ?

— Tu sais bien que non. Pourquoi t'en étonner ? Moi, j'ai accepté ton admiration facile et banale pour toutes les femmes tant soit peu belles qui passent devant toi. Tu es pressé d'aimer, et cependant, celle qui doit s'emparer de ton être ne s'est pas encore présentée à tes regards. Elle existe, sans doute, celle que Dieu a créée pour toi ; elle t'attend, et toi tu la cherches. C'est ainsi que je m'explique tes amours insensées, tes brusques dégoûts, et toutes ces tortures de l'âme que tu appelles tes plaisirs. Mais, quant à moi, tu sais bien que j'avais rencontré la compagne de ma vie. Tu sais bien que je l'ai connue, tu sais bien que je l'aimerai toujours dans la tombe, comme je l'ai aimée sur la terre. Comme rien ne peut lui ressembler, comme personne ne me la rappellerait, je ne regarde pas, je ne cherche pas : je n'ai pas besoin d'admirer ce qui existe en dehors du type que je porte éternellement parfait, éternellement vivant dans ma pensée.

Salvator eut envie de contredire son ami ; mais il craignit de le voir s'animer sur un pareil sujet , et retrouver, pour la discussion, une force fébrile qu'il redoutait plus pour lui que la langueur de la fatigue. Il se contenta de lui demander s'il était bien sûr de ne jamais aimer une autre femme.

— Comme Dieu lui-même ne saurait créer un second être aussi parfait que celui qu'il m'avait destiné dans sa miséricorde infinie, il ne permettra pas que je m'égare jusqu'à tenter d'aimer une seconde fois.

— La vie est longue, pourtant ! dit Salvator d'un ton de doute involontaire, et ce n'est pas à vingt-quatre ans qu'on peut faire un pareil serment.

— On n'est pas toujours jeune à vingt-quatre ans ! répondit Karol. Puis il soupira et tomba dans le silence de la méditation. Salvator vit qu'il avait réveillé cette idée d'une mort prématurée, dont son ami se nourrissait comme d'un poison. Il feignit de ne pas le deviner sur ce point, et il essaya de le distraire en lui montrant la jolie vallée dont le lac occupe le fond.

Le petit lac d'Iseo n'a rien de grandiose dans son aspect , et ses abords sont doux et frais comme une églogue de Virgile. Entre les montagnes qui forment ses horizons et les rides molles et lentes que la brise trace sur ses bords, il y a une zone de charmantes prairies, littéralement émaillées des plus belles fleurs champêtres que produise la Lombardie. Des tapis de safran d'un rose pur jonchent ses rives, où l'orage ne pousse jamais avec fracas la vague irritée. De légères et rustiques embarcations glissent sur des ondes paisibles, où s'effeuillent les fleurs du pêcher et de l'amandier.

Au moment où les deux jeunes voyageurs descendirent de voiture, plusieurs bateaux levaient leurs amarres, et les habitants des paroisses riveraines, que leurs chevaux

et leurs charrettes avaient ramenés de la fête, s'élançaient, en riant et en chantant, sur ces esquifs qui devaient faire le tour du lac et descendre chaque groupe à
son domicile. On poussait les charrettes toutes chargées
d'enfants et de jeunes filles bruyantes sur les grosses
barques ; de jeunes couples sautaient sur les nacelles et
se défiaient *alla regata*. Suivant l'habitude de la loca-
lité, pour empêcher les chevaux, fumants de sueur,
de s'enrhumer durant la traversée, on les plongeait
préalablement dans les eaux glaciales de la plage, et ces
animaux courageux paraissaient prendre grand plaisir
à cette immersion.

Karol s'assit sur une souche au bord de l'eau, pour
contempler, non cette scène animée et pittoresque, mais
les vagues horizons bleuâtres de la chaîne Alpestre. Salvator était entré dans la *locanda* pour choisir les chambres.

Mais il revint bientôt avec une figure contrariée :
e gîte était abominable, brûlant, infect, encombré
d'ivrognes et d'animaux qui se querellaient. Il n'y avait
pas moyen de se reposer là des fatigues d'une journée de
voyage.

Le prince, quoiqu'il souffrît plus que personne de l'angoisse d'une mauvaise nuit, prenait ordinairement ces
sortes de contrariétés avec une insouciance stoïque. Cependant, cette fois, il dit à son jeune ami, avec un air
d'inquiétude étrange : « J'avais un pressentiment que
nous ferions mieux de ne pas venir coucher ici. »

— Un pressentiment à propos d'une mauvaise auberge? s'écria Salvator, que le fâcheux succès de son
idée irritait un peu contre lui-même et par conséquent
contre le prochain : ma foi, quand il s'agit d'éviter la
vermine d'une sale locanda et la puanteur d'une laide
cuisine, j'avoue que je n'ai point de ces subtiles percep-
tions et de ces avertissements mystérieux.

2.

— Ne te moque pas de moi, Salvator, reprit le prince avec douceur. Il ne s'agit point de ces puérilités-là, et tu sais fort bien que j'en prends mon parti mieux que toi-même.

— Eh ! c'est peut-être à cause de toi que je n'en prends pas mon parti !

— Je le sais, mon bon Salvator ; ne te tourmente donc pas, et partons !

— Comment, partons ! nous avons faim, et il y a là du moins des truites superbes qui sautent dans la friture. Je ne me laisse pas décourager si vite, soupons d'abord, faisons-nous servir là, en plein air, sous ces caroubiers. Et puis je courrai tout le village et je trouverai bien une maison un peu plus propre que l'auberge, une chambre pour toi, au moins ; fût-ce chez le médecin ou l'avocat de la contrée ! Il y a bien un curé, ici !

— Ami, tu ne veux pas me comprendre, tu t'occupes d'enfantillages... Tu sais que je n'ai pas de caprices, n'est-il pas vrai ? Eh bien ! une seule fois, pardonne-m'en un bizarre... Je me sens mal ici ; cet air m'inquiète, ce lac m'éblouit. Il y croît peut-être quelque herbe vénéneuse mortelle pour moi... Allons coucher ailleurs. J'ai un pressentiment sérieux que je ne devais pas venir ici. Quand les chevaux ont quitté la route de Venise et pris sur la gauche, il m'a semblé qu'ils résistaient : ne l'as-tu pas remarqué ? — Enfin, ne me crois pas atteint de folie, ne me regarde pas d'un air effrayé ; je suis calme, je suis résigné, si tu le veux, à de nouveaux malheurs... mais à quoi bon les braver, quand il est temps encore de les fuir ?

Salvator Albany était effrayé, en effet, du ton sérieux et pénétré avec lequel Karol disait ces paroles étranges. Comme il le croyait plus faible qu'il ne l'était réellement, il s'imagina qu'il allait tomber gravement malade, et qu'un secret malaise l'en avertissait. Mais il ne pensait pas que le lieu y fût pour quelque chose, lorsque la nature, la race humaine, le ciel et la végétation étaient luxuriants autour de lui. Il ne voulait pourtant pas heurter son caprice, mais il se demandait si un nouveau relais, fourni à jeun et après une longue journée, ne hâterait pas l'explosion du mal.

Le prince vit son hésitation et se rappela ce que le bon Salvator avait déjà oublié, c'est qu'il mourait de faim. Dès-lors, sacrifiant toute sa répugnance, et imposant silence à son imagination, il prétendit qu'il avait faim lui-même, et qu'avant de quitter Iseo, il fallait pourtant souper.

Cet accommodement rassura un peu Salvator. « S'il a faim, pensa-t-il, il n'est pas sous le coup d'une maladie imminente, et peut-être que cette pensée de détresse qui s'est emparée de lui est le résultat d'une faim excessive dont il ne se rendait pas compte, une sorte de défaillance morale et physique. Mangeons, et puis nous verrons! »

Le souper était meilleur que l'auberge ne semblait l'annoncer, et on le servit dans le jardin de l'hôtelier, sous une fraîche tonnelle, qui masquait un peu l'éclat du lac, et où Karol se sentit réellement plus calme. Grâce à la mobilité de son tempérament et de son humeur, il mangea avec plaisir et oublia l'inexplicable effroi qui l'avait saisi quelques instants auparavant.

Pendant que l'hôte leur servait le café, Salvator l'interrogea sur les habitants de la ville, et reconnut avec chagrin qu'il n'en connaissait pas un seul, et qu'il n'y avait guère moyen d'aller demander l'hospitalité dans une maison plus propre et plus paisible que la locanda.

— Ah! dit-il, en soupirant, j'ai eu une bien bonne amie, qui était de ce pays-ci, et qui m'en avait tant parlé que cela m'a peut-être influencé à mon insu, lorsque la fantaisie d'y venir coucher m'est venue. Mais je vois bien que ma pauvre Floriani en avait gardé un souvenir poétique tout à fait dénué de réalité. Il en est ainsi de tous nos souvenirs d'enfance.

— Sans doute que Votre Excellence, dit l'hôte, qui avait écouté les paroles de Salvator, veut parler de la fameuse Floriani, celle qui, de pauvre paysanne qu'elle était, est devenue riche et célèbre dans toute l'Italie?

— Vraiment oui, s'écria Salvator; vous l'avez peut-être connue autrefois ici, car je ne sache pas qu'elle soit revenue dans son pays depuis qu'elle l'a quitté toute jeune?

— Pardon, seigneurie. Elle est revenue il y a environ un an, et elle y est à cette heure. Sa famille lui a tout pardonné, et ils vivent très-bien ensemble maintenant... Tenez, là-bas, sur l'autre rive du lac, vous pouvez voir d'ici la chaumière où elle a été élevée, et la jolie villa qu'elle a achetée tout à côté. Cela ne fait plus qu'une seule dépendance avec le parc et les prairies. Oh! c'est une bonne propriété, et elle l'a payée à beaux deniers comptants, au vieux Ranieri, vous savez... l'avare? le père de celui qui l'avait enlevée, de son premier amant.

— Vous en savez ou vous en supposez plus long que moi sur les aventures de sa jeunesse, répondit Salvator; moi je ne sais d'elle qu'une chose : c'est qu'elle est la femme la plus intelligente, la meilleure et la plus digne que j'ai rencontrée. Vive Dieu! elle est donc ici? Ah! la bonne nouvelle! Nous sommes sauvés, Karol; nous allons lui demander asile, et si tu veux être aimable pour moi, tu feras connaissance, de bonne grâce, avec ma chère Floriani. Mais on ne sait pas à Milan qu'elle habite ce pays-ci! On m'a dit que je la trouverais à Venise ou aux environs...

— Oh! elle vit comme cachée, dit l'hôte, c'est sa fantaisie du moment. Cependant, on la connaît bien ici,
car elle fait du bien; elle est très-bonne, la signora!

— Eh vite, eh vite, une barque! s'écria Salvator, sautant de joie. Ah! l'agréable surprise! Et moi qui n'avais
pas l'heureux pressentiment de la retrouver ici!

Ce mot fit tressaillir Karol. — Les pressentiments,
dit-il, agissent sur nous à notre insu, et nous poussent
où ils veulent.

Mais le pétulant Albani ne l'écoutait pas. Il s'agitait, il
criait, il faisait approcher une barque, il y jetait une
valise, il recommandait la voiture et les paquets à son
domestique, qui devait rester à l'auberge d'Iseo, et il en-
traînait le jeune prince sur le plancher vacillant de la
nacelle.

Il était si pressé d'arriver, et la vivacité de son caractère dominait si fort, en cet instant, la contrainte qu'il
s'imposait souvent pour ne pas froisser la tristesse de
son ami, qu'il prit un aviron et rama lui-même avec le
batelier, chantant comme un oiseau, et menaçant, par
le déchaînement de sa gaieté impétueuse, de faire cha-
virer le bateau.

IV.

Ce ne fut qu'à la moitié du lac qu'il remarqua un redoublement de pâleur sur le visage de Karol. Il quitta le
gouvernail, et s'asseyant auprès de lui : — Cher prince,
lui dit-il, tu es mécontent de moi, je le crains! Tu n'aurais pas voulu faire cette nouvelle conaissance... mais
que veux-tu? en voyage, il faut bien un peu déroger à
ses habitudes. Je t'avais promis de ne pas te tourmenter à cet égard... J'ai tout oublié... j'étais si content!

— Je te pardonne tout, j'accepte tout, répondit le prince avec calme. L'amitié vit de sacrifices. Tu m'en as tant fait, que je t'en dois bien quelques-uns... Quoique pourtant... J'espérais que tu ne me mènerais jamais chez une femme de mauvaise vie !

— Tais-toi, tais-toi, s'écria Salvator en lui saisissant la main avec force ; ne te sers pas de ces mots qui froissent et qui blessent ! Si un autre que toi parlait d'elle ainsi...

— Pardonne-moi, reprit Karol ; je ne songeais pas qu'elle était..... qu'elle avait dû être ta maîtresse !

— Ma maîtresse, à moi ! repartit Salvator avec vivacité ; ah ! je l'aurais bien voulu ! mais elle en aimait un autre alors, et qui sait, d'ailleurs, si je lui aurais plu, quand même je l'aurais connue libre ? Non, Karol, je n'ai pas été son amant ; et, comme j'étais l'ami de celui qu'elle avait quand nous nous sommes connus (c'était un Foscari, un brave jeune homme !), comme je la savais loyale et fidèle, je n'ai jamais songé à la désirer. Oh ! si elle vivait seule aujourd'hui, comme on me l'a dit à Milan... et si elle voulait m'aimer !... Mais non ! Tiens, ne fronce pas le sourcil : je ne crois pas qu'il m'arrive de m'enflammer pour elle. Il y a bien longtemps que je ne l'ai vue. Elle n'est peut-être plus belle... Et d'ailleurs mon cœur et mes sens avaient pris l'habitude d'être calmes auprès d'elle. Mon imagination aurait un grand effort à faire pour passer de l'estime et du respect... Pourtant je ne suis pas hypocrite, je n'en voudrais pas jurer !... Quand l'amitié est immense, d'un homme à une femme... Mais probablement si elle vit seule, elle aime un absent. Il est impossible que cette généreuse créature vive sans amour ; et, alors, je n'aurai pas une mauvaise pensée auprès d'elle. Je ne voudrais pour rien au monde perdre son amitié !...

— D'après toutes ces tergiversations, dit le prince avec un sourire mélancolique, je vois que je risque de te perdre, et que mon pressentiment de malheur pourrait bien n'être pas un rêve.

— Ton pressentiment ! ah ! tu y reviens ! je l'avais oublié. Eh bien ! s'il t'annonce que je vais m'arrêter chez une enchanteresse et que je te laisserai partir seul, il ment avec impudence. Non, non, Karol, ta santé, ton désir, notre voyage avant tout ! Si ton pressentiment avait une figure, je lui donnerais un soufflet !

Les deux amis s'entretinrent encore quelques instants de la Floriani. Le prince, venant en Italie pour la première fois, ne l'avait jamais vue, et ne connaissait d'elle que la renommée de son talent et l'éclat de ses aventures. Salvator parlait d'elle avec enthousiasme ; mais comme il ne faut pas toujours s'en rapporter aux amis, nous dirons nous-même au lecteur ce qu'il doit savoir, pour le moment, de notre héroïne.

Lucrezia Floriani était une actrice d'un talent pur, élevé, suffisamment tragique, toujours émouvant et sympathique quand elle jouait un rôle bien fait; exquis, admirable, dans tous les détails de pantomime, créations ingénieuses à l'aide desquelles l'acteur fait souvent valoir le vrai poëte, et trouve grâce pour le faux. Elle avait eu de grands succès, non-seulement comme actrice, mais encore comme auteur; car elle avait porté la passion de son art jusqu'à oser faire des pièces de théâtre; d'abord en collaboration avec quelques amis lettrés, et enfin seule et sous sa propre inspiration. Ses pièces avaient réussi, non qu'elles fussent des chefs-d'œuvre, mais parce qu'elles étaient simples, d'un sentiment vrai, bien dialoguées, et qu'elle les jouait elle-même. Elle ne s'était jamais fait nommer après les représentations; mais son secret, pour le coup, était celui de la comédie, et le public la nommait lui-même au milieu des couronnes et des applaudissements qu'il lui prodiguait.

A cette époque, et dans ce pays-là, la critique des journaux n'avait pas un grand développement. La Floriani avait beaucoup d'amis, on était indulgent pour elle. Le parterre des villes d'Italie lui décernait de bruyantes ovations de famille. On l'aimait; et s'il est probable que sa gloire d'auteur lui ait été très-bénévolement accordée, il est certain du moins que, par son caractère, elle méritait cette indulgence et cette affection. Il n'y eut jamais de personne plus désintéressée, plus sincère, plus modeste et plus libérale. Je ne sais plus si c'est à Vérone ou à Pavie qu'elle eut la direction d'un théâtre et forma une troupe. Elle se fit estimer de tous ceux qui traitèrent avec elle, adorer de ceux qui eurent besoin de son assistance, et le public l'en récompensa. Elle fit là d'assez bonnes affaires, et dès qu'elle se vit en possession d'une aisance assurée, elle quitta le théâtre, quoique dans tout l'éclat de son talent et de ses charmes. Elle vécut quelques années à Milan, dans un monde d'artistes et de littérateurs. Sa maison était agréable, et sa conduite tellement honorable et digne (ce qui ne veut pas dire qu'elle fût très-régulière), que des femmes du monde la fréquentèrent avec sympathie et même avec un certain sentiment de déférence.

Mais tout à coup elle quitta le monde et la ville, et se retira au bord du lac d'Iseo, où nous la retrouvons maintenant.

Au fond des motifs qui la poussèrent dans ces directions diverses, vers cet épanouissement de talent dramatique et littéraire, et vers ce dégoût subit du monde et du bruit, vers cette activité d'administration théâtrale, et vers cette paresse d'une vie champêtre; il y y avait, n'en doutez pas, une succession ininterrompue d'histoires d'amour. Je ne vous les raconterai pas maintenant, ce serait trop long et sans intérêt direct. Je ne perdrai pas de temps non plus à vous faire saisir les nuances d'un caractère aussi clair et aussi aisé à connaître que celui du prince Karol était chatoyant et indéfinissable. Vous apprécierez, comme vous l'entendrez, ce naturel élémentaire, limpide dans ses travers comme dans ses qualités. Il est certain que je ne vous cacherai rien de la Floriani, par pruderie et crainte de vous déplaire. Ce qu'elle avait été, ce qu'elle était, elle le disait à qui le lui demandait avec amitié. Et, si quelqu'un l'interrogeait par curiosité pure, avec des ménagements ironiques, pour se venger de cette impertinente bienveillance, elle prenait plaisir à le scandaliser par sa franchise.

Nous ne saurions la mieux définir qu'elle ne le fit elle-même un jour, en répondant en bon français à un vieux marquis :

— « Vous êtes un peu embarrassé, lui disait-elle, pour savoir de quel terme, reçu dans votre langue, vous pourriez qualifier une femme comme moi. Diriez-vous que je suis une *courtisane ?* Je ne crois pas, puisque j'ai toujours donné à mes amants, et que je n'ai jamais rien reçu, même de mes amis. Je ne dois mon aisance qu'à mon travail, et la vanité ne m'a pas plus éblouie que la cupidité ne m'a égarée. Je n'ai eu que des amants, non-seulement pauvres, mais encore obscurs.

« Diriez-vous que je suis une *femme galante ?* Les sens ne m'ont jamais emportée avant le cœur, et je ne comprends seulement pas le plaisir sans une affection enthousiaste.

« Enfin, suis-je une femme de *mauvaise vie*, de *mœurs relâchées ?* Il faut savoir ce que vous entendez

4

par là. Je n'ai jamais cherché le scandale. J'en ai peut-être fait sans le vouloir et sans le savoir. Je n'ai jamais aimé deux hommes à la fois ; je n'ai jamais appartenu de fait et d'intention qu'à un seul pendant un temps donné, suivant la durée de ma passion. Quand je ne l'aimais plus, je ne le trompais pas. Je rompais avec lui d'une manière absolue. Je lui avais juré, il est vrai, dans mon enthousiame, de l'aimer toujours ; j'étais de la meilleure foi du monde en le jurant. Toutes les fois que j'ai aimé, ç'a été de si grand cœur, que j'ai cru que c'était la première et la dernière fois de ma vie.

« Vous ne pouvez pas dire pourtant que je sois une femme honnête. Moi, j'ai la certitude de l'être. Je prétends même, devant Dieu, être une femme vertueuse ; mais je sais que, dans vos idées et devant l'opinion, c'est un blasphème de ma part. Je ne m'en soucie point ; j'abandonne ma vie au jugement du monde, sans me révolter contre lui, sans trouver qu'il ait tort dans ses lois générales, mais sans reconnaître qu'il ait raison contre moi.

« Vous trouvez sans doute que je me traite fort bien, et que j'ai une belle dose d'orgueil ? D'accord. J'ai un grand orgueil pour moi-même, mais je n'ai point de vanité ; et on peut dire de moi tout le mal possible, sans m'offenser, sans m'affliger le moins du monde. Je n'ai pas combattu mes passions. Si j'ai bien ou mal fait, j'en ai été, et punie, et récompensée, par ces passions même. J'y devais perdre ma réputation, je m'y attendais, j'en ai fait le sacrifice à l'amour, cela ne regarde que moi. De quel droit les gens qui condamnent disent-ils que l'exemple est dangereux ? Du moment que le coupable est condamné, il est exécuté. Il ne peut donc plus nuire, et ceux qui seraient tentés de l'imiter, sont suffisamment avertis par sa punition. »

Karol de Roswald et Salvator Albani débarquèrent à l'entrée du parc, auprès de la chaumière que l'aubergiste d'Iseo leur avait montrée. C'est dans cette cabane que la Floriani était née, et son père, un vieux pêcheur à cheveux blancs, l'occupait encore. Rien n'avait pu le décider à quitter cette pauvre demeure, où il avait passé sa vie et où l'habitude le retenait; mais il avait consenti à ce qu'elle fût réparée, assainie, solidifiée et mise à l'abri du flot par une jolie terrasse rustique tout ornée de fleurs et d'arbustes. Il était assis à sa porte parmi les iris et les glaïeuls, et occupait les derniers instants du jour à raccommoder ses filets; car, bien que son existence fût désormais assurée, et que sa fille veillât pieusement, non-seulement à tous ses besoins, mais encore à surprendre les rares fantaisies de superflu qu'il pouvait avoir, il gardait les habitudes et les goûts parcimonieux du paysan, et ne réformait aucun instrument de son travail, tant qu'il pouvait en faire encore le moindre usage.

V.

Karol remarqua la belle figure un peu dure de ce vieillard, et, ne songeant point que ce pût être le père de *la signora*, il le salua et se disposa à passer outre. Mais Salvator s'était arrêté à contempler la pittoresque chaumière et le vieux pêcheur qui, avec sa barbe blanche un peu jaunie par le soleil, ressemblait à une divinité limoneuse des rivages. Les souvenirs que, maintes fois, la Floriani lui avait retracés, les larmes aux yeux, et avec l'éloquence du repentir, repassèrent confusément dans son esprit; les traits austères du vieillard lui semblaient aussi conserver quelque ressemblance avec ceux de la belle jeune femme; il le salua par deux fois et alla essayer d'ouvrir la grille du parc, située à dix pas

de là, non sans tourner plusieurs fois la tête vers le pêcheur, qui le suivait des yeux avec un air d'attention et
de méfiance.

Quand celui-ci vit que les deux jeunes seigneurs ten-
taient réellement de pénétrer dans la demeure de la Floriani, il se leva et leur cria, d'un ton peu accueillant,
qu'on n'entrait point là, et que ce n'était pas une promenade publique.

— Je le sais fort bien, mon brave, répondit Salvator;
mais je suis un ami intime de la signora Floriani, et je
viens pour la voir.

Le vieillard approcha et le regarda avec attention.
Puis il reprit : — Je ne vous connais pas. Vous n'êtes
pas du pays?

— Je suis de Milan, et je vous dis que j'ai l'honneur
d'être lié avec la signora. Voyons, par où faut-il entrer?

— Vous n'entrerez pas comme cela ! Vous attend-on?
Savez-vous si on voudra vous recevoir? Comment vous
nommez-vous?

— Le comte Albani. Et vous, mon brave, voulez-vous
me dire votre nom? Ne seriez-vous pas, par hasard, un
certain honnête homme, qu'on appelle Renzo..., ou
Beppo..., ou Checco Menapace?

— Renzo Menapace, oui, c'est moi, en vérité, dit le
vieillard en se découvrant, par suite de l'habitude qu'ont
les gens du peuple de s'incliner, en Italie, devant les
titres. D'où me connaissez-vous, signor? Je ne vous ai
jamais vu.

— Ni moi non plus; mais votre fille vous ressemble,
et je savais bien son véritable nom.

— Un meilleur nom que celui qu'ils lui donnent maintenant ! Mais enfin le pli en est pris, et ils l'appellent
tous d'un nom de guerre ! Ah çà ! vous voulez donc la
voir? Vous venez exprès?

— Mais, sans aucun doute, avec votre permission. J'espère qu'elle voudra bien nous recommander à vous, et que vous ne vous repentirez pas de nous avoir ouvert la porte. Je présume que vous en avez la clef?

— Oui, j'en ai la clef, et pourtant, Seigneuries, je ne peux vous ouvrir. Ce jeune seigneur est avec vous?...

— Oui, c'est le prince de Roswald, dit Salvator, qui n'ignorait pas l'ascendant des titres.

Le vieux Menapace salua plus profondément encore, quoique sa figure restât froide et triste. — Seigneurs, dit-il, ayez la bonté de venir chez moi et d'y attendre que j'aie envoyé mon serviteur prévenir ma fille, car je ne peux pas vous promettre qu'elle soit disposée à vous voir.

— Allons, dit Salvator au prince, il faut nous résigner à attendre. Il paraît que la Floriani a maintenant la manie de se cloîtrer; mais, comme je ne doute pas que nous ne soyons bien reçus, allons un peu voir sa chaumière natale. Ce doit être assez curieux.

— Il est fort curieux, en effet, qu'elle habite un palais, aujourd'hui, et qu'elle laisse son père sous le chaume, répondit Karol.

— Plaît-il, seigneur prince? dit le vieillard, qui se retourna, d'un air mécontent, à la grande surprise des deux jeunes gens; car ils avaient l'habitude de parler allemand ensemble, et Karol s'était exprimé dans cette langue.

— Pardonnez-moi, reprit Menapace, si je vous ai entendu; j'ai toujours eu l'oreille fine, et c'est pour cela que j'étais le meilleur pêcheur du lac, sans parler de la vue, qui était excellente, et qui n'est pas encore trop mauvaise.

— Vous entendez donc l'allemand? dit le prince.

— J'ai servi longtemps comme soldat, et j'ai passé

des années dans votre pays. Je ne pourrais pas bien
parler votre langue, mais je l'entends encore un peu,
et vous me permettrez de vous répondre dans la mienne.
Si je n'habite pas le palais de ma fille, c'est que j'aime
ma chaumière, et si elle n'habite pas ma chaumière
avec moi, c'est que le local est trop petit, et que nous
nous gênerions l'un l'autre. D'ailleurs, j'ai l'habitude de
demeurer seul, et c'est à mon corps défendant que je
souffre auprès de moi le serviteur qu'elle a voulu me
donner, sous prétexte qu'à mon âge on peut avoir besoin d'un aide. Heureusement c'est un bon garçon ; je
l'ai choisi moi-même, et je lui apprends l'état de pêcheur. Allons, Biffi, quitte un moment ton souper, mon
enfant, et va dire à la signora que deux seigneurs étrangers demandent à la voir. — Vos noms encore une fois,
s'il vous plaît, Seigneuries?

— Le mien suffira, répondit Albani, qui avait suivi
avec Karol le vieux Menapace jusqu'à l'entrée de sa cabane. Il tira de son portefeuille une carte de visite qu'il
remit au jeune gars chargé du service du pêcheur. Biffi
partit à toutes jambes, après que son maître lui eut remis une clef qu'il tenait cachée dans sa ceinture.

— Voyez-vous, Seigneuries, dit Menapace à ses hôtes
en leur présentant des chaises rustiques qu'il avait gar-
nies et tressées lui-même avec les herbes aquatiques du
rivage, il ne faut pas croire que je ne sois pas bien traité
par ma fille. Sous le rapport de l'assistance, de l'amitié
et des soins, je n'ai qu'à me louer d'elle. Seulement,
vous comprenez? je ne peux pas changer de manière de
vivre à mon âge, et tout l'argent qu'elle m'envoyait,
lorsqu'elle était au théâtre, je l'ai employé un peu plus
utilement qu'à me bien loger, à me bien habiller et à
me bien nourrir. Ces choses-là ne sont pas dans mes
goûts. J'ai acheté de la terre, parce que cela est bon ;

cela reste, et cela lui reviendra quand je n'y serai plus.
Je n'ai pas d'autre enfant qu'elle. Elle n'aura donc pas à
se repentir de tout ce qu'elle a fait pour moi. Son devoir
était de me faire part de sa richesse; elle l'a toujours
rempli; le mien est de faire prospérer cet argent-là, de
le bien placer et de le lui restituer en mourant. J'ai toujours été l'esclave du devoir.

Cette façon étroite et intéressée du vieillard d'envisager ses rapports avec sa fille, fit sourire Salvator.

— Je suis bien sûr, dit-il, que votre fille ne compte
pas de cette sorte avec vous, et qu'elle ne comprend rien
à votre système d'économie.

— Il n'est que trop vrai qu'elle n'y comprend rien, la
pauvre tête, répondit Menapace avec un soupir; et si je
l'écoutais, je mangerais tout, je mènerais une vie de
prince, comme elle, avec elle, et avec tous ceux à qui
elle jette l'argent à pleines mains. Que voulez-vous? nous
ne pouvons pas nous entendre là-dessus. Elle est bonne,
elle m'aime, elle vient me voir dix fois le jour, elle m'ap-
porte tout ce qu'elle peut imaginer pour me faire plaisir. Si je tousse ou si j'ai mal à la tête, elle passe les
nuits auprès de moi. Mais tout cela n'empêche pas qu'elle
n'ait un grand défaut et qu'elle ne soit pas bonne mère,
comme je le voudrais!

— Comment! elle n'est pas bonne mère? s'écria Salvator, qui avait bien de la peine à garder son sérieux
devant la morale parcimonieuse du paysan. Je l'ai vue
au sein de sa famille, et je pense que vous vous trompez, signor Menapace!

— Oh! si vous trouvez qu'une bonne mère de famille
doive caresser, soigner, amuser, gâter ses enfants, et
pas davantage, soit; mais je ne suis pas content de voir
qu'on ne leur refuse jamais rien, qu'on habille les petites filles comme des princesses, avec des robes de soie;

qu'on permette au garçon d'avoir déjà des chiens, des
chevaux, une barque, un fusil, comme à un homme ! Ce
sont de bons enfants, j'en conviens, et très-jolis; mais
ce n'est pas une raison pour leur doner tout ce qu'ils
veulent, comme si cela ne coûtait rien ! Je vois bien
qu'on va manger au moins trente mille francs par an
dans la maison, tant en plaisirs et en maîtres aux enfants qu'en livres, en musique, en promenades, en cadeaux, en folies de tout genre. Et les aumônes donc !
C'est scandaleux ! Tous les estropiés, tous les vagabonds
du pays ont appris le chemin de la maison, qu'ils ne
connaissaient guère, certes, du temps du vieux Ranieri,
l'ancien propriétaire ! Voilà un homme qui entendait
bien ses intérêts, et qui faisait des économies dans sa
terre, tandis que ma fi'le s'y ruinera si elle ne m'écoute !

L'avarice du vieillard causait un profond dégoût au
prince; mais Salvator s'en amusait plus qu'il n'en était
indigné. Il connaissait bien la nature du paysan, cette
âpreté à conserver, cette dureté envers soi-même, cette
soif d'acquérir des fonds sans jamais jouir des revenus,
cette crainte de l'avenir qui s'étend pour les vieillards
laborieux et puvres au delà dn tombeau. Il ne put
cependant se défendre d'un peu de mécontentement en
entendant Menapace invoquer le souvenir du vieux Ranieri, qui avait joué un si vilain rôle dans l'histoire de la
Floriani.

— Ce Ranieri, si je me souviens bien de ce que m'a
raconté Lucrezia, dit-il, était un ignoble ladre. Il avait
maudit, et voulait déshériter son fils, parce que celui-ci
voulait épouser votre fille !

— Il nous a causé du chagrin, c'est vrai, reprit le
vieillard sans s'émouvoir; mais à qui la faute? A ce
jeune fou, qui voulait épouser une pauvre paysanne.
Dans ce temps-là, la Lucrezia n'avait rien; elle avait

appris de sa marraine, madame Ranieri, bien des choses
inutiles, la musique, les langues, la déclamation....

— .... Choses qui lui ont assez bien servi depuis,
pourtant ! dit Salvator en l'interrompant.

— Choses qui l'ont perdue ! reprit l'inflexible vieillard. Il eût mieux valu que la vieille Ranieri, qui ne
pouvait rien lui donner pour l'établir, ne l'eût pas prise en
si grande amitié, et qu'elle l'eût laissée paysanne, rac-
commodeuse de filets, fille de pêcheur, comme elle l'é-
tait, et femme de pêcheur, comme elle pouvait le devenir. Car j'en savais un bon, qui avait une bonne maison,
deux grandes barques, un joli pré, des vaches.. Oui !
oui ! un excellent parti, Pietro Mangiafoco, qui l'aurait
épousée si elle avait voulu entendre raison. Au lieu qu'en
l'instruisant et en la rendant si belle et si savante, sa
marraine a été cause de tout le mal qui s'en est suivi.
Memmo Ranieri, son fils, est devenu fou de Lucrezia,
et, ne pouvant l'épouser, il l'a enlevée. C'est comme
cela que ma fille a été séparée de moi, et c'est pour cela
que, pendant douze ans, je n'ai pas voulu entendre parler d'elle.

— Si ce n'est pour recevoir l'argent qu'elle lui envoyait ! dit Salvator à Karol, oubliant que le pêcheur
entendait l'allemand.

Mais cette réflexion ne blessa nullement le vieillard.

— Sans doute, je le recevais, je le plaçais et je le
faisais valoir, reprit-il. Je savais qu'elle menait grand
train et qu'elle serait peut-être fort aise, un jour, de
trouver de quoi vivre, après avoir mangé tout ce qu'elle
gagnait. Car, que n'a-t-elle pas gagné? Des millions, à
ce qu'on dit ! Et que n'a-t-elle pas donné, gaspillé? Ah !
c'est une malédiction d'avoir un pareil caractère !

— Oui, oui; c'est un monstre ! s'écria Salvator en
riant : mais, en attendant, il me semble que le vieux

Ranieri a été bien mal avisé de ne pas vouloir la marier avec son fils ; il l'aurait fait s'il eût pu deviner que cette petite paysanne gagnerait des millions avec son talent !

— Oui ! il l'eût fait, dit Menapace avec le plus grand calme, mais il ne pouvait le deviner ; et, en se refusant à un mariage si disproportionné, il était dans son droit : il avait raison, tout autre eût fait comme lui, et moi-même à sa place !

— De sorte que vous ne le blâmez pas, et que peut-être vous êtes resté en fort bons termes avec lui, tandis que son fils séduisait votre fille, faute de pouvoir arracher le consentement du vieux ladre ?

— Le vieux ladre, l'*avarone*, comme on l'appelait, était dur, j'en conviens ; mais enfin il était juste, et ce n'était pas un mauvais voisin. Il ne m'a jamais fait de bien ni de mal. En voyant que je ne pardonnais point à ma fille, il m'avait pardonné d'être son père. Et, quant à son fils, il lui a pardonné aussi, quand il a abandonné Lucrezia pour faire un bon mariage.

— Et vous, lui avez-vous pardonné, à ce fils, digne de son père ?

— Je ne devais pas lui pardonner, quoique, après tout, il fût dans son droit ; il n'avait rien promis par écrit à ma fille ; c'est elle qui eut tort de se fier à son amour, et quand il l'a quittée, ils avaient des dettes ; elle avait fait de mauvaises affaires dans son entreprise de théâtre, au commencement... D'ailleurs, il est mort, et Dieu est son juge ! Mais, pardon ! Excellences, j'ai laissé mes filets au bord de l'eau, et s'il venait de l'orage, cette nuit, ils pourraient bien s'en aller. Il faut que je les retire. Ce sont encore de bons filets, et qui prennent du poisson. J'en fournis la table de ma fille, mais elle le paie, da ! je ne donne rien pour rien ! et je lui dis... « Mange, mange... fais manger tes enfants ; heureusement pour eux, ils retrouveront ce poisson-là dans ma bourse ! »

VI.

— Quelle ignoble nature ! dit Karol quand Menapace se fut éloigné.

— C'est la nature humaine dans sa nudité, répondit Salvator. C'est le vrai type de l'homme de peine. Prévoyance sans lumière, probité sans délicatesse, bon sens dépourvu d'idéal, cupidité honnête, mais laide et triste.

— C'est trop peu dire, reprit le prince. Il y a là une immoralité odieuse, et je ne comprends pas que la signora Floriani puisse vivre avec ce spectacle sous les yeux.

— Je présume que lorsqu'elle est venue le chercher, elle ne s'attendait pas à y trouver tant de vile prose. La noble femme, dans son souvenir poétique du vieux père et de la cabane de roseaux, aspirait sans doute à la vie champêtre, au retour de l'innocence patriarcale, à une touchante réconciliation avec ce vieillard qui l'avait maudite, et qu'elle ne nommait qu'en pleurant. Mais il y a peut-être plus de vertu encore à rester ici qu'à y être venue, et, sans doute, elle comprend, elle tolère et elle aime quand même.

— Comprendre et tolérer, cela n'est pas d'une âme délicate ; à sa place, je comblerais bien ce vieil avare de bienfaits, mais je ne saurais vivre à ses côtés sans une mortelle souffrance ; l'idée seule d'un tel malheur me révolte et me navre.

— Et où vois-tu donc tant de perversité ? Cet homme ne comprend pas le luxe, et la libéralité qui vient avec l'aisance dans les bonnes âmes. Il est trop vieux pour sentir que posséder et donner vont ensemble. Il amasse ce qu'il reçoit de sa fille pour le conserver à ses petits-enfants.

— Elle a donc des enfants?

— Elle en avait deux ; peut-être en a-t-elle davantage maintenant.

— Et son mari?... dit Karol avec hésitation, où est-il?

— Elle n'a jamais été mariée que je sache, répondit tranquillement Salvator.

Le prince garda le silence, et Salvator, devinant ce qu'il pensait, ne sut que dire pour l'en distraire. Certes, il n'y avait pas de bonnes excuses à donner pour ce fait.

— Ce qui explique une conduite abandonnée aux hasards de la vie, reprit Karol au bout d'un instant, c'est l'absence de notions honnêtes dans la première jeunesse. Pouvait-elle en recevoir d'un père qui n'a pas même le sentiment du point d'honneur, et qui, dans tous les désordres de sa fille, n'a vu que l'argent qu'elle gagnait et qu'elle dépensait?

— Tels sont les hommes vus de près, telle est la vie dépouillée de prestige! répondit philosophiquement Salvator. Quand la bonne Floriani me parlait de sa première faute, elle s'accusait seule, et ne se souvenait pas des travers, probablement insupportables, de son père, qui eussent pu cependant lui servir d'excuse. Quand elle parlait de lui, elle vantait, en la déplorant, l'obstination de son courroux. Elle l'attribuait à une vertu antique, à des préjugés respectables. Elle disait, je m'en souviens, que lorsqu'elle serait dégagée de tous les liens du siècle et de toutes les chaînes de l'amour, elle irait se jeter à ses pieds et se purifier auprès de lui. Eh bien! la pauvre pécheresse! elle aura trouvé un sauveur bien indigne d'un si beau repentir, et cette déception n'a pas dû être une des moindres de sa vie. Les grands cœurs voient toujours en beau. Ils sont condamnés à se tromper sans cesse.

—Les grands cœurs peuvent-ils résister à beaucoup d'expériences fâcheuses ? dit Karol.

—Le plus ou moins de dommage qu'ils y reçoivent prouve leur plus ou moins de grandeur.

—La nature humaine est faible. Je crois donc que les âmes véritablement attachées aux principes ne devraient pas chercher le péril. Es-tu bien décidé, Salvator, à passer quelques jours ici ?

—Je n'ai point parlé de cela ; nous n'y resterons qu'une heure, si tu veux.

En cédant toujours, Salvator gouvernait Karol, du moins quant aux choses extérieures, car le prince était généreux et immolait ses répugnances par un principe de savoir-vivre qu'il portait jusque dans l'intimité la plus étroite.

—Je veux ne te contrarier en rien, répondit-il, et t'imposer une privation, te causer un regret me serait insupportable ; mais promets-moi du moins, Salvator, de faire un effort sur toi-même pour ne pas devenir amoureux de cette femme.

—Je te le promets, répondit Albani en riant ; mais autant en emportera le vent, si ma destinée est de devenir son amant après avoir été son ami.

—Tu invoques la destinée, reprit Karol, lorsqu'elle est entre tes mains ! Ici ta conscience et ta volonté doivent seules te préserver.

—Tu parles des couleurs comme un aveugle, Karol. L'amour rompt tous les obstacles qu'on lui présente, comme la mer rompt ses digues. Je puis te jurer de ne pas rester ici plus d'une nuit, mais je ne puis être certain de n'y pas laisser mon cœur et ma pensée.

—Voilà donc pourquoi je me sens si faible et si abattu, ce soir ! dit le prince. Oui, ami, j'en reviens toujours à cette terreur superstitieuse qui s'est emparée de moi

lorsque j'ai jeté les yeux sur ce lac, même de loin ! Quand
nous sommes descendus dans le bateau qui vient de nous
transporter ici, il m'a semblé que nous allions nous noyer,
et tu sais pourtant que je n'ai pas la faiblesse de craindre
les dangers physiques, que je n'ai pas de répugnance
pour l'eau et que j'ai vogué tranquillement hier avec toi
pendant tout le jour, et même par un bel orage, sur le
lac de Côme. Eh bien ! je me suis aventuré sur la surface
tranquille de celui-ci avec la timidité d'une femme nerveuse. Je ne suis que rarement sujet à ces sortes de su-
perstitions, je ne m'y abandonne pas, et la preuve que
je sais y résister, c'est que je ne t'en ai rien dit ; mais la
même inquiétude vague d'un danger inconnu, d'un malheur imminent pour toi ou pour moi me poursuit jusqu'à
cette heure. J'ai cru voir passer dans ces flots des fantômes bien connus, qui me faisaient signe de rétrogra-
der. Les reflets d'or du couchant prenaient, dans le sillage
de la barque, tantôt la forme de ma mère, tantôt les traits
de Lucie. Les spectres de toutes mes affections perdues
se plaçaient obstinément entre nous et ce rivage. Je ne
me sens pas malade, je me méfie de mon imagination...
et, pourtant, je ne suis pas tranquille; cela n'est pas naturel.

Salvator allait essayer de prouver que cette inquiétude
était un phénomène tout nerveux, résultant de l'agitation
du voyage, lorsqu'une voix forte et vibrante fit entendre
ces mots derrière la chaumière : « Où est-il, où est-il,
Biffi ? »

Salvator fit un cri de joie, s'élança sur la terrasse, et
Karol le vit recevoir dans ses bras une femme qui lui
rendait avec effusion une embrassade toute fraternelle.

Ils se parlèrent en s'interrogeant et en se répondant
avec vivacité dans ce dialecte lombard que Karol n'entendait pas aussi rapidement que l'italien véritable. Le

résultat de cet échange de paroles serrées et contractées
fut que la Floriani se retourna vers le prince, lui tendit
la main, et, sans s'apercevoir qu'il ne s'y prêtait pas de
bien bonne grâce, elle la lui pressa cordialement, en lui
disant qu'il était le bienvenu, et qu'elle se ferait un
grand plaisir de le recevoir.

— Je te demande pardon, mon bon Salvator, dit-elle
en riant, de t'avoir laissé faire antichambre dans le ma-
noir de mes ancêtres ; mais je suis exposée ici à la curiosité des oisifs, et, comme j'ai toujours quelque grand
projet de travail en tête, je suis forcée de m'enfermer
comme une nonne.

— Mais c'est qu'on dit que vous avez presque pris le
voile et prononcé des vœux depuis quelque temps, dit
Salvator en baisant à plusieurs reprises la main qu'elle
lui abandonnait. Ce n'est qu'en tremblant que j'ai osé
venir vous relancer dans votre ermitage.

— Bien, bien, reprit-elle, tu te moques de moi et de
mes beaux projets. C'est parce que je ne veux pas recevoir
de mauvais conseils que je me cache, et que j'ai fui tous
mes amis. Mais puisque la fortune t'amène auprès de
moi, je n'ai pas encore assez de vertu pour te renvoyer.
Viens, et amène ton ami. J'aurai au moins le plaisir de
vous offrir un gîte plus confortable que la locanda d'Iseo.

— Est-ce que tu ne reconnais pas mon fils, que tu ne
l'embrasses pas ?

— Eh non ! je n'osais pas le reconnaître, dit Salvator
en se retournant vers un bel enfant de douze ans qui
gambadait autour de lui avec un chien de chasse.
Comme il a grandi, comme il est beau ! Et il pressa
dans ses bras l'enfant qui ne savait plus son nom. Et
l'autre ? ajouta Salvator, la petite fille ?

— Vous la verrez tout à l'heure, ainsi que sa petite
sœur et mon dernier garçon.

— Quatre enfants ! s'écria Salvator.

— Oui, quatre beaux enfants, et tous avec moi, malgré
ce qu'on peut en dire. Vous avez fait connaissance avec
mon père pendant qu'on venait m'appeler ? Vous voyez,
c'est lui qui est mon gardien de ce côté. Personne n'entre
sans sa permission. Bonsoir, père, pour la seconde fois.
Venez-vous déjeuner demain avec nous ?

— Je n'en sais rien, je n'en sais rien, dit le vieillard.
Vous serez assez de monde sans moi.

La Floriani insista, mais son père ne s'engagea à rien,
et il la tira à l'écart pour lui demander s'il lui fallait du
poisson. Comme elle savait que c'était sa monomanie de
lui vendre le produit de sa pêche, et même de le lui
vendre cher, elle lui fit une belle commande et le laissa
enchanté. Salvator les observait à la dérobée ; il vit que
la Floriani prenait très-philosophiquement son parti, et
même gaiement, de ces travers prosaïques.

La nuit était venue, et Karol, ni même son ami (à qui
les traits de la Floriani étaient cependant assez connus),
ne pouvaient bien distinguer son visage. Elle ne parut au
prince ni majestueuse dans sa taille, ni élégante dans ses
manières, comme on eût pu l'attendre d'une femme qui
avait représenté si bien les grandes dames et les reines
de théâtre. Elle était plutôt petite et un peu grasse. Sa
voix avait beaucoup de sonorité, mais c'était une voix
trop vibrante pour les oreilles du prince. Si une femme
eût parlé ainsi dans un salon, tous les yeux se fussent
portés sur elle, et c'eût été de fort mauvais goût.

Ils traversèrent le parc et le jardin avec Biffi, qui portait la valise, et ils pénétrèrent dans une grande salle d'un
style simple et noble, soutenue par des colonnes doriques
et revêtue de stuc blanc. Il y avait beaucoup de lumières
et de fleurs aux quatre angles, d'où s'élançaient de brillants filets d'eau, amenés à peu de frais du lac voisin.

— Vous êtes étonnés peut-être de tant de clarté inutile, dit la Floriani en voyant l'agréable surprise que ce beau salon causait à Salvator : mais c'est la seule fantaisie que j'aie gardée du théâtre. Même dans la solitude, j'aime un local vaste et brillant de lumières. J'aime aussi la clarté des étoiles ; mais un appartement sombre m'attriste.

La Floriani, à qui cette maison rappelait des souvenirs à la fois doux et cruels, y avait fait beaucoup de changements et d'embellissements. Elle n'y avait laissé intacts que la chambre habitée jadis par sa marraine, madame Ranieri, et un parterre réservé, où cette excellente femme cultivait des fleurs et lui avait enseigné à les aimer. La Ranieri avait tendrement aimé Lucrezia ; elle avait fait son possible pour obtenir que le vieux procureur avare, dont elle avait le malheur d'être la femme et l'esclave, unît son fils à la jeune paysanne instruite. Mais elle avait échoué ; toute cette famille avait disparu. La Floriani chérissait la mémoire des uns, pardonnait à celle des autres, et, après beaucoup d'émotions, elle s'était habituée à vivre là, sans trop se rappeler le passé. C'est parce qu'elle avait fait plusieurs améliorations de nécessité et de goût à cette résidence, d'ailleurs fort simple, que le vieux Menapace, qui ne concevait pas ses besoins d'élégance, d'harmonie et de propreté, l'accusait de s'y ruiner. L'aspect de ce salon plut aussi à Karol. Cette sorte de luxe italien qui s'attache à la satisfaction des yeux, à la beauté des lignes et à l'élégance monumentale plus qu'à la profusion, à la commodité et à la richesse des meubles, était précisément dans ses goûts et répondait à l'idée qu'il se faisait d'une existence à la fois fière et simple. Suivant son habitude de ne pas vouloir sonder trop avant l'âme d'autrui, et de regarder le cadre plutôt que d'étudier l'image, il chercha, dans les habitudes extérieures de la

Floriani, de quoi se consoler de ce qu'il jugeait devoir être scandaleux et coupable dans ses mœurs intimes. Mais tandis qu'il admirait les murailles claires et brillantes, les fontaines limpides et les fleurs exotiques, Salvator avait une bien autre préoccupation. Il regardait la Floriani avec inquiétude et avec avidité. Il craignait de ne plus la trouver belle, et peut-être aussi, en songeant au serment qu'il avait fait de partir le lendemain, le désirait-il un peu.

Dès qu'il la vit suffisamment éclairée, il s'aperçut, en effet, d'une notable altération dans sa fraîcheur et dans sa beauté. Elle avait pris quelque embonpoint ; le coloris délicat de ses joues avait fait place à une pâleur unie ; ses yeux avaient perdu une partie de leur éclat, ses traits avaient changé d'expression ; en un mot, elle était moins vivante, moins animée, quoiqu'elle parût plus active et mieux portante que jamais. Elle n'aimait plus : c'était une autre femme, et il fallait quelques instants pour refaire connaissance avec elle.

La Floriani avait alors trente ans : il y en avait quatre ou cinq que Salvator ne l'avait vue. Il l'avait laissée au milieu des émotions du travail, de la passion et de la gloire. Il la retrouvait mère de famille, campagnarde, génie rétraité, étoile pâlie.

Elle s'aperçut vite de l'impression que ce changement faisait sur lui ; car ils s'étaient pris par la main et se regardaient attentivement, elle, avec un sourire calme et radieux, lui, avec un sourire inquiet et mélancolique.

— Eh bien, lui dit-elle d'un ton de franchise et de résolution sans arrière-pensée, nous sommes changés tous les deux, n'est-ce pas ? et nous avons quelque chose à corriger dans nos souvenirs ? Ce changement est tout à ton avantage, cher comte. Tu as beaucoup gagné. Tu étais un aimable et intéressant jeune homme : te voilà jeune

homme encore, mais homme fait ; plus brun, plus fort,
avec une belle barbe noire, des yeux superbes, une chevelure de lion, un air de puissance et de triomphe. Tu es
dans le plus beau moment d'épanouissement de ta vie, et
tu en jouis grandement, cela se voit dans ton regard plus
assuré et plus brillant qu'il ne l'était autrefois. Tu t'é-
tonnes d'être plus beau que moi aujourd'hui ; tu te rap-
pelles le temps où tu croyais que c'était le contraire. Il y
a deux raisons à cela : c'est que tu es moins enthousiaste,
et que je suis moins jeune. Je vais descendre la pente que
tu n'as pas fini de gravir. Tu levais la tête pour me regarder, et, à présent, tu te courbes pour me chercher
au-dessous de toi, sur le revers de la vie. Ne me plains
pas pourtant! je crois que je suis plus heureuse dans
mon nuage que tu ne l'es dans ton soleil.

VII.

La Floriani avait dans la voix un charme particulier.
C'était, à la vérité, une voix trop forte pour une femme
du monde, mais parfaitement fraîche encore, et on ne
sentait rien, dans le timbre, de l'abus de la parole en
public. Il y avait surtout, dans son accent, une franchise
qui ne laissait jamais l'ombre du doute sur la sincérité
du sentiment qu'elle exprimait, et dans sa diction, qui
avait toujours été aussi naturelle sur la scène que dans
l'intimité, rien ne rappelait la déclamation et l'emphase
des planches. Pourtant, cela était accentué et empreint
d'une forte vitalité. A la justesse des intonations, Karol
sentit qu'elle avait dû être une actrice parfaite et d'un
sympathique irrésistible. Ce fut dans ce sens qu'il exerça
son approbation, bien décidé qu'il était à ne voir d'intéressant en elle que l'artiste.

Salvator la savait trop sincère par nature pour affecter le détachement d'elle-même. Il pensa seulement qu'elle se faisait illusion, et il chercha ce qu'il pourrait lui dire pour atténuer l'effet un peu cruel de son premier regard. Mais, dans ces cas-là, on ne peut rien trouver d'assez délicat pour consoler une femme de sa défaite, et il ne sut rien faire de mieux que de l'embrasser, en lui disant qu'elle aurait encore des amants à cent ans, s'il lui plaisait d'en avoir.

— Non, dit-elle en riant ; je ne recommencerai pas Ninon de Lenclos. Pour ne pas vieillir, il faut être oisive et froide. L'amour et le travail ne permettent pas de se conserver ainsi. J'espère garder mes amis, voilà tout. C'est bien assez.

En ce moment, deux petites filles charmantes s'élancèrent dans le salon, en criant que le souper était servi. Les deux voyageurs, ayant pris le leur à Iseo, exigèrent que la Floriani se mît à table avec ses enfants. Salvator prit dans ses bras la petite fille qu'il connaissait et celle qu'il ne connaissait pas, et les porta dans la salle à manger. Karol, qui craignait d'être gênant, resta dans le salon. Mais ces deux pièces étaient contiguës ; la porte resta ouverte, et les murs de stuc étaient sonores. Quoiqu'il désirât rester plongé dans son monde intérieur, et ne prendre aucune part à ce qui se passerait autour de lui dans cette maison, il voyait et entendait tout, et même il écoutait, quoiqu'il en eût une sorte de dépit contre lui-même.

— Ah çà ! disait Salvator en s'asseyant à table à côté des enfants (et Karol remarqua que, lorsqu'il n'était pas dans sa présence immédiate, il ne se gênait plus pour tutoyer la Floriani), permets-moi de servir tes enfants et toi ; voilà déjà que je les adore, ces marmots, comme autrefois, et même cette charmante petite fée blonde qui n'était pas née de mon temps. Il n'y a que toi, Lucrezia, pour faire tout mieux que tout le monde, même les enfants !

— Tu pourrais bien dire *surtout* les enfants ! répondit-elle ; Dieu m'a bénie sous ce rapport : ils sont aussi bons et aimables et faciles à élever qu'ils sont frais et bien portants. Ah ! tiens, en voici encore un qui vient nous dire bonsoir. Encore une connaissance à faire, Salvator !

Karol qui, après avoir essayé de parcourir une gazette, s'était mis à marcher dans le salon, jeta involontairement les yeux vers la salle à manger, et y vit entrer une belle villageoise qui portait dans ses bras un enfant endormi.

— Voilà une superbe nourrice ! s'écria Salvator ingénument.

— Tu la calomnies, dit la Floriani ; dis plutôt une vierge du Corrége portant *il divino bambino*. Mes enfants n'ont pas eu d'autre nourrice que moi, et les deux premiers ont souvent pressé mon sein dans la coulisse, entre deux scènes. Je me souviens qu'une fois le public me rappelait avec tant de despotisme après la première pièce, que j'ai été forcée de venir le saluer avec mon enfant sous mon châle. Les deux derniers ont été élevés plus paisiblement. Ce petit-là est sevré depuis longtemps. Vois ! c'est un enfant de deux ans.

— Ma foi, le dernier que je vois me semble toujours le plus beau, dit Salvator en prenant le *bambino* des mains de la servante. C'est un vrai chérubin ! j'ai bien envie de l'embrasser, mais j'ai peur de le réveiller.

— Ne crains rien : les enfants qui se portent bien et qui jouent toute la journée au grand air ont le sommeil dur. Il ne faut pas les priver d'une bonne caresse ; quand cela ne leur fait pas plaisir, cela leur porte bonheur.

— Ah ! oui, c'est ta superstition, à toi ! dit Salvator. Je m'en souviens ! Elle est tendre, et je l'aime, cette idée-

là. Tu l'étends jusqu'aux morts, et je me rappelle ce
pauvre machiniste que la chute d'un décor avait tué pendant une de tes représentations...

— Ah ! oui, le pauvre homme ! Tu étais là... C'est du
temps de ma direction.

— Et toi, courageuse, excellente, tu l'avais fait porter
dans ta loge, où il rendit le dernier soupir. Quelle scène !

— Oui, certes, plus terrible que celle que je venais de
jouer devant le public. Mon costume fut couvert du sang
de ce malheureux !

— Quelle vie que la tienne ! Tu n'eus pas le temps de
changer, la pièce marchait, tu reparus sur le théâtre, et
on crut que ce sang faisait partie du drame.

— C'était un pauvre père de famille. Sa femme était
là, et de la scène je l'entendais crier et gémir dans ma
loge. Il faut être de fer pour résister à la vie de comédienne.

— Tu es de fer, en apparence, mais je ne connais pas
d'entrailles plus humaines et plus compatissantes que
les tiennes. Je me souviens qu'après la représentation,
lorsqu'on emporta ce cadavre, tu t'approchas de lui et tu
lui donnas un baiser au front, disant que cela aiderait
son âme à entrer dans le repos. Les autres actrices, en-
traînées par ton exemple, en firent autant, et moi-même,
pour te plaire, j'eus ce courage, bien que les hommes en
aient moins en pareil cas que les femmes. Eh bien ! cela
était bizarre et ressemblait à une folie ; mais les choses
de cœur vont au cœur. Sa femme, à qui tu assurais une
pension, fut encore plus sensible à ce baiser de toi, belle
reine, donné au cadavre sanglant d'un affreux ouvrier...
(car il était affreux !) qu'à tous tes bienfaits ; elle embrassa tes genoux, elle sentit que tu venais d'illustrer
son mari, et qu'il ne pouvait pas aller en enfer avec un
baiser de toi sur le front.

Les yeux du fils aîné de la Floriani brillèrent comme des escarboucles pendant ce récit.

— Oui, oui, s'écria ce bel enfant, qui avait les traits purs et la physionomie intelligente de sa mère, j'étais là aussi, moi, et je n'ai rien oublié. Cela s'est passé comme tu le dis, Signor ; et moi aussi, j'ai embrassé le pauvre Giananton !

— C'est bien, Célio, dit la Floriani en embrassant son fils, il ne faut pas trop se rappeler ces émotions-là ; elles étaient bien fortes pour ton âge ; mais il ne faut pas non plus les oublier. Dieu nous défend d'éviter le malheur et la souffrance des autres ; il faut toujours être tout prêt à y courir, et ne jamais croire qu'il n'y ait rien à faire. Tu vois, quand ce ne serait que bénir les morts et consoler un peu ceux qui pleurent ! C'est ta manière de voir, n'est-ce pas, Célio ?

— Oui ! dit l'enfant avec l'accent de franchise et de fermeté qu'il tenait de sa mère ; et il l'embrassa si fort et de si grand cœur, qu'il laissa un instant, sur son cou rond et puissant, la marque de ses vigoureuses petites mains.

La Floriani ne fit pas attention à la rudesse de cette étreinte, et ne lui en sut pas mauvais gré. Elle continua de souper avec grand appétit ; mais toujours occupée de ses enfants, tout en parlant avec animation à Salvator, elle veillait à ce qu'il mesurât avec sagesse les mets et le vin à chacun, suivant son âge et son tempérament.

C'était une nature active dans le calme, distraite pour elle-même, attentive et vigilante pour les autres ; ardente dans ses affections, mais sans puérile inquiétude, toujours occupée de faire réfléchir ses enfants sans entraver leur gaieté, selon la portée de leur âge et la disposition de leur naturel ; jouant avec eux, et, en ce point, extrêmement enfant elle-même, gaie par instinct et par habitude, et surprenante par un sérieux de jugement et une fermeté

d'opinions qui n'empêchaient pas une tolérance maternelle, étendue encore au delà du cercle de la famille. Elle
avait un esprit net, profond et enjoué. Elle disait des
choses plaisantes d'un air tranquille, et faisait rire sans
rire elle-même. Elle avait pour système d'entretenir la
bonne humeur, et de prendre le côté plaisant des contrariétés, le côté acceptable des souffrances, le côté salutaire des malheurs. Sa manière d'être, sa vie entière,
son être lui-même, étaient une éducation incessante pour
les enfants, les amis, les serviteurs et les pauvres. Elle
existait, elle pensait, elle respirait en quelque sorte pour
le bien-être moral et physique d'autrui, et ne paraissait
pas se souvenir, au milieu de ce travail, facile en apparence, qu'il y eût pour elle des regrets ou des désirs
quelconques.

Cependant, aucune femme n'avait autant souffert, et
Salvator le savait bien.

Vers la fin du souper, les petites filles se disposèrent
à aller rejoindre leur petit frère, déjà endormi, dans la
chambre de leur mère. Le beau Célio qui, en raison de
ses douze ans, avait le privilége de ne se coucher qu'à
dix heures, alla courir avec son chien sur la terrasse qui
dominait la vue du lac.

Ce fut un beau spectacle que de voir la Floriani recevoir au dessert les dernières caresses de ses enfants, en
même temps que ces superbes marmots se disaient bonsoir et s'embrassaient les uns les autres avec un cérémo-
nial pétulant, et des accolades moitié tendresse, moitié
combat. Avec son profil de camée antique, ses cheveux
roulés sans art et sans coquetterie autour de sa tête puissante, sa robe lâche et sans luxe, sous laquelle on avait
peine à deviner une statue d'impératrice romaine, sa pâleur calme, marbrée par les baisers violents de ses marmots, ses yeux fatigués, mais sereins, ses beaux bras,

dont les muscles ronds et fermes se dessinaient gracieusement lorsqu'elle y enfermait toute sa couvée, elle devint tout à coup plus belle et plus vivante que Salvator
ne l'avait encore vue. A peine les enfants furent-ils sortis,
qu'oubliant le spectre de Karol qui passait avec agitation
sur le fond de la muraille, il laissa déborder son cœur.

— Lucrezia ! s'écria-t-il en couvrant de baisers ses
bras fatigués par tant de jeux et d'étreintes maternelles,
je ne sais pas où j'avais l'esprit, le cœur et les yeux,
quand je me suis imaginé que tu avais vieilli et enlaidi.
Jamais tu n'as été plus jeune, plus fraîche, plus suave,
plus capable de rendre fou. Si tu veux que je le sois, tu
n'as qu'un mot à dire, et peut-être que tu serais obligée
d'en dire beaucoup pour m'en empêcher. Tiens, je t'ai
toujours aimée d'amitié, d'amour, de respect, d'estime,
d'admiration, de passion... et à présent...

— Et à présent, mon ami, tu te moques ou tu dérai-
sonnes, dit la Floriani avec la tranquille modestie que
donne l'habitude de régner. Ne parlons pas légèrement
de choses sérieuses, je t'en prie.

— Mais rien n'est plus sérieux que ce que je dis......
Voyons ! dit-il en baissant un peu la voix par instinct
plus que par véritable prudence, car le prince ne perdit
pas un mot ; dis-moi, à cette heure es-tu libre ?

— Pas le moins du monde, et moins que jamais ! J'appartiens désormais tout entière à ma famille et à mes
enfants. Ce sont là des chaînes plus sacrées que toutes
les autres, et je ne les romprai plus.

— Bien ! bien ! qui voudrait te les faire rompre ? Mais
l'amour, dis ? Est-il vrai que, depuis un an, tu y aies renoncé ?

— C'est très-vrai.

— Quoi ! pas d'amant ? Le père de Célio et de Stella ?

— Il est mort. C'était Memmo Ranieri.

6

— Ah! c'est vrai; mais celui de la petite?...

— De ma Béatrice? Il m'a quittée avant qu'elle fût née.

— Celui-là n'est donc pas le père du dernier?

— De Salvator? non.

— Ton dernier enfant s'appelle Salvator?

— En mémoire de toi, et par reconnaissance de ce que tu ne m'avais jamais fait la cour.

— Divine et méchante femme! Mais enfin, où est le père de mon filleul?

— Je l'ai quitté l'année dernière.

— Quitté! Toi, quitter la première?

— Oui, en vérité! j'étais lasse de l'amour. Je n'y avais trouvé que tourments et injustices. Il fallait, ou mourir de chagrin sous le joug, ou vivre pour mes enfants en leur sacrifiant un homme qui ne pouvait pas les aimer tous également. J'ai pris ce dernier parti. J'ai souffert, mais je ne m'en repens pas.

— Mais on m'avait dit que tu avais eu une liaison avec un de mes amis, un Français, un homme de quelque talent, un peintre...

— Saint-Gély? Nous nous sommes aimés huit jours.

— Votre aventure a fait du bruit.

— Peut-être! Il fut impertinent avec moi, je le priai de ne plus revenir dans ma maison.

— Est-ce lui le père de Salvator?

— Non, le père de Salvator est Vandoni, un pauvre comédien, le meilleur, le plus honnête peut-être de tous les hommes. Mais une jalousie puérile, misérable, le dévorait. Une jalousie rétroactive, le croirais-tu? Ne pouvant me soupçonner dans le présent, il m'accablait dans le passé. C'était facile : ma vie donne prise au rigorisme; aussi n'était-ce pas généreux. Je n'ai pu supporter ses querelles, ses reproches, ses emportements, qui menaçaient d'éclater bientôt devant mes enfants. J'ai fui, je

me suis tenue cachée ici pendant quelque temps, et
quand j'ai su qu'il avait pris son parti, j'ai acheté cette
maison et je m'y suis établie. Cependant, je suis encore
un peu sur le qui-vive, car il m'aimait beaucoup, et si sa
nouvelle maîtresse n'a pas le talent de le retenir, il est
capable de me retomber sur les bras; c'est ce que je ne
veux à aucun prix.

— Eh bien, dit Salvator en riant et en lui prenant encore les mains, garde-moi ici pour ton chevalier; je le
pourfendrai s'il se présente.

— Merci, je me garderai bien sans toi.

— Tu ne veux donc pas que je reste? dit Salvator qui
s'était un peu animé avec quelques verres de marasquin
de Zara, et qui avait complétement oublié son ami et ses
serments.

— Si fait, tant que tu voudras! répondit la Floriani en
lui donnant une petite tape sur la joue, mais sur l'ancien pied.

— Permets que ce soit le pied de guerre, et que je
m'insurge.

— Prends garde, dit-elle en se dégageant de ses bras.
Si tu n'es plus mon ami comme autrefois, je te renverrai.
Allons retrouver ton compagnon de voyage, qui doit s'en-
nuyer là, tout seul, au salon!

Karol qui, appuyé contre une colonne, entendait tout
ce dialogue, sortit comme d'un rêve, et s'éloigna pour
n'être pas surpris aux écoutes, où il s'était oublié. Il
passa sa main sur son front comme pour en chasser l'impression d'un cauchemar. L'effort involontaire qu'il avait
fait pour pénétrer dans la pensée d'une existence si ora-
geuse, si désordonnée, si mêlée de choses superbes et
déplorables, avait brisé son âme. Il ne concevait pas que
Salvator s'enflammât, à mesure que cette femme lui dé-
voilait audacieusement ses erreurs successives, et que ce

qui l'eût repoussé, lui, attirât ce jeune homme insensé comme la lumière attire le papillon de nuit.

Il ne se sentit point capable d'affronter leur présence. Il craignait de ne pouvoir cacher son mécontentement à Salvator, sa pitié à la Floriani. Il sortit précipitamment par une autre porte, et, rencontrant le jeune Célio, il lui demanda où était la chambre qu'on avait bien voulu lui destiner. L'enfant le conduisit à l'étage supérieur, dans un bel appartement où deux lits, d'une fraîcheur et d'un moelleux recherchés, avaient été déjà préparés pour Salvator et pour lui. Le prince pria l'enfant de dire à sa mère que, se sentant fatigué, il s'était retiré, et qu'il la priait d'agréer ses respects et ses excuses.

Demeuré seul, il essaya de se recueillir et de se calmer. Mais il ne put retrouver la placidité de ses pensées habituelles. Il semblait qu'une influence brutale en eût profondément troublé la source. Il résolut de se coucher et de s'endormir; mais il soupira et s'agita en vain dans ce lit délicieux. Le sommeil ne vint pas, et il entendit sonner minuit sans avoir fermé l'œil. Salvator ne venait pas non plus.

VIII.

Salvator Albani était cependant un grand dormeur. Comme tous les hommes dispos, robustes, actifs et insouciants, il mangeait comme quatre, se fatiguait tout le jour, et ne se faisait pas prier pour s'endormir aussi vite que le prince, à qui des habitudes régulières et une petite santé imposaient l'obligation de ne pas veiller.

Si par hasard pourtant, depuis qu'ils étaient en voyage tête à tête, Salvator prolongeait un peu sa soirée, il ne manquait point d'aller deux ou trois fois s'assurer que *son enfant* (comme il l'appelait) dormait tranquillement. Il avait l'instinct paternel, et quoiqu'il n'eût que quatre ou cinq ans de plus que Karol, il le soignait comme il eût fait pour un fils, tant il avait besoin de servir et d'aider aux êtres plus faibles que lui. En cela, il avait quelque ressemblance avec la Floriani, et pouvait apprécier mieux que personne l'amour profond qu'elle portait à sa progéniture.

Malgré tout, Salvator oublia, cette fois, sa sollicitude accoutumée, et la Floriani, qui ne savait pas à quels ménagements et à quels soins le prince était habitué de sa part, ne lui fit pas songer à le rejoindre.

— Ton ami nous a déjà quittés, lui dit-elle après que Célio eut rempli son message. Il paraît souffrant. Comment l'appelles-tu? Depuis quand voyagez-vous ensemble? On dirait qu'il a du chagrin?...

Quand Salvator eut répondu à toutes ces questions :

— Pauvre enfant! reprit la Floriani, il m'intéresse. C'est beau d'aimer ainsi sa mère et de la pleurer si longtemps! Sa figure et ses manières m'ont été au cœur. Ah! si mon pauvre Célio me perdait, il serait bien à plaindre! Qui l'aimerait comme moi?

— Il faut adorer ses enfants et vivre pour eux comme tu le fais, dit Salvator; mais il ne faut pas trop les habituer à vivre pour eux-mêmes ou pour la tendre mère qui se consacre à eux. Il y a des dangers et des inconvénients graves à ne pas donner à leur esprit tout le développement dont il est susceptible, et mon ami en est un exemple : c'est un être adorable, mais malheureux.

— Comment cela? pourquoi? explique-moi cela? Quand il s'agit d'enfants, de caractères, d'éducation, je suis toujours prête à écouter et à réfléchir.

— Oh! mon ami est un étrange caractère, et je ne saurais te le définir; mais, en deux mots, je te dirai qu'il prend tout avec excès, l'affection et l'éloignement, le bonheur et la peine.

6.

— Eh bien, c'est une nature d'artiste.

— Tu l'as dit ; mais on ne l'a pas assez développé dans ce sens ; il a une passion vive, mais trop générale pour l'art. Il est exclusif dans ses goûts, mais il n'est pas dominé par une spécialité qui l'occupe et le contraigne à se distraire de la vie réelle.

— Eh bien, c'est une nature de femme.

— Oui ; mais pas comme la tienne, ma Floriani. Quoiqu'il soit capable d'autant de passion, de dévouement, de délicatesse, d'enthousiasme, que la femme la plus tendre...

— En ce cas, il est bien à plaindre, car il cherchera toute sa vie sans trouver un cœur qui lui réponde parfaitement.

— Ah ! c'est que tu n'as pas bien cherché, Lucrezia ; si tu voulais, tu trouverais sans aller bien loin !

— Parle-moi de ton ami...

— Non, ce n'est pas de lui, c'est de moi que je te parle.

— J'entends bien, je te répondrai tout à l'heure ; mais je n'aime pas à changer de propos à chaque instant. Réponds-moi d'abord : pourquoi dis-tu qu'il est si différent de moi, ton ami, malgré les rapports que tu prétends établir ?

— C'est qu'il y a mille nuances dans ton esprit et qu'il n'y en a pas dans le sien. Le travail, les enfants, l'amitié, la campagne, les fleurs, la musique, tout ce qui est bon et beau, tu le sens si vivement que tu peux toujours te distraire et te consoler.

— C'est vrai. Et lui ?

— Il aime tout cela par rapport à l'être qu'il aime, mais rien de tout cela par soi-même. L'objet de son amour mort ou absent, rien n'existe plus pour lui. Le désespoir et l'ennui l'accablent, et son âme n'a pas assez

de vigueur pour recommencer la vie à cause d'un nouvel
amour.

— C'est beau, cela ! dit la Floriani saisie d'une naïve
admiration. Si j'avais rencontré une âme pareille quand
j'ai aimé pour la première fois, je n'aurais eu qu'un
amour dans ma vie.

— Tu me fais peur, Lucrezia. Est-ce que tu vas aimer
mon petit prince ?

— Je n'aime pas les princes, répondit-elle d'un air
ingénu. Je n'ai jamais pu aimer que de pauvres diables.
D'ailleurs, ton petit prince serait mon fils !

— Folle que tu es ! tu as trente ans, et il en a vingt-
quatre !

— Ah ! j'aurais cru qu'il n'en avait que seize ou dix-
huit ; il a l'air d'un adolescent ! Et quant à moi, je me
sens si vieille et si sage, que je me figure que j'en ai cinquante.

— C'est égal, je ne suis pas tranquille ; il faut que
j'emmène mon prince demain.

— Tu peux être fort tranquille, Salvator, je n'aurai
plus d'amour. Tiens, dit-elle en lui prenant la main et en
la plaçant sur son cœur, il y a là une pierre désormais.
Mais non, ajouta-t-elle en plaçant la main de Salvator sur
son front, l'amour des enfants et la charité habitent encore dans le cœur ; mais le principal siége de l'amour est
là, vois-tu, dans la tête, et ma tête est pétrifiée. Je sais
qu'on le place dans les sens ; ce n'est pas vrai pour les
femmes intelligentes. Il suit chez elles une marche pro-
gressive ; il s'empare du cerveau d'abord, il frappe à la
porte de l'imagination. Sans cette clef d'or, il n'entre
point. Quand il s'en est rendu maître, il descend dans
les entrailles, il s'insinue dans toutes nos facultés, et
nous aimons alors l'homme qui nous domine comme un
Dieu, comme un enfant, comme un frère, comme un

mari, comme tout ce que la femme peut aimer. Il excite
et subjugue toutes nos fibres vitales, j'en conviens, et les
sens y jouent un grand rôle à leur tour. Mais la femme
qui peut connaître le plaisir sans l'enthousiasme est une
brute, et je te déclare que l'enthousiasme est mort en
moi. J'ai eu trop de déceptions, j'ai trop d'expérience, et
par-dessus tout cela, je suis trop fatiguée. Tu sais comme
je me suis dégoûtée du théâtre tout à coup, par lassitude,
quoique je fusse dans toute ma force physique. Mon imagination était rassasiée, épuisée. Je ne trouvais plus dans
le répertoire universel un seul rôle qui me parût vrai, et
quand j'essayais d'en faire un à mon gré, je m'aperce-
vais, après l'avoir joué une seule fois, que je n'avais pas
rendu mon sentiment en l'écrivant. Je ne le disais pas
bien, parce qu'il n'était pas bon, ce rôle, et je n'étais pas
dupe de moi-même quand le public essayait de me tromper en applaudissant. Eh bien, je suis arrivée au même
point pour l'amour : j'ai usé trop vite les cordes de l'illusion.

« L'amour est un prisme, continua la Floriani. C'est
un soleil que nous portons au front et par lequel notre
être intérieur s'illumine. Qu'il s'éteigne, et tout retombe
dans la nuit ! Maintenant, je vois la vie et les hommes
tels qu'ils sont. Je ne peux plus aimer que par charité ;
c'est ce que j'ai fait pour Vandoni, mon dernier amant.
Je n'avais plus d'enthousiasme, j'étais reconnaissante de
son affection, touchée de sa souffrance, je me dévouais ;
je n'étais pas heureuse, je n'avais pas même d'ivresse.
C'était une immolation perpétuelle, insensée, contre nature. Tout à coup, cette situation me fit horreur, je me
trouvai avilie. Je ne pus supporter le reproche de mes
amours passés, parce que, de tous ces amours où je m'é-
tais jetée naïvement et aveuglément, aucun ne me paraissait aussi coupable que celui que j'essayais de faire

durer en dépit de moi-même... Oh ! que de choses j'aurais à vous dire là-dessus, mon ami ! mais vous êtes encore trop jeune, vous ne me comprendriez pas.

— Parle ! parle ! s'écria Salvator, qui était devenu pensif ; et, retenant fortement la main de Lucrezia dans la sienne : Fais que je te connaisse bien, lui dit-il, afin que je continue à t'aimer comme ma sœur, ou que j'aie le courage de t'aimer autrement. Vois, je suis calme, parce que je suis attentif.

— Aime-moi comme ta sœur, et non autrement, reprit-elle ; car moi je ne puis voir en toi qu'un frère. C'est ainsi que j'aimais Vandoni, et depuis des années. Je l'avais connu au théâtre, où il ne brillait pas par son talent, mais où il se rendait utile par son activité, son dévouement et sa bonté. Un soir... à la campagne, près de Milan, un beau soir d'été, comme celui-ci ! il me faisait raconter l'histoire de ma rupture avec le chanteur Tealdo Soavi, le père de ma chère petite Béatrice. Celui-là, je l'avais aimé avec passion ; mais c'était une âme lâche et perverse. Il prétendait vouloir m'épouser, et il était marié ! Je ne tenais point au mariage ; mais, à la vérité, je ne pus apprendre sans horreur qu'il savait mentir si longtemps et si habilement. Je fus amère et emportée dans mes reproches ; il me quitta au moment où j'allais devenir mère. Je n'aurais pas eu le courage de le chasser, mais j'eus celui de ne pas le rappeler.

« Béatrice n'avait encore qu'un an lorsque le pauvre Vandoni, qui s'était fait mon serviteur, mon cavalier-servant, mon âme damnée, et qui m'aimait depuis bien longtemps sans oser me le dire, en écoutant le récit de mes chagrins, se jeta à mes pieds : — « Aime-moi, me « dit-il, et je te consolerai de tout. Je réparerai, j'efface-« rai tout le mal qu'on t'a fait. Je sais bien que tu n'auras « pas de passion pour moi ; mais cède à la mienne, et

« peut-être que l'amour qui me consume se communi-
« quera à ton cœur. D'ailleurs, avec ton amitié, et ta con-
« fiance, je serai encore le plus heureux, le plus recon-
« naissant des hommes. »

« Je résistai longtemps. J'avais tant d'amitié pour lui,
en effet, que l'amour m'était impossible. Je voulus l'éloigner ; il voulut sérieusement se tuer. J'essayai de vivre
chastement près de lui ; il devint comme fou. Je cédai ;
je crus que je commettais un inceste, tant j'eus de honte,
de douleur et de larmes, au lieu d'ivresse, dans ses bras.

« Ses transports pourtant m'attendrirent, et, pendant
quelque temps, j'eus avec lui une existence assez douce.
Mais il avait compté que son exaltation serait à la fin par-
tagée. Quand il vit qu'il s'était trompé et que je n'étais
pour lui qu'une compagne douce et dévouée, il n'eut pas
la modestie de se dire que je le connaissais trop pour
avoir de l'enthousiasme, et que, plus je le connaîtrais,
moins l'enthousiasme pourrait venir. Il était jeune, beau,
plein de cœur ; il ne manquait ni d'esprit ni d'instruction ; il ne concevait pas qu'il ne pût exercer sur moi
aucun prestige… Ni toi non plus, peut-être, Salvator ?
Je vais te dire pourquoi il n'en exerçait point.

« Ce n'est pas au mérite de l'être aimé qu'il faut mesurer la puissance de l'amour que nous éprouvons. L'a-
mour vit de sa propre flamme pendant un certain temps,
et même il s'allume en nous sans consulter notre expérience et notre raison. Ce que je te dis là est banal dans
l'exemple, et tous les jours on voit des êtres sublimes ne
rencontrer qu'ingratitude et trahison ; tandis que des
âmes perverses ou misérables inspirent des passions violentes et tenaces.

« On le voit, on le constate et l'on s'en étonne toujours,
parce qu'on n'en recherche pas la cause, parce que l'a-
mour est un sentiment de nature mystérieuse, que tout

le monde subit sans le comprendre. Ce sujet est si profond qu'il est effrayant d'y penser, et pourtant, ne pourrait-on essayer sérieusement ce qui n'a été qu'aperçu d'une manière vague? Ne pourrait-on l'étudier, l'analyser, le comprendre et le connaître jusqu'à un certain point, ce sentiment délicieux et terrible, le plus grand que l'espèce humaine ressente, celui auquel nul ne se soustrait, et qui, pourtant, prend autant de formes et d'aspects différents qu'il existe d'individualités sur la terre? Ne pourrait-on du moins saisir son essence métaphysique, découvrir la loi de son idéal, et savoir ensuite, en s'interrogeant soi-même, si c'est un amour noble et juste, ou bien un amour funeste et insensé qu'on porte en soi?

— Voilà de grandes préoccupations, Lucrezia! dit Salvator, et, puisque tu en es à ce point de méditation, je vois bien que tu n'es plus sous l'empire des passions.

— Ce ne serait pas une raison, reprit-elle. On peut éprouver de grandes émotions et s'en rendre compte. C'est peut-être un malheur; mais j'ai cette faculté, je l'ai toujours eue; et, au milieu des plus grands orages de ma jeunesse, ma pensée se dévorait elle-même pour voir clair dans la tempête qui la bouleversait; je ne conçois même pas que, dans la passion, on ait une autre contention d'esprit que celle-là. Je sais bien qu'elle n'aboutit pas; que, plus on cherche à voir clair en soi, plus la vue se trouble; mais cela vient, comme je te l'ai dit, de ce que la loi de l'amour n'est pas connue, et de ce que le catéchisme de nos affections est encore à faire.

— Ainsi, dit Salvator, tu as beaucoup cherché, toi, et tu n'as pas trouvé le mot de l'énigme!

— Non, mais je pressens quelque chose, c'est qu'il est dans l'Évangile.

— L'amour dont nous parlons ici n'est pas dans l'Évan-

gile, ma pauvre amie. Jésus l'a proscrit, il l'a ignoré.
Celui qu'il nous enseigne s'étend à l'humanité collective,
et ne se concentre pas sur un seul être.

— Je n'en sais rien, répondit-elle; mais il me semble
que tout ce que Jésus a dit et pensé n'est pas assez compris dans l'Évangile, et je jurerais qu'il n'était pas aussi
ignorant sur l'amour qu'on veut bien le dire. Qu'il ait
vécu vierge, je le veux bien, il n'en a que mieux saisi le
côté métaphysique de l'amour. Qu'il soit Dieu, je le veux
bien encore; je vois alors, dans son incarnation, un mariage avec la matière, une alliance avec la femme, qui ne
me laisse pas de doutes sur la pensée divine. Ne te
moque donc pas de moi quand je te dis que Jésus a mieux
compris l'amour que qui que ce soit; remarque bien sa
conduite avec la femme adultère, avec la Samaritaine,
avec Marthe et Marie, avec Madeleine; sa parabole des
ouvriers de la douzième heure, si sublime et si profonde!
Tout ce qu'il fait, tout ce qu'il dit, tout ce qu'il pense,
tend à nous montrer l'amour plus grand dans sa cause
que dans son objet, faisant bon marché de l'imperfection
des êtres, et s'excitant à être d'autant plus vaste et plus
ardent que l'humanité est plus coupable, plus faible et
moins digne de ce généreux amour.

— Oui, tu fais là la peinture de la charité chrétienne.

— Eh bien, l'amour, le grand, le véritable amour,
n'est-il pas la charité chrétienne appliquée et comme
concentrée sur un seul être?

— Utopie! l'amour est le plus égoïste des sentiments,
le plus inconciliable avec la charité chrétienne.

— L'amour, tel que vous l'avez fait, misérables hommes! s'écria la Lucrezia avec feu; mais l'amour que Dieu
nous avait donné, celui qui, de son sein, aurait dû passer,
pur et brûlant, dans le nôtre, celui que je comprends,
moi, que j'ai rêvé, que j'ai cherché, que j'ai cru saisir et

posséder quelquefois dans ma vie (hélas! le temps de
faire un rêve et de s'éveiller en sursaut), celui pourtant
auquel je crois comme à une religion, bien que j'en sois
peut-être le seul adepte et que je sois morte à la peine
de le poursuivre... celui-là est calqué sur l'amour que
Jésus-Christ a ressenti et manifesté pour les hommes.
C'est un reflet de la charité divine il obéit aux mêmes
lois; il est calme, doux, et juste avec les justes. Il n'est
inquiet, ardent, impétueux, passionné en un mot, que
pour les pécheurs. Quand tu verras deux époux, excel-
lents l'un pour l'autre, s'aimer d'une manière paisible,
tendre et fidèle, dis que c'est de l'amitié; mais quand tu
te sentiras, toi, noble et honnête homme, violemment
épris d'une misérable courtisane, sois certain que ce sera
de l'amour, et n'en rougis pas! C'est ainsi que le Christ
a chéri ceux qui l'ont sacrifié!

« C'est ainsi que, moi, j'ai aimé Tealdo Soavi. Je le
savais bien égoïste, vaniteux, ambitieux, ingrat, mais
j'en étais folle! Quand je le connus infâme, je le maudis,
mais je l'aimais encore. Je l'ai pleuré avec une amertume
si âcre que, depuis ce temps-là, j'ai perdu la faculté d'aimer un autre homme. J'ai paru vite consolée, et, maintenant, je le suis certainement; mais le coup a été si violent, la blessure si profonde, que je n'aimerai plus! »

La Floriani essuya une larme qui coulait lentement sur
sa joue pâle et calme. Sa figure n'exprimait aucune irri-
tation, mais sa tranquillité avait quelque chose d'effrayant.

IX.

— Ainsi, c'est à cause d'un scélérat que tu n'as pu
aimer un honnête homme? dit Salvator ému : tu es une
étrange femme, Lucrezia !

— Et quel besoin cet homme avait-il de mon amour?
reprit-elle. N'était-il pas assez heureux par lui-même, de
se sentir juste, bien organisé, sage, en paix avec sa
conscience et avec les autres? Il demandait mon amitié
pour récompense d'une bonne vie et d'un long dévouement. Il l'eut, et ne voulut pas s'en contenter. Il demanda de la passion; il lui fallait de l'inquiétude, des
tourments. Il ne dépendait pas de moi d'être malheureuse à cause de lui. Il ne pût me pardonner de vouloir
le rendre heureux.

— Voilà bien des paradoxes, mon amie, j'en suis
épouvanté ! Tu dis de fort belles choses, mais si l'on
voulait te résumer, ce serait difficile. L'amour, dis-tu,
est généreux, sublime et divin. Le Christ lui-même nous
l'a enseigné indirectement en nous enseignant la charité. C'est la compassion poussée jusqu'à l'emportement,
le dévouement jusqu'au délire. Cela, par conséquent,
n'entre que dans les grands cœurs. Alors les grands
cœurs sont condamnés à l'enfer dès cette vie, puisqu'ils
ne brûlent de ce feu sacré que pour les méchants et les
ingrats.

— Mais cela est certain ! s'écria la Floriani, l'énigme
de la vie n'a pas d'autre mot : sacrifice, torture et lassitude. Voilà pour la jeunesse, pour la force de l'âge et
pour la vieillesse.

— Et les justes ne connaîtront pas le bonheur d'être
aimés, par conséquent?

— Non, tant que le monde ne changera pas, et avec
lui le cœur humain. Si Jésus revient dans d'autres temps,
comme il l'a promis, il donnera, j'espère, de plus douces lois à une nouvelle race d'hommes; mais aussi cette
race vaudra mieux que nous.

— Ainsi, point d'amour partagé, point d'ivresse pure
pour nos générations?

— Non, non, trois fois non !

— Tu me fais peur, âme désespérée !

— C'est que tu veux voir le bonheur dans l'amour : il n'y est point. Le bonheur, c'est le calme, c'est l'amitié ; l'amour, c'est la tempête, c'est le combat.

— Eh bien ! moi, je vais te définir un autre amour : l'amitié, par conséquent le calme, uni à la volupté ; c'est-à-dire, la jouissance, le bonheur.

— Oui, c'est là l'idéal du mariage. Je ne le connais pas, bien que je l'aie rêvé et poursuivi.

— Et de ce que tu l'ignores, tu le nies ?

— Salvator, as-tu jamais rencontré deux amants ou deux époux qui s'aimassent absolument de la même manière, avec autant de force ou de calme l'un que l'autre ?

— Je ne sais pas... je ne crois pas !

— Moi, je suis bien sûre que non. Dès que la passion s'empare de l'un des deux (et c'est inévitable !) l'autre s'attiédit, la souffrance arrive, et le bonheur est troublé, sinon perdu. Dans la jeunesse, on cherche à s'aimer ; dans l'âge fait, on s'aime en se torturant ; dans l'âge mûr, on s'aime, mais l'amour est parti !

— Eh bien, dans l'âge mûr, tu te marieras, je le vois ; tu feras un mariage de raison, de douce sympathie, et tu vivras heureuse par l'amitié conjugale. C'est là ton rêve, n'est-ce pas ?

— Non, Salvator, l'âge mûr est venu pour moi. Mon cœur a cinquante ans, mon cerveau en a le double, et je ne crois pas que l'avenir me rajeunisse. Il aurait fallu n'aimer qu'un seul homme, traverser avec lui toutes les vicissitudes, souffrir avec lui, pour lui, et lui conserver le dévouement angélique que le Christ nous a enseigné. Cette vertu aurait pu alors compter sur sa récompense. La vieillesse serait venue tout guérir, et je me serais endormie doucement auprès du compagnon de ma vie, sûre d'avoir accompli mon devoir jusqu'au bout, et de lui avoir consacré un dévouement utile.

— Que ne l'as-tu fait? Tu avais tant pardonné à ton premier amant! Quand je t'ai connue, tu semblais résolue à pardonner éternellement au second!

— J'ai manqué de patience, la foi m'a abandonnée; j'ai obéi à la faiblesse de la nature humaine, au découragement, à la folle espérance d'être heureuse par un autre. Je me suis trompée. Les hommes ne peuvent nous savoir gré de l'héroïsme que nous avons eu pour d'autres que pour eux; ils nous en font un crime et un reproche, au contraire, et plus nous nous sommes dévouées avant de les connaître, plus ils nous jugent incapables de nous dévouer pour eux.

— N'est-ce pas vrai?

— Cela devient vrai après un certain nombre d'erreurs et d'entraînements. L'âme s'épuise, l'imagination se glace, le courage s'en va, les forces nous abandonnent. C'est là où j'en suis! Si je disais maintenant à un homme que je suis capable d'aimer, je mentirais effrontément.

— Ah! tu n'as jamais été coquette, ma pauvre Floriani, et je vois que tu ne pourrais devenir galante!

— Tu me plains donc à cause de cela?

— Je me plains, moi! car, malgré tout ce que tu me dis là, et peut-être à cause de cela même, je me sens éperdument amoureux de toi.

— En ce cas, bon soir, mon bon Salvator, tu partiras demain.

— Tu le veux? Ah! si tu pouvais le vouloir!

— Qu'est-ce à dire?

— Que je resterais malgré toi, et que j'aurais de l'espoir.

— Tu t'imaginerais que je te crains? Tu n'étais pas fat, et tu l'es devenu.

— Non, je ne suis pas devenu fat; mais je ne sais pourquoi tu veux me faire croire que tu es devenue invulnérable. N'as-tu jamais eu de caprices?

— Jamais !

— Ah ! par exemple !

— Ecoute, j'ai eu des entraînements violents, aveugles, coupables ! je ne le nie pas; mais ce n'étaient pas des caprices. On appelle ainsi une intrigue de plaisir qui dure huit jours..... Mais il y a aussi des passions de huit jours !....

— Il y a même des passions d'une heure ! s'écria Salvator avec emportement.

— Oui, répondit-elle, des illusions si soudaines et si puissantes qu'elles font place à l'aversion et à l'épouvante en se dissipant. Les passions les plus courtes ont pu être les mieux senties; on les pleure et on en rougit toute la vie.

— Pourquoi donc en rougir si elles sont sincères? On peut être bien sûr au moins que celles-là sont partagées.

— On n'en est pas plus sûr que des autres.

— Ce qui est spontané, irrésistible, est légitime et de droit divin.

— Le droit du plus fort n'est pas le droit divin, répondit la Floriani en se dégageant des bras de Salvator. Mon ami, pourquoi viens-tu m'outrager dans ma demeure? Je n'ai pas d'enthousiasme pour toi.

— Lucrèce ! Lucrèce ! tu ne te tuerais pas demain matin?

— Lucrèce eut tort de se tuer. Sextus ne l'avait point possédée ! Celui-là même qui a surpris les sens d'une femme n'a pas été son amant.

— Ah ! tu as raison, ma chère Floriani, dit Salvator

7.

en se mettant à ses genoux. Veux-tu me pardonner?

— Oui, sans doute, dit-elle en souriant. Nous sommes seuls et il est minuit. Je n'ai pas d'amant, et je t'ai reçu. Ce qui se passe en toi n'est pas ta faute, mais la mienne. Il faudra donc que je renonce, pendant dix ans encore, à voir mes amis ! c'est triste.

— Oh ! ma chère Floriani, vous pleurez, je vous ai offensée !

— Non, pas offensée. Ma vie n'a pas été assez chaste pour que j'aie le droit de m'offenser d'un désir exprimé brutalement.

— Ne parle pas ainsi, je te respecte et je t'adore.

— C'est impossible. Tu es homme et tu es jeune, voilà tout.

— Foule-moi aux pieds, mais ne dis pas que je n'ai que des sens auprès de toi. Mon cœur est ému, ma tête exaltée, et ton refus, loin de m'irriter, augmente encore mon respect et mon affection. Oublie que je t'ai fait de la peine. Mon Dieu ! comme te voilà pâle et triste ! Malheureux fou que je suis, j'ai réveillé le souvenir de toutes tes douleurs ! Ah ! tu pleures, tu pleures amèrement ! Tu me donnes envie de me tuer, tant je me méprise !

— Pardonne-toi, comme je te pardonne, dit la Floriani avec douceur, en se levant et en lui tendant la main. J'ai tort de m'affecter d'un hasard que j'aurais dû prévoir. J'en aurais ri autrefois ! Si j'en pleure aujourd'hui, c'est que je croyais être déjà entrée pour toujours dans une vie de calme et de dignité. Mais il n'y a pas assez longtemps que j'ai rompu avec la faiblesse et la folie pour qu'on me croie sage et forte. Ces entretiens sur l'amour, ces épanchements, ces confidences entre un homme et une femme, la nuit, sont dangereux, et si tu as eu de mauvaises pensées, tout le tort en est à mon imprudence. Mais ne prenons pas cela trop au sérieux,

dit-elle en essuyant ses yeux et en souriant à son ami
avec une admirable mansuétude. Je dois accepter cette
mortification en expiation de mes fautes passées, quoique
je n'en aie jamais commis de ce genre. Peut-être aurais-
je mieux fait d'être galante que d'être passionnée ! Je
n'aurais nui qu'à moi-même, au lieu que ma passion a
brisé d'autres cœurs que le mien. Mais que veux-tu, Salvator? Je n'étais pas née pour les mœurs *philosophi-
ques*, comme on les appelait autrefois.... ni toi non plus,
mon ami, tu vaux mieux que cela. Ah ! par respect
pour toi-même, ne demande pas aux femmes du plaisir
sans amour ! autrement, tu cesseras d'être jeune avant
d'être vieux, et c'est la pire de toutes les existences morales. .

— Lucrezia, tu es un ange, dit Salvator ; je t'ai outragée, et tu me parles comme une mère à son fils...
Laisse-moi embrasser tes pieds, je ne suis plus digne
d'embrasser ton front. Je ne l'oserai plus jamais, je
crois !

— Viens embrasser des fronts plus purs, lui dit-elle
en passant son bras sous celui de Salvator. Viens dans
ma chambre.

— Dans ta chambre! dit-il tout tremblant.

— Oui, dans ma chambre, reprit-elle avec un rire
franc où il ne restait plus aucune amertume ; et, lui faisant traverser un boudoir, elle l'entraîna dans une pièce
tendue de blanc, où quatre petits lits couleur de rose
entouraient une sorte de hamac piqué suspendu par des
cordons de soie. Les quatre enfants de la Floriani repo-
saient dans ce sanctuaire et formaient comme un rempart autour de sa couche volante.

— J'étais très-voluptueuse pour mon sommeil autrefois, lui dit-elle, et j'avais de la peine à me réveiller
dans la nuit pour soigner mes enfants après les fatigues

du théâtre et du monde. Depuis que je goûte le bonheur de vivre pour eux et avec eux, à toutes les heures du jour et de la nuit, je me suis faite à des habitudes plus vigilantes ; je perche comme un oiseau sur la branche à côté de son nid, et mes enfants ne font pas un mouvement que je n'entende et que je ne surveille. Tu vois ! pour deux heures que je les ai quittés, j'ai été punie, j'ai eu du chagrin. Si je m'étais couchée à dix heures avec eux, comme de coutume, je ne me serais pas souvenue du passé..... Ah ! le passé, c'est mon ennemi !

— Ton passé, ton présent, ton avenir sont adorables, Lucrezia, et je donnerais toute ma vie pour avoir été toi un seul jour. J'en serais fier, et ce jour ferait l'orgueil et le bonheur de ma mémoire. Adieu ! nous partirons, mon ami et moi, à la pointe du jour. Permets que j'embrasse tous tes enfants, et donne-moi ta bénédiction. Elle me sanctifiera, et quand nous nous reverrons, je serai digne de toi.

Quand Salvator Albani entra dans sa chambre, il était près d'une heure du matin. Il y pénétra avec précaution, et s'approcha de son lit sur la pointe du pied, dans la crainte de réveiller son ami, dont le silence et l'immobilité lui faisaient croire qu'il dormait.

Cependant, avant d'éteindre sa lumière, le jeune comte alla doucement, selon son habitude, entr'ouvrir un peu le rideau du prince, afin de s'assurer qu'il dormait paisiblement. Il fut surpris de lui voir les yeux ouverts et fixés sur lui, comme s'il interrogeait tous ses mouvements.

— Tu ne dors pas, mon bon Karol? Je t'ai éveillé, lui dit-il.

— Je n'ai pas dormi, répondit le prince d'un ton où perçait une sorte de tristesse et de reproche. J'étais inquiet de toi.

— Inquiet ! dit Salvator, feignant de ne pas comprendre : sommes-nous dans un repaire de brigands? Tu oublies que nous avons fait halte dans une bonne villa, chez des personnes amies.

— Nous avons fait *halte !* dit Karol avec un soupir étrange : c'est ce que je craignais !

— Oh ! oh ! ton pressentiment n'est pas dissipé? Eh bien, tu en seras bientôt délivré. La halte ne sera pas longue. Je vais me jeter pendant deux heures sur mon lit, et nous partirons encore avant le lever du soleil.

— Se retrouver et se quitter ainsi ! reprit le prince en s'agitant sur son chevet avec angoisse : c'est étrange.... c'est affreux !

— Comment ! comment ! que dis-tu là? Tu désires que nous restions !

— Non, certes, pas pour moi; mais pour toi, je suis effrayé d'une telle facilité de séparation, après une telle facilité de rapprochement.

— Voyons, mon bon Karol, tu divagues, s'écria Salvator en s'efforçant de rire; je comprends tes soupçons et tes accusations un peu hasardées... un peu dures... Tu t'imagines que je sors d'un tête-à-tête enivrant, et que, satisfait d'une agréable et facile aventure, je m'apprête à partir sans saluer la compagnie, sans regrets, sans amour, en un mot? Grand merci!

— Salvator, je n'ai rien dit de tout cela; tu me fais parler pour me chercher querelle.

— Non, non, ne nous querellons pas; ce n'est pas le moment, dormons. Bonsoir !

Et en gagnant son lit, où il se jeta avec un peu d'humeur, Salvator murmura entre ses dents : Comme tu y vas, toi ! Que ces gens vertueux sont donc charitables ! Ah ! ah ! c'est très-plaisant, cela !

Mais il ne riait pas de bien bon cœur. Il sentait qu'il était coupable, et que si la Floriani eût voulu être aussi folle que lui, l'accusation du prince n'eût porté que trop juste.

X.

Karol était d'une finesse prodigieuse ; les tempéraments délicats et concentrés ont une sorte de divination, qui les trompe souvent parce qu'elle va au delà de la vérité, mais qui ne reste jamais en deçà, et qui, par conséquent, semble magique quand elle tombe juste.

— Ami, lui dit-il en essayant de se remettre sur son oreiller sans agitation, ce qui ne lui était pas facile, vu qu'il tremblait comme un homme pris de fièvre ; tu es cruel ! Dieu sait pourtant que j'ai bien souffert pour toi depuis trois heures, et qu'on souffre en proportion de l'affection qu'on porte aux gens. Je ne puis supporter l'idée d'une faute de ta part. Elle m'est plus cruelle, elle me cause plus de honte et de regret que si je la commettais moi-même.

— Je n'en crois rien, reprit Salvator avec sécheresse. Tu te brûlerais la cervelle, si tu avais seulement une pensée légère. Aussi tu es implacable pour celles des autres !

— Je ne me suis donc pas trompé ! dit Karol, tu as fait commettre à cette malheureuse créature une erreur de plus, et toi....

— Moi, je suis un vaurien, un drôle, tout ce que tu voudras, s'écria Salvator en s'asseyant sur son lit, et en écartant son rideau pour parler en face à Karol ; mais cette femme, vois-tu, c'est un ange, et tant pis pour toi si tu n'as pas assez de cœur et d'esprit pour la comprendre.

C'était la première fois que Salvator disait une parole dure et outrageante à son ami. Il était vivement excité par les émotions de la soirée, et il ne pouvait supporter ce blâme, qu'il n'avait pas mérité d'une manière agréable.

Il n'eut pas plus tôt exhalé son dépit, qu'il s'en repentit amèrement ; car il vit la figure expressive de Karol pâlir, se décomposer, et trahir une douleur profonde.

— Écoute, Karol, dit-il en donnant un grand coup de pied à la muraille pour faire rouler son lit auprès de celui de son ami, ne te fâche pas, n'aie pas de chagrin ! c'est bien assez pour moi d'en avoir causé déjà, ce soir, à un être que j'aime presque autant que toi.... autant que toi, s'il est possible ! Plains-moi, gronde-moi, je le veux bien, je le mérite ; mais n'accuse pas cette excellente et admirable amie.... je vais tout te raconter.

Et Salvator, incapable de résister à la muette domination de son ami, lui rapporta de point en point, avec la plus grande véracité, et en entrant dans les moindres détails, tout ce qui s'était passé entre leur hôtesse et lui.

Karol l'écouta avec une grande émotion intérieure, que Salvator, troublé par sa propre confession, ne remarqua pas assez. Cette peinture des instincts sublimes et de la vie insensée de la Floriani lui porta le dernier coup, et son imagination en fut fortement impressionnée. Il crut la voir aux bras du misérable Tealdo Soavi, puis la compagne d'un comédien vulgaire, complaisante par bonté, avilie par grandeur d'âme. Outragée bientôt par les désirs aveugles de ce bon Salvator, qui, selon lui, aurait aussi bien courtisé la servante de l'auberge d'Iseo, s'il eût passé la nuit sur l'autre rive du lac. Puis il vit Lucrezia dans sa chambre, au milieu de ses enfants endormis. Il la vit partout grande par nature et dégradée par le fait. Il se sentit transir et brûler, bondir vers elle et défaillir à son approche. Quand Salvator eut cessé de parler, une sueur froide baignait le front de Karol.

Pourquoi t'en étonnerais-tu, lecteur perspicace ? Tu as

bien déjà deviné que le prince de Roswald était tombé éperdument amoureux à la première vue et pour toute sa vie, de la Lucrezia Floriani?

Je t'ai promis, ou plutôt je t'ai menacé de n'avoir pas le plaisir de la plus petite surprise, dans tout le cours de ce récit. Il eût été assez facile de te dissimuler les angoisses de mon héros, avant l'explosion d'un sentiment de plus en plus invraisemblable et difficile à prévoir. Mais tu n'es pas si simple qu'on le croit, mon bon lecteur, et, connaissant le cœur humain tout aussi bien que ceux qui s'en font les historiens, sachant fort bien, d'après ta propre expérience, peut-être, que les amours réputés impossibles sont précisément ceux qui éclatent avec le plus de violence, tu n'aurais pas été la dupe de ce prétendu stratagème de romancier. A quoi bon, dès lors, t'impatienter par de savantes manœuvres et de perfides ménagements? Tu lis tant de romans, que tu en connais bien toutes les *ficelles*, et, quant à moi, j'ai résolu de ne point me jouer de toi, dusses-tu me tenir pour un niais et m'en savoir mauvais gré.

Pourquoi cette femme, qui n'était plus ni très-jeune, ni très-belle, dont le caractère était précisément l'opposé du sien, dont les mœurs imprudentes, les dévouements effrénés, la faiblesse du cœur et l'audace d'esprit semblaient une violente protestation contre tous les principes du monde et de la religion officielle : pourquoi enfin la comédienne Floriani avait-elle, sans le vouloir, et sans même y songer, exercé un tel prestige sur le prince de Roswald? Comment cet homme, si beau, si jeune, si chaste, si pieux, si poétique, si fervent et si recherché dans toutes ses pensées, dans toutes ses affections, dans toute sa conduite, tomba-t-il inopinément et presque sans combat, sous l'empire d'une femme usée par tant de passions, désabusée de tant de choses, sceptique et rebelle à l'égard de celles qu'il respectait le plus, crédule jusqu'au fanatisme à l'égard de celles qu'il avait toujours niées, et qu'il devait nier toujours? Ceci, et je ne me charge point de vous le dire, c'est ce qu'il y a de plus inexplicable au moyen de la logique; c'est ce qu'il y a de plus vraisemblable dans mon roman, puisque la vie de tous les pauvres cœurs humains offre pour chacun une page, sinon un volume, de cette expérience funeste.

Ne serait-ce point que la Floriani, au milieu de ses paradoxes, avait touché à vif quelque point de la vérité, lorsqu'en parlant de l'amour avec Salvator Albani, elle avait dit que les âmes généreuses ou tendres sont condamnées à n'aimer que ce qu'elles plaignent et redoutent?

Il y a longtemps qu'on a dit que l'amour attirait les éléments les plus contraires, et lorsque Salvator rapporta à son jeune ami les théories un peu confuses, un peu folles, mais enthousiastes et peut-être sublimes de la Lucrezia, il est certain que Karol se sentit tombé sous la loi de cette épouvantable fatalité. L'effroi et l'horreur qu'il en ressentit furent si violents, et, en même temps, la fascination que son pressentiment lui avait vaguement annoncée livrèrent de tels combats à sa pauvre âme, qu'il n'eut pas la force de faire la moindre réflexion à son ami. — Nous partirons donc dans une heure, lui dit-il : repose-toi au moins un instant, Salvator; je ne me sens point assoupi : je te réveillerai quand le jour sera venu.

Salvator, cédant à la puissance de la jeunesse, s'endormit profondément, soulagé, sans doute, d'avoir ouvert son cœur et résumé ses émotions. Il n'était point honteux d'avoir fait auprès de Lucrezia ce qu'un roué eût appelé un *pas de clerc*. Il s'en repentait sincèrement; mais la sachant bonne et vraie, il comptait sur son pardon et ne prononçait pas le vœu téméraire de ne jamais recommencer la même tentative auprès des autres femmes.

Karol ne s'endormit pas : une fièvre réelle, assez forte,
s'empara de lui, et, en se sentant malade de corps, il
essaya de se rassurer un peu sur l'invasion de cette maladie morale qu'il regarda comme un symptôme de maladie physique. « Ce sont des hallucinations, se disait-il.
La dernière figure nouvelle que j'ai rencontrée dans ce
voyage s'est fixée dans mon cerveau, et elle m'assiége
maintenant comme un fantôme de la fièvre. Ce pourrait
être toute autre personne, dont l'image eût ainsi tourmenté mon insomnie. »

Le jour naissant blanchit l'horizon, et Karol se leva,
afin de s'habiller lentement avant de réveiller son compagnon ; car il se sentait extrêmement faible, et, à diverses reprises, il fut forcé de s'asseoir. Lorsque Salvator, remarquant l'animation de ses joues et quelques
frissons convulsifs, lui demanda s'il souffrait, il le nia,
bien décidé qu'il était à ne point se laisser retenir. Au
moment où ils sortaient de leur chambre, ils entendirent
du bruit en bas. On était déjà éveillé dans la maison. Il
fallait traverser l'étage inférieur pour gagner le jardin et
le rivage, où ils comptaient profiter de quelque barque
de pêcheur. Au moment où ils mettaient le pied dehors,
ils se trouvèrent en face de la Floriani.

— Où allez-vous si vite? leur dit-elle en prenant la main
à l'un et à l'autre; on met les chevaux à ma voiture, et
Celio, qui mène à ravir, se fait grande fête d'être votre
cocher jusqu'à Iseo. Je ne veux pas que vous traversiez le
lac à cette heure ; il y a encore une petite brume fraîche
et très-malfaisante, non pas pour toi, Salvator, mais
pour ton ami, qui ne se porte pas très-bien. Non ! vous
n'êtes pas bien, monsieur de Roswald ! ajouta-t-elle en
reprenant la main de Karol, et en la retenant dans les

siennes avec la candeur d'un instinct maternel. J'ai été
frappée, tout à l'heure, de la chaleur de votre main, et
je crains que vous n'ayez un peu de fièvre. Les nuits et
les matinées sont froides, ici; rentrez, rentrez, je le
veux ! Pendant que vous prendrez le chocolat, la voiture sera prête, vous vous y renfermerez bien, et vous
aurez, à Iseo, le premier rayon du soleil, qui dissipera
la mauvaise influence du lac.

— Il est donc vrai que votre miroir, chère sirène, a
une influence un peu perfide? dit Salvator en se laissant
ramener dans l'intérieur de la maison. Mon ami prétendait,
dès hier, s'en apercevoir, et moi je n'y croyais point.

— Si c'est le lac que tu appelles mon miroir, cher
Ulysse, répondit Lucrezia en riant, je te dirai qu'il est
comme tous les lacs du monde, et que quand on n'est
pas né sur ses rives, il faut s'en méfier un peu. Mais je
n'aime pas la sécheresse de cette main, dit-elle en interrogeant le pouls de Karol, de cette petite main, car c'est
la main d'une femme... *Che manina !* ajouta-t-elle en
se tournant vers Salvator avec naïveté : mais prends-y
garde ! ton ami n'est pas bien. Je m'y connais, moi, mes
enfants n'ont jamais eu d'autre médecin que moi.

Salvator voulut à son tour tâter le pouls du prince :
mais celui-ci affecta de prendre un peu d'humeur de cette
inquiétude. Il retira brusquement des mains du comte,
celle qu'il avait abandonnée en tremblant à la Floriani.

— Je t'en prie, mon bon Salvator, dit-il, n'essaie pas de
me persuader que je suis malade, et ne me rappelle pas
trop que je ne suis jamais en bonne santé. J'ai assez mal
dormi; je suis un peu agité, et voilà tout. Le mouvement
de la voiture me remettra. La signora est trop bonne,
ajouta-t-il du bout des dents et d'un ton un peu sec, qui
semblait dire : « Je vous serais fort obligé de me laisser
partir au plus vite. »

La Floriani fut frappée de son accent : elle le regarda avec surprise, et crut voir dans la brièveté de sa parole un nouvel indice de fièvre. Il avait une forte fièvre, en effet, mais la bonne Lucrezia était à cent lieues de s'imaginer que le siége du mal était dans l'âme, et qu'elle en était la cause.

Une collation était servie. Pendant que Salvator se laissait aller à son bon appétit ordinaire, Karol prit du café à la dérobée. Rien ne lui était plus contraire dans ce moment-là, et il n'en prenait jamais. Mais il se sentait défaillir si rapidement qu'il voulait absolument se donner une force factice pour s'en aller sans laisser voir son profond malaise.

En effet, il crut se sentir mieux après avoir pris cet excitant, et, en voyant Salvator qui s'oubliait à dire une foule de tendresses à la Floriani, il éprouva une vive impatience ; il eut bien de la peine, même, à ne pas l'interrompre par des paroles de dépit. Enfin, la voiture roula sur le sable devant la maison, et le beau Célio, bondissant de plaisir, prit les guides de deux jolis petits chevaux corses qui traînaient une calèche légère. Un domestique, attentif et dévoué, était assis à ses côtés, sur le siége.

Au moment de quitter Lucrezia, le comte Albani, qui l'aimait véritablement, éprouva un chagrin et un redoublement d'affection qui se manifestèrent en caresses expansives, suivant son habitude. Après lui avoir mille fois demandé pardon tout bas, il s'arracha à une émotion qui réveillait, malgré lui, la pensée de ses torts, car il prenait un singulier plaisir à embrasser les joues calmes, les douces mains et le cou velouté de sa belle amie. Elle, sans pruderie, comme sans coquetterie, souffrait ces adieux voluptueux et tendres, avec un peu trop d'obligeance ou de distraction au gré de Karol, et, en ce moment, il lui sembla qu'il la haïssait. Pour ne pas voir la dernière embrassade, qui fut presque passionnée de la part de son ami, il se jeta au fond de la voiture et détourna la tête. Mais, au moment où la voiture partait, il rencontra le visage de Lucrezia tout auprès de la portière. Elle lui adressait un adieu amical, et lui tendait une boîte de chocolat qu'il prit machinalement avec un profond salut glacé, et qu'il jeta ensuite avec humeur sur la banquette devant lui.

Salvator ne vit point ce mouvement. A moitié hors de la voiture, il envoyait encore des baisers à la Floriani et à ses petites-filles, qui, sortant de leurs lits, et à demi vêtues, lui faisaient de gracieux signes avec leurs jolis bras nus.

Quand il ne vit plus que les arbres et les murs de la villa, il sentit son bon cœur italien, volage mais sincère, se gonfler et se fendre. Il couvrit sa figure de son mouchoir et versa quelques larmes. Puis, honteux de cette faiblesse, et craignant qu'elle ne semblât ridicule au prince, il essuya ses yeux et se tourna vers lui avec un peu d'embarras, pour lui dire :

— N'est-ce pas, voyons, que la Floriani n'est pas ce que tu croyais?

Mais la parole expira sur ses lèvres, lorsqu'il vit la figure contractée et la pâleur livide de son ami. Karol avait les lèvres blanches comme ses joues, les yeux fixes et ternes, les dents serrées. Salvator l'appela et le secoua en vain ; il ne sentait et n'entendait rien : il avait perdu connaissance. Pendant quelques instants, Salvator espéra le ranimer en lui frottant les mains. Mais, voyant qu'il était glacé et comme mort, il fut pris d'une grande terreur. Il appela Célio, fit arrêter la voiture, ouvrit toutes les portières pour donner de l'air. Tout fut inutile ; Karol ne donnait d'autre signe de vie que des frissons étranges et des soupirs oppressés.

8.

Le petit Célio, qui avait le courage et la présence d'esprit de sa mère, remonta sur le siége, fouetta les chevaux, et ramena le prince Karol dans cette maison où la fatalité avait décidé qu'il connaîtrait une existence nouvelle.

XI.

Vous avez bien prévu, à la fin du chapitre précédent, chers lecteurs, que le prince de Roswald allait faire une maladie qui le forcerait de rester à la villa Floriani. L'incident n'est pas neuf, j'espère, et c'est pour cela que je ne le passe point sous silence.

Et si je vous en faisais mystère, comment la suite de cette histoire serait-elle vraisemblable? Il est bien évident que, s'il y a quelque chose de fatal dans les grandes passions, l'accomplissement de cette fatalité s'explique et s'appuie toujours sur des circonstances très-naturelles. Si, par des symptômes précurseurs de la maladie, si, par l'accablement et le désordre de la maladie elle-même, Karol n'eût été prédisposé et contraint à subir l'influence de la passion, il est probable qu'il eût résisté aux atteintes de cette passion bizarre et insensée.

Il n'y résista pas, parce qu'il fut en effet très-malade, et que, pendant plusieurs semaines, la Floriani ne quitta presque pas son chevet. Cette excellente femme, autant par amitié pour Salvator Albani que pour obéir à un sentiment de religieuse hospitalité, se fit un devoir de soigner le prince, comme elle l'eût fait pour son meilleur ami ou pour un de ses propres enfants.

La Providence envoyait réellement à Karol, dans cette épreuve, la personne la plus capable de l'assister et de le sauver. Lucrezia Floriani avait un instinct presque merveilleux pour juger de l'état des malades et des soins

à leur donner. Cet instinct était peut-être seulement
de la mémoire. Elle avait été, dans cette même maison
dont elle était maintenant la châtelaine, servante, oui,
simple servante, à dix ans, de sa marraine, madame Ranieri, femme débile et nerveuse qu'elle avait soignée
avec un amour, un dévouement et une intelligence au-
dessus de son âge. C'était là la première cause de l'amitié
que cette dame avait prise pour elle, jusqu'au point de
lui faire donner une éducation en dehors de sa condition,
et de vouloir ensuite la marier avec son fils.

Lucrezia avait donc appris de bonne heure à être
garde-malade et quasi médecin dans l'occasion. Elle avait
eu ensuite des amis, des enfants et des serviteurs malades, comme tout le monde peut en avoir, et elle les
avait soignés elle-même comme tout le monde ne le fait
pas. A force de chercher ardemment ce qui pouvait les
soulager, et d'observer attentivement et délicatement
dans les prescriptions des médecins, le bon ou le mauvais effet du traitement, elle avait acquis des notions
assez justes sur ce qui convient aux organisations diverses, et une grande mémoire des moindres détails. Elle
se rappela le mal que la médecine empirique des Italiens
avait fait à sa chère Ranieri; elle était persuadée qu'ils
l'avaient tuée, après qu'elle-même avait quitté le pays.
Elle ne voulut donc pas les appeler auprès du prince, et
elle se chargea de le traiter.

Salvator fut très-effrayé de la responsabilité qu'elle
voulait prendre, et qui pesait également sur lui. Mais le
caractère confiant et brave de la Floriani l'emporta. Elle
fit sortir de la chambre du malade ce bon Salvator, qui
la fatiguait par ses anxiétés et ses irrésolutions. « Va
surveiller les enfants, lui dit-elle, amuse-les, promène-toi
avec eux, oublie que ton ami est malade; car je te jure
que tu n'es bon à rien avec ta sollicitude puérile et in-

quiète. Je me charge de lui et je t'en réponds. Je ne le quitterai pas d'un instant. »

Salvator eut bien de la peine à se tenir tranquille. La prostration de Karol était effrayante et semblait appeler des secours prompts et actifs. Mais la Floriani avait vu de ces phénomènes nerveux, et il lui suffisait de regarder les mains délicates du prince, sa peau blanche et transparente, ses cheveux fins et souples, un ensemble et des détails frappants, pour établir, entre lui et la maladie de madame Ranieri, des rapports qui ne trompent point le cœur d'une femme.

Elle s'attacha à le calmer sans l'affaiblir, et, certaine qu'il y a pour des organisations aussi exquises, des influences magnétiques d'un ordre élevé, qui échappent à l'observation vulgaire, elle appela souvent ses enfants autour du lit du prince, après s'être bien assurée que son état n'avait rien de contagieux. Elle pensait que la présence de ces êtres forts, jeunes et sains, aurait, au moral comme au physique, un pouvoir mystérieux et bienfaisant pour ranimer la flamme pâlissante de la vie chez le jeune malade...

Et qui pourrait assurer qu'elle se fît illusion à cet égard? Ne fût-ce que l'imagination qui joue un si grand rôle dans les maladies nerveuses, il est certain que Karol respirait plus à l'aise, lorsque les enfants étaient là, et que leur pure haleine, mêlée à celle de leur mère, rendait l'air plus souple et plus suave à sa poitrine ardente. On tient assez compte de la répugnance que doivent éprouver les malades à être approchés par des personnes qui leur inspirent du dégoût et de l'impatience : on en doit tenir aussi du bien-être physique que leur procure la satisfaction d'être soignés ou seulement entourés par des êtres sympathiques et d'un extérieur agréable. Si, à notre heure dernière, au lieu du sinistre appareil

de la mort, on pouvait faire descendre des formes célestes
autour de notre chevet, et nous bercer de la musique des
séraphins, nous subirions sans effort et sans angoisse ce
rude moment de l'agonie.

Karol, agité de rêves pénibles, se réveillait parfois sous
le coup de la terreur et du désespoir. Alors il cherchait
instinctivement un refuge contre les fantômes dont il
était assiégé. Il trouvait alors les bras maternels de la
Floriani pour l'entourer comme d'un rempart, et son sein
pour y reposer sa tête brisée. Puis, en ouvrant les yeux,
et en les promenant avec égarement autour de lui, il
voyait les belles têtes intelligentes et affectueuses de
Célio et de Stella qui lui souriaient. Il leur souriait aussi
machinalement, comme par un effort de complaisance,
mais son rêve était dissipé et son épouvante oubliée. Son
cerveau, affaibli encore, entrait dans un autre ordre de
divagations. Il regardait le petit Salvator dont on approchait le visage rose du sien, et il croyait lui voir des ailes;
il s'imaginait que ce beau chérubin voltigeait autour de
sa tête pour la rafraîchir. La voix de Béatrice était d'une
douceur incomparable, et, lorsqu'elle causait doucement
avec ses frères, il croyait l'entendre chanter. Il attribuait
à ce timbre frais et flatteur des intonations musicales qui
n'étaient perceptibles que pour lui seul; et un jour que
la petite discutait à demi-voix pour un jouet avec sa
sœur, la Floriani fut surprise d'entendre le prince lui
dire que cet enfant chantait Mozart comme personne au
monde n'était capable de le chanter. — C'est une belle
nature, ajouta-t-il en faisant un grand effort pour rendre
sa pensée. Elle a sans doute entendu beaucoup de musique; mais elle n'a de mémoire que pour Mozart. C'est
toujours quelque phrase de Mozart qu'elle chante, et
jamais rien d'un autre maître.

— Et Stella, ne chante-t-elle pas aussi? lui dit Lucrezia, qui cherchait à le comprendre.

— Elle chante quelquefois du Beethowen, dit-il, mais c'est moins constant, moins suivi, et il n'y a pas la même unité.

— Mais Célio ne chante jamais?

— Célio, je ne l'entends que quand il marche. Il y a tant de grâce et d'harmonie dans ses formes et dans ses mouvements, que la terre résonne sous ses pieds, et que la chambre se remplit de sons vibrants et prolongés.

— Et ce petit-là? lui dit la Lucrezia en lui présentant la joue de son *bambino*, c'est le plus bruyant; il crie quelquefois. Ne vous fait-il pas de mal?

— Il ne me fait jamais de mal, je ne l'entends pas. Je crois que je suis devenu sourd pour le bruit; mais ce qui est mélodie ou rhythme me pénètre encore. Quand le chérubin est devant moi, dit-il en désignant le petit Salvator, je vois comme une pluie de couleurs vives et douces qui danse autour de mon lit, sans prendre de formes, mais qui chasse les visions mauvaises. Ah! n'emmenez pas les enfants. Je ne souffrirai pas, tant que les enfants seront là!

Karol avait vécu, jusqu'à cette heure, de la pensée de la mort. Il s'était familiarisé tellement avec elle, qu'il en était arrivé, jusqu'à l'invasion de sa maladie, à croire qu'il lui appartenait, et que chaque jour de répit lui était accordé comme par hasard. Il en plaisantait volontiers; mais quand nous concevons cette idée au milieu de la santé, nous pouvons l'accepter avec un calme philosophique; tandis qu'il est rare qu'elle ne nous épouvante pas, lorsqu'elle s'empare d'un cerveau affaibli par la maladie. C'est la seule chose triste qu'il y ait dans la mort, selon moi; c'est qu'elle nous prend si accablés et tellement tombés au-dessous de nous-mêmes, que nous ne la voyons plus telle qu'elle est, et qu'elle fait peur alors à des âmes calmes et fortes par elles-mêmes. Il arriva donc au prince ce qui arrive à la plupart des malades; quand il lui fallut se mesurer de près avec cette idée de mourir à la fleur de l'âge, la douce mélancolie dont il s'était nourri jusqu'alors dégénéra en sombre tristesse.

Si sa mère eût été sa garde-malade en cette circonstance, elle eût relevé son courage d'une manière tout opposée à celle qu'employa la Floriani. Elle lui eût parlé de l'autre vie, elle l'eût entouré des austères secours extérieurs de la religion. Le prêtre lui fût venu en aide, et Karol, frappé de cet appareil solennel, eût accepté et subi son destin. Mais la Lucrezia procédait autrement. Elle écartait de lui l'idée de la mort, et lorsqu'il lui laissait voir qu'il la croyait prochaine et inévitable, elle le plaisantait tendrement, et affectait une tranquillité d'esprit à cet égard qu'elle n'avait pas toujours.

Elle y mit tant de prudence et de calme apparent, qu'elle réussit à s'emparer de sa confiance. Elle le tranquillisa, non en lui apprenant ce qu'il est trop tard pour apprendre aux malades, à mépriser la vie (c'est un courage auquel il ne faut guère se fier de leur part, car ce courage les achève souvent); mais elle le ranima en lui faisant croire à la vie, et elle s'aperçut vite qu'il l'aimait encore, et avec acharnement, cette vie physique qu'il avait tant dédaignée lorsqu'elle n'était point menacée.

Salvator s'effrayait, parce qu'il croyait que son ami n'aurait pas la force morale de résister à son mal. — Comment espères-tu que tu le sauveras? disait-il à la Floriani, lorsque depuis si longtemps, depuis la mort de sa mère surtout, il est dégoûté de vivre et se laisse aller tout doucement à la consomption? L'espèce de plaisir qu'il trouvait à cette idée me faisait bien présager qu'il

était déjà frappé, et que quand il tomberait, il ne se re-
lèverait pas.

— Tu t'es trompé et tu te trompes encore, lui répondait la Lucrezia. Personne n'a le goût de mourir à moins
d'être monomane, et ton ami ne l'est point. Il est bien
organisé, et cet ébranlement nerveux, qui le rendait si
sombre, va se dissiper avec la crise qui l'accable maintenant. Il veut vivre, je t'assure, et il vivra.

Karol voulut vivre en effet, il voulut vivre pour la Floriani. Certes, il ne s'en rendit pas compte, et, pendant
quinze jours qu'il fut sous le coup du plus grand mal, il
oublia la commotion qui l'avait causé. Mais cet amour
continua et augmenta sans qu'il en eût conscience,
comme celui de l'enfant au berceau pour la femme qui
l'allaite. Un attachement d'instinct, indissoluble et impérieux, s'empara de sa pauvre âme en détresse et l'arracha aux froides étreintes de la mort. Il tomba sous
l'ascendant de cette femme qui ne voyait en lui qu'un
malade à soigner, et sur laquelle se reporta tout l'amour
qu'il avait eu pour sa mère, et tout celui qu'il avait cru
avoir pour sa fiancée.

Dans les divagations de la fièvre, il commença par cette
idée fixe que sa mère était sortie du tombeau, par un miracle de l'amour maternel, pour venir l'aider à mourir,
et il ne cessa de prendre la Floriani pour elle. C'est à
cette illusion qu'elle dut de le trouver soumis à toutes
ses ordonnances, attentif à ses moindres paroles, ou-
blieux de toutes les méfiances que son caractère lui avait
inspirées d'abord. Lorsqu'il était oppressé au point de ne
pouvoir respirer, il cherchait son épaule pour y reposer
sa tête, et quelquefois, il sommeilla une heure, appuyé
ainsi, sans se douter de son erreur.

Un jour enfin, il retrouva sa raison, et le sommeil
ayant été plus complet et plus salutaire, il ouvrit les yeux

et les fixa avec étonnement sur le visage de cette femme,
pâlie par la fatigue des soins et des veilles qu'elle lui
avait consacrées. Il sortit alors comme d'un long rêve et
lui demanda s'il était malade depuis bien des jours, et si
c'était elle qu'il avait toujours vue à ses côtés. — Mon
Dieu! lui dit-il, lorsqu'elle lui eut répondu, vous ressem-
blez donc bien à ma mère? Salvator, dit-il, en reconnaissant aussi son ami, qui s'approchait de son lit, n'est-ce
pas qu'elle ressemble à ma mère? J'en ai été bouleversé
la première fois que je l'ai vue.

Salvator ne jugea pas à propos de le contredire, bien
qu'il ne trouvât pas le moindre rapport entre la belle et
forte Lucrezia, et la grande, maigre et austère princesse
de Roswald.

Un autre jour, Karol, encore appuyé sur le bras de la
Floriani, essaya de se soutenir seul. — Je me sens
mieux, dit-il, j'ai plus de force : je vous ai trop fatiguée;
je ne comprends pas que j'aie abusé ainsi de votre bonté !

— Non, non, appuie-toi, mon enfant, répondit gaiement la Floriani, qui prenait aisément l'habitude de tutoyer ceux auxquels elle s'intéressait, et qui, insensiblement, s'était persuadé que Karol était quelque chose
comme son fils.

— Vous êtes donc ma mère? êtes-vous vraiment ma
mère? reprit Karol, dont les idées recommençaient à se
troubler.

— Oui, oui, je suis ta mère, répondit-elle, sans songer
que, dans la pensée de Karol, c'était peut-être une profanation; sois certain que, dans ce moment-ci, c'est absolument la même chose.

Karol garda le silence : puis ses yeux se remplirent de
larmes, et il se prit à pleurer comme un enfant, en pressant contre ses lèvres les mains de la Floriani.

— Mon cher fils, lui dit-elle en l'embrassant au front

9

à plusieurs reprises, il ne faut pas pleurer, cela peut vous fatiguer beaucoup. Si vous pensez à votre mère, pensez donc que, du ciel, elle vous voit et bénit votre guérison prochaine.

— Vous vous trompez, reprit Karol ; du haut des cieux, ma mère m'appelle depuis longtemps et me crie d'aller la rejoindre. Je l'entends bien ; mais moi, ingrat, je n'ai pas le courage de quitter la vie.

— Comment pouvez-vous raisonner si mal, enfant que vous êtes ? dit la Floriani avec le calme et le sérieux caressant qu'elle aurait eus en gourmandant Celio. Quand la volonté de Dieu est que nous vivions, nos parents ne peuvent nous rappeler à eux dans l'autre vie. Ils ne le veulent ni ne le doivent. Vous avez donc rêvé cela ; quand on est malade on fait beaucoup de rêves. Si votre mère pouvait se faire entendre de vous, elle vous dirait que vous n'avez pas assez vécu pour mériter d'aller la rejoindre.

Karol se retourna avec effort, surpris peut-être d'entendre la Floriani lui faire des sermons. Il la regarda encore ; puis, comme s'il n'eût pas entendu, ou point compris ce qu'elle venait de lui dire :

— Non ! s'écria-t-il, je n'ai pas la force de mourir. Tu me retiens si bien, toi ! que je ne peux pas te quitter ! Que ma mère me le pardonne, je veux rester avec toi !

Et, comme épuisé par son émotion, il retomba dans les bras de la Floriani, et s'y assoupit encore.

XII.

Un soir que le prince, alors en pleine convalescence, s'était endormi très-paisiblement en apparence, et qu'après avoir couché ses enfants, la Floriani respirait le frais sur la terrasse avec Salvator : — Ma bonne Lucrezia, lui dit

celui-ci, il faut que nous parlions enfin de la vie réelle;
car depuis près de trois semaines nous traversons un
cauchemar qui se dissipe enfin, grâce à Dieu! je devrais
dire grâce à toi, car tu as sauvé mon ami, et tu as ajouté
à mon affection pour toi une reconnaissance qui ne peut
s'exprimer. Mais, dis-moi, maintenant, qu'allons-nous
faire, aussitôt que notre cher malade sera en état de
voyager?

— Nous n'y sommes point! répondit la Floriani. Ce
n'est pas encore dans quinze jours qu'il pourra se remettre en route. C'est à peine s'il peut faire le tour du
jardin maintenant, et tu sais bien que les forces revien-
nent moins vite qu'elles ne tombent.

— Supposons que cette convalescence dure encore un
mois! il y a une fin à tout; nous ne pouvons pas rester
éternellement à ta charge, et il faudra bien se séparer!

— Sans aucun doute; mais je désire que ce soit le
plus tard possible. Vous ne m'êtes point à charge; je
suis bien payée des soins que j'ai donnés à ton ami par
le bonheur que j'éprouve de le voir sauvé; et, d'ailleurs,
sa reconnaissance est si grande, si bonne, si tendre, que
je me suis mise à l'aimer, presque autant que tu l'aimes
toi-même. Il est naturel de soigner et de consoler ceux
qu'on aime. Je ne vois donc pas que tu aies lieu de me
tant remercier.

— Tu ne veux pas m'entendre, mon excellente amie;
l'avenir m'inquiète!

— Quoi? la vie du prince? elle n'est point du tout
compromise par cette maladie. Je l'ai assez étudié; il est
parfaitement bien organisé. Il vivra plus que toi et moi,
peut-être!

— J'en suis presque certain aussi; j'ai bien vu, cette
fois, quelles ressources il y a dans ces tempéraments

nerveux ; mais son avenir moral, y songes-tu, Lucrezia ?

— Mais il me semble que je n'en suis pas chargée.... Pourquoi me demandes-tu cela ?

— Je ne devrais pas être surpris qu'une nature aussi loyale et aussi généreuse que la tienne portât la naïveté jusqu'à l'aveuglement ; pourtant il est bien étrange que tu ne me comprennes pas.

— Eh bien, non, je ne te comprends pas ; parle clairement, voyons.

— Parler clairement d'une chose aussi délicate, à quelqu'un qui ne vous aide pas du tout, c'est brutal ! Et pourtant, il le faut. Eh bien, Karol t'aime !

— Je l'espère ! Je l'aime aussi ; mais si tu veux me faire entendre qu'il m'aime d'amour, je ne pourrai pas prendre ta crainte au sérieux.

— Oh ! ma chère Lucrezia, ne plaisante pas là-dessus ! Tout est sérieux avec une nature profonde et entière comme celle de mon pauvre ami ; cela est d'un sérieux effrayant, au contraire !

— Non, non, Salvator, tu divagues. Que ton ami ait pour moi une amitié sérieuse, une reconnaissance vive, enthousiaste, si tu veux ; cela est possible de la part d'un être aussi tendre et aussi noble. Mais que cet enfant soit amoureux de ta vieille amie, c'est impossible ! Tu le vois ému outre mesure à chaque mot qu'il nous dit : c'est l'effet de sa faiblesse et d'un reste d'exaltation nerveuse. Tu l'entends me remercier dans des termes qui ne sont pas proportionnés aux services que je lui ai rendus : c'est l'effet du beau langage qui part d'une belle âme, d'une noble habitude de bien penser et de bien dire, qui lui est propre et à laquelle sa grande éducation et ses belles manières aident naturellement beaucoup. Mais de l'amour pour moi ? Quelle folie ! il ne me connaît pas, et s'il me connaissait, s'il savait ma vie, il aurait peur de

moi, le pauvre enfant! Le feu et l'eau, le ciel et la terre
ne sont pas plus dissemblables.

— Le ciel et la terre, le feu et l'eau, sont des éléments
opposés, mais toujours unis ou prêts à s'unir dans la nature. Les nuages et les rochers, les volcans et les mers
s'étreignent en se rencontrant; ils se brisent et se fondent
ensemble dans les mêmes désastres éternels. Ta comparaison confirme mon assertion et doit t'expliquer mes
craintes.

— Tu fais de la poésie bien gratuitement! Je te dis
qu'il me mépriserait et me haïrait, peut-être, s'il savait
quelle pécheresse lui a servi de sœur de charité. Je connais ses principes et ses idées d'après ce que tu m'en dis
tous les jours; car, quant à lui, je dois avouer qu'il ne
m'a jamais fait de morale. Mais enfin, toi qui sais si bien
ses opinions et son caractère, comment peux-tu supposer
des relations possibles entre nous dans l'avenir? Va, je
sais bien ce qu'il pensera de moi quand sa santé et la
force de son jugement seront revenus. Je ne me fais point
d'illusion! Dans six mois d'ici, à Venise, ou à Naples, ou
à Florence, quelqu'un racontera devant lui les tristes
aventures qui me sont arrivées, et celles plus tristes encore qu'on m'attribue; car, que ne prête-t-on pas aux
riches? Alors!... souviens-toi de ce que je te dis maintenant! Tu verras ton ami me défendre un peu, soupirer
beaucoup, et te dire ensuite : « Quel malheur qu'une si
bonne femme, pour laquelle j'ai tant d'amitié et de gratitude, soit décriée à ce point! » Voilà tout le souvenir
que la Floriani aura de ce fier jeune homme. Ce sera un
souvenir doux, mais triste, et je ne prétends pas à autre
chose. Qu'ai-je besoin d'autre chose que de la vérité?
Tu sais bien, Salvator, que je suis de force à accepter
toutes les conséquences de mon passé, qu'elles ne me
troublent ni ne m'offensent, et que tout cela n'a rien à

faire avec la sérénité dont je sais jouir au fond de ma conscience.

— Tout ce que tu dis là m'accable de tristesse, ma chère Lucrezia, répondit Salvator en lui prenant la main avec attendrissement; car tout cela est vrai, sauf un point! Oui, mon ami te quittera, il te fuira dès qu'il en aura la force et qu'il aura vu clair en lui-même; oui, il entendra des sots raconter ta vie sans la comprendre, et des lâches la calomnier; oui, il en souffrira et en soupirera amèrement! Mais que ce soit tout, que sa douleur se dissipe avec quelques paroles, et que ton souvenir s'efface par un effort de sa raison et de sa volonté, voilà ce que je nie. Karol est, dès à présent, plus malheureux qu'il ne l'a jamais été, et malheureux pour toujours, quoiqu'il ne s'en aperçoive pas encore et qu'il s'endorme dans l'ivresse d'un premier amour!

— Je t'arrête à ce mot, dit Lucrezia qui l'écoutait attentivement : un premier amour! C'est parce que je sais par toi-même que je ne serais pas son premier amour, que je ne peux pas m'effrayer de celui-ci, en supposant, avec toi, qu'il existe. Ne m'as-tu pas dit qu'il avait été fiancé avec une belle jeune fille de sa condition, qu'il avait été inconsolable de sa mort, et qu'il n'aimerait peut-être jamais une autre femme?... Voilà ce que tu m'as raconté dans les premiers jours; et si cela est vrai, il ne m'aime pas; ou s'il peut m'aimer, il n'est pas impossible qu'une autre m'efface de sa pensée.

— Et si cela doit durer cinq ou six ans encore! Car il avait dix-huit ans lorsque Lucie mourut, et, jusqu'à toi, il n'avait pas même regardé une autre femme.

— Il n'y a pas de comparaison possible entre deux amours si différents! Il a pu regretter six ans une créature angélique toute semblable à lui, que le devoir et l'inclination lui prescrivaient de préférer à tout! Mais

pour une pauvre vieille fille de théâtre comme moi....
veuve de... plusieurs amants (je n'ai jamais eu la pensée
d'en revoir le compte !...) Bah ! il ne faudra pas six semaines pour qu'il rentre en lui-même, si tant est qu'il
en soit sorti. Tiens, Salvator, ne parlons pas davantage
de cela ! Ton idée me chagrine et me blesse un peu. Pourquoi faut-il que ta pauvre Floriani, à laquelle tu témoi-
gnes pourtant, depuis trois semaines, la confiance et l'affection précieuse d'un frère, soit nécessairement, pour
tout le monde, l'objet de désirs grossiers, même pour le
plus chaste et le plus malade de tes amis ? Ne puis-je,
après toutes mes fautes, quand je les ai expiées par tant
de souffrances et réparées peut-être par quelques bonnes
actions, être traitée comme une maternelle amie par les
jeunes gens de bonnes mœurs ? Faut-il absolument que
je fasse auprès d'eux le rôle de Satan, quand j'y mets
aussi peu de malice que Stella ou Béatrice ? Suis-je coquette ? suis-je encore belle seulement ? *Corpo di Dio !*
comme dit mon vieux père, je fais tout mon possible pour
ne faire peur ni envie à personne, tant je souhaite qu'on
me laisse en paix. Le repos, l'oubli, mon Dieu ! voilà ce
que je demande, ce après quoi je soupire et brame quelquefois comme le cerf après la fontaine. Quand donc n'en-
tendrai-je plus le mot d'amour sonner à mon oreille comme
une note fausse ?

— Ma pauvre sœur chérie, dit Salvator, tu te débats
en vain, tu auras encore longtemps à résister, sinon à
toi-même, du moins aux hommes qui te verront ; j'ai beau
faire pour être absolument calme auprès de toi ; je ne le
suis pas toujours, moi, qui pourtant...

— Allons ! s'écria la Floriani avec un désespoir naïf
et presque comique ; toi aussi, tu vas recommencer !
Et tu, Brute ? Tue-moi tout de suite, j'aime mieux cela.
Au moins, je serai délivrée de cet éternel refrain !

— Non ! non !... moi, c'est fini, dit Salvator, qui craignait de voir la tristesse succéder à cet éclair d'enjouement. Je ne te dirai jamais rien ; je ne parlerai jamais de moi, quand même j'en devrais mourir. Je te l'ai promis, je te le jure. Mais il n'en sera pas ainsi de tous les hommes ; tu auras beau dire que tu es vieille, on te regardera, et on verra le feu de la vie circuler dans tes veines généreuses. Tu auras beau relever tes cheveux avec cette négligence, et te cacher dans cette éternelle robe de chambre, qui ressemble à un sac de pénitent plus qu'à un vêtement de femme, tu seras encore belle malgré toi, et plus qu'aucune femme au monde ! Quelle autre que toi pourrait se montrer au grand jour sans toilette, se brunir le cou et les bras au grand soleil, se fatiguer le teint et les yeux à veiller un malade, après avoir nourri une demi-douzaine d'enfants, travaillé, pleuré, souffert... (oh ! que n'as-tu pas supporté !), et enflammer encore l'imagination des hommes, qu'ils soient vierges comme mon ami Karol ou expérimentés comme ton ami Salvator ?

— Tiens, s'écria la Floriani impatientée, si tu continues sur ce ton, et si tu arrives à me persuader que je vais encore faire une passion, je suis capable de me mettre sur la figure, ce soir, un acide, un corrosif quelconque pour être affreuse demain matin.

— Vraiment, dit Salvator stupéfait, aurais-tu cette férocité envers toi-même ?

— Non, c'est une manière de dire, répondit-elle ingénument. J'ai assez souffert pour n'avoir nulle envie de chercher des souffrances nouvelles.

— Mais, en supposant qu'on pût se défigurer sans se rendre aveugle, sans se faire aucun mal... tu ne le ferais pas !

— Je ne le ferais pas de gaieté de cœur, car je suis ar-

tiste, j'aime le beau, et je tâche de préserver les yeux
de mes enfants du spectacle de la laideur. Je m'effraie-
rais moi-même si je devenais un objet d'horreur et de
dégoût. Et cependant, je t'assure que si l'on mettait pour
moi, dans une balance, les tourments d'une passion nouvelle et le désagrément de devenir affreuse, je n'hésite-
rais pas.

— Tu dis cela d'un ton de sincérité qui m'effraie. Un
être tel que toi est capable de tout! Ne va pas t'aviser
d'une pareille folie, Lucrezia! comme une certaine princesse de Prusse, sœur de Frédéric le Grand, qui se dé-
figura de la sorte, à ce qu'on dit, pour n'être pas recherchée en mariage et se conserver à son amant.

— C'est sublime, cela, dit la Floriani, car c'est le plus
grand sacrifice qu'une femme puisse faire.

— Oui, mais l'histoire ajoute qu'en détruisant sa
beauté, elle détruisit sa santé, et qu'elle devint bizarre
et méchante. Reste donc belle, puisque tu risquerais de
perdre ta bonté, qui n'est pas un moindre trésor.

— Ami, dit la Floriani, le temps mettra ordre à tout.
Peu à peu je deviendrai laide sans y songer, sans m'en
apercevoir peut-être, et alors je crois que je serai enfin
heureuse; car, si j'ai acquis la funeste expérience qu'il
n'est point de bonheur dans la passion, j'ai encore la chimère d'un certain état de calme et d'innocence que je
crois ressentir dès à présent, et qui me semble plein de
délices. Ne me dis donc pas que ton ami viendra le troubler par sa souffrance. Je ferai en sorte qu'il ne m'aime
pas.

— Et comment t'y prendras-tu?

— En lui disant la vérité sur mon compte. Aide-moi,
ne la lui épargne pas!... Mais quoi! je suis bien folle de
te croire! Il ne peut pas m'aimer! Ne porte-t-il pas toujours sur son sein le portrait de sa fiancée!

— Crois-tu donc réellement qu'il l'ait aimée? dit Salvator après un moment de silence.

— Tu me l'as dit, répondit Lucrezia.

— Oui, je l'ai cru, reprit-il, parce qu'il le croyait lui-même, et qu'il le disait avec éloquence. Mais, voyons, entre nous, mon amie, on n'aime que fort incomplétement la femme qu'on n'a point possédée. L'amour véritable ne se nourrit pas éternellement de désirs et de regrets. Et, quand je me rappelle maintenant les rapports qui existaient entre le prince Karol et la princesse Lucie, je me confirme dans l'idée que cet amour n'a jamais existé que dans leur imaginations. Ils s'étaient vus cinq ou six fois peut-être, et, encore, sous les yeux de leurs parents !

— Pas davantage ?

— Non, Karol me l'a dit lui-même. Ils se connaissaient à peine, lorsqu'ils furent fiancés, et elle mourut si peu de temps après, qu'ils n'eurent pas le temps de se connaître.

— L'as-tu vue, toi, cette princesse Lucie ?

— Je l'ai vue une fois. C'était une jolie personne, fluette, pâle, phthisique.... Je m'en suis aperçu tout de suite, quoique personne n'y songeât. Elle avait beaucoup d'élégance, de grâce; une toilette exquise, de grands airs un peu trop précieux, à mon sens; des yeux bleus, des cheveux comme un nuage, un teint de clair de lune, une réputation d'ange, une manière poétique de se poser. Elle ne me plaisait pas. Elle était trop romanesque et trop dédaigneuse; c'était un de ces êtres auxquels j'ai toujours envie de dire : « Ouvre donc la bouche quand tu parles, pose donc les pieds quand tu marches, mange donc avec les dents, pleure donc avec les yeux, joue donc du piano avec les doigts, ris donc de la poitrine et non des sourcils, salue donc avec le corps et non avec le bout du menton. Si tu es un papillon ou une fleur, envole-toi au vent, et ne viens pas nous chatouiller l'œil ou l'oreille. Si tu es morte, dis-le tout de suite ! » Enfin elle m'impatientait comme quelque chose qui ressemble à une femme, mais qui n'en est que l'ombre. Elle avait la manie de se couvrir de fleurs et de parfums, qui me donnèrent la migraine le jour que j'eus l'honneur de dîner auprès d'elle. Elle était embaumée comme un cadavre, et j'aurais mieux aimé un sachet dans mon armoire qu'une telle femme à mes côtés; je n'aurais pas été forcé de le respirer toujours.

— Je ne peux pas m'empêcher de rire de ce portrait, dit la Floriani, et pourtant je sens qu'il est exagéré et que tu y portes un peu de dépit. Tu n'as pas plu à cette princesse, je le vois bien. Tu lui auras fait quelque compliment trop peu recherché. Laissons les morts en paix et respectons ce souvenir dans l'âme pure du prince Karol. Je veux, au contraire, le faire parler d'elle et raviver en lui cet amour qui lui est salutaire pour le moment. Bonsoir, ami ! Sois tranquille, Karol n'aimera jamais qu'une sylphide !

XIII.

La Lucrezia se persuadait de très-bonne foi que Salvator se trompait. Elle sentait bien qu'il avait, lui-même, pour elle un gros amour bon enfant, si l'on peut parler ainsi, amour bien sincère, mais bien positif, qui n'eût imposé aucune chaîne et qui n'en eût pas accepté non plus ; en un mot, une solide et généreuse amitié, avec quelques plaisirs en passant, et autant d'infidélités qu'on pourrait ou qu'on voudrait s'en permettre de part et d'autre.

La Floriani ne voulait plus de chaînes, et se croyait à l'abri de toute passion ; mais elle s'était fait une trop grande idée de l'amour, elle l'avait ressenti avec trop d'énergie, enfin c'était une nature trop franche et trop passionnée pour qu'un pareil contrat ne lui parût pas révoltant. Elle ne savait rien être à demi, et si, à son insu, elle avait encore des sens, elle aimait mieux les vaincre et leur imposer silence que de les satisfaire sans enthousiasme, sans la conviction, peut-être illusoire chez elle, mais sincère, d'une vie commune et d'une fidélité éternelle. C'est ainsi qu'elle avait longtemps aimé, et quand elle avait eu des passions de huit jours, ou peut-être même d'une heure, comme disait Salvator, ç'avait été avec la ferme croyance qu'elle y mettait toute sa vie. Une grande facilité d'illusions, une aveugle bienveillance de jugement, une tendresse de cœur inépuisable, par conséquent beaucoup de précipitation, d'erreurs et de faiblesse, des dévouements héroïques pour d'indignes objets, une force inouïe appliquée à un but misérable dans le fait, sublime dans sa pensée; telle était l'œuvre généreuse, insensée et déplorable de toute son existence.

Aussi prompte et aussi absolue dans le renoncement que dans le désir, elle croyait, depuis un an, qu'elle était délivrée de l'amour, que rien ne pourrait l'y ramener. Elle se persuadait même, tant son esprit embrassait vite une résolution et s'habituait à une manière d'être, que la victoire était à jamais remportée, et si elle eût mesuré la durée du temps à l'intensité de sa conviction, elle eût fait serment que vingt ans s'étaient déjà écoulés depuis qu'elle n'aimait plus.

Et pourtant, la dernière blessure était à peine cicatrisée, et, comme un brave soldat qui se remet en campagne lorsque ses jambes peuvent à peine le soutenir sur le seuil de l'ambulance, la Floriani affrontait courageusement le contact journalier de deux hommes épris d'elle, chacun à sa manière. Elle se rassurait en se disant qu'elle n'avait jamais eu d'amour pour l'un, qu'elle n'en pour-

rait jamais avoir pour l'autre, et que, la Providence ayant
voulu qu'elle leur fût nécessaire, il n'y avait point à se
tourmenter des dangers possibles de cette situation.

Puis, en songeant à tout ce que Salvator Albani venait
de lui dire, elle s'assit dans son boudoir avant d'entrer
dans sa chambre, et se mit à dérouler ses cheveux et à
les arranger pour la nuit avec une admirable insouciance.
« Peut-être, se disait-elle, est-ce une ruse naïve de Salvator pour savoir ce que je pense de son ami, et si c'est
par l'impertinence ou par le sentiment qu'il faut m'atta-
quer? Il invente cet amour de Karol pour ramener des
épanchements que je lui ai interdits ! »

Bien des mots échappés au prince, de simples excla-
mations, certains regards eussent dû pourtant éclairer
une femme de l'âge et de l'expérience de la Floriani. Mais
elle avait conservé une modestie et une candeur d'enfant,
en dépit de tout ce qui eût dû les lui faire perdre, et cette
particularité de son caractère n'en était pas un des
moindres charmes. C'est peut-être là ce qui la faisait
paraître toujours jeune, et ce qui la faisait plaire si sou-
dainement.

En arrangeant ses cheveux devant une glace, à la
clarté d'une seule bougie, elle se regarda un instant avec
attention, comme elle ne s'était pas regardée depuis un
an ; mais elle avait si peu l'instinct de vivre pour elle-
même, qu'elle ne vit dans sa propre figure que le souvenir des hommes qui l'avaient aimée. « Bah ! se dit-elle,
ceux-là ne m'aimeraient plus s'ils me voyaient maintenant.
Comment donc pourrais-je plaire réellement à d'autres,
quand ceux qui avaient, pour m'être attachés, tant d'autres motifs plus importants que ma jeunesse et ma beauté,
ne se soucient plus de moi? » Elle n'avait pas été heureuse en amour, et pourtant elle avait allumé des passions si violentes, qu'elle ne pouvait pas être flattée

d'inspirer des caprices, et, après avoir été une idole, de devenir un amusement.

Elle se sentit donc bien forte lorsqu'elle rabattit les rideaux de gaze sur la glace de sa toilette, en se disant que personne n'aurait plus de droits sur elle; mais, comme elle reprenait sa bougie pour retourner auprès de ses enfants, elle tressaillit en se trouvant en face d'un spectre.

— Quoi! mon cher prince, dit-elle après un instant d'effroi involontaire, vous voilà relevé quand on vous croyait si bien endormi! Qu'y a-t-il? vous êtes donc souffrant? et vous étiez seul! Salvator vient de me quitter, et il n'est pas retourné auprès de vous? Parlez donc, vous m'inquiétez beaucoup!

Le prince était si pâle, si tremblant, si agité, qu'il y avait de quoi s'inquiéter en effet. Il eut de la peine à répondre; enfin il s'y décida.

— N'ayez pas peur de moi, ni pour moi, dit-il, je suis bien, très-bien.... Seulement, je ne dormais pas, je me suis mis à la fenêtre. J'ai entendu parler... j'étais bien tenté de descendre et de me mêler à votre conversation. Je ne l'osais pas... j'ai longtemps hésité! Enfin, n'entendant plus rien, et voyant Salvator errer seul dans le fond du jardin, j'ai pris une grande résolution... je suis venu vous trouver... Pardonnez-moi, je suis si troublé que je ne sais pas ce que je fais, ni où je suis, ni comment j'ai eu l'audace de pénétrer jusque dans votre appartement...

— Rassurez-vous, dit la Floriani en le faisant asseoir sur son divan, je ne suis pas offensée, je vois bien que vous êtes souffrant, vous vous soutenez à peine. Voyons, mon cher prince, vous avez eu quelque mauvais rêve. J'avais laissé Antonia auprès de vous. Pourquoi cette jeune étourdie vous a-t-elle quitté?

— C'est moi qui l'ai priée de me laisser seul. Je m'en vais... Pardon encore, je suis fou, ce soir, je le crains !

— Non, non, restez ici et remettez-vous. Je vais chercher Salvator ; à nous deux, nous vous distrairons, vous oublierez votre malaise en causant avec nous, et quand vous vous sentirez bien, Salvator vous emmènera. Vous dormirez tranquille quand il sera près de vous.

— N'allez pas chercher Salvator, dit le prince en saisissant d'un mouvement impétueux les deux mains de la Floriani. Il ne peut rien pour moi, vous seule pouvez tout. Écoutez, écoutez-moi, et que je meure après, si le peu de force que j'ai recouvrée s'exhale dans l'effort suprême qu'il me faut faire pour vous parler. J'ai entendu tout ce que Salvator vous a dit ce soir et tout ce que vous lui avez répondu. Ma fenêtre était ouverte, vous étiez au-dessous : la nuit, la voix porte dans ce silence solennel. Je sais donc tout, vous ne m'aimez pas, vous ne croyez seulement pas que je vous aime !

Nous y voici donc, pensa la Floriani saisie de chagrin et fatiguée d'avance de tout ce qu'il lui faudrait dire pour se défendre sans blesser ce triste cœur. — Mon cher enfant, dit-elle, écoutez...

— Non, non, s'écria-t-il avec une énergie dont il ne semblait pas capable, je n'ai rien à écouter. Je sais tout ce que vous me direz, je n'ai pas besoin de l'entendre, et il n'est pas certain que j'en eusse la force. C'est moi qui dois parler. Je ne vous demande rien. Vous ai-je jamais rien demandé ? Connaîtriez-vous ma pensée, si Salvator ne l'eût devinée et trahie ? Mais il y a quelque chose, dans tout cela, qui m'est insupportable, quelque chose qui m'a percé le cœur, parce que c'est vous qui l'avez dit. Vous prétendez que je ne peux pas aimer une femme comme vous. Vous dites du mal de vous-même pour prouver que j'en dois penser. Vous croyez enfin que je vous oublierai, et

que, quand on dira du mal de vous en ma présence, je
soupirerai lâchement en regrettant d'être lié à vous par
la reconnaissance... Ces pensées-là sont affreuses, elles
me tuent! Dites-moi que vous les abjurez, ou je ne sais
ce que je ferai dans mon désespoir.

— Ne vous affectez pas ainsi pour quelques paroles
irréfléchies, et dont je ne me souviens même pas, dit
Lucrezia effrayée de l'émotion croissante du prince; je
ne songe pas à vous accuser de morgue, et je vous sais
incapable d'ingratitude. Quoi! n'ai-je pas dit plutôt que
votre reconnaissance pour moi était bien plus grande que
les services si naturels que je vous ai rendus? Oubliez les
mots qui vous ont blessé, je vous en supplie; je les rétracte
et je suis prête à vous en demander pardon. Calmez-vous,
et prouvez-moi la sincérité de votre amitié en ne vous
faisant pas gratuitement souffrir vous-même!

— Oui, oui, vous êtes bonne, parfaitement bonne, reprit Karol en s'attachant convulsivement à elle; car il
voyait qu'elle avait hâte de rompre ce tête-à-tête; mais une
seule fois, la première et la dernière fois de ma vie, sans
doute, il faut que je parle... Sachez bien que si quelqu'un... que ce soit Salvator lui-même ou tout autre!..,
si quelqu'un vous dit jamais que je n'ai pas pour vous du
respect, de l'adoration... un culte!... le même culte que
je rendis à la mémoire de ma mère... celui-là aura menti
lâchement, ce sera mon ennemi, je le tuerai si je le rencontre... Moi qui suis doux, faible, réservé, je deviendrai
haineux, violent, implacable, et plus fort pour le punir
que tous ces hommes robustes et batailleurs. Je sais bien
que j'ai l'apparence d'un enfant, les traits d'une femme...
mais ils ne savent pas ce qu'il y a en moi. Ils ne peuvent
le savoir, je ne parle jamais de moi!... je ne prétends
pas être remarqué, je ne sais pas chercher à me faire
aimer. Je ne le suis pas, je ne le serai jamais. Je ne de-

mande même pas qu'on me croie capable d'aimer beaucoup... que m'importe? Mais *vous?* mais *vous?*... Ah!
vous, du moins, il faut que vous sachiez que ce moribond
vous appartient, comme l'esclave appartient à son maître,
comme le sang au cœur, comme le corps à l'âme. Ce que
que je ne peux pas accepter, c'est que vous ne soyez pas
sûre de cela, c'est que vous disiez que je ne peux aimer
un être semblable à moi. Je ne suis donc pas un homme?
Tous les hommes aiment Dieu, et moi, je vous aime
comme l'idéal, comme la perfection; je vous crains
comme je crains Dieu, je vous vénère au point que je
mourrais à vos pieds plutôt que de vous exprimer un
désir outrageant.

Et ce n'est pas que je voie en vous un fantôme comme
celui que j'ai porté en moi si longtemps. Je sais fort
bien que vous êtes une femme, que vous avez aimé, que
vous pouvez aimer encore... tout autre que moi? Eh bien!
soit! j'accepte tout cela, et je n'ai pas besoin de comprendre les mystères de votre cœur et de votre vie pour
vous adorer. Soyez tout ce que vous voudrez, abandon-
nez vos enfants, reniez Dieu, chassez-moi, aimez l'homme
qui vous en semblera digne... Si Salvator vous plaît, s'il
peut vous donner un instant de bonheur, écoutez-le, ren-
dez-le heureux; j'en mourrai certainement, mais sans
qu'une pensée de blâme puisse entrer dans mon esprit,
sans qu'un sentiment de vengeance puisse approcher de
mon cœur. Je mourrai en vous bénissant, en proclamant
que vous avez le droit de faire tout ce qui est défendu
aux autres, que ce qui est crime et reproche chez eux,
est vertu et gloire chez vous. Tenez, je suis tellement
malheureux en ce monde, et l'amour que je vous porte
me ronge tellement les entrailles, que j'ai, en ce moment, un désir, un besoin effréné de mourir. Mais si
vous voulez que je m'en aille demain, que je ne vous re-

voie jamais et que je vive, je vivrai et je serai content de
vivre dans les tourments pour vous obéir. Vous croyez
que j'ai aimé quelqu'un plus que vous? c'est faux! je n'ai
jamais aimé personne. Je le sens maintenant, j'avais rêvé
l'amour ; car, comme vous l'a dit Salvator, il était dans
mon cerveau, je ne l'avais pas senti dévorer mon cœur.
C'était une femme pure, et je respecte tellement son souvenir, que je ne veux plus lui faire un mensonge en portant son image sur ma poitrine. Prenez-le, cachez-le,
gardez-le, ce portrait que je ne comprends plus, et où je
vois toujours vos traits maintenant à la place des siens !
je vous le donne et vous prie de l'accepter, parce qu'il
ne doit pas être profané, et qu'il n'y a que deux endroits
où il puisse être sanctifié désormais. Votre main, ou la
tombe de ma mère... Ne croyez pas que je parle dans le
délire. Si j'étais calme, je n'aurais pas le courage de
parler ; mais ce courage trahit la vérité et proclame ce
que je pense à toute heure depuis que je vous connais.
Et je le dirais à la face du monde, j'en ferais le serment
sur la tête de vos enfants... je le dirai à Salvator lui-
même : qu'il m'entende, qu'il le sache, et qu'il n'ait jamais la folie de le nier. Je vous aime, ô vous ! ô toi, qui
n'as pas de nom pour moi, et que je ne pourrais qualifier dans aucune langue... je t'aime!... j'ai du feu dans
la poitrine... je meurs !

Et Karol, épuisé par cette ardente protestation, tomba
aux pieds de la Floriani et s'y roula en tordant ses mains
avec tant de violence qu'il les déchira et en fit jaillir le
sang.

— Aime-le! aime-le! prends pitié de lui! s'écria Salvator qui, après avoir cherché vainement le prince dans
sa chambre et dans toute la maison, venait d'entrer,
effrayé, et d'entendre ses dernières paroles. Aime-le, Floriani, ou tu n'es plus toi-même, ou un affreux égoïsme a

desséché ton sein généreux. Il se meurt, sauve-le! Il
n'a jamais aimé, fais-le vivre, ou je te maudis!

Et cet homme étrangement généreux et enthousiaste,
au milieu de son âpreté personnelle aux jouissances de
la vie, cet inappréciable ami, qui préférait Karol à tout,
à la Floriani et à lui-même, le releva du parquet où il se
tordait dans une sorte d'agonie, et le jetant, pour ainsi
dire, dans les bras de la Lucrezia, il s'élança vers la
porte, comme pour ne pas entendre la réponse et ne pas
assister à un bonheur auquel il ne renonçait pas sans
effort.

La Floriani, éperdue, reçut Karol contre son cœur et
l'y pressa avec tendresse ; mais, plus effrayée encore que
vaincue, elle fit à Salvator un geste absolu pour qu'il eût
à rester. — Je l'aimerai, dit-elle, en couvrant d'un long
et puissant baiser le front pâle du jeune prince, mais ce
sera comme sa mère l'aimait! aussi ardemment, aussi
constamment qu'elle, je le jure! Je vois bien qu'il a besoin d'être aimé ainsi, et je sais qu'il le mérite. Cette tendresse maternelle, dont je m'étais prise pour lui, d'instinct, et sans songer à la prolonger au delà de sa guérison, je la lui voue pour toujours, et à l'exclusion de
tout autre homme. Je renouvelle pour toi, mon fils, le
vœu de chasteté et de dévouement que j'ai fait pour
Célio et pour mes autres enfants. Je garderai saintement
et respectueusement le portrait de ta fiancée, et quand
tu voudras le voir, nous parlerons d'elle ensemble. Nous
pleurerons ensemble ta mère chérie, et tu ne l'oublieras
pas en retrouvant son cœur dans le mien. J'accepte ton
amour à ce prix, et j'y crois, quelque désabusée que je
sois de tout le reste. Voilà la plus grande preuve d'affection que je puisse te donner !

Cet engagement parut à Salvator un remède bien incomplet, et plus dangereux qu'utile. Il allait demander

davantage, lorsque le prince, retrouvant la force avec la
parole, s'écria, fondant en larmes :

— Bénie sois-tu, femme adorée ! je ne te demanderai
jamais rien de plus, et mon bonheur est si grand que je
n'ai pas de parole pour t'en remercier.

Il se prosterna devant elle et embrassa ses genoux
avec transport. Puis, s'arrachant de ses bras, il suivit
Salvator et alla dormir avec un calme dont il n'avait jamais joui jusqu'à cette heure.

— Étranges et impossibles amours ! se disait Salvator
en essayant de dormir aussi.

XIV.

J'espère, lecteur, que tu sais d'avance ce qui va se
passer dans ce chapitre, et que rien de tout ce qui est arrivé jusqu'ici, dans le cours monotone de cette histoire,
ne t'a causé le plus léger étonnement. Je voudrais être
auprès de toi quand tu approches du dénouement de
chaque phase d'un roman quelconque, et, d'après tes
prévisions, je saurais si l'œuvre est dans le chemin de la
logique et de la vérité ; je me méfie beaucoup d'un dénouement impossible à prévoir pour tout autre que pour
l'auteur, parce qu'il n'y a pas plusieurs partis à prendre
pour des caractères donnés. Il n'y en a qu'un, et si personne ne s'en doute, c'est que les caractères sont faux et
impossibles.

Tu me diras peut-être que voilà le prince Karol se
livrant à une explosion de sentiment et à un abandon de
passion bien en dehors des habitudes que je t'ai révélées
de lui jusqu'ici. Mais non, tu ne me feras pas une observation aussi niaise ; car je te renverrais encore à toi-
même, et je te demanderais si, en matière d'amour, ce
qui nous semble le plus opposé à nos goûts et à nos fa-

cultés n'est pas précisément ce que nous embrassons avec
le plus d'ardeur; et si, dans ces cas-là, l'impossible n'est
pas justement l'inévitable.

Vraiment, la vie, telle qu'elle se passe sous nos yeux,
est bien assez folle et assez fantasque, le cœur humain,
tel que Dieu l'a fait, est bien assez mobile et assez inconséquent; il y a, dans le cours naturel des choses, bien
assez de désordres, de cataclysmes, d'orages, de désastres et d'imprévu, pour qu'il soit inutile de se torturer la
cervelle à inventer des faits étranges et des caractères
d'exception. Il suffirait de raconter. Et puis, qu'est-ce
que les caractères exceptionnels que le roman va toujours
chercher pour surprendre et intéresser le public? Est-ce
que nous ne sommes pas tous des exceptions par rapport
aux autres, dans le détail infini de nos organisations? Si
certaines lois communes font de l'humanité un seul être,
n'y a-t-il pas, dans l'analyse de cette grande synthèse,
autant d'êtres distincts et dissemblables que nous sommes
d'individualités? La Genèse nous dit que Dieu fit l'homme
d'un peu de terre et d'eau, pour nous montrer que la
même matière élémentaire servit à notre formation. Mais,
dans la combinaison des parties constituantes de cette
matière, reste la diversité éternelle et infinie, et, de là,
ces deux feuilles identiques impossibles à rencontrer dans
le règne végétal, ces deux cœurs identiques inutiles à
rêver dans la race humaine. Sachons donc bien ce lieu
commun : que chacun de nous est un monde inconnu à
ses semblables, et pourrait raconter de soi une histoire
ressemblant à celle de tout le monde, semblable à celle
de personne.

Le roman n'a pas autre chose à faire que de raconter
fidèlement une de ces histoires personnelles, et de la
rendre aussi claire que possible; qu'on y ajoute beaucoup de faits extérieurs, qu'on y mêle beaucoup d'indivi-

dualités diverses, je le veux bien : mais c'est compliquer beaucoup la besogne sans beaucoup de profit pour notre instruction morale. Et puis, c'est très-fatigant pour le lecteur, qui est paresseux! Réjouis-toi donc, paresseux de lecteur, de trouver aujourd'hui un auteur plus paresseux que toi.

Tu pressens déjà que la Floriani, en faisant la transaction, s'engageait plus qu'elle ne pensait, et qu'un amour maternel platonique, et pourtant passionné, ne pouvait durer éternellement entre un homme de vingt-quatre ans et une femme de trente, beaux tous les deux, et tous deux enthousiastes et avides de tendresse. Cela dura six semaines, peut-être deux mois, avec une sérénité angélique de part et d'autre, et ce fut, il faut bien le dire, le plus beau temps de leur amour. Puis vint l'orage, et c'est dans l'âme du jeune homme qu'il s'alluma d'abord ; puis vinrent quelques heures d'ivresse, où, pour tous deux, le ciel sembla descendre sur la terre. Mais quand la félicité humaine est arrivée à son apogée, elle touche à sa fin. L'inexorable loi qui préside à notre destinée l'a réglé ainsi, et la plus folle des sagesses serait celle qui exhorterait l'homme à se développer pour le bonheur absolu, sans lui dire que ce bonheur doit être dans sa vie le passage d'un éclair, et qu'il faut s'arranger pour végéter le reste du temps, assez satisfait d'une espérance ou d'un souvenir. Il en est de la vie comme du roman : pour qu'elle fût complète, il faudrait mourir le lendemain de certains jours. Pour que le roman flatte l'imagination, on le termine ordinairement le jour de l'hyménée ; c'est-à-dire qu'on aspire, pendant un nombre plus ou moins savant de volumes, à voir luire un rayon, dont aucun art ne peut exprimer l'éclat et la beauté, et que le lecteur colore à sa guise, car c'est là que l'auteur renonce à peindre et lui souhaite le bonsoir.

Eh bien! pour essayer un peu de sortir du chemin tracé, nous ne fermerons pas le livre à cette page fatale. Nous nous arrêterons un instant au sommet de cette pente que nous avons vu gravir, et nous la redescendrons dans un second volume, que le lecteur est dispensé de lire s'il n'aime pas les histoires tristes et les vérités chagrines.

Te voilà bien averti, cher lecteur, tu sais tout ce qui doit arriver désormais. Je poursuis, arrête-toi là si tu veux. Tu connais la synthèse de ces deux existences qui se sont rapprochées des deux bouts opposés de l'horizon social. Le détail me regarde, et si tu ne t'en soucies point, laisse-moi l'écrire en paix. Crois-tu donc que l'on soit toujours forcé de penser à toi, et que l'on n'écrive jamais pour soi-même, en se donnant le plaisir de t'oublier? Tu n'es guère embarrassé de le rendre, et alors nous sommes quittes.

En renonçant à l'amour, en cherchant la retraite, la Floriani s'était trompée de date dans sa vie. Il est bien certain qu'elle s'était persuadé, dans ce moment-là, que le calme de la vieillesse, auquel elle aspirait, était venu, par miracle, lui apporter ses bienfaits avant le temps. Les quinze années de passion et de tourments qu'elle venait de fournir lui semblaient si lourdes et si cruelles, qu'elle se flattait de se les faire compter doubles par le Dispensateur suprême de nos épreuves. Mais l'implacable destinée n'était pas satisfaite. Pour s'être trompée dans ses choix, pour avoir donné une affection sublime à des êtres qui lui plaisaient sans le mériter, pour n'avoir pas su aimer ceux qui le méritaient sans lui plaire, pour avoir trop aimé ceux que Jésus-Christ a voulu racheter, et n'avoir pas cherché la quiétude, la sécurité et le triomphe paisible des élus, de ces insupportables *justes*, qui du haut de leurs chaises d'or, narguent les misères et les

souffrances de l'humanité, la pauvre pécheresse devait
expier encore les malheurs passés par de nouveaux malheurs. Faites-vous sœur de charité, allez ramasser les
membres épars sur le champ de bataille, et chasser les
mouches immondes des plaies du moribond abandonné ;
vous serez emportée par un boulet, ou traitée comme
une vivandière par le vainqueur brutal. Mais vivez avec
les parfaits, n'aimez que les beaux, les riches, les sages,
les heureux de ce monde, parfumez votre âme délicate
dans une atmosphère éthérée ; soyez comme une fleur
dans son jardin, comme la princesse Lucie dans son
nuage, et vous serez canonisée.

La Floriani se faisait donc de grandes illusions, en
s'imaginant qu'elle en serait quitte à si bon marché, et
que, désormais, elle pourrait vivre pour ses enfants, pour
son vieux père, et pour elle-même. Un cœur qui a passé
par d'aussi terribles maladies que celles dont elle sortait
à peine n'est pas guéri par quelques mois de repos et de
solitude. Cette solitude même et cette inaction ne sont
peut-être pas ce qui lui convient. La transition s'était
faite trop brusquement, et, en acceptant sa guérison
comme un fait accompli, la bonne Lucrezia n'avait pas
assez veillé sur elle-même. Lorsqu'au lieu de cet amour
exigeant et personnel qui avait fait tout le mal de sa vie,
le noble et romanesque prince de Roswald lui offrit un
dévouement absolu, un respect digne d'une sainte, et
qu'il accepta même avec transport le vœu d'une amitié
chaste de sa part, elle se crut sauvée. Était-il permis à
une femme chargée de tant de fautes de s'abuser à ce
point, et de s'imaginer bonnement que la Providence
allait la récompenser de ses erreurs au lieu de l'en punir ?
Non, cela n'était point permis, et pourtant la Lucrezia
s'en accommoda avec sa naïveté habituelle.

Elle y trouva d'abord un bonheur extrême, des joies

sans mélange. Karol était si dominé, si soumis, il s'était abjuré si complétement, il subissait une telle fascination, qu'un mot, un regard, une innocente caresse, le jetaient dans une ivresse inappréciable. Il y avait à la surface de son être une pureté angélique, et les âcres passions qui fermentaient inconnues et oisives encore au fond de son âme, ne s'éveillèrent pas tout de suite. Il n'avait jamais brûlé du feu de l'amour, il n'avait jamais senti battre contre son cœur le cœur d'une femme, et les premières émotions de ce genre furent pour lui plus vives et plus profondes qu'elles ne le sont chez un adolescent aux prises avec le premier éveil des sens.

Il y avait longtemps déjà que ces désirs germaient en lui sans qu'il voulût s'en rendre compte. Il les avait trompés à l'aide de la poésie et de ce religieux sentiment pour une fiancée, dont il avait à peine senti la main effleurer la sienne. Ses rêves arrivaient donc tout frais, tout craintifs et tout palpitants à la réalité. Il avait encore les terreurs d'un enfant et déjà l'énergie d'un homme. Ce mélange de pudeur et d'emportement lui donnait un charme irrésistible que la Floriani n'avait encore jamais rencontré. Aussi, chaque jour l'enflamma-t-il d'une sympathie, d'une admiration, et enfin d'un enthousiasme dont elle ne mesura pas les progrès.

Toujours téméraire par bravoure, et insouciante pour elle-même à cause de ceux qu'elle aimait, elle ne vit pas venir l'orage. Pouvait-elle croire autre chose que ce qu'il lui disait, et s'inquiéter d'un avenir qui semblait devoir être la continuation indéfinie de cet amour céleste?

Il se trompait lui-même en trompant sa maîtresse, ce doux et terrible enfant, qui, tout vaincu et tout dévoré par la passion, n'y croyait pas encore, qui avait vécu d'illusions et se fiait à la puissance des mots sans appré-

cier les nuances d'idées et de faits qu'ils représentent.
Quand il avait appelé la Floriani *ma mère*, quand il avait
pressé le bord de son vêtement contre ses lèvres ar-
dentes, quand il avait dit en s'endormant : « plutôt
mourir que de la profaner dans ma pensée, » il se jugeait
plus fort que la nature humaine, et méprisait encore la
tempête qui grondait dans son sein.

Et elle, l'aveugle enfant, car c'était un enfant encore
plus ingénu et plus crédule que Karol, cette femme que,
dans la langue reçue, on aurait bien pu appeler une
femme perdue ; elle croyait à ce calme qui lui semblait si beau, si neuf, si salutaire. Elle l'éprouvait en
elle-même, parce que la lassitude et le dégoût avaient
calmé son sang, et la préservaient d'un entraînement
subit.

Et, dans cette confiance réciproque, si absolue et si
sincère, que la présence de Salvator ne les gênait point,
et que leurs chastes baisers craignaient à peine les regards des enfants, chaque jour pourtant creusait un
abîme. Karol n'existait plus par lui-même. Sa race, sa
croyance, sa mère, sa fiancée, ses instincts, ses goûts et
ses relations, il avait tout perdu de vue. Il ne respirait
que par le souffle de la Floriani, il ne respirait pas et ne
voyait pas, il ne comprenait ni ne pensait, quand elle ne
se mettait pas entre lui et le monde extérieur. L'ivresse
était si complète qu'il ne pouvait plus faire un pas de lui-
même dans la vie. L'avenir ne lui pesait pas plus que le
passé. L'idée de se séparer d'elle n'avait aucun sens pour
lui. Il semblait que cet être diaphane et fragile se fût con-
sumé et absorbé dans le foyer de l'amour.

Peu à peu pourtant la flamme se dégagea des nuages
de parfums qui la voilaient. L'éclair traversa le ciel, la
voix de la passion retentit comme un cri de détresse,
comme une question de vie ou de mort. Un insensible

abandon de toute crainte et de toute prudence avait
amené jour par jour l'imminente défaite de cette suprême raison dont se piquait la Floriani. Un invincible
attrait, une progression de voluptés délicates et dévo-
rantes, les délices d'une ivresse inconnue et souveraine,
avaient endormi et anéanti une à une les saintes terreurs
de Karol, et cette victoire des sens, qu'il avait cru devoir
être avilissante pour tous deux, donna à son amour une
exaltation et une intensité nouvelles.

Il avait passé sa vie à se battre en duel au nom de l'esprit contre la matière. Il avait vu dans la sanctification du
mariage et dans l'union bénie de deux virginités, la seule
réhabilitation possible de cet acte qui n'était divin selon
lui que parce qu'il était nécessaire. Il avait cru longtemps
que demander la révélation de l'amour à une femme prodigue de ce bienfait, ou seulement à une femme qui ne
lui en apporterait pas les prémices, serait pour lui une
chute sans remède et sans pardon à ses propres yeux. Il
fut fort surpris de se sentir inondé de tant de joie que sa
conscience était muette ; et quand il interrogea cette conscience, il la trouva ivre. Elle lui répondit qu'elle n'avait
rien eu à démêler avec son péché, qu'elle se sentait légère, qu'elle ne savait pourquoi il avait toujours voulu
l'empêcher de faire cause commune avec son cœur, enfin
qu'elle avait soif de voluptés nouvelles, et qu'elle lui par-
lerait morale et sagesse quand elle serait rassasiée.

La Floriani, qui n'avait jamais fait ces distinctions
métaphysiques entre ses penchants et ses intérêts personnels, et qui n'avait renoncé à l'amour que parce que
le sien avait causé le malheur d'autrui, se sentit très-
calme et très-fière lorsque, l'illusion de son amant se
communiquant à elle, elle crut qu'il était pour toujours
le plus heureux des hommes. Elle ne regretta pas seulement son beau rêve de force et de vieillesse anticipée ;

son orgueil ne lui fit pas de reproches, et elle ne pleura
point sur sa chute. Toujours naïve et confiante, elle
ne répondit aux craintes de Salvator qu'en lui demandant si Karol se repentait et se trouvait à plaindre. Et
comme la félicité de Karol touchait aux nues en ce moment, comme Salvator lui-même en était stupéfait d'é-
tonnement, de jalousie et d'admiration, il ne trouva rien
à répondre.

Il souffrit passablement de l'aventure, lui, ce brave
comte Albani, qui n'eût pas senti ce bonheur avec la
même puissance que son jeune ami, mais qui ne l'eût
pas fait expier si cruellement par la suite. Il en fut si
agité qu'il en perdit le sommeil, et presque l'appétit et
la gaieté. Mais son âme était si belle et son amitié si
loyale, qu'il remporta la victoire. Il remercia la Floriani
avec effusion, d'avoir, sinon guéri à jamais l'esprit et le
cœur de Karol (ce qu'il ne croyait pas possible dans de
telles conditions), du moins de l'avoir initié à un bonheur
que nulle autre femme ne lui eût jamais fait connaître.
Puis, prétextant des affaires indispensables à Venise, il
partit sans vouloir faire avec eux aucun plan d'avenir.
« Je reviendrai dans quinze jours, leur dit-il, et vous me
direz alors ce que vous aurez résolu. »

Le fait est qu'il ne pouvait supporter plus longtemps
le spectacle d'un bonheur qu'il approuvait et qu'il encou-
rageait cependant de toute son âme. Il se mit en route
sans leur dire qu'il allait chercher des distractions philoso-
phiques auprès d'une certaine danseuse, qui lui avait fait
un signe à Milan, dans la coulisse du théâtre de la Scala.

« Je n'aurais jamais cru, se disait-il, chemin faisant,
que mon jeune puritain mordrait au fruit défendu avec
cette violence et cet oubli du passé. Cette Floriani est
donc un être plus enchanteur que le serpent, car Adam
pleura aussitôt sa faute, et Karol fait gloire de la sienne,

au contraire!... Allons! veuille le ciel que cela dure,
et qu'à mon retour je ne le trouve pas honteux et dés-
espéré! »

Tu sauras bientôt ce qu'il en advint, lecteur, si tu ne
le sais déjà, et si tu ne préfères rester entre la porte du
ciel et celle de l'enfer.

XV.

Malgré l'affection que le prince portait au comte, malgré la reconnaissance que lui inspiraient son dévouement,
ses tendres soins, et l'espèce de sanction qu'il venait de
donner à son bonheur, le bonheur est si égoïste, que
Karol vit partir Albani avec une sorte de joie. La présence d'un ami gêne toujours un peu les continuels épanchements d'une âme enivrée, et bien que le prince eût
mis beaucoup d'abandon à proclamer devant Salvator la
force de sa passion, il n'en est pas moins vrai qu'il était
un peu mécontent quand il ne le voyait pas accueillir avec
une confiance absolue la conviction où il était que ce
bonheur devait durer toujours et n'être troublé par aucun nuage.

Une âme moins pure et moins loyale que la sienne eût
été humiliée, peut-être, de se montrer si différente d'elle-
même devant un ami qui pouvait comparer le présent
avec le passé, et l'accuser d'inconséquence, ou seulement
sourire de son entraînement subit, comme il avait souri
auparavant de sa réserve exagérée. Mais si Karol avait
certaines petitesses d'esprit, ce n'étaient jamais des petitesses mesquines, et l'on eût pu dire que c'étaient plutôt des puérilités charmantes. Lui aussi avait ses naïvetés
moins frappantes, moins complètes que celles de la Floriani; mais plus fines et réellement intéressantes par leur
contraste avec le fond de son caractère. Ainsi, il ne niait

pas qu'il eût été rigoriste dans le passé, et qu'il fût aveuglé dans le présent ; mais il lui était impossible de l'avouer. Il ne s'en souvenait pas, et ne se rendait presque pas compte de sa transformation. Il persistait à croire qu'il haïssait les emportements d'un esprit sans règle et sans retenue, et si on lui eût parlé d'une autre femme, toute semblable à la Floriani par sa conduite et ses aventures, mais n'ayant pas en elle ce charme mystérieux qu'il subissait, il en eût détourné ses regards avec effroi et aversion. Enfin, il avait littéralement sur les yeux ce bandeau que les poëtes antiques, ces maîtres dans l'art de symboliser les passions, ont placé sur ceux de Cupidon. Son esprit n'avait point changé, mais son cœur et son imagination paraient l'idole de toutes les vertus qu'il souhaitait d'adorer.

La Floriani s'habitua facilement, comme on peut croire, à recevoir un culte dont elle n'avait jamais eu l'idée. Certes, elle avait été aimée, et elle avait aimé aussi très-ardemment. Mais les organisations aussi exquises que celle de Karol sont bien rares, et elle n'en avait point rencontré. Ainsi qu'elle l'avait dit à Salvator, elle n'avait aimé que de pauvres diables, c'est-à-dire des hommes sans nom, sans fortune et sans gloire. Une fierté craintive lui avait toujours fait repousser l'hommage des gens haut placés dans le monde. Tout ce qui eût pu ressembler à une liaison fondée sur un intérêt personnel de fortune, de succès ou de vanité, l'avait toujours trouvée défiante et presque hautaine. Avec l'excessive bienveillance de son caractère, ce soin de fuir et de repousser les grands seigneurs ou les grands artistes avait été bizarre en apparence ; mais c'était, en effet, une conséquence de son caractère indépendant et brave, peut-être aussi de cet instinct maternel qu'elle portait dans tout. L'idée d'être protégée lui était insupportable ; elle préférait être dominée par les travers d'un amant sans délicatesse que de subir la discipline majestueuse d'un pédagogue parfumé. Au fond, c'était toujours elle qui avait protégé et réhabilité, sauvé ou tenté de sauver les hommes qu'elle avait chéris. Gourmandant leurs vices avec tendresse, réparant leurs fautes avec dévouement, elle avait failli faire des dieux de ces simples mortels. Mais elle s'était sacrifiée trop complétement pour réussir. Depuis le Christ, mis en croix pour avoir trop aimé, jusqu'à nos jours, c'est l'histoire de tous les dévouements. Celui qui se les impose en est l'inévitable victime, et comme la Lucrezia n'était, après tout, qu'une femme, elle n'avait pas poussé la patience jusqu'à mourir. D'ailleurs, elle avait logé trop d'amours à la fois dans son âme, c'est-à-dire qu'elle avait voulu être la mère de ses amants sans cesser d'être celle de ses enfants, et ces deux affections, toujours aux prises l'une contre l'autre, avaient dû résoudre leur combat par l'extinction de la moins obstinée. Les enfants l'avaient emporté toujours, et, pour parler par métaphore, les amants, pris aux *Enfants-Trouvés* de la civilisation, avaient dû y retourner tout ou tard.

Il en résulta qu'elle fut haïe et maudite souvent, par ces hommes qui lui devaient tout, et qui, après avoir été gâtés par elle, ne purent comprendre qu'elle se reprenait, lorsqu'elle était lasse et découragée. Ils l'accusèrent d'être capricieuse, impitoyable, folle dans sa précipitation à se livrer et à se retirer, et ce dernier grief était un peu fondé. La Floriani ne doit donc pas te sembler bien parfaite, cher lecteur, et mon intention n'a jamais été de te montrer en elle l'être divin que rêvait Karol. C'est un personnage humain que j'analyse ici sous tes yeux, avec ses grands instincts et sa faiblesse d'exécution, ses vastes entreprises et ses moyens bornés ou erronés.

Beaucoup d'hommes charmants pensèrent que la Floriani était une impertinente, une personne distraite, fantasque et sans jugement, parce qu'elle n'accueillait pas leurs fadeurs. Avait-elle le droit de se faire respecter de ces gens-là, elle qui choisissait si mal les objets de sa préférence, et qui rompait bientôt avec eux pour choisir plus mal encore?

Elle eut donc des ennemis et ne s'en aperçut pas beaucoup, ayant plus d'amis encore, et comptant pour rien ce qu'on disait d'elle, quand son cœur était préoccupé par tant de vives affections. Mais elle ne s'en habitua pas moins à regarder les grands seigneurs et les personnages privilégiés comme ses ennemis naturels. Elle était restée fille du peuple jusqu'à la moelle des os, au milieu de sa carrière de reine de théâtre; et, tout en acquérant l'usage du monde, elle conserva contre le monde un fond d'orgueil un peu sauvage. Elle savait y porter une grande distinction de manières, et quand elle jouait la comédie, ou quand elle écrivait pour le théâtre, on eût dit qu'elle était née sur le trône. Mais elle ne pouvait souffrir qu'on supposât qu'elle devait cet air noble et ce langage élevé à la fréquentation des gens titrés. Elle sentait bien qu'elle puisait sa noblesse dans son propre sentiment des hautes convenances de l'art, dans son instinct de la véritable élégance, et dans la fierté innée de son esprit. Elle riait aux éclats, lorsqu'un marquis à figure basse et à tournure absurde venait lui dire, dans sa loge, que ce qu'on admirait le plus en elle, c'est qu'elle eût deviné la bonne compagnie. Un jour qu'une grande dame (laquelle avait malheureusement la voix rauque, les mains violettes et le menton barbu), lui faisait compliment sur ses airs de duchesse, elle lui répondait d'un ton pénétré : « Quand on a des modèles comme Votre Seigneurie sous les yeux, on ne peut pas se tromper sur ce qui convient à un rôle noble. » Mais quand la grande dame fut sortie, la comédienne éclata de rire avec ses camarades. Pauvre duchesse, qui avait cru lui faire beaucoup de plaisir et d'honneur avec ses éloges !

Toutes ces digressions sont là pour vous dire qu'il ne fallait pas moins qu'un miracle pour que la railleuse et fière plébéienne se prît d'engouement et de tendresse pour un prince. On a vu comment ce miracle se fit par degrés, et se trouva accompli comme par surprise. Alors la Floriani, n'étant plus occupée à se défendre, mais à admirer, découvrit dans celui qu'elle aimait des charmes qu'elle n'avait jamais voulu apprécier dans ceux de sa caste. Fidèle à ses préventions, elle ne voulut point faire honneur de tant de grâces et de courtoisie délicate à l'éducation qu'il avait reçue et aux habitudes qu'il avait contractées. A ce point de vue, elle les eût plutôt critiquées ; mais, en supposant qu'il ne les devait qu'à la perfection de son caractère naturel, à la douceur de son âme et à la tendresse de ses sentiments pour elle, elle en fut enivrée. Il lui semblait que toutes ses amours avaient été des orgies, au prix de ce festin d'ambroisie et de miel que lui servaient les chastes lèvres, les paroles suaves et les extases célestes de son jeune amant.

— « Je ne mérite point de telles adorations, lui disait-elle, mais je t'aime d'être capable de les ressentir et de les exprimer ainsi. Je ne m'aimais point, je ne me suis jamais aimée jusqu'ici. Mais il me semble que je commence à m'aimer en toi, et que je suis forcée de respecter l'être que tu vénères de la sorte.

« Non, non ! je n'avais jamais été aimée, et tu es mon premier amour ! s'écriait-elle dans la sincérité de son cœur. Je cherchais, avec une soif ardente, ce que j'ai enfin trouvé aujourd'hui. Va, mon âme que je croyais épuisée, était aussi vierge que la tienne, j'en suis certaine à présent, et je puis le jurer devant Dieu ! »

L'amour est plein de ces blasphèmes de bonne foi. Le dernier semble toujours le premier chez les natures puissantes, et il est certain que si l'affection se mesure à l'enthousiasme, jamais la Floriani n'avait autant aimé. Cet enthousiasme qu'elle avait eu pour d'autres hommes avait été de courte durée. Ils n'avaient pas su l'entretenir ou le renouveler. L'affection avait survécu un certain temps au désenchantement; puis étaient venus la générosité, la sollicitude, la compassion, le dévouement, le sentiment maternel, en un mot, et c'était merveille que des passions si follement conçues eussent pu vivre aussi longtemps, quoique le monde, ne jugeant que de l'apparence, se fût étonné et scandalisé de les lui voir rompre si vite et si absolument. Dans toutes ces passions elle avait été heureuse et aveuglée huit jours à peine, et quand un ou deux ans de dévouement absolu survit à un amour reconnu absurde et mal placé, n'est-ce pas une grande dépense d'héroïsme, plus coûteuse que ne le serait le sacrifice d'une vie entière pour un être qu'on en sentirait toujours digne?

Oh! dans ce cas-là, est-ce bien difficile et bien méritoire de se soumettre et de s'immoler? Coriolan est plus grand en pardonnant à la patrie ingrate, que Régulus en souffrant le martyre pour la patrie reconnaissante.

Aussi la Floriani fut-elle étourdie, cette fois, de son bonheur. Elle avait bien commencé, cette fois encore, par le dévouement, puisqu'elle avait soigné, veillé et sauvé cet enfant malade, au prix d'une grande anxiété morale et d'une grande fatigue physique. Mais qu'était-ce que cela en comparaison de ce qu'elle avait souffert pour sauver des âmes perverses ou des esprits égarés?

Rien, en vérité, moins que rien! N'avait-elle pas prodigué des soins et des veilles à des pauvres, à des inconnus? « Et pour ce peu qu'il me doit, se disait-elle, le voilà qui m'aime comme si je lui avais ouvert les cieux ! Maintenant je ne me dirai plus que je suis aimée parce que je suis nécessaire, ou bien parce qu'un peu d'éclat m'environne. Il m'aime pour moi-même, pour moi seule. Il est riche, il est prince, il est vertueux, il n'a pas de dettes à payer, il ne se sent pas faible d'esprit et entraîné par des passions nuisibles. Il n'est ni libertin, ni joueur, ni prodigue, ni vaniteux. Il n'a qu'une ambition, celle d'être aimé, et n'attend de moi aucun service, aucun appui, mais seulement le bonheur que l'amour peut donner. Il ne m'a point vue dans ma gloire. Ce n'est pas cette beauté artificielle que donnent les costumes, l'exercice des talents, le triomphe, l'engouement de la foule et la rivalité des hommages qui l'ont attiré vers moi. Il ne m'a vue que dans la retraite et dépouillée de tout prestige. C'est mon être, c'est moi, oh ! oui, c'est bien moi qu'il aime ! »

Elle ne se disait pas ce qui, en effet, était plus difficile à concevoir et à expliquer, que ce jeune homme, dévoré du besoin d'une affection exclusive, et récemment privé de celle sa mère, était arrivé à l'heure de sa vie où il lui fallait s'attacher ou mourir ; que le hasard ou la *fatalité* (comme nous disons aujourd'hui dans les romans), lui ayant fait rencontrer des soins, de la tendresse et de la bonté chez une femme encore belle et très-aimable, sa vie intérieure, trop longtemps comprimée, avait fait explosion ; qu'enfin, il aimait passionnément, parce qu'il ne pouvait pas aimer autrement.

L'absence de Salvator, qui ne devait durer que quinze jours, dura plus d'un mois. Qui le retint aussi longtemps loin de ses amis? C'est peut-être quelqu'un qui ne vaut point la peine qu'on en parle ; aussi je n'en parlerai pas. Il en jugea de même, car il n'en parla jamais à Karol ni à la Lucrezia. Il vint les rejoindre quand il se fut bien convaincu qu'il eût mieux fait de ne pas les quitter.

Pendant ce tête-à-tête d'un mois, le paradis demeura clair, serein, inondé de soleil et prodigue de richesses pour nos deux amants. La possession absolue et continuelle de l'être qu'il aimait était la seule existence que Karol pût supporter. Plus il était aimé, plus il voulait l'être; plus son bonheur le possédait, plus il s'acharnait à posséder son bonheur.

Mais il ne pouvait le posséder qu'à une condition : c'est que rien ne se placerait jamais entre lui et l'objet de sa passion, et ce miracle fut fait en sa faveur pendant plus d'un mois, grâce à un concours de circonstances tout à fait exceptionnelles dans la vie. Les quatre enfants de la Floriani furent en parfaite santé, et pas un seul n'éprouva la plus légère indisposition pendant cinq semaines. Si Célio avait pris un coup de soleil ou que le petit Salvator eût percé quelque grosse dent, la Floriani eût été nécessairement absorbée par les soins à leur donner, et distraite, quelques jours, de son cher prince ; mais, comme les deux garçons et les deux filles se portèrent à merveille, il n'y eut ni colères, ni larmes, ni querelles entre eux ; du moins, s'il y en eut, Karol ne s'en aperçut pas, car il ne s'apercevait point encore des petits détails, des rares interruptions de sa félicité, et Lucrezia n'eut que de très-courts instants à consacrer à ses actes de répression ou d'intervention maternelle. Elle exerça paisiblement sur eux sa police assidue et clairvoyante ; mais ils la lui rendirent si facile et si douce, que le prince ne vit que le côté adorable de ces fonctions sacrées.

Le père Menapace prit beaucoup de poisson et le vendit fort bien, tant à sa fille qu'à l'aubergiste d'Iseo ; ce qui le mit de bonne humeur et l'empêcha de venir faire aucune réprimande fâcheuse à la Lucrezia. Elle alla le voir plusieurs fois par jour, comme à l'ordinaire, mais sans que Karol songeât à l'accompagner ; de sorte qu'il oublia l'éloignement et le dégoût que ce sordide vieillard lui avait inspirés d'abord. Enfin, il ne vint personne à la villa Floriani, et rien ne troubla le divin tête-à-tête.

XVI.

Il faut dire aussi que le prince aida la destinée par l'heureuse disposition de son esprit, et qu'il ne fit rien pour s'apercevoir de l'étrangeté de sa situation. Habile à se torturer, dans l'habitude de ses sombres et taciturnes rêveries, il laissa le facile caractère et l'aimable sérénité de la Floriani chasser ses tristes pensées et entretenir son bien-être intellectuel.

Ils ne causèrent presque point ensemble : admirable et unique moyen de s'entendre toujours et sur tous les points ! leur amour étant à son zénith, ne s'exprima guère qu'en brûlantes divagations, en caresses échangées, en contemplations muettes ou en apostrophes passionnées, en regards extatiques, en douces rêveries à deux.

Si l'on eût pu lire dans ces deux âmes ainsi plongées dans les rêves de l'idéal, on eût pourtant signalé une grande absence de similitude et d'unité entre elles. Tandis que la Floriani, éprise de la nature, associait à son ivresse le ciel et la terre, la lune et le lac, les fleurs et la brise, ses enfants surtout, et souvent aussi le souvenir de ses douleurs passées, Karol, insensible à la beauté extérieure des choses et aux réalités de sa propre vie, noyait son imagination plus exquise ou plus libre dans un monologue exalté avec Dieu même. Il n'était plus sur la terre, il était dans un empyrée de nuages d'or et de parfums, aux pieds de l'Éternel, entre sa mère chérie et sa maîtresse adorée. Si un rayon embrasait la campagne, si un parfum de plantes traversait les airs, et que la Lucrezia en fît la remarque, il voyait cette splendeur et respirait

ces délices dans son rêve ; mais il n'avait, en réalité, rien
vu et rien senti. Quelquefois, quand elle lui disait : « Vois
comme la terre est belle ! » il lui répondait : « Je ne vois
pas la terre, je ne vois que le ciel. » Et elle admirait la
profondeur passionnée de cette réponse sans la bien comprendre. Elle regardait les nuages de pourpre du couchant, et ne songeait pas que l'âme de Karol voyait, bien
au-dessus des nuages, un Éden fantastique où il croyait
se promener avec elle, mais où il était véritablement seul.
Enfin, on peut dire que la Floriani voyait la réalité avec
le sentiment poétique de l'auteur de *Waverley*, tandis
que son amant, idéalisant la poésie même, peuplait l'infini de ses propres créations, à la manière de Manfred.

Malgré ces différences, leur vol s'était élevé aussi haut
que possible, et les choses d'ici-bas ne trouvaient point
de place dans leurs épanchements. Ceci était tout à fait
opposé aux instincts actifs, secourables, et pour ainsi dire
militants de Lucrezia ; elle voyageait dans ces espaces
comme un aveugle-né qui recouvrerait tout à coup la vue,
et qui s'essaierait en vain à comprendre tous ces objets
nouveaux et inconnus. Le prince ne pouvait lui donner
qu'un aperçu vague de sa propre vision. Il eût cru lui
faire injure en pensant qu'elle n'avait pas la vue plus
longue que lui, et qu'elle ne s'expliquait pas le prodige à
elle-même mille fois mieux qu'il n'eût pu le lui expliquer.
Quant à elle, perdue dans cette immensité, mais ravie de
cette course aventureuse à travers un nouveau monde,
elle ne songeait guère à l'interroger sur ce qu'il éprouvait. Elle sentait l'insuffisance de la parole humaine pour
la première fois, elle qui l'avait tant étudiée et qui s'en
était si bien servie ! Mais, humble comme on l'est quand
on idolâtre un autre que soi-même, elle croyait que tout
ce qu'elle eût pu dire ou entendre n'était rien auprès de
ce que pensait et sentait son amant.

Elle n'avait pas encore éprouvé la fatigue attachée à
cette tension de l'âme au-dessus de la région qu'elle habite naturellement, lorsque Salvator vint rompre le tête-
à-tête, et, cependant, elle le vit arriver avec une satisfaction instinctive, et le reçut à bras ouverts. Il tombait
à l'improviste, il n'avait point écrit depuis huit jours ; on
était un peu inquiet de lui, la Floriani plus que Karol pourtant, bien qu'elle ne l'aimât pas autant que le prince devait
l'aimer, mais par suite de cette sollicitude naturelle qui
trouvait moins de place dans le ravissement surhumain
du jeune prince.

Ce dernier avait paru et cru désirer sans doute le retour de son fidèle ami ; mais quand il entendit les grelots
des chevaux de poste s'arrêter à la grille de la villa, sans
qu'il sût de quoi il s'agissait, son cœur se serra. L'ancien
pressentiment effacé et oublié se réveilla tout à coup.
« Mon Dieu ! s'écria-t-il en pressant convulsivement le
bras de la Lucrezia, nous ne sommes plus seuls ; je suis
perdu ! Ah ! je voudrais mourir maintenant !

— Mais non ! répondit-elle ; si c'est un étranger, je ne
le reçois pas ; mais ce ne peut être que Salvator, mon
cœur me l'annonce, et c'est le complément de notre bonheur. »

Le cœur de Karol ne l'avertissait pas, et, malgré lui, il
souhaitait que ce fût un étranger, afin qu'on le renvoyât.
Il reçut pourtant son ami avec un profond attendrissement ; mais une tristesse involontaire s'était déjà emparée de lui. C'était un changement dans cette existence
qu'il savourait si complète, et qui ne pouvait que perdre
à une modification quelconque.

Salvator lui sembla plus bruyant, plus vivant que jamais, dans le sens matériel du mot. Il ne s'était point
trouvé heureux loin d'eux, mais il s'était distrait et
amusé, en dépit des contrariétés et des mécomptes que

l'on trouve dans la vie de plaisir. Il raconta tout ce qu'il pouvait raconter de son séjour à Venise. Il parla de bals dans les vieux palais, de promenades sur les lagunes, de musique dans les églises, et de processions autour de la place Saint-Marc ; puis de rencontres fortuites et agréables, d'un ami Français, d'une belle Anglaise de sa connaissance, de hauts personnages allemands et slaves, parents de Karol ; enfin, il fit passer, sur le prisme radieux où Karol s'était oublié, la petite lanterne magique du monde.

Dans tout ce qu'il disait, il n'y avait rien de désagréable ni d'émouvant en aucune sorte. Mais Karol sentit pourtant un affreux malaise, comme si, au milieu d'un concert sublime, une vieille criarde venait mêler des sons aigus et un motif musical vulgaire, aux pensées divines des grands maîtres. On ne pouvait lui parler de personne qui l'intéressât désormais, ni de rien qui ne lui semblât audessous de sa situation morale et indigne d'être mentionné. Il essaya de ne pas écouter ; mais, malgré lui, il entendit Salvator dire à la Floriani : « Ah çà, que je te donne donc des nouvelles qui t'intéressent à ton tour ! J'ai rencontré beaucoup de tes amis, je devrais dire tout le monde, car tout le monde t'adore, et aucun de ceux qui t'ont vue, ne fût-ce qu'un soir et sur le théâtre, ne peut t'oublier. J'ai vu Lamberti, ton ancien associé de direction, qui pleure ta retraite et dit que le théâtre est maintenant perdu en Italie. J'ai vu le comte Montanari, de Bergame, qui ne parlera jusqu'à son dernier soupir, que de la journée que tu as bien voulu passer dans sa villa ; et le petit Santorelli qui est toujours amoureux de toi !... et la comtesse Corsini qui t'a connue à Rome, et chez laquelle tu as bien voulu lire, un soir, un drame de son ami l'abbé Varini ! une mauvaise pièce, à ce qu'il paraît, mais que tu as si bien dite, que tout le monde l'a crue bonne et que tous les yeux ont été baignés de pleurs.

— Ne me rappelle pas mes vieux péchés, répondit la Lucrezia. C'en est un mortel, peut-être, que de déclamer avec soin et conscience une platitude. C'est tromper l'auteur et l'auditoire. Dieu merci, je ne suis plus exposée à commettre de pareilles fautes ! Et dis-moi, qui as-tu rencontré encore ?

Le prince soupira. Il ne concevait pas que tout cela pût intéresser sa maîtresse. Salvator nomma encore une demi-douzaine de personnes, et la Floriani, qui n'y mettait réellement aucun intérêt marqué, l'écouta cependant avec cette obligeance qu'on doit à ses amis. Mais il y eut un nom qu'elle recueillit pourtant avec une certaine sollicitude. C'était celui de Boccaferri, un pauvre artiste qu'elle avait sauvé plusieurs fois des désastres de la misère, quoiqu'elle n'eût jamais eu pour lui le moindre amour, ni la plus légère velléité d'engouement.

— Quoi ! encore une fois endetté à ce point ? dit-elle, lorsque Salvator lui eut donné de ses nouvelles avec un certain détail ; il est donc impossible de le sauver de son désordre et de son imprévoyance, ce malheureux !

— Je le crains.

— C'est égal, il faudra l'essayer encore.

— J'ai prévenu ton désir, je lui ai donné quelques secours.

— Oh ! je t'en remercie, c'est bien de ta part ! Je te restituerai cela, Salvator.

— Quelle folie ! tu veux m'empêcher de faire la charité ?

— Non, mais celle-ci n'est peut-être pas très-bien placée, et c'est à ma considération que tu l'as faite, car tu connaissais très-peu Boccaferri, et je suis sûre qu'il s'est servi de mon nom pour t'intéresser à son sort.

— Qu'importe ! Il ne pouvait invoquer une patronne plus puissante. D'ailleurs, je l'aime, ce drôle-là, il m'amuse : il a tant d'esprit !

— Et tant de talent ! ajouta la Floriani ; s'il voulait et s'il savait en faire usage ! Pauvre Boccaferri !...

Karol n'en entendit pas davantage ; il était resté un peu en arrière, dans l'allée du parc où l'on se promenait en causant ainsi. Puis, il s'arrêta, et regarda si, au détour de cette allée, Lucrezia se retournerait pour le regarder. Mais elle ne se retourna pas ; elle était occupée à chercher avec Salvator un moyen d'employer le savoir-faire de Boccaferri, comme peintre de décorations à tout autre théâtre que Milan, Naples, Florence, Rome, Venise, etc., tous lieux d'où son inconduite et son humeur fantasque l'avaient fait chasser successivement.

— Tu dis que trois cents francs de plus le décideraient peut-être à entreprendre le voyage de Sinigaglia où il trouverait de l'occupation, du moins pendant le temps des fêtes ? Eh bien ! je vais les lui envoyer, car je comprends bien le dégoût qu'il éprouve à arriver, pressé d'argent, et forcé de se mettre à la discrétion de ceux qui l'emploient. C'est ainsi que la misère engendre et décuple la misère !

En parlant ainsi, la Lucrezia ne songeait qu'à remplir un devoir de pitié et de charité ; et même, par un de ces instincts de pudeur qui sont propres à la bienfaisance, elle avait baissé la voix, et hâté un peu le pas pour n'être point entendue de Karol, peut-être aussi parce qu'elle pressentait que c'était là un sujet trop vulgaire pour l'intéresser.

Mais, par malheur, elle se trompa, pour la première fois, dans ce qui convenait à la disposition de son esprit. Il ne s'intéressait que trop à ce qu'elle disait ; il eût voulu n'en pas perdre un mot, et cependant il eût rougi d'essayer de l'entendre malgré elle. Il s'arrêta, hésita un instant, et quand il l'eut perdue de vue un vertige le saisit, et il s'imagina qu'un abîme venait de se creuser entre eux.

Que s'était-il donc passé, et qu'y avait-il là qui dût le faire souffrir ? Rien ! mais il faut moins que rien pour faire tomber, du sommet de l'empyrée au fond des gouffres de l'enfer, celui qui aspire à la gloire des dieux. Ces vieux classiques, dont nous nous sommes si sottement moqués, imaginèrent qu'une mouche avait suffi pour précipiter dans les abîmes de l'espace l'audacieux mortel qui voulait guider le char de Phœbus dans sa route céleste. Trouvons donc aujourd'hui une métaphore plus juste et plus ingénieuse pour exprimer le peu que nous sommes, et le peu qu'il faut pour troubler nos ravissements sublimes ! mais je ne m'en charge pas ; je ne puis que dire en vile prose : le prince Karol avait pris trop haut son essor pour redescendre peu à peu. Il fallut tomber tout à coup et sans cause apparente. Ils étaient sans doute bien fougueux et bien robustes, les coursiers-géants du soleil ; et le taon qui leur fit prendre le mors aux dents est un bien pauvre et bien petit insecte !

Karol quitta le jardin, courut s'enfermer dans sa chambre, et s'y promena, poursuivi par les Furies. Cette âme, tout à l'heure si magnanime et si forte, n'était plus que le jouet des plus misérables illusions. Qu'était-ce donc que ce Boccaferri si intéressant aux yeux de Lucrezia? Quelque ancien amant peut-être ! Il se rappelait ce que, depuis le premier jour de leur rencontre, il avait totalement oublié, à savoir qu'elle avait eu beaucoup d'amants.

— Et pourquoi revenait-elle avec tant de sollicitude à un souvenir indigne d'elle, lorsque lui, le fiancé de Lucie, il avait sacrifié jusqu'au portrait de cette chaste vierge, pour n'avoir pas seulement l'image d'une autre que Lucrezia en sa possession ?

Plus il s'efforçait d'expliquer naturellement un fait si simple, plus il y trouvait de mystère et de complications désespérantes. Elle avait baissé la voix, elle avait doublé le pas en parlant avec Salvator. Cela était bien certain. Elle ne s'était pas retournée au bout de l'allée pour voir s'il la suivait; elle qui, depuis un mois, n'avait pas perdu une seconde du temps qu'elle pouvait lui consacrer sans négliger ses devoirs de famille! Et maintenant elle marchait encore, appuyée sur le bras du comte, parlant avec chaleur sans doute de ce terrible souvenir, de ce mystérieux personnage dont elle ne lui avait jamais dit un mot! Il s'étonnait de cela, comme si la Floriani ne lui avait jamais rien raconté de sa vie, comme s'il ne l'avait pas cent fois conjurée, au contraire, de ne jamais s'accuser devant lui, et d'oublier en masse toutes les émotions du passé, pour se concentrer dans la jouissance du présent.

Enfin elle ne revenait pas, elle ne se demandait pas où il pouvait être, pourquoi il l'avait quittée. Les minutes duraient des heures, des années! Et Salvator, cet ami sans délicatesse, qui venait la distraire par de pareils soucis et jeter des noms empoisonnés dans la coupe de leur bonheur! Karol souffrit tant dans l'espace d'un quart d'heure, qu'il lui sembla avoir vieilli d'un siècle, quand il entendit, en frissonnant, les voix de la Floriani et du comte passer sous sa fenêtre. Elle riait! Salvator lui rappelait des bons mots, des traits d'originalité de Boccaferri. Vraiment elle en riait, et son amant subissait la torture sans qu'elle daignât s'en douter!

Certainement, elle était bien loin de s'en douter, la pauvre Lucrezia! elle n'était guère inquiète de ne pas le voir à ses côtés, et se disait seulement que, ce sujet de conversation lui étant étranger, il avait préféré s'ensevelir dans ses rêveries accoutumées. Combien de fois, lorsqu'elle approchait de la chaumière de Menapace, ne lui avait-il pas dit qu'il aimait mieux ne pas y entrer, et attendre sous les acacias roses, au bord du lac, pour continuer à s'entretenir avec elle en imagination !

Cependant l'instinct du cœur la ramenait vers lui plus vite que Salvator ne l'eût souhaité. Il eût voulu la retenir dans le parc et la faire parler de son amour. Mais elle avait fait assez de pas dans la voie d'exclusion que Karol lui avait ouverte, pour n'être pas aussi pressée qu'elle l'était ordinairement de s'abandonner avec franchise à la confiance et à l'amitié. Elle craignait, cette fois, de mal exprimer l'immensité de son bonheur, ou de n'être pas assez complétement comprise. Elle répondit en peu de mots ; et, avec plus de finesse qu'elle n'en avait de son propre mouvement, elle ramena la conversation sur Boccaferri et la promenade vers la maison, car elle cherchait en vain Karol dans le jardin. Ses regards ne l'y découvraient point.

A peine rentrée au salon, elle prit le premier prétexte, et monta à l'appartement du prince. Il était dans un état si violent, que sa figure en était bouleversée. Il sentait, d'ailleurs, une sourde fureur gronder au fond de sa poitrine. Craignant de ne pouvoir feindre, ne voulant pas se montrer ainsi et perdant la tête, dès qu'il entendit marcher dans la galerie, il se précipita dans l'escalier par une autre porte, et, laissant la Floriani le chercher et l'appeler, il s'enfuit sur la grève du lac.

Mais bientôt, voyant sortir des bosquets voisins le nuage de tabac que Salvator promenait toujours comme une auréole autour de sa tête, il pensa que son ami allait le rejoindre, et, craignant ses regards encore plus que ceux de Lucrezia, il se jeta dans la cabane de roseaux du vieux Menapace, certain qu'on ne viendrait pas le chercher là où il ne pénétrait jamais. Il venait de voir le vieillard quitter le rivage sur sa barque, avec Biffi, et Karol se flattait de pouvoir rester seul encore le temps nécessaire pour retrouver l'empire de sa volonté et l'apparence du calme.

XVII.

Il ne tarda pas à se tranquilliser, en effet, et à se reprocher d'avoir fait un rêve monstrueux. L'aspect de cette chaumière dans laquelle il n'était jamais entré encore depuis le jour de son arrivée, et qu'à ce moment-là il n'avait nullement examinée, le remplit d'une émotion étrange lorsqu'il s'y trouva seul et sous l'empire de la passion.

L'intérieur de cette maison rustique, entretenu avec la propreté dont Biffi était doué, n'avait subi aucun changement depuis l'enfance de la Floriani, et si le vieux pêcheur avait consenti à grand'peine à des réparations nécessaires concernant la solidité et l'assainissement, il n'avait pas voulu permettre qu'on renouvelât ses meubles, et qu'on rajeunît l'étoffe grossière de ses rideaux. Le seul objet qui sentît la civilisation, c'était une grande gravure encadrée de palissandre et placée dans le fond du lit du vieillard. Karol se pencha pour la regarder ; c'était la Floriani, dans toute sa beauté, dans toute sa gloire, en costume de Melpomène, avec le diadème antique, l'épaule nue, le sceptre à la main. Une belle vignette encadrait cette noble figure, et portait dans ses ornements les divers attributs de plusieurs muses ; le masque de Thalie, le brodequin à côté du cothurne, la trompette, les livres, les perles, les myrtes de Calliope, d'Erato et de Polymnie. Un distique, en vers italiens d'un goût académique, exprimait l'idée que, comme tragédienne, comédienne, poëte héroïque et historique, *letterata*, etc., etc., Lucrezia Floriani réunissait en elle tous les talents et toutes les sciences qui font la gloire du théâtre et des lettres.

Cette gravure était un hommage des dilettanti de Rome,
que la Floriani n'avait pas voulu placer dans sa villa, et
dont son père s'était emparé, parce qu'il avait ouï dire
à un domestique qu'une aussi belle épreuve valait deux
cents francs.

Il l'avait placée au-dessus d'un petit pastel qui inté-
ressa Karol bien davantage et qui représentait une petite
fille de dix à douze ans, en costume de paysanne, avec
une rose sur l'oreille, une grande épingle d'argent dans
les cheveux, une fine chemisette blanche et un corset
rouge-brique. Ce portrait, sans être d'une exécution habile, était d'une naïveté charmante. C'était bien là l'air
franc et candide d'un enfant, intelligent par la pensée,
simple par le cœur et l'éducation. Au-desssous, on lisait : *Antonietta Menapace, dessinée d'après nature
à l'âge de dix ans par sa marraine Lucrezia Ranieri.*

En voyant ces deux portraits qui présentaient là, sous
le chaume natal, un si étrange contraste, la petite fille
des champs et la grande artiste, l'enfant obscur et heureux, et la femme célèbre et infortunée, la première si
jolie, si paisible, avec son sourire d'innocence et d'a-
bandon enjoué, sa forte poitrine de garçon chastement
couverte d'une épaisse et rude chemise ; la seconde, si
belle, si sévère, avec son regard expressif, son attitude
superbe, son sein de déesse à peine voilé par la draperie
classique, Karol eut un sentiment d'effroi et de douleur.
Il ne pouvait nier que les deux portraits ne fussent res-
semblants, et que Lucrezia n'eût conservé ou recouvré
dans le calme de sa vie actuelle, beaucoup de l'expression suave et touchante de l'innocente Antonietta Menapace. Mais ce qu'elle avait acquis de noblesse, de grâce
et de séduction en devenant la Floriani, avait laissé aussi
une empreinte qui, pour la première fois, lui fit peur,
lorsqu'il vit son image aussi ornée et *révélée* par l'admi-

ration des artistes. Cette auréole lui brûlait les yeux, et il avait besoin de les reporter sur la rose des champs qui parait le front de la petite fille. Il lui semblait que la muse échappait par le passé à sa jalouse possession, tandis que l'enfant, n'appartenant qu'à Dieu, ne lui était point disputée.

Il eut pourtant le courage d'examiner minutieusement la muse ; mais quel fut son trouble lorsqu'il lut en petits caractères, au-dessous de la vignette, que cet ornement avait été composé et dessiné par *Jacopo Boccaferri?*

Il l'avait oublié, et il le retrouvait là, ce nom maudit, qui, bien à tort sans doute, bouleversait son imagination depuis une heure. Boccaferri n'était pas l'auteur du portrait ; c'était la signature d'un artiste plus célèbre, mais enfin il avait travaillé à cet ouvrage ; il avait peut-être vu la Floriani poser devant le peintre avec cette tunique transparente, et dans cet éclat de jeunesse, de force et de beauté, dont lui, Karol, ne possédait plus que le déclin. Enfin, il l'avait beaucoup connue, et bien intimement, ce Boccaferri, puisqu'il acceptait d'elle des secours sans rougir ! A quel point, à moins d'être un misérable, faut-il être lié avec une femme pour recevoir l'aumône de sa main ? et si c'était, en effet, un artiste avili par le désordre et la débauche jusqu'à mendier, comment Lucrezia, cette sainte que Karol adorait, avait-elle de semblables amis ?

« Quand on est la maîtresse du prince Karol, comment peut-on se rappeler de pareils camarades ! »

L'orgueil insensé, qui naît de l'amour et engendre la jalousie, ne formule pas clairement de pareilles sottises dans la conscience de l'homme qu'il possède. Mais il les lui souffle si bas à l'oreille, qu'il en est transporté de colère, sans pouvoir se rendre compte de ce qui produit en lui cette rage et cette douleur.

Karol prit sa tête à deux mains et fut tenté de se la frapper contre les murs. Si les actes de violence n'eussent été en dehors de ses habitudes et de ses principes d'éducation, il eût anéanti cette image fatale. Mais il se calma peu à peu en contemplant la fière sérénité de ce regard attaché sur lui. Le regard d'un portrait bien rendu a en soi quelque chose d'effrayant par cette fixité rêveuse qui semble vous interroger sur ce que vous pensez de lui. Karol en subit le prestige. La tragédienne semblait lui dire : « De quel droit m'interroges-tu? Est-ce que je t'appartiens? Est-ce toi qui m'as donné mon sceptre et ma couronne? Baisse tes yeux curieux et insolents, car je ne baisse jamais les miens, et ma fierté brisera la tienne. »

Le cerveau de Karol, affaibli déjà par cette lutte violente contre lui-même, passa par diverses hallucinations. Il détourna ses yeux avec un sentiment de terreur puérile, et les reporta sur le charmant pastel. Il y découvrit des grâces nouvelles, et, vaincu peu à peu par la pureté de son regard doux et profond, il fondit en larmes, croyant presser sur son cœur la tête brune de l'angélique Antonietta.

La Lucrezia, qui l'avait cherché partout et qui venait demander à son père ou a Biffi, s'ils ne l'avaient point rencontré, entra en cet instant, et, tout effrayée de le voir pleurer ainsi, elle s'élança vers lui et le serra dans ses bras avec anxiété, en lui prodiguant les plus doux noms et les questions les plus inquiètes.

Il ne pouvait ni ne voulait répondre. Comment lui eût-il avoué et fait comprendre tout ce qui venait de se passer en lui? Il en rougissait, et il faut dire, à la gloire de l'amour, que si Karol avait eu la précipitation et l'injustice d'un enfant gâté, il eut aussitôt l'effusion de reconnaissance et d'amour d'un enfant qu'on a bien sujet d'a-

dorer. A peine eut-il senti l'étreinte de ces bras puis-
sants, qui lui avaient servi de refuge contre les terreurs
de la mort, à peine son cœur, paralysé par la souffrance, se fut-il ranimé au contact de ce cœur maternel,
qu'il oublia sa folie et se sentit encore le plus heureux,
le plus soumis, le plus confiant des mortels.

Il eût mieux aimé mourir en cet instant que d'outrager
sa chère maîtresse par l'aveu d'un soupçon. Il avait sous
la main un prétexte bien touchant et bien simple pour
lui expliquer son émotion et ses larmes; ce fut de lui
montrer le petit pastel, et la Floriani, attendrie de cette
délicatesse de cœur, pressa contre ses lèvres avec enthousiasme les belles mains et les beaux cheveux de son
jeune amant. Jamais elle ne s'était sentie si heureuse et
si fière d'inspirer un grand amour. Elle ne se doutait
guère, la pauvre femme, que, peu de minutes auparavant, elle lui était presque un objet d'horreur.

— Cher ange, lui dit-elle, je n'aurais jamais osé
vaincre la répugnance que tu éprouvais à entrer ici.
J'avais bien deviné, quoique tu ne m'en eusses jamais
parlé, que les bizarreries de mon vieux père ne pouvaient
te sembler aimables : mais, puisque le hasard, ou je ne
sais quel instinct de cœur, t'a amené dans ma chaumière natale, et puisque nous sommes seuls, je veux te
la montrer en détail. Viens !

Elle le prit par la main, et le conduisit au fond de la
pièce où ils se trouvaient, et qui, avec celle où ils en-
trèrent et une sorte de cellier encombré de vieux meubles brisés et hors de service, dont Menapace ne voulait
pas perdre les morceaux, composait tout ce local rustique.

La chambre que la Lucrezia ouvrait au prince était
celle qu'elle avait habitée durant son enfance; c'était une
espèce de soupente, éclairée d'une seule lucarne étroite,

toute tapissée à l'extérieur de vignes sauvages et de
folles clématites. Un grabat, avec une paillasse de roseaux, couverte d'indienne raccommodée en mille endroits, des figurines de saints en plâtre grossièrement co-
loriées, quelques dessins collés à la muraille et tellement
noircis par le temps et l'humidité, qu'on n'y distinguait
plus rien, un pavé raboteux et inégal, une chaise, un
coffre et une petite table en bois de sapin, tel était l'intérieur misérable où la fille du pêcheur avait passé ses
premières années et senti couver en elle les dons de la
force et du génie.

— C'est là que mon enfance s'est écoulée, dit-elle au
prince, et mon père, soit par esprit de conservation,
soit par un reste de tendresse mal étouffée sous ses res-
sentiments austères, n'y a rien changé, rien dérangé
pendant ma longue et dure pérégrination à travers le
monde. Voilà mon lit de petite fille, où je me souviens
d'avoir dormi, les jambes pliées et douloureuses à mesure
que je devenais trop grande pour l'occuper. Voilà, à mon
chevet, une branche de buis bénit qui tombe en poussière, et que j'y ai attachée le jour des Rameaux, la
veille de mon départ... de ma fuite avec Ranieri ! Voilà
le portrait de Joachim Murat, cette grossière statuette
de plâtre, qu'un colporteur m'avait vendue pour l'effigie
de mon patron saint Antoine, et devant laquelle j'ai fait
si longtemps mes prières de la meilleure foi du monde.
Tiens, voici encore un dévidoir, des moules et des na-
vettes qui m'ont servi à faire des filets pour les poissons.
Ah ! que de mailles j'ai sautées ou rompues, quand ma
tête m'emportait loin de ce travail monotone, le seul que
mon père me permît, en dehors des soins du ménage !
Comme j'ai souffert du froid, du chaud, des cousins, des
scorpions, de la solitude et de l'ennui, dans cette chère
petite prison ! comme je l'ai quittée avec joie, et sans

même songer à lui dire un adieu, le jour où ma chère
marraine me dit : « Tu deviendrais malade ou contrefaite
si tu restais dans cette chambre et dans ce lit. Viens demeurer chez moi. Tu n'y seras pas aussi bien que je le
voudrais et que tu pourrais l'être, car mon mari, pour
être plus riche que ton père, n'est pas moins éco-
nome. Mais je veillerai à tes besoins en cachette, je
t'apprendrai tout ce que tu as soif d'apprendre, tu me
soigneras dans mes souffrances, tu me tiendras compagnie. Tu passeras pour ma servante, car M. Ranieri ne
me permettrait pas de te prendre pour amie. Mais nous
ne le serons pas moins dans cet échange de services. »
Admirable et excellente femme, qui devina mes facultés
et me les fit découvrir à moi-même ! Hélas ! c'est elle
aussi qui m'a fait cueillir le fruit du bien et du mal à l'arbre de la science !

« Et puis, quand son fils m'aima, et que le vieux Ranieri me chassa de sa maison, je revins habiter encore
une fois ma petite chambre misérable, j'avais alors quinze
ans. Mon père voulait me forcer à épouser un rustre de
ses amis, trop vieux pour moi, dur, laborieux, avide de
gain, violent, et bien surnommé *Mangiafoco*. J'en avais
peur. Je me cachais dans les buissons du rivage pour l'é-
viter ; et quand mon père allait pêcher, la nuit, aux
flambeaux, je me barricadais dans cette pauvre soupente, dans la crainte de ce Mangiafoco que je voyais
rôder autour de la maison. Mon jeune amant voulait le
tuer. Je vivais dans des transes affreuses, car Mangiafoco était capable de l'assassiner le premier.

« Cette existence n'était pas supportable. Quand je
suppliais mon père de me protéger contre ce bandit, il
me répondait : « Il ne te veut pas de mal, il t'aime à la
folie. Épouse-le, il est riche ; ce sera ton bonheur, » Et,
quand j'essayais de me révolter, il me reprochait mon

amour insensé pour le fils de mes maîtres, et me mena-
çait de me livrer à la passion brutale de Mangiafoco, qui
saurait bien ainsi me forcer à devenir sa femme. Mon
père ne l'eût pas fait, je le savais bien, car je l'avais entendu dire à cet homme qu'il le tuerait s'il cherchait seulement à m'effrayer. Mais si mon père était capable de
venger ainsi l'honneur de sa famille, il n'avait pas assez
de délicatesse pour ne pas essayer de violenter mon
penchant par la terreur. En outre, l'ennui me dévorait.
Je m'étais fait, auprès de ma bienfaitrice, une douce
habitude des occupations de l'intelligence. Le travail fas-
tidieux du filet laissait trop libre carrière à mon imagination. J'étais dévorée du rêve et du désir d'une existence toute contraire à celle qu'on m'imposait. J'accep-
tai donc les offres longtemps repoussées de Ranieri. Notre
amour était chaste encore : il me jurait qu'il le serait
toujours, et qu'en le voyant fuir, son père consentirait à
notre mariage. Enfin, il m'enleva, et c'est par cette petite fenêtre, qu'à l'aide d'une planche jetée sur l'eau qui
en baigne le pied, je me sauvai au milieu de la nuit.

« Eh bien, cette fois, je ne quittai pas ma chaumière
avec joie. Outre l'effroi et le remords de la faute que je
commettais, j'éprouvais, à me séparer de tous ces vieux
meubles, témoins paisibles et muets des jeux de mon enfance et des agitations de ma puberté, un regret in-
croyable, comme si j'avais la révélation soudaine des
chagrins et des malheurs que j'allais chercher, ou bien
plutôt par suite de cet attachement que nous contractons
pour les lieux mêmes où nous avons le plus souffert. »

La Floriani avait tort de raconter ainsi une partie de sa
vie au prince Karol. Elle se plaisait à lui ouvrir son cœur,
et, comme il l'écoutait avec émotion, elle croyait accomplir un devoir envers lui et le trouver reconnaissant.
Mais il n'avait pas assez de force en ce moment pour re-

cevoir des confidences de ce genre et pour entendre seulement prononcer le nom d'un ancien amant. Il était trop oppressé pour l'interrompre par la moindre réflexion, mais une sueur froide lui venait au front, et son cerveau, s'emparant des images qu'elle lui présentait, en était assiégé de la manière la plus pénible.

Cependant, ce récit était une justification véridique de la Floriani et de cette première faute, source fatale de toutes les autres. Karol sentait qu'il n'avait pas le droit de se refuser à l'écouter, et qu'il y avait, dans ce lieu et dans ce moment, une sorte de solennité qu'il ne pouvait fuir.

— Je n'avais pas besoin d'entendre tout cela, lui dit-il enfin avec effort, pour savoir que vous n'avez jamais obéi à de mauvais instincts. Je vous l'ai dit une fois : ce qui serait mal de la part des autres est légitime pour vous. Une fille qui délaisse son vieux père est coupable ; mais toi, Lucrezia, tu étais peut-être autorisée à te soustraire à sa loi brutale et impie ! Mon Dieu ! j'avais bien raison de ne pouvoir regarder ce vieillard sans un mortel déplaisir !

— Ne te hâte pas de le condamner pour atténuer mes torts, reprit la Floriani. Tu ne le juges pas bien et tu ne le connais pas. Laisse-moi, après l'avoir accusé devant toi, te montrer le beau côté de son caractère. C'est un devoir pour moi, n'est-il pas vrai ?

Karol soupira en faisant un signe d'assentiment, ses principes lui commandant de respecter la piété filiale de Lucrezia ; mais son instinct ne pouvait accepter l'avarice et le despotisme étroit d'un pareil père. Il était pourtant lui-même bien plus avare de Lucrezia, dans ses instincts de jalousie, que Menapace ne l'avait jamais été de son autorité paternelle et de son argent.

XVIII.

« Les hommes ne sont jamais logiques et complets
dans leurs meilleures ni dans leurs plus mauvaises qualités, dit la Floriani ; et, pour ne point passer, envers
eux, d'un excès d'estime à un excès de blâme, pour
conserver de l'affection et de la confiance à ceux que le
devoir nous prescrit d'aimer, il faut se faire d'eux une
juste idée, voir avec un certain calme le bien et le mal,
et ne pas oublier surtout que, chez la plupart des hommes, un vice est parfois l'excès d'une vertu.

« Le vice de mon père, c'est la parcimonie ; je veux
le dire bien vite, puisqu'il le faut pour reconnaître que
sa vertu, c'est l'esprit d'équité et le respect fanatique de
la règle établie. Aimant l'argent avec passion, comme
tous les paysans, il se distingue d'eux en ce que le vol
d'un fétu lui paraît un crime. Sa petitesse, c'est l'éternelle crainte du gaspillage qui amène la misère. Sa grandeur, c'est ce même instinct d'avarice mis au service de
ceux qu'il aime, au détriment de son bien-être, de sa
santé, et presque de sa vie.

« Ainsi il amasse mesquinement et vilainement, je
l'avoue, je ne sais quel misérable trésor enfoui, je gage,
dans quelque recoin de cette chaumière. De temps en
temps il achète de petits morceaux de terrain, croyant
placer là l'honneur et la dignité future de ses petits-enfants. Essayer de lui persuader qu'une bonne éducation,
un noble caractère et des talents sont un meilleur fonds
à leur assurer, c'est chose fort inutile. Resté paysan de
corps et d'âme, il ne comprend que ce qu'il voit. Il sait
comment l'herbe croît et comment le blé germe, et, ne
se doutant pas qu'il y a là un plus grand miracle que
dans toutes les œuvres humaines, il dit tranquillement que

c'est un *fait naturel*. Parlez-lui de ces choses qui peuvent se démontrer et s'expliquer, d'un bateau à vapeur, par exemple, ou d'un chemin de fer, il sourit et ne répond pas. Il ne croit pas à l'existence de ce qu'il n'a pas vu, et si on lui disait d'aller à l'autre rive du lac pour s'en convaincre par ses yeux, il n'irait pas, dans la crainte d'une mystification.

« Ma vie ne lui a rien appris du monde, des arts, de la puissance des dons intellectuels, de l'échange des idées. Il n'a jamais fait de questions là-dessus, et n'entendrait pas parler sans déplaisir de ce qui lui est absolument étranger. Il pense que si j'ai fait fortune dans la carrière de l'art, c'est grâce à des circonstances fortuites qu'il ne me conseillerait pas de tenter une seconde fois. Et puis, il fait ce raisonnement très-spécieux et très-naïf à la fois : « Vous autres artistes, vous gagnez beaucoup d'argent, mais vous avez besoin d'en dépenser encore plus. Ce goût-là vous vient en vous fréquentant les uns les autres et en courant le monde. De sorte que vous travaillez à outrance pour arriver à vous amuser un peu. Moi, qui ne dépense rien, qui n'ai pas le goût du plaisir, je gagne moins, mais ce que j'ai acquis, je le conserve. Ma profession est donc plus agréable et plus lucrative que la vôtre ; vous êtes pauvres, et je suis riche ; vous êtes esclaves, et je suis libre. »

« De là son peu d'estime et d'admiration pour la gloire que j'ai acquise. Il n'en est point flatté, et si vous voulez que je vous le dise, cette sorte de dédain pour la fumée de mes triomphes me paraît un des côtés les plus intéressants et les plus respectables de son caractère. La carrière que j'ai fournie a trop contrarié ses idées d'ordre élémentaire pour qu'il m'ait conservé une grande tendresse ; d'ailleurs, la tendresse proprement dite n'a jamais habité son cœur. Tout se traduit chez lui en principes d'équité rigide et froide. Quand ma mère mourut en me donnant le jour, il fit serment de ne jamais se remarier si je vivais, persuadé qu'une belle-mère ne pouvait aimer les enfants d'un premier lit. Et il tint son serment, non par amour pour la mémoire de sa femme, mais par sentiment de son devoir envers moi. Il m'a élevée avec toutes sortes de soins et une surveillance dont peu d'hommes sont capables envers un petit enfant : mais je ne crois pas qu'il m'ait jamais donné un baiser. Il n'y a jamais pensé. Il n'a jamais senti le besoin de me presser contre son cœur, et il trouve que je gâte mes enfants parce que je les caresse. Il demande quel bien cela leur fait, et quels avantages ils en retirent. Quand, après quinze ans d'absence, je suis venue me jeter à ses pieds, en me confessant à lui avec ferveur, et en tâchant de justifier ma conduite : « Tout cela ne me regarde pas, m'a-t-il répondu, je n'entends rien à ce qui est permis ou défendu dans le monde ¡dont tu me parles. Tu as refusé le mari que je te destinais, tu m'as désobéi : voilà ce que j'ai à te reprocher. Tu as aimé le fils de ton maître, et tu l'as détourné de l'obéissance qu'il devait à son père, cela est mal et pouvait me faire du tort. Ces gens-là n'y sont plus, tu reviens, et tu m'as fait beaucoup de cadeaux. Je sais comment je dois me conduire avec toi. Ne parlons jamais du passé, il y a une fin à tout, et je te pardonne, à condition que tu élèveras tes enfants dans des idées d'ordre et de sagesse. » Là-dessus, il me donna une poignée de main, et tout fut dit.

« Eh bien, mon ami, j'ai vu, dans ma vie de théâtre, l'intérieur de bien des familles d'artistes, et je vais vous dire ce qui s'y passe dix fois sur douze. L'artiste, surtout l'artiste dramatique, est toujours sorti des rangs les plus pauvres et les plus obscurs de la société. Soit que ses parents l'aient destiné à leur servir de gagne-pain, soit

que le hasard et des protections étrangères aient révélé et
utilisé ses aptitudes, dès son premier succès, fût-il encore enfant, le voilà chargé de soutenir, de transporter,
de vêtir, de nourrir et même d'amuser sa famille. C'est
lui qui paiera les dettes de ses frères, c'est lui qui éta-
blira ses sœurs, c'est lui qui placera en rentes tout le
fruit de son travail pour assurer une belle pension à ses
père et mère, le jour où il voudra leur acheter sa liberté.

« Ce sont les femmes surtout qui subissent ces dures
nécessités, et ce serait juste et bien, si on n'abusait pas
indignement de leurs forces, de leur santé, et pis encore,
hélas! de leur honneur, pour rendre le gain plus rapide,
et les mettre, par la prostitution, à l'abri d'une chute
devant le public. Le théâtre, dans ce cas-là, sert encore
d'étalage de vente, et telle fille stupide et belle paie
pour se montrer, ne fût-ce qu'un instant, sur les tré-
teaux, dans un costume équivoque, afin de se faire connaître et de trouver des chalands.

« Quand, par hasard, cette fille, cette dupe, cette
victime a du caractère et de la fierté, soit qu'elle ait su
préserver son innocence, soit qu'elle ait le juste ressentiment d'avoir cédé à d'infâmes suggestions, dès qu'elle
menace de rompre avec sa famille, la famille plie, trem-
ble, adule et rampe. Je les ai vus, ces pères éhontés,
ces mères odieuses, tenir le cachemire et le vitchoura
dans la coulisse, baiser presque les pieds qui avaient
dansé à mille francs par soirée, remplir, à la maison,
l'office de laquais, faire un nid d'ouate à la poule aux
œufs d'or, enfin descendre à une servilité sans exemple,
aux plus lâches complaisances,, aux flatteries les plus
viles, pour conserver l'honneur et le profit d'être attachés à la grande coquette, à la prima donna, ou seulement à la courtisane à la mode.

« Ces familles-là m'auraient fait pleurer de honte, et,

quand je songeais à mon vieux père, le paysan, qui n'avait pas voulu quitter ses filets pour venir partager mon luxe, qui refusait de répondre à mes lettres, qui recevait mes envois d'argent pour faire une dot à mes filles, mais qui persistait à se lever devant le jour, à dormir sous le chaume et à vivre avec deux sous de riz par jour, il me semblait que j'étais d'une naissance illustre, et je me sentais encore fière du sang plébéien qui coulait dans mes veines.

« Il est bien vrai que, comme dans toutes les choses humaines, il y a des misères et des ridicules mêlés à tout cela. Il est vrai que mon père refusait mes lettres, quand j'oubliais de les affranchir ; il est vrai qu'aujourd'hui il déplore ce qu'il appelle ma prodigalité, et que, quand il a vendu son poisson, il montre une pièce d'argent à Célio d'un air de triomphe, en lui disant : « A ton « âge, je gagnais déjà cela, et à l'âge que j'ai mainte- « nant, je le gagne encore. Je te donnerai cela pour t'ai- « der, quand tu commenceras à avoir un état et à vou- « loir gagner aussi. » Il est vrai encore que, s'il me voyait donner cent francs à un malheureux camarade sans ressources, il m'accablerait presque de sa malédiction. Je suis forcée de tolérer souvent ses travers, mais je suis toujours forcée aussi de respecter son orgueil et sa rustique opiniâtreté. S'il est dur aux autres, c'est qu'il l'est à lui-même encore plus. Il travaille avec l'ardeur d'un jeune homme, il n'est jamais indiscret ni importun, il vit dans son stoïcisme, sans jamais contrôler ce qu'il ne comprend pas. Combien d'autres, à sa place, eussent rempli mon existence de tracasseries, tout en s'enivrant à ma table et en me faisant rougir de leur grossièreté ou de leur bassesse ! La situation de mon père vis-à-vis de moi était bien délicate, et, sans rien raisonner ni calculer à cet égard, il l'a conservée digne,

indépendante, et généreuse à son sens. Comblé de mes
dons, il peut encore se considérer comme chef de famille et protecteur, puisqu'il travaille et amasse pour
faire le bonheur de ses enfants. Je souris de ses moyens,
mais non de ses intentions. Et maintenant, Karol, ne
comprends-tu pas que j'aime et bénisse encore mon
vieux père? N'as-tu pas remarqué que je lui ressemble
de figure, et crois-tu que je n'aie rien de son caractère?»

— Vous? s'écria Karol : oh ciel ! rien !

— Oui, moi. Je dois quelque chose à la fierté du sang
qu'il m'a transmis, reprit Lucrezia. Je me suis trouvée
dans des situations difficiles ; j'ai été aimée par des hommes riches ; j'ai eu des amis dont j'aurais pu accepter
l'aide sans manquer à l'honneur. Mais l'idée d'imposer
aux autres des privations ou un surcroît de travail, lorsque je me sentais jeune, forte et laborieuse, m'eût été
insupportable. On m'a accusée de bien des fautes, on
a exagéré cruellement celles que j'ai commises ; mais
jamais l'ombre d'un soupçon pour mon indépendance
et ma probité n'a pu se présenter à l'esprit des gens
les plus malveillants pour moi. J'ai été directrice de théâtre, j'ai manié des intérêts matériels, et fait ce qu'on
appelle des affaires. Elles étaient même compliquées,
difficiles et délicates. Aux prises avec tant de prétentions, de vanités et d'exigences, j'ai toujours eu pour
principe de donner plutôt le double de ce que je devais,
que de contester dans un cas douteux ; sans être écono-
me, j'ai eu de l'ordre, et, en faisant beaucoup de bien,
je ne me suis pas ruinée et compromise. C'est que je
n'ai point fait de folies par complaisance pour moi-même.
Elle est plus rangée et plus sage, la femme qui donne
aux malheureux ce qu'elle a, que celle qui engage ce
qu'elle n'a pas pour se procurer des bijoux et des équi-
pages. Je n'ai jamais eu le goût d'un vain luxe. La pos-

session d'un petit objet sans valeur, où se révèlent l'intelligence et le goût de l'ouvrier, m'est plus chère que celle d'une parure de diamants. J'aime ce qui est bon et vrai plus que ce qui est éclatant et envié. Sans m'astreindre à vivre aussi frugalement que mon père, j'ai porté de la sobriété dans tous mes instincts. Il n'y a que l'affection que je ne gouverne pas par la tempérance de l'esprit, et, en cela seulement, je diffère de lui : mais si je n'ai pas été une fille entretenue, si les présents de la corruption ne m'ont pas tentée, lorsque, à seize ans, je me suis trouvée aux prises avec les difficultés de l'existence, si je peux commander encore le respect à ceux qui me blâment, c'est, sois-en bien sûr, parce que je suis la fille du vieux Menapace. Conviens donc que l'apparence trompe, et que la nature établit des liens solides et des rapports profonds entre les êtres qui diffèrent le plus au premier coup d'œil.

— Tout ce que vous dites est admirable, répondit le prince, accablé de tristesse, et vous devez avoir raison en tout. Mais allons rejoindre Salvator, qui nous cherche sans doute.

— Non, non ! dit la Floriani; il était fatigué de son voyage, il s'est endormi à l'ombre des myrtes du jardin. Allons rejoindre les enfants, que je n'ai pas vus depuis une heure. »

Elle avait beaucoup parlé à Karol de choses réelles pour la première fois, et elle se flattait d'avoir profité d'une bonne occasion pour réhabiliter dans son esprit ce père qu'elle aimait sincèrement. Mais il est des thèses que l'esprit accepte sans qu'elles s'emparent du cœur. Karol sentait que la Floriani venait de faire un sage plaidoyer en faveur de la tolérance et en vue de la réhabilitation de la nature humaine. Il n'en était pas moins révolté de la réalité, et incapable d'accepter les travers

humains avec un autre sentiment que celui de la politesse, cette générosité perfide qui laisse le cœur froid et
les répugnances victorieuses.

Il eût fallu à la Floriani, selon lui, un milieu plus digne d'elle, c'est-à-dire un milieu tel qu'il n'en existe pour
personne ; un lac plus vaste sans cesser d'être aussi paisible, une demeure plus pittoresque sans cesser d'être
aussi commode et aussi saine, une gloire moins chère-
ment acquise sans cesser d'être aussi brillante, et surtout
un père plus distingué, plus poétique, sans cesser d'être
un pêcheur de truites. Il n'avait point le sens aristocra-
tique étroit : il aimait cette origine rustique, cette chaumière natale, ces filets suspendus aux saules du rivage ;
mais un paysan de poëme ou de théâtre, un montagnard
de Schiller ou de Byron, lui eût été nécessaire pour mettre à cet égard son esprit à l'aise. Il n'aimait pas Shakspeare sans de fortes restrictions : il trouvait ses caractères trop étudiés sur le vif, et parlant un langage trop
vrai. Il aimait mieux les synthèses épiques et lyriques ;
qui laissent dans l'ombre les pauvres détails de l'humanité : c'est pourquoi il parlait peu et n'écoutait guère, ne
voulant formuler ses pensées ou recueillir celles des autres que quand elles étaient arrivées à une certaine élé-
vation. Fouiller le sein de la terre pour analyser les sucs
généreux et malfaisants qu'elle contient, afin de planter
à propos et de tirer parti de ce qu'elle peut produire,
eût été pour lui œuvre vile et révoltante. Mais cueillir de
belles fleurs, admirer leur éclat et leur parfum, sans se
soucier de la peine et de la science du jardinier, tel était
le doux emploi qu'il se réservait dans la vie.

La Floriani avait donc parlé dans le désert en croyant
le convaincre. Il l'avait écoutée avec recueillement, et,
dans tout ce qu'elle avait dit, il avait admiré la rédac-
tion, la partie ingénieuse de son système de tolérance,

la bonté de son instinct. Mais il ne trouvait pas qu'elle eût raison d'accepter le mal pour ne pas méconnaître le bien. C'était l'antipode de sa manière de sentir les rapports humains. Il avait pourtant une haute idée du devoir filial; mais il savait faire, entre le devoir et le sentiment, entre les actions et les sympathies, une distinction qui était tout à fait inconnue à la Floriani. Ainsi, à sa place, il n'eût pas cherché à justifier l'avarice de Menapace, parce que, pour trouver à ce vice un côté estimable, il fallait commencer par avouer qu'il existait en lui. Il l'eût nié, au contraire, ou il eût gardé un profond silence, ce qui est bien plus facile, il faut en convenir.

Et puis, la Floriani, en parlant d'elle-même, lui avait fait encore beaucoup de mal. Elle avait prononcé des mots qui l'avaient brûlé comme un fer rouge. Elle avait dit qu'elle n'avait jamais été une *fille entretenue*, elle avait peint les mœurs de ses pareilles avec une terrible vérité. Elle avait raconté ses premières amours et nommé elle-même son premier amant. Karol aurait voulu qu'elle n'en eût pas seulement l'idée, qu'elle ignorât que le mal existe ici-bas, ou qu'elle ne s'en souvînt pas en lui parlant. Enfin, il aurait voulu, pour compléter la somme de ses exigences fantastiques, que, sans cesser d'être la bonne, la tendre, la dévouée, la voluptueuse et la maternelle Lucrezia, elle fût la pâle, l'innocente, la sévère et la virginale Lucie. Il n'eût demandé que cela, ce pauvre amant de l'impossible !

XIX.

Salvator, endormi sous l'ombrage, venait de se réveiller plein de bien-être et de gaieté. Quand nous nous sentons dispos et pleins d'exubérance, nous n'avons pas le sens aussi délicat que de coutume pour observer ou deviner les peines d'autrui. La pâleur et l'abattement de Karol échappèrent donc au regard de son ami; et la Floriani, les attribuant à la fatigue des larmes que l'amour et l'attendrissement lui avaient fait verser à la vue de son portrait, ne songea pas à s'en inquiéter.

Lorsque, dans l'enfance, nous souffrons d'une secrète douleur, nous voudrions que tout ce que nous faisons pour la cacher devînt inutile devant la pénétration subtile et bienfaisante des êtres qui nous aiment; et comme, en même temps, nous nous taisons avec fierté, nous avons l'injustice de croire qu'ils sont indifférents, parce qu'ils ne sont pas importuns. Beaucoup d'hommes restent enfants en ce point, et Karol l'était resté particulièrement. La gaieté active et bruyante de Salvator le rendit donc de plus en plus chagrin, et la sérénité de la Lucrezia, qui, jusque-là, s'était communiquée à lui par attraction, perdit pour la première fois sa bénigne influence.

Pour la première fois aussi, le bruit et le mouvement perpétuel des enfants le fatiguèrent. Ils étaient habituellement calmes sous l'œil de leur mère; mais, pendant le dîner, ils furent tellement excités et ravis par les taquineries amicales, les caresses et les rires de Salvator, qu'ils menèrent grand tapage, répandirent leurs verres sur la nappe et chantèrent à tue-tête, répétant toujours le même refrain, comme ces pinsons que les Hollandais font lutter, et pour lesquels ils engagent des paris. Célio cassa son assiette, et son chien se mit à aboyer si fort qu'on ne s'entendait plus.

La Floriani ne s'interposait pas bien sévèrement; elle riait malgré elle des enfantillages de Salvator et des plaisantes reparties de ses marmots ivres de plaisir, et hors d'eux-mêmes, comme le deviennent si aisément ces petits êtres nerveux quand on les excite.

Karol admirait chaque jour, depuis deux mois, les

grâces et les gentillesses de cette couvée d'anges, et il les
aimait tendrement à cause de celle qui leur avait donné
le jour. Il ne se rappelait pas qu'ils eussent des pères, et
quels pères, peut-être! Il les croyait nés du Saint-Esprit,
tant ils lui semblaient parés des dons célestes de leur
mère. La Floriani lui savait un gré infini de cette tendresse qu'il exprimait avec tant d'effusion, et qui se tra-
duisait en observations si fines et si poétiques sur leurs
divers genres de beauté et d'aptitude.

Pourtant, les enfants ne l'aimaient point.

Ils avaient comme peur de lui, et il était difficile de
s'expliquer pourquoi ses doux sourires et ses délicates
complaisances les trouvaient irrésolus et timides. Le chien
de Célio lui-même couchait les oreilles et ne remuait
point la queue quand le prince le nommait en le regardant. Cet animal savait bien qu'il parlait de lui avec bienveillance, mais qu'il ne le touchait jamais, et qu'une secrète aversion physique lui faisait craindre d'effleurer
seulement un animal quelconque. Si les chiens ont un
merveilleux instinct pour se méfier des gens qui se mé-
fient d'eux, il ne faut pas s'étonner que les enfants aient
le même avertissement intérieur à l'approche de ceux
qui ne les aiment pas. Karol n'aimait pas les enfants en
général, quoiqu'il ne l'eût jamais dit, quoiqu'il ne se le
dît pas à lui-même. Au contraire, il croyait les aimer
beaucoup, parce que la vue d'un bel enfant le jetait dans
un attendrissement de poëte et dans un ravissement
d'artiste. Mais il avait peur d'un enfant laid ou contre-
fait. La pitié qu'il ressentait à son approche était si douloureuse, qu'il en était réellement malade. Il ne pouvait
accepter dans l'enfant le moindre défaut physique, pas
plus que chez l'homme il ne pouvait tolérer une diffor-
mité morale.

Les enfants de la Floriani étant parfaitement beaux

et sains, charmaient ses regards ; mais si l'un d'eux fût
devenu estropié, outre la douleur qu'il en eût ressenti
dans son âme, il eût été saisi d'un malaise insurmontable. Il n'eût jamais osé le toucher, le porter dans ses
bras, le caresser. Un enfant stupide ou méchant, sous
ses yeux, lui eût été un fléau à le dégoûter de la vie ; et,
loin d'entreprendre de l'amender, il se fût enfermé dans
sa chambre pour ne pas le voir ou l'entendre. Enfin, il
aimait les enfants avec son imagination, et non avec ses
entrailles ; et, tandis que Salvator disait qu'il subirait
l'ennui du mariage rien que pour avoir les joies de la pa-
ternité, Karol ne pensait pas sans frissonner aux conséquences possibles de sa liaison avec la Floriani.

Au dessert, la gaieté de Célio étant arrivée à son paroxysme, il se blessa assez profondément en coupant un
fruit. En voyant son sang jaillir avec abondance, l'enfant eut peur et grande envie de pleurer ; mais sa mère,
avec beaucoup de présence d'esprit et de sang-froid, lui
prit la main, l'enveloppa dans sa serviette, et lui dit en
souriant : « Eh bien ! ce n'est rien du tout ; ce n'est pas
la première ni la dernière de tes blessures ; continue la
belle histoire que tu nous racontais ; je te panserai quand
tu auras fini. »

Une si bonne leçon de fermeté ne fut pas perdue pour
Célio, qui se prit à rire ; mais Karol qui, à la vue du
sang, avait failli s'évanouir, ne comprit pas que la mère
eût le courage de ne point vouloir s'en inquiéter.

Ce fut bien pis quand, au sortir de table, la Floriani
lava les chairs, rapprocha les lèvres de la blessure, et fît
une ligature solide, le tout d'une main qui ne tremblait
pas. Il ne concevait pas qu'une femme pût être le chirur-
gien de son enfant, et il fut effrayé d'une énergie dont il
ne se sentait pas capable. Tandis que Salvator aidait Lucrezia dans cette petite opération, Karol s'était éloigné

et se tenait sur le perron, ne voulant pas regarder,
et voyant, malgré lui, cette scène si simple et si vulgaire, qui prenait à ses yeux les proportions d'un
drame.

C'est que là, comme partout, dans les petites choses
comme dans les grandes, il ne voulait point prendre la
vie corps à corps; et tandis que la Floriani, prompte et
vaillante, étreignait le monstre sans terreur et sans dégoût, il ne pouvait se résoudre, lui, à le toucher du bout
des doigts.

Célio était fort calmé par cette petite saignée fortuite,
mais les autres enfants ne l'étaient guère. Les petites
filles, Béatrice surtout, étaient encore comme folles, et
le petit Salvator, passant rapidement de la joie à la colère, puis à la douleur, se montra si volontaire, et jeta de
tels cris de domination et de désespoir, que Lucrezia fut
forcée d'intervenir, de le menacer, et enfin de le prendre
dans ses bras pour le mener coucher malgré lui. C'était
la première fois qu'il criait de la sorte aux oreilles de Karol, ou plutôt c'était la première fois que Karol se trouvait disposé à s'apercevoir qu'un marmot, quelque charmant qu'il soit, a toujours des instincts tyranniques,
d'âpres volontés, des obstinations insensées, et, pour
ressource ou manifestation, des cris aigus. La rage et le
chagrin de Salvator, ses sanglots, ses larmes véritables
qui ruisselaient comme une pluie d'orage sur ses joues
roses, ses beaux petits bras qui se débattaient et s'en
prenaient aux cheveux de sa mère, la lutte de Lucrezia
avec lui, sa voix forte qui le gourmandait, ses mains
souples et nerveuses qui le contenaient avec la puissance
d'un étau, sans perdre ce moelleux qu'ont toujours les
mains d'une mère pour ne pas froisser des membres délicats, c'était là un tableau qui avait sa couleur pour le
comte-Albani, et qu'il regardait avec un sourire, mais

que Karol vit avec autant d'effroi et de souffrance que la blessure et le pansement de Célio.

— Mon Dieu! s'écria-t-il involontairement, que l'enfance est malheureuse, et qu'il est cruel d'avoir à réprimer les appétits violents de la faiblesse!

— Bah! répondit Salvator Albani en riant, dans cinq minutes il sera profondément endormi, et, après lui avoir donné le fouet pour amener la réaction, sa mère le couvrira de baisers durant son sommeil:

— Tu crois qu'elle le frappera? reprit Karol épouvanté.

— Oh! je n'en sais rien, je dis cela par induction, parce que ce serait le meilleur calmant.

— Ma mère ne m'a jamais frappé ni menacé, j'en suis certain.

— Tu ne t'en souviens pas, Karol. D'ailleurs, ce ne serait pas une raison pour prouver qu'il n'est pas nécessaire, parfois, d'employer les grands moyens. Je n'ai pas de théories sur l'éducation, moi, et dans celle qui convient au premier âge, tu vois que j'ai plutôt l'art de rendre les enfants terribles que de les réprimer. Je ne sais pas comment la Floriani s'y prend pour se faire craindre, mais je crois que la meilleure méthode doit être celle qui réussit. J'ignore s'il y a parfois nécessité de battre un peu les marmots, je saurai cela quand j'en aurai; mais je ne m'en chargerai pas. J'ai la main trop lourde, ce sera la fonction de leur mère.

— Et moi, si j'avais le malheur d'être père, reprit Karol avec une sorte de raideur douloureuse, je ne pourrais souffrir ce bruit discordant de révoltes et de menaces, ce combat avec l'enfance, ces larmes amères d'un pauvre être qui ne comprend pas la loi de l'impossible, ces emportements à froid de la pédagogie paternelle, ce bouleversement subit et affreux de la paix intérieure, ces tempêtes dans un verre d'eau, qui ne sont rien, je le sais, mais qui troubleraient mon àme comme des événements sérieux.

— En cé cas, cher ami, il ne faut pas perpétuer ta noble race, car ces orages-là sont inévitables. Crois-tu donc sérieusement que tu n'as jamais demandé la lune avec des rugissements de fureur, avant de comprendre que ta mère ne pouvait pas te la donner?

— Non, je ne le crois pas, je n'ai aucune idée de cela.

— C'est une métaphore que j'emploie, mais je serais fort étonné que quelque chose d'équivalent ne te fût jamais arrivé, car il me semble que tu as conservé de ces prétentions à l'impossible, et que tu demandes encore à Dieu, quelquefois, de mettre les astres dans le creux de ta main.

Karol ne répondit rien, et la Floriani ayant réussi à apaiser son marmot, revint proposer une promenade en nacelle sur le lac. Le petit Salvator n'avait point subi la loi antique, la peine consacrée du fouet. Sa mère savait bien que la fraîcheur de sa chambre, l'obscurité et le moelleux de sa couchette, le tête-à-tête avec elle, et le son de sa voix lorsqu'elle lui chanterait l'air destiné à l'endormir, le calmeraient presque instantanément; elle devinait aussi, sans savoir quelle gravité ces misères prenaient aux yeux de Karol, que ce bruit avait dû le contrarier un peu.

Pour faire diversion, elle l'emmena sur le lac avec Salvator Albani, Célio, Stella et Béatrice. Mais, à quelques brasses de la rive, on rencontra le vieux Menapace qui partait pour aller tendre ses filets. Les enfants voulurent sauter dans sa barque, et leur mère voyant que le vieux pêcheur désirait leur démontrer *ex professo* un art qui était, à ses yeux, le premier de tous, consentit à les lui confier.

Karol fut effrayé de voir ces trois enfants encore excités et fébriles, s'en aller avec un vieillard si égoïste, si froid, et qu'il jugeait si peu capable de les retirer de l'eau ou de les empêcher d'y tomber.

Il en fit l'observation à Lucrezia, qui ne partagea pas son inquiétude.

« Les enfants élevés au milieu d'un danger le connaissent fort bien, répondit-elle ; et quand il en tombe quelqu'un dans notre lac, c'est toujours un enfant étranger, qui y est venu en promenade, et qui ne sait pas se préserver. Célio nage comme un poisson, et Stella, toute folle qu'elle est ce soir, veillera comme une mère sur sa petite sœur. D'ailleurs, nous les suivrons et ne les perdrons pas de vue. »

Karol ne put venir à bout de se tranquilliser. Il ressentait l'angoisse des sollicitudes paternelles malgré lui, et, depuis qu'il avait vu Célio se faire une blessure, il avait la tête remplie de catastrophes imprévues. Enfin, sa paix était troublée au moral et au physique, à partir de ce jour néfaste, où il ne s'était pourtant rien passé de marquant pour les autres, mais où l'habitude et le besoin de souffrir s'étaient réveillés en lui.

La promenade fut pourtant très-paisible. Le lac était superbe aux reflets du couchant ; les enfants s'étaient calmés et prenaient un plaisir sérieux à voir tendre les filets du grand-père dans une petite anse fleurie et embaumée. Salvator ne parlait plus de Venise, et, par un heureux hasard, le nom de Boccaferri ne venait plus sur ses lèvres. La Floriani cueillit des nénuphars, et, sautant d'une barque dans l'autre, avec une légèreté et une adresse qu'on n'eût pas attendues d'une personne un peu lourde en apparence dans ses formes, mais qui rappelaient ses habitudes de jeunesse, elle orna de ces belles fleurs la tête de ses filles.

Karol commençait à se radoucir intérieurement. Le vieux Menapace guidait la barque avec un aplomb et une expérience consommés à travers les rochers et les troncs d'arbres entassés au rivage. Aucun enfant ne se noyait, et Karol s'habituait à les voir courir d'un bord à l'autre, diriger le gouvernail et se pencher sur l'eau, sans tressaillir à chacun de leurs mouvements.

La brise du soir s'élevait suave et charmante, apportant le parfum de la vigne en fleurs et de la fève à odeur de vanille.

Mais il était écrit que cette journée finirait l'extase tranquille de Karol et marquerait pour lui le commencement d'une série de petites souffrances inexprimables. Salvator trouva que les nénuphars étaient si beaux que la Floriani devait en mettre aussi dans ses cheveux noirs. Elle s'y refusa, disant qu'elle avait assez subi au théâtre le poids des coiffures et des ornements, et qu'elle était heureuse de ne plus sentir sur sa tête la gêne d'une seule épingle. Mais Karol partageait le désir de son ami, et elle consentit à ce qu'il passât quelques fleurs dans ses tresses splendides.

Tout allait bien, excepté la coiffure que Karol arrangeait sans art et sans adresse, tant il craignait de faire tomber un seul cheveu de cette tête chérie. Salvator eut la malheureuse idée de s'en mêler. Il défit l'ouvrage du prince, et, prenant à deux mains la riche chevelure de la Floriani, il la roula sans façon et l'entremêla de roseaux et de fleurs, selon son goût. Il réussit fort bien, car il avait de l'habileté pour ce qu'on appelle trivialement le *tripotage*, expression trop familière, mais difficile à remplacer. Il entendait bien la statuaire au point de vue de l'ornementation.

Il fit à la Floriani une coiffure digne d'une naïade antique, en lui disant : « Est-ce que tu ne te souviens pas qu'à Milan, quand je me trouvais dans ta loge pendant ta toilette, j'y mettais toujours la dernière main ?

— C'est vrai, répondit-elle, je l'avais oublié; tu avais un don particulier pour donner du caractère aux ornements, pour trouver l'assortiment heureux des couleurs, et je t'ai souvent consulté pour mes costumes.

— Tu n'y crois pas, Karol? reprit Salvator en s'adressant à son ami, qui avait fait le mouvement d'un homme qui reçoit un coup d'épingle ; regarde-la, comme elle est belle! Tu n'aurais jamais trouvé comme moi ce qui convenait à la ligne de son front, au volume de sa tête et à la puissance de sa nuque. Tu ne la dégageais pas assez. Elle avait l'air d'une madone avec ta coiffure, et ce n'est point là le caractère de sa beauté. Elle est déesse maintenant. Prosternons-nous, faibles mortels, et adorons la nymphe du lac ! »

En parlant ainsi, Salvator pressa d'un lourd baiser les genoux de la Floriani, et Karol tressaillit comme un homme qui reçoit un coup de poignard.

XX.

Le pauvre enfant avait oublié que Salvator était aussi amoureux que lui, dans un sens, de la Floriani; qu'il lui avait sacrifié de grand cœur ses prétentions, mais non sans effort et sans regret. Comme Karol ne comprenait rien à ce genre d'amour, il ne s'était pas rendu compte de ce que son ami avait pu souffrir en le voyant devenir maître des biens qu'il convoitait. Il s'était dit que la première belle femme que Salvator rencontrerait lui ferait oublier ce désir insensé.

Ou plutôt, il ne s'était rien dit du tout. Il n'aurait pas eu le courage d'examiner le côté scabreux d'une telle situation. Il avait écarté le souvenir de la première nuit

passée à la villa Floriani, des tentations et des tentatives
de Salvator, et même des embrassades du lendemain
matin, lorsqu'il avait cru dire à Lucrezia un long adieu.
La crise de la maladie et le miracle du bonheur avaient
tout effacé de l'esprit du prince. Il s'était habitué en un
jour, en un instant, à ne plus rien juger, à ne plus rien
comprendre; et de même, en un jour, en un instant, il
recommençait à trop juger, à trop comprendre, c'est-à-
dire à tout commenter avec excès et à souffrir de tout.

Certes, Salvator Albani avait renoncé de bonne foi à
voir la Floriani avec d'autres yeux que ceux d'un frère.
Mais il y avait en lui un fonds de sensualité italienne qui
l'empêchait d'arriver jusqu'à la chasteté d'un moine. S'il
eût eu deux sœurs, une belle et une laide, il eût, sans
nul doute, et sans se rendre compte de son propre instinct, préféré la belle, eût-elle été moins aimable et
moins bonne que l'autre. Enfin, entre deux sœurs également belles, mais dont l'une aurait connu l'amour, et
l'autre la vertu seulement, il aurait été bien plus l'ami
de celle qui eût compris le mieux ses faiblesses et ses
passions.

L'amour était son Dieu, et toute belle femme au cœur
tendre en était la prêtresse. Il pouvait l'aimer avec désintéressement, mais non la voir sans émotion. L'amour de
la Floriani pour son ami ne le dérangeait donc point dans
son admiration et dans son plaisir, lorsqu'il la contemplait
et respirait son haleine. Il aimait tout autant qu'auparavant à toucher ses bras, ses cheveux, et jusqu'à son vêtement, et l'on comprend bien que Karol était jaloux de
ces choses-là, presque autant que du cœur de sa maîtresse.

La Floriani, qui le croirait? était d'une nature aussi
chaste que l'âme d'un petit enfant. C'est fort étrange, j'en
conviens, de la part d'une femme qui avait beaucoup

aimé, et dont la spontanéité n'avait pas su faire plusieurs parts de son être pour les objets de sa passion. C'était probablement une organisation très-puissante par les sens, quoiqu'elle parût glacée aux regards des hommes qui ne lui plaisaient point. C'est qu'en dehors de son amour, où elle se plongeait tout entière, elle ne voyait pas, n'imaginait pas et ne sentait pas. Dans les rares intervalles où son cœur avait été calme, son cerveau avait été oisif; et si on l'eût séparée éternellement de la vue de l'autre sexe, elle eût été une excellente religieuse, tranquille et fraîche. C'est dire qu'il n'y avait rien de plus pur que ses pensées dans la solitude, et, quand elle aimait, tout ce qui n'était pas son amant était pour elle, sous le rapport des sens, la solitude, le vide, le néant.

Salvator pouvait bien l'embrasser, lui dire qu'elle était belle, et frémir un peu en pressant son bras contre le sien : elle s'en apercevait encore moins que le jour où, ne prévoyant pas que Karol l'aimait déjà, il avait été forcé de lui parler clairement et hardiment pour lui faire comprendre ses désirs.

Toute femme comprend pourtant bien le regard et l'inflexion de voix qui lui parlent d'amour d'une manière détournée. Les femmes du monde ont, à cet égard, une pénétration qui va souvent au delà de la vérité, et, souvent aussi, leur empressement à se défendre, avant qu'on les attaque sérieusement, est une provocation de leur part et un encouragement à l'audace. La Floriani, au contraire, dans son expressive bienveillance, mettait tout sur le compte de la sympathie qu'elle avait excitée comme artiste, ou de l'amitié qu'elle inspirait comme femme. Elle était brusque et ennuyée avec les hommes qui lui inspiraient de la défiance et de l'éloignement; mais, avec ceux qu'elle estimait, elle avait le cœur sur la main; elle eût cru manquer à la sainteté de l'amitié en se

tenant trop sur ses gardes. Elle savait bien que quelque
mauvaise pensée pouvait leur passer par la tête. Mais
elle avait pour règle de ne pas paraître s'en apercevoir,
et, tant qu'on ne la forçait point à se montrer sévère, elle
était douce et abandonnée. Elle pensait que les hommes
sont comme des enfants, avec lesquels il faut plus souvent détourner la conversation et distraire l'imagination
que répondre et discuter sur des sujets délicats et dangereux.

Karol, qui aurait dû comprendre la solidité de ce caractère simple et droit, ne le connaissait pourtant pas.
Sa folie avait commis l'erreur gigantesque de se figurer
qu'elle devait avoir l'austérité de manières et le maintien
glacial d'une vierge, avec tout autre qu'avec lui. Il n'en
voulut pas démordre, comprendre la réalité de cette nature, et l'aimer pour ce qu'elle était. Pour l'avoir placée
trop haut dans les fantaisies de son cerveau, voilà qu'il
était tout prêt à la placer trop bas, et à croire qu'entre le
sensualisme invincible de Salvator et les instincts secrets
de la Floriani, il y avait de funestes rapprochements à
craindre.

Ils revenaient à la villa avec le lever de Vesper, qui
montait blanc comme un gros diamant dans le ciel encore rose. Ils glissaient sur la surface limpide de ce lac
que la Floriani aimait tant, et que Karol recommençait à
détester. Il gardait le silence; Béatrice s'était endormie
dans les bras de sa mère; Célio gouvernait la barque de
Menapace, qui s'était assis, dans une muette contemplation; Stella, svelte et blanche, rêvait aux étoiles, ses pa-
trones, et Salvator Albani chantait d'une belle voix
fraîche, que la sonorité de l'onde portait au loin. Personne autre que Karol, le plus pur et le plus irréprochable de tous, peut-être, ne songeait à mal. Il leur tournait le dos, à tous, pour ne point voir ce qui n'existait

pas, ce à quoi personne ne songeait ; et, au lieu des On-
dines du lac, il se sentait poussé par les Euménides.

Ne l'avait-on pas trompé? Salvator ne s'était-il pas
grossièrement joué de lui en lui disant que jamais il n'a-
vait été l'amant de la Floriani? Avec tous les beaux raisonnements spécieux qu'il lui avait maintes fois entendu
faire sur l'amitié qu'on peut avoir pour les femmes, et
dans laquelle il entrait toujours, selon Salvator, un peu
d'amour, étouffé ou déguisé ; avec les ménagements dont
il le supposait capable pour lui laisser goûter le bonheur
sans se faire conscience d'un mensonge, il pouvait bien
avoir été heureux la nuit de leur arrivée, et l'avoir nié
avec aplomb l'instant d'après. La Floriani ne lui devait
rien alors, et Karol s'imaginait être bien généreux en
prenant la résolution de ne jamais l'interroger à cet
égard.

Et puis, en supposant qu'elle eût résisté cette fois-là,
était-il probable que, dans cette vie abandonnée à toutes
les émotions, lorsque Salvator assistait à sa toilette dans
sa loge, et portait même les mains sur sa parure, lorsque, toute palpitante des fatigues ou des triomphes de
la scène, elle venait se jeter près de lui sur un sofa, seule
avec lui peut-être... était-il possible qu'il n'eût pas
cherché à profiter d'un instant de désordre dans son esprit et d'excitation dans ses nerfs? Salvator était si ardent et si audacieux avec les femmes ! N'avait-il pas en-
couru la disgrâce de la princesse Lucie pour avoir osé
lui dire qu'elle avait une belle main? Et de quoi n'était
pas capable, avec la Lucrezia, un homme qui n'était pas
demeuré tremblant et muet auprès de Lucie?

Alors le terrible parallèle, si longtemps écarté, commença à s'établir dans l'esprit du prince : une princesse,
une vierge, un ange! — Une comédienne, une femme
sans mœurs, une mère qui pouvait compter trois pères à

tôt la fatigue ramena encore le doute et le découragement.

Des regrets amers remplissaient de larmes ses yeux fatigués de l'éclat du soleil levant, qui semblait venir à sa rencontre, et lui dire : « Nous marchons en sens inverse ; tu vas donc me fuir et entrer dans la nuit éternelle ? » Il se rappelait son bonheur de la veille, lorsqu'à pareille heure, il avait vu la Floriani entrer dans sa chambre, ouvrir elle-même sa fenêtre pour lui faire entendre le chant des oiseaux et respirer le parfum des chèvrefeuilles, s'arrêter près de son lit pour lui sourire, et, avant de lui donner le premier baiser, l'envelopper de cet ineffable regard d'amour et d'adoration plus éloquent que toutes les paroles, plus ardent que toutes les caresses. Oh! qu'il était heureux encore, à ce moment-là! Rien que le trajet du soleil autour des horizons, et tout était détruit! Il ne verrait plus jamais cette femme si tendre l'enivrer de son regard profond, et mettre, à la place des visions de la nuit, son image tranquille et radieuse devant lui! Cette main qui, en passant doucement à travers ses cheveux, semblait lui donner une vie nouvelle; ce cœur, dont le feu ne s'était jamais épuisé en fécondant le sien, ce souffle, dont la puissance entretenait en lui une sérénité jusque-là inconnue, ces douces attentions de tous les instants, cette constante sollicitude, plus assidue et plus ingénieuse encore que ne l'avait été celle de sa mère; cette maison claire et riante, où l'atmosphère semblait assouplie et réchauffée par une influence magnétique, ce silence du parc, ces fleurs du jardin, ces enfants à la voix mélodieuse qui chantaient avec les oiseaux, tout, jusqu'au chien de Célio, qui courait si gracieusement dans les herbes, poursuivant les papillons pour imiter son jeune ami : enfin, cet ensemble de choses qu'il se représentait et se détaillait pour la

première fois, au moment de s'en séparer, tout cela était
donc fini pour lui!

Et justement, comme il pensait au chien de Célio, ce
bel animal s'élança vers lui, et, pour la première fois,
le caressa avec tendresse. Il n'avait pourtant pas suivi
Karol, et celui-ci crut d'abord que Célio n'était pas loin.
Mais, ne le voyant pas paraître, il se rappela que la
veille, *Laërtes* (c'était le nom du chien) avait fait une
pointe sur la rive où les barques s'étaient arrêtées;
qu'on l'avait rappelé en vain, et qu'en rentrant à la maison, Célio s'était inquiété de ne pas l'y trouver. On l'a-
vait sifflé et appelé encore, pensant qu'il aurait côtoyé le
lac et serait revenu par les prés; mais on s'était couché
sans le retrouver; Lucrezia avait consolé son fils en lui
disant que le chien avait déjà passé plusieurs fois la
nuit dehors, et qu'il était trop intelligent pour ne pas
retrouver, dès qu'il le voudrait, le chemin de sa demeure.

Le jeune et beau Laërtes, entraîné par l'ardeur de la
chasse, avait donc guetté et poursuivi quelque lièvre
pour son propre compte, jusqu'au point du jour, et soit
qu'il eût perdu sa piste, ou qu'il eût réussi à l'atteindre
et à le dévorer, il songeait à ce moment à Célio, qui le
faisait jouer, à la Floriani qui lui donnait elle-même sa
nourriture, au petit Salvator qui lui tirait les oreilles, à
son frais coussin et à son déjeuner. Il se rendait très-
bien compte de l'heure et se disait qu'il fallait rentrer
pour n'être point grondé de sa trop longue absence. Il
est bien possible même qu'il poussât la finesse jusqu'à
se flatter qu'on ne s'en serait pas aperçu.

En voyant Karol, il s'imagina que celui-ci n'était venu
aussi loin que pour le chercher; et, se sentant coupable,
ne voulant pas aggraver ses torts, il vint à sa rencontre
d'un air affectueux et modeste, balayant la terre de sa

longue queue soyeuse, et se donnant toutes sortes de
grâces, pour se faire pardonner son escapade.

Le prince ne put résister à ses avances, et se décida
à le toucher un peu sur la tête : « Et toi aussi, pensait-il,
tu as voulu rompre ta chaîne et essayer de ta liberté! Et
voilà que tu hésites entre la servitude d'hier et l'effroi
d'aujourd'hui! »

Karol ne pouvait plus envisager qu'avec terreur la
solitude de son passé. Il se disait qu'il valait mieux souffrir les tortures d'un amour troublé par le doute et la
honte, que de ne vivre d'aucune façon. Qu'allait-il retrouver, en se replongeant dans l'isolement? L'image de
sa mère et celle de Lucie ne viendraient plus le visiter
que pour lui faire d'amers reproches. Il essaya de les
évoquer, elles n'obéissaient plus à son appel. Il n'avait
jamais pu se persuader que sa mère fût morte, il le sentait à présent, la tombe ne rendait plus sa proie. Les
traits de Lucie étaient tellement effacés de sa mémoire,
qu'il s'efforçait en vain de se les représenter. Ils étaient
couverts d'un épais nuage. Maintenant que Karol avait
bu à la coupe de la vie, la société de ces ombres l'épou-
vantait au lieu de le charmer. Vivre! il faut donc vivre
malgré soi, il faut donc aimer la vie en la méprisant,
et s'y plonger en dépit de la peur et du dégoût qu'elle
inspire? pensait-il en se débattant contre lui-même. Est-
ce la volonté de Dieu? Est-ce la tentation d'un esprit de
vertige et de ténèbres?

« Mais trouverai-je la vie désormais auprès de Lucrezia? Ne sera-ce point la mort, que cet attachement
dont les circonstances me font rougir, et que le doute va
empoisonner? Néant pour néant, ne vaudrait-il pas
mieux languir et dépérir, avec le sentiment de son propre
courage, que dans celui de son indignité? »

Il ne trouvait point d'issue à ses incertitudes. Il se levait, faisait un pas vers l'exil, et regardait derrière lui. Son cœur se déchirait et se brisait à la pensée de ne plus voir sa maîtresse, et il le sentait physiquement s'éteindre, comme si cette femme en était le moteur unique.

Il était presque vaincu déjà, et cherchait dans quelque augure, dans quelque hasard providentiel, dernière ressource de la faiblesse, l'indice du chemin qu'il devait suivre. Laërtes vint à son secours. Laërtes était décidé à rentrer. Lorsque Karol tournait le dos à la villa, le chien s'arrêtait et le regardait d'un air étonné ; puis, lorsque le prince revenait vers lui, il bondissait d'un air joyeux, et lui disait avec ses yeux brillants d'expression et d'intelligence : « C'est par ici, en effet, vous vous trompiez : suivez-moi donc ! »

Karol trouva un faux-fuyant digne d'un enfant. Il se dit que la Floriani tenait beaucoup à ce chien, que Célio était capable de pleurer un jour entier, s'il ne le retrouvait point ; que l'animal était bien jeune, bien fou, et se laisserait peut-être tenter par quelque nouvelle proie avant de rentrer ; qu'enfin il pouvait se perdre ou se laisser emmener par quelque chasseur, et que son devoir, à lui, était de le ramener à la maison.

Il appela donc Laërtes, veilla puérilement sur lui, et regagna la villa Floriani sans le perdre de vue. Pourtant, l'on peut dire que jamais aveugle ne fut plus littéralement conduit par un chien.

En voyant la porte du parc ouverte, Laërtes prit sa course, et, enchanté de rentrer, il devança Karol et gagna la maison, la chambre de Célio, où il se blottit sous le lit, en attendant son réveil. Le prétexte du chien manquait dès lors à Karol, il n'était pas obligé de franchir la grille du parc, et il allait néanmoins la franchir, lorsque ses yeux rencontrèrent une inscription tracée au pinceau sur une pierre latérale. C'étaient les fameux vers du Dante.

Per me si va nella città dolente,
Per me si va nell'eterno dolore,
Per me si va tra la perduta gente...
.... Lasciate ogni speranza, voi, ch'entrate!

Et plus bas :

Avis aux voyayeurs! CÉLIO FLORIANI.

Karol se souvint que, peu de jours auparavant, Célio, qui venait d'apprendre par cœur ce passage classique de la *Divine Comédie,* et qui le répétait à tout propos avec ce mélange d'admiration et de parodie qui est propre aux enfants, s'était amusé à l'écrire sur le montant de la porte du parc, en l'accompagnant d'un avertissement facétieux aux passants. Comme la villa n'était située sur aucune route de passage, il y avait peu d'inconvénients à laisser subsister l'inscription de Célio jusqu'à la première pluie; la Floriani n'avait fait qu'en rire, et Karol, à qui ces vers lugubres n'offraient aucun sens, à ce moment-là, ne s'en était point alarmé. Il était repassé plusieurs fois par cette porte sans y prendre garde; il n'y aurait plus jamais songé, sans la révolution qui s'était opérée en lui. Au premier abord, les mots de *perduta gente* lui parurent offrir une allusion affreuse et peut-être quelque peu vraie, car il se hâta de l'effacer. Puis, en relisant, malgré lui, le dernier vers, il fut saisi d'une terreur superstitieuse, en songeant que les enfants prophétisent souvent sans le savoir, et disent en riant d'effroyables vérités. Il cueillit une poignée d'herbe et en frotta la muraille; mais, par un hasard fort simple, le dernier vers, portant sur une pierre moins polie que les autres, ne s'effaça pas entièrement et resta visible malgré tous les efforts de Karol.

— Eh bien! dit-il en s'élançant dans le parc, cela est écrit ainsi au livre de ma destinée. Pourquoi mes yeux

en seraient-ils offensés? O Lucrezia, tu ne m'avais donné
que du bonheur ; à présent que je vais souffrir par toi
et pour toi, je vois à quel point je t'aime!

La Floriani était déjà très-inquiète, elle avait cherché
Karol dans tout le parc, ne concevant pas que, contrai-
rement à ses habitudes, il se fût levé avant elle et qu'il
eût été se promener sans elle. Elle était dans la chaumière du pêcheur lorsqu'elle vit le prince effacer l'inscription et rentrer précipitamment, comme si, de
même que Laërtes, il eût craint d'être grondé. Elle
courut après lui, et, l'enlaçant dans ses bras : « Vous
trouvez donc, lui dit-elle, que ce serait un grave mensonge? »

Karol n'avait guère l'esprit présent ; il ne songeait pas
qu'elle eût pu le voir effacer les vers du Dante ; il ne pensait déjà plus à ces vers, mais bien à la trahison possible
de Salvator. Il crut qu'elle répondait à ses secrètes pensées, qu'elle avait deviné ses angoisses, épié son essai de
fuite ; que sais-je? tout ce qu'il y avait de plus invraisemblable lui vint à l'esprit, et il répondit d'un air
effaré : « Soyez-en juge vous-même, il ne m'appartient
pas de répondre pour vous. »

Lucrezia fut un peu étonnée et commença à redouter
quelque accès d'excentricité. Salvator l'en avait pré-
venue à diverses reprises avant qu'elle donnât son cœur
au prince. Mais elle n'avait pu y croire, parce que, depuis sa maladie, Karol avait toujours été ravi au septième
ciel et ne lui avait jamais causé un instant d'effroi. Elle
se demanda s'il était bien guéri, s'il n'était pas menacé
d'une rechute imminente, ou bien si, réellement, son
cerveau était faible et tourmenté d'idées fantasques. Elle
l'interrogea. Il ne voulut point répondre, et lui baisa la
main à plusieurs reprises, en lui demandant pardon.
Mais pardon de quoi? Voilà ce qu'elle ne put jamais sa-

voir, malgré les investigations de sa tendresse. Ses manières étaient aussi changées que sa figure et son langage. Il s'était dit que, s'il se décidait à rentrer chez elle, il devait prendre avec lui-même l'engagement de ne lui faire aucune question, aucun reproche, de ne point avilir son propre amour par des paroles blessantes de part ou d'autre ; enfin, il se raidissait pour ainsi dire dans une sorte de religion chevaleresque et dans un redoublement de respect extérieur, comme s'il eût cru réparer par là le tort qu'il lui avait fait dans son âme en la soupçonnant.

La Floriani avait toujours été vivement touchée de ce respect qu'il lui témoignait devant ses enfants et ses serviteurs. Rien, chez lui, ne lui rappelait le sans-gêne blessant et l'espèce d'abandon impertinent des amants heureux. Mais, dans le tête-à-tête, elle n'était pas habituée à lui voir détourner son front de ses lèvres et se rejeter sur ses mains en saluant comme un abbé qui rend hommage à une douairière. Elle essaya de rompre cette glace, elle lui fit de tendres reproches, elle le railla amicalement : tout fut inutile. Il se hâtait de retourner vers la maison, car il sentait que sa souffrance n'était pas assez calmée pour lui permettre de paraître heureux.

Salvator ne fut point étonné de voir, ce jour-là, son ami silencieux et sombre ; il l'avait vu si souvent ainsi ! « Je suis inquiète ce matin, lui dit tout bas Lucrezia ; Karol est pâle et triste. — Tu devrais être habituée à le voir s'éveiller tout différent de ce qu'il était en s'endormant, répondit Salvator. N'est-il pas mobile et changeant comme les nuages ?

— Non, Salvator, il n'est point ainsi. Depuis deux mois, c'est un ciel pur et brûlant, sans un seul nuage, sans la moindre vapeur.

— En vérité! quelle merveille tu me contes là? Je peux à peine te croire.

— Je te le jure. Que peut-il donc avoir aujourd'hui?

— Mais rien! il aura fait un mauvais rêve.

— Il n'en faisait plus que de beaux!

— C'était un grand hasard ou un grand prodige; moi, je ne l'ai jamais vu une semaine... que dis-je? un jour entier, sans tomber dans quelque accès de mélancolie.

— Et à propos de quoi y tombait-il si souvent?

— Tu me demandes là ce que je n'ai jamais pu lui faire dire. Karol n'est-il pas un hiéroglyphe ambulant, un mythe personnifié?

— Il ne l'a pas été pour moi jusqu'à cette heure; et puisque j'avais trouvé, à mon insu, le moyen de le rendre heureux et confiant, il faut bien que je lui aie déplu en quelque chose depuis hier.

— Vous êtes-vous querellés cette nuit?

— Querellés? quel mot!

— Oh! tu es devenue *sublime* comme lui, je le vois bien, et il faut se faire un vocabulaire choisi exprès pour vous deux. Eh bien, voyons, n'avez-vous pas touché à quelque point douloureux de votre existence à l'un ou à l'autre, en causant ensemble la nuit dernière?

— La nuit dernière, comme toutes les autres nuits, je n'ai pas quitté mes enfants. Nous nous retirons de bonne heure, je me lève avec le jour, et, tandis que les petits sommeillent encore ou babillent avec leur bonne en se levant, je vais éveiller doucement Karol, et nous causons ensemble; le plus souvent, nous nous regardons et nous nous adorons sans nous rien dire. Ce sont deux heures de délices, où jamais un mot pénible, une réflexion positive, un souvenir quelconque des ennuis et des maux de la vie réelle, n'ont trouvé place. Ce matin, j'ai été ouvrir ses fenêtres comme à l'ordinaire, comme j'en ai pris l'habitude durant sa maladie.

Il était déjà sorti, ce qui ne lui était encore jamais arrivé. Il est resté deux heures absent. Il avait l'air égaré en rentrant, il disait des paroles que je ne comprends pas, ses manières étaient bizarres. Il m'a fait presque peur, et, maintenant, son abattement, le soin qu'il prend de ne pas rester avec nous, me font mal. Toi, qui le connais, tâche de lui faire dire ce qu'il a !

— Moi, qui le connais, je ne puis rien te dire, sinon qu'il a été gai hier soir, ce qui était un signe certain qu'il serait triste ce matin. Il n'a jamais eu une heure d'expansion dans sa vie, sans la racheter par plusieurs heures de réserve et de taciturnité. Il y a certainement à cela des causes morales, mais trop légères ou trop subtiles pour être appréciables à l'œil nu. Il faudrait un microscope pour lire dans une âme où pénètre si peu de la lumière que consomment les vivants.

— Salvator, tu ne connais pas ton ami, dit la Lucrezia : ce n'est point là son organisation. Un soleil plus pur et plus éclatant que le nôtre rayonne dans son âme ardente et généreuse.

— Comme tu voudras, répondit Salvator en souriant; alors, tâche d'y voir clair, et ne m'appelle pas pour tenir le flambeau.

— Tu railles, mon ami ! reprit la Floriani avec tristesse, et pourtant je souffre ! Je m'interroge en vain, je ne vois pas en quoi j'ai pu contrister le cœur de mon bien-aimé. Mais la froideur de son regard me glace jusqu'à la moelle des os, et, quand je le vois ainsi, il me semble que je vais mourir.

XXII.

Quelques mots de franche explication eussent guéri les souffrances de la Floriani et de son amant; mais il eût fallu qu'en demandant à connaître la vérité, Karol pût avoir confiance dans la loyauté de la réponse; et, quand on s'est laissé dominer par un soupçon injuste, on perd trop de sa propre franchise pour se reposer sur celle d'autrui. D'ailleurs, ce malheureux enfant n'avait pas sa raison; et il n'en conservait que juste assez pour savoir que la raison ne le persuaderait pas.

Heureusement ces natures promptes à se troubler et folles dans leurs alarmes, se relèvent vite et oublient. Elles sentent elles-mêmes que leur angoisse échappe aux secours de l'affection, et qu'elle ne peut cesser qu'en s'épuisant d'elle-même. C'est ce qui arriva à Karol. Le soir de cette sombre journée, il était déjà fatigué de souffrir, il s'ennuyait de la solitude; la nuit, comme il y avait longtemps qu'il n'avait dormi, il subit un accablement qui lui procura du repos. Le lendemain il retrouva le bonheur dans les bras de la Floriani; mais il ne s'expliqua pas sur ce qui l'avait rendu si différent de lui-même la veille, et elle fut forcée de se contenter de réponses évasives. Cela resta en lui comme une plaie qui se ferme, mais qui doit se rouvrir, parce que le germe du mal n'a pas été détruit.

Lucrezia n'oublia pas aussi vite ce que son amant avait souffert. Quoiqu'elle fût loin d'en pénétrer le motif, elle en ressentit le contre-coup. Ce ne fut pas chez elle une douleur soudaine, violente et passagère. Ce fut une inquiétude sourde, profonde et continuelle. Elle persista, en dépit de Salvator, à croire qu'il n'y a pas de souffrance sans cause; mais elle eut beau chercher, sa conscience ne lui reprochant rien, elle fut réduite à croire que Karol avait senti se réveiller en lui, ou le souvenir de sa mère, ou le regret d'avoir été infidèle à la mémoire de Lucie.

Karol était donc redevenu calme et confiant, avant que la Floriani se fût consolée de l'avoir vu malheureux ; mais, au moment où elle se rassurait enfin et commençait à oublier l'effroi que lui avait causé ce nuage, une circonstance réveilla la souffrance de Karol. Et quelle circonstance! nous osons à peine la rapporter, tant elle est absurde et puérile. En jouant avec Laërtes, la Floriani, touchée de sa grâce et de son regard tendre, lui donna un baiser sur la tête. Karol trouva que c'était une profanation, et que la bouche de Lucrezia ne devait pas effleurer la tête d'un chien. Il ne put s'empêcher d'en faire la remarque avec une certaine vivacité qui trahit sa répugnance pour les animaux. La Floriani, étonnée de le voir prendre au sérieux une pareille chose, ne put se défendre d'en rire, et Karol fut profondément blessé.

— Mais quoi, mon enfant, lui dit-elle, aimeriez-vous mieux une discussion en règle à propos d'un baiser donné à mon chien? Pour moi, je n'aimerais pas à me mettre en désaccord avec vous sur quoi que ce soit, et, ne trouvant pas le sujet digne d'être commenté et pesé, je n'éprouve que le besoin de m'égayer un peu sur la bizarrerie de ce sujet même.

— Ah ! je suis ridicule, je le sais, dit Karol : et c'est une chose funeste pour moi, que vous commenciez à vous en apercevoir ! Ne pouviez-vous me répondre autrement que par un éclat de rire?

— Je ne trouvais rien à répondre là-dessus, vous dis-je, reprit Lucrezia, un peu impatientée. Faut-il donc, quand vous me faites une observation, que je baisse la

tête en silence, quand même je ne suis point persuadée
qu'elle vaille la peine d'être faite?

— Il faut donc devenir étranger l'un à l'autre sur tout
ce qui touche au monde réel, dit Karol avec un soupir.
Nous nous entendrions si peu sur ce point, que je dois
apparemment me taire ou n'ouvrir la bouche que pour
faire rire! »

Il bouda deux heures pour ce fait, après quoi il n'y
songea plus et redevint aussi aimable que de coutume;
mais la Floriani fut triste pendant quatre heures, sans
bouder et sans montrer sa tristesse.

Le lendemain, ce fut autre chose, je ne sais quoi,
moins encore; et, le surlendemain, on fut triste de part
et d'autre, sans cause apparente.

Salvator n'avait pas vu la pureté éclatante du bonheur
de ces deux amants en son absence. A peine arrivé, il
ne voyait, au contraire, que le retour de Karol à ses
anciennes susceptibilités. Il le trouvait, tantôt plein d'affection, tantôt plein de froideur pour lui. Il ne s'en étonnait pas, l'ayant toujours vu ainsi; mais il se disait avec
chagrin que la cure n'était point radicale, et il revenait
à la conviction que ces deux êtres n'étaient point faits
l'un pour l'autre.

Après plusieurs jours d'observations et de réflexions
sur ce sujet, il résolut de s'en expliquer avec son ami et
de l'amener, malgré lui, à se révéler. Il savait que ce
n'était point facile, mais il savait aussi comment il devait s'y prendre.

— Cher enfant, lui dit-il, environ une semaine après
son retour à la villa Floriani, je voudrais, s'il est possible, obtenir de toi une réponse à la question suivante:
Sommes-nous encore pour longtemps ici?

— Je ne sais pas, je ne sais pas, répondit Karol d'un
ton sec, et, comme si cette demande l'eût fort impor-

tuné; mais, un instant après, ses yeux se remplirent de
larmes, et il parut prévoir, par la manière dont il regarda
Salvator, que leur séparation lui semblait inévitable.

— Je t'en prie, Karol, reprit le comte Albani, en lui
prenant la main, une fois, en ta vie, essaie de te faire
une idée de l'avenir par complaisance pour moi, qui ne
puis rester dans une éternelle attente des événements.
Autrefois, c'est-à-dire avant de venir ici, tu te retran-
chais toujours sur l'état de ta santé, qui ne te permettait
de faire aucun projet. « Fais de moi tout ce que tu voudras, disais-tu; je n'ai aucune volonté, aucun désir. »
A présent, les rôles sont changés, et ta santé ne peut
plus te servir de prétexte; tu te portes fort bien, tu as
pris de la force... Ne secoue pas la tête : je ne sais où
en est ton moral, mais je vois fort bien que ton physique va au mieux. Tu ne te ressembles plus, ta figure a
changé de ton et d'expression, tu marches, tu manges, tu
dors comme tout le monde. L'amour et Lucrezia ont fait
ce miracle; tu ne t'ennuies plus de la vie, tu te sens fixé
apparemment. C'est à mon tour d'être incertain et de ne
plus voir clair devant moi. Voyons, tu veux rester ici,
n'est-ce pas?

— Je ne sais pas si je pourrais partir, quand même je
le voudrais, répondit Karol, extrêmement malheureux
d'avoir à répondre clairement : je crois que je n'en aurais pas la force, et pourtant je le devrais.

— Tu le devrais, parce que...?

— Ne me le demande pas. Tu peux bien le deviner
toi-même.

— Tu es donc toujours aussi paresseux d'esprit quand
il faut arriver à traiter l'insipide chapitre de la vie
réelle?

— Oui, d'autant plus paresseux, que j'en suis sorti
davantage depuis quelque temps.

— Alors, tu veux que je fasse comme à l'ordinaire ; que je pense à ta place, que je discute avec moi-même, comme si c'était avec toi, et que je te prouve, par de bonnes raisons, ce que tu as envie de faire.

— Eh bien, oui, répondit le prince avec le sérieux d'un enfant gâté. Ce n'est pas qu'en cette circonstance il eût besoin de l'avis d'un autre pour connaître la force de son amour ; mais il était bien aise d'entendre juger sa situation par Salvator, pour tâcher de lire dans les sentiments secrets de celui-ci.

— Voyons ! reprit gaiement Salvator, qui redoutait d'autant moins un piége qu'il n'avait pas d'arrière-pensée ; je vais essayer. Ce n'est pas facile maintenant ; tout est changé en toi, et il ne s'agit plus de savoir si l'air de ce pays est bon, si le séjour est agréable, si l'auberge est bien tenue, et si la chaleur ou le froid ne doivent point nous chasser. L'été de la passion te réchaufferait quand même le soleil de juin ne darderait pas ses rayons sur ta tête. Cette maison de campagne est belle, et l'hôtesse n'est point désagréable..... Allons ! tu ne veux pas même sourire de mon esprit ?

— Non, ami, je ne puis. Parle sérieusement.

— Volontiers. Alors je serai bref. Tu es heureux ici, et tu te sens ivre d'amour. Tu ne peux prévoir combien de temps cela durera sans se troubler et s'obscurcir. Tu veux jouir de ton bonheur, tant que Dieu le permettra, et après... Voyons, après ? Réponds. Jusqu'ici j'ai constaté ce qui est, c'est ce qui sera ensuite que je tiens à savoir.

— Après ! après, Salvator ? Après la lumière, il n'y a que les ténèbres.

— Pardon ! il y a le crépuscule. Tu me diras que c'est encore la lumière, et que tu en jouiras jusqu'à extinction finale. Mais quand viendra la nuit, il faudra pour-

tant bien se tourner vers un autre soleil? Que ce soit
l'art, la politique, les voyages ou l'hyménée, nous verrons! Mais, dis-moi, quand nous en serons là, où nous
retrouverons-nous? Dans quelle île de l'Océan de la vie
faut-il que j'aille t'attendre?

— Salvator ! s'écria le prince effrayé et oubliant les tristes soupçons qui l'obsédaient, ne me parle pas d'avenir.
Tiens, moins que jamais, je puis prévoir quelque chose.
Tu me prédis la fin de mon amour ou *du sien*, n'est-ce
pas? Eh bien, parle-moi de la mort, c'est la seule
pensée que je puisse associer à celle que tu me sug-
gères.

— Oui, oui, je comprends. Eh bien n'en parlons plus,
puisque tu es encore dans ce paroxysme où l'on ne peut
songer ni à faire cesser, ni à faire durer le bonheur. Il
est fâcheux, peut-être, qu'un peu d'attention et de prévoyance ne soient pas admissibles dans ces moments-là;
car tout idéal s'appuie sur des bases terrestres, et un
peu d'arrangement dans les choses de la vie pourrait
contribuer à la stabilité, ou du moins, à la prolongation
du bonheur !

— Tu as raison, ami, aide-moi donc ! Que dois-je
faire? Y a-t-il quelque chose de possible dans la situation
étrange où je me vois placé? J'ai cru que cette femme
m'aimerait toujours !

— Et tu ne le crois plus?

— Je ne sais plus rien, je ne vois plus clair.

— Il faut donc que je voie à ta place. La Floriani t'aimera toujours, si vous pouvez parvenir à aller demeurer dans Jupiter ou dans Saturne.

— O ciel ! tu railles?

— Non, je parle raison. Je ne connais pas de cœur
plus ardent, plus fidèle, plus dévoué que celui de Lucrezia; mais je ne connais pas d'amour qui puisse conser-

ver son intensité et son exaltation au delà d'un certain
temps, sur la terre où nous vivons.

— Laisse-moi, laisse-moi! dit Karol avec amertume,
tu ne me fais que du mal!

— Ce n'est pas le procès de l'amour que je viens faire,
reprit Salvator avec calme. Je ne prétends pas prouver
non plus que votre amour soit vulgaire, et qu'il ne puisse
résister, plus que tout autre, aux lois de sa propre des-
truction. Sur ce chapitre, tu en sais plus que moi, et tu
connais la Floriani sous un aspect que je n'ai jamais pu
que pressentir et deviner. Mais ce que je connais mieux
que vous deux, peut-être, malgré toute l'expérience de
cette adorable folle de Lucrezia, c'est que le milieu où
se trouve placée la vie positive des amants agit, malgré
eux et malgré tout, sur leur passion. Vous aurez en vain
le ciel dans le cœur, si un arbre vous tombe sur la tête,
je vous défie de ne pas vous en ressentir. Eh bien, si les
circonstances extérieures vous aident et vous protégent,
vous pouvez vous aimer longtemps, toujours peut-être!
jusqu'à ce que la vieillesse vienne vous apprendre que le
toujours des amants n'est pas le sien. Si, au contraire,
en ne prévoyant et n'examinant rien, vous laissez de
mauvaises influences pénétrer jusqu'à vous, il vous ar-
rivera de subir le sort commun, c'est-à-dire de voir des
misères vous troubler et vous anéantir.

— Je t'écoute, ami; continue, dit Karol, que faut-il
craindre et prévoir? Que puis-je empêcher?

— La Floriani est libre comme l'air, j'en conviens,
elle est riche, indépendante de toute ancienne relation,
et il semble qu'elle ait eu la révélation de ce qui convenait à votre bonheur, en rompant d'avance avec le monde,
et en venant s'enfermer dans cette solitude. Voilà d'ex-
cellentes conditions pour le présent; mais sont-elles à
jamais durables?

— Crois-tu qu'elle éprouve le besoin de retourner dans le monde? Mon Dieu ! si cela peut arriver... Malheureux, malheureux que je suis !

— Non, non, cher enfant, dit Salvator, frappé du désespoir et de l'épouvante de son ami. Je ne dis point cela, je n'y crois pas. Mais le monde peut venir la chercher ici, et l'y obséder malgré elle. Si je n'avais pas été muet comme la tombe, à Venise, avec tous ceux qui m'ont parlé d'elle, si je n'avais pas répondu d'une manière évasive à ceux qui savaient bien qu'elle était ici : « Elle a le projet de s'y installer, peut-être, mais elle n'est pas fixée, elle va faire un voyage, elle ira peut-être en France..... » que sais-je? tout ce que Lucrezia elle-même m'avait suggéré de répondre aux questions indiscrètes... déjà, sois-en sûr, vous seriez inondés de visites. Mais ce qui est différé n'est peut-être pas perdu. Un jour peut venir où vous ne serez plus seuls ici : quelle sera ton attitude vis-à-vis des anciens amis de ta maîtresse?

— Horrible ! horrible ! répondit Karol en frappant sa poitrine.

— Tu prends tout d'une manière trop tragique, mon cher prince ! Il n'est pas question de se désespérer pour cela, mais de s'y attendre et d'être prêt à lever sa tente dans l'occasion. Ainsi ce mal ne serait pas sans remède. Vous pourriez partir et aller chercher quelque autre solitude temporaire. Il y a un certain art à dégoûter les visiteurs, c'est de ne jamais les rendre certains de vous rencontrer. La Floriani entend cela fort bien. Elle t'aiderait à sortir d'embarras... Calme-toi donc !

— Eh bien, alors, n'y a-t-il pas d'autres dangers? dit Karol, qui passait, avec sa mobilité ordinaire, de l'épouvante exagérée à la confiance paresseuse.

— Oui, mon enfant, il y a d'autres dangers, répondit

Salvator; mais tu vas t'émouvoir encore, plus que je ne veux, et peut-être m'envoyer au diable.

— Parle toujours.

— Il y a, quand vous aurez fait la solitude autour de vous, le danger de la satiété.

— Il est vrai, dit Karol, accablé de cette pensée, peut-être déjà le pressens-tu avec raison, de sa part. Oh oui ! j'ai été souffrant et morose ces jours-ci. Elle a dû être lasse et ennuyée de moi. Elle te l'a dit?

— Non, elle ne me l'a pas dit; elle ne l'a point pensé, et je ne crois pas qu'elle se lasse la première. C'est pour toi bien plus que pour elle, que je crains la fatigue de l'âme.

— Pour moi, pour moi, dis-tu?

— Oui, je sais que tu es un être d'exception, je sais ta persévérance à aimer une femme que tu n'avais point connue (qu'il me soit permis de le dire à présent). Je sais aussi de quelle manière exclusive et admirable tu as aimé ta mère. Mais tout cela n'était pas de l'amour. L'amour s'use, et le tien, sachant moins que tout autre supporter les atteintes de la réalité, s'usera vite.

— Tu mens ! s'écria Karol avec un sourire d'exaltation, à la fois superbe et naïf.

— Mon enfant, je t'admire, mais je te plains, reprit Salvator. Le présent est radieux, mais l'avenir est voilé.

— Fais-moi grâce de lieux communs !

— Fais-moi la grâce d'en écouter un seul. Ta noble famille, tes anciens amis, ce grand monde très-restreint, mais d'autant plus choisi et sévère, que tu as eu jusqu'ici pour milieu, pour air vital, si je puis parler ainsi, quel rôle vas-tu y jouer?

— J'y renonce pour jamais ! J'y ai songé, à cela, Salvator, et cette considération a pesé moins qu'une paille dans la balance de mon amour.

— Très-bien; quand tu retourneras à tes grands pa-

rents, ils t'absoudront, à coup sûr ; mais ils ne diront
pas moins qu'il est indigne de toi d'avoir été l'amant
d'une comédienne, si longtemps et si sérieusement. Ils
te pardonneraient plus aisément, ces vertueux amis,
d'avoir eu cent caprices de ce genre qu'une passion.

— Je ne te crois point ; mais s'il en était ainsi, raison
de plus pour que je rompe sans regret avec ma famille
et toutes nos anciennes relations.

— A la bonne heure, ce sont gens admirables, mais
fort ennuyeux, que les grands parents ; il y a longtemps
que je laisse gronder les miens sans les interrompre. Si
tu veux être mauvaise tête, aussi... c'est fort inattendu,
fort plaisant, mais, vive Dieu ! je m'en réjouis ! Cependant, cher Karol, il y a une autre famille à laquelle tu
ne penses pas, c'est celle de la Floriani, et tu l'as pour
témoin de vos amours.

— Ah ! tu touches enfin le point douloureux, s'écria
le prince, frissonnant comme à la morsure d'un serpent. Son père, oui, ce misérable, qui nous prend pour
des histrions mourant de faim et recevant ici l'aumône
du logement et de la nourriture ! C'est hideux, et j'ai
failli partir en lui entendant dire cela à Biffi.

— Le père Menapace nous fait cet honneur ? répondit
Salvator en éclatant de rire.... Mais voyant combien
Karol prenait au sérieux ce ridicule incident, il essaya
de le calmer.

— Si tu avais raconté à la Lucrezia cette bouffonne
aventure, lui dit-il, elle t'eût répondu de manière à t'en
consoler, et voici ce que cette brave femme t'aurait dit :
« Mon enfant, je n'ai jamais eu que des amants dans la
détresse, tant j'avais frayeur de passer pour une fille entretenue. Vous avez des millions, on peut croire que
vous me rendez de grands services, et je vous aime
tant, que je n'y ai pas songé ou que je m'en moque ;

oubliez donc les billevesées de mon père et de Biffi, comme j'oublie pour vous le monde entier. » Tu vois donc bien, Karol, que tu lui dois de n'être pas si chatouilleux à l'endroit de l'opinion. Mais parlons de ses enfants, mon ami, y as-tu songé?

— Est-ce que je ne les aime pas? s'écria le prince. Est-ce que je voudrais les éloigner d'elle un seul instant?

— Mais est-ce qu'ils ne grandiront pas? Est-ce qu'ils ne comprendront jamais? Je sais bien qu'ils sont tous enfants naturels, qu'ils ne se souviennent pas de leurs pères, et qu'ils sont encore dans cet âge heureux où ils peuvent se persuader qu'une mère suffit pour qu'on vienne au monde. Comment elle sortira un jour de cet embarras vis-à-vis d'eux, et ce qui se passera de sublime ou de déplorable dans le sein de cette famille, cela ne nous regarde ni l'un ni l'autre. J'ai foi aux merveilleux instincts de la Floriani pour s'en tirer avec honneur. Mais ce n'est pas une raison pour que tu compliques sa situation par ta présence continuelle. Tu ne sauras ou tu ne voudras jamais mentir. Comment cela pourra-t-il s'arranger? »

Karol, qui ne connaissait pas l'expansion des paroles, lorsqu'il était au comble du chagrin, cacha son visage dans ses mains et ne répondit pas. Il avait déjà pressenti cet affreux problème, depuis le jour où les enfants de la Floriani, le faisant souffrir de leurs rires et de leurs cris, la vision de l'avenir avait passé vaguement devant ses yeux. L'idée de devenir un jour l'ennemi naturel et le fléau involontaire de ces enfants adorés, s'était liée naturellement au premier instant d'ennui et de déplaisir qu'ils lui avaient causé.

— Tu déchires les entrailles de la vérité, dit-il enfin à son ami, et tu me les jettes toutes sanglantes à la figure.

Tu veux donc que je renonce à mon amour, et que je
meure? Tue-moi donc tout de suite. Partons !

XXIII.

Salvator fut étonné de la violence du sentiment qui
dominait encore Karol. Il était loin de prévoir que cette
violence, au lieu de diminuer, irait toujours en grandis-
sant avec la souffrance; Salvator cherchait le bonheur
dans l'amour, et quand il ne l'y trouvait plus, son amour
s'en allait tout doucement. En cela il était comme tout
le monde. Mais Karol aimait pour aimer : aucune souffrance ne pouvait le rebuter. Il entrait dans une nouvelle
phase, dans celle de la douleur, après avoir épuisé celle
de l'ivresse. Mais là phase du refroidissement ne devait
jamais arriver pour lui. C'eût été celle de l'agonie physique, car son amour était devenu sa vie, et, délicieuse
ou amère, il ne dépendait pas de lui de s'y soustraire
un seul instant.

Salvator, qui connaissait si bien son caractère, mais
qui n'en comprenait pas le fond, se persuada que la réali-
sation de sa prophétie ne serait qu'une affaire de temps.

—Mon ami, lui dit-il, tu ne me comprends pas, ou plutôt tu penses à autre chose qu'à ce dont nous parlons.
A Dieu ne plaise que je veuille t'arracher aux premiers
moments d'une ivresse qui n'est point à la veille de s'é-
puiser! Mon avis, au contraire, c'est que tu ne te défen-
des pas d'être heureux, et que tu te laisses aller entièrement, pour la première fois, au doux caprice de la
destinée. Mais ce que j'ai à te dire, ensuite, c'est qu'il
ne faut pas s'obstiner à violer le bonheur quand il se retire. Un jour viendra, tôt ou tard, où quelque défaillance de lumière se fera remarquer dans l'astre qui te
verse aujourd'hui ses feux. C'est alors qu'il ne faudra

pas attendre le dégoût et l'ennui pour quitter ton amie.
Il faudra fuir résolument..... pour revenir, entends-moi
bien, quand tu sentiras de nouveau le besoin de rallu-
mer le flambeau de ta vie à la sienne. J'admets, tu le
vois, que ta constance doive être éternelle. Raison de
plus pour rendre léger le joug qui vous lie, en évitant
l'accablement d'un tête-à-tête perpétuel et absolu. Tout
ce qui te choque déjà ici disparaîtra à distance, et quand
tu reviendras l'affronter, tu verras que les montagnes
sont des grains de sable. Tous les dangers réels d'une
situation dont tu viens de te rendre compte, s'évanoui-
ront quand tu ne seras plus l'hôte unique et exclusif de
la famille. Les enfants n'auront pas de reproche à te
faire, car si l'entourage soupçonne une préférence de
leur mère pour toi, il ne pourra la constater. Vous n'aurez plus l'air de braver l'opinion, mais d'entretenir une
noble et durable amitié par de fréquentes relations. Tu
pourrais n'être que l'ami et le frère de la Floriani, comme
moi, par exemple, qu'il serait encore coupable et dangereux de fixer sans retour ta vie auprès d'elle. A plus
juste raison, étant réellement son amant, dois-tu à sa
dignité et à la tienne de voiler un peu cette passion aux
yeux d'autrui. Tu trouves peut-être que je prends grand
soin de la réputation d'une femme qui n'en a pris aucun
jusqu'à présent. Mais ce n'est pas toi qui douterais de la
sincérité avec laquelle elle avait résolu de se réhabiliter
d'avance pour l'honneur futur de ses filles, en quittant
le monde et en rompant tous les liens antérieurs. Ce n'est
pas toi qui voudrais lui faire perdre le prix du sacrifice
qu'elle venait de consommer, des bonnes résolutions
dont elle se trouvait déjà si heureuse, et l'empêcher
d'être, avant tout, une vertueuse mère de famille, comme
elle s'en piquait très-sérieusement, le jour où nous avons
frappé à sa porte. Cette porte était fermée, souviens-toi !

j'aurais éternellement sur la conscience d'avoir forcé la
consigne et de t'avoir presque jeté ensuite dans les bras
de cette pauvre femme confiante et généreuse, si, un
jour, elle venait à maudire l'heure fatale où j'ai détruit
son repos et fait échouer ses rêves de calme et de sagesse.

— Tu as raison ! s'écria le prince en se jetant dans les
bras de son ami, et voilà le langage qu'il aurait fallu me
parler tout d'abord. De toutes les choses réelles, il n'en
est qu'une seule que je puisse comprendre, c'est le respect que je dois à l'objet de mon amour, c'est le soin
que je dois prendre de son honneur, de son repos, de
son bonheur domestique. Ah ! si, pour lui prouver mon
dévouement aveugle et mon idolâtrie, il faut que je la
quitte dès à présent, me voilà prêt. Sans doute, c'est elle
qui t'a chargé de me suggérer ces réflexions que tu viens
de me faire faire. Voyant que je ne songeais à rien, que
je m'endormais dans les délices, elle s'est dit qu'il fallait
me réveiller. Elle a bien fait. Va lui demander pardon
pour mon imprévoyant égoïsme ; qu'elle fixe elle-même
la durée de mon absence, le jour de mon départ... et ne
lui laisse pas oublier de fixer aussi celui de mon retour.

— Cher enfant, reprit Salvator en souriant, ce serait
faire injure à la Floriani que de la croire plus raisonna-
ble et plus prudente que toi. C'est de moi-même et à son
insu que je t'ai parlé comme je viens de le faire, au risque de te briser le cœur. Si j'en avais demandé la permission à Lucrezia, elle me l'aurait refusée, car une
amante comme elle, a toutes les faiblesses d'une mère,
et, quand nous parlerons de départ, bien loin qu'elle
nous approuve, nous aurons une lutte à soutenir. Mais
nous lui parlerons de ses enfants, et elle cédera à son
tour. Elle comprendra qu'un amant ne doit pas se conduire comme un mari, et s'installer chez elle comme le
gardien d'une forteresse !

— Un mari ! dit Karol en se rasseyant et en regardant fixement Salvator...... Si elle se mariait !

— Oh ! pour cela, sois tranquille, il n'y a pas de danger qu'elle te fasse ce genre d'infidélité, répondit Salvator, étonné de l'effet que ce mot prononcé au hasard, avait produit sur le prince.

— Tu as dit un mari ! reprit Karol, s'acharnant à cette pensée soudaine : un mari serait la réhabilitation de sa vie entière. Au lieu d'être l'ennemi et le fléau de ses enfants, s'il était riche et digne, il deviendrait leur appui naturel, leur meilleur ami, leur père adoptif. Il accepterait là un noble devoir ; et comme il en serait récompensé ! Il ne la quitterait jamais, cette femme adorée ; il serait un rempart entre elle et le monde, il repousserait la calomnie comme la diffamation, il pourrait veiller sur son trésor, et ne pas distraire un seul jour de son bonheur pour de cruelles et importunes convenances de position. Etre son mari ! oui, tu as raison ! Sans toi, je n'y aurais jamais songé. Vois si je ne suis pas frappé d'une sorte d'idiotisme en tout ce qui tient à la conduite de la vie sociale ! Mais j'ouvre les yeux : l'amour et l'amitié m'auront rendu le service de faire de moi un homme, au lieu d'un enfant et d'un fou que j'étais. Oui, oui, Salvator, être son mari, voilà la solution du problème ! Avec ce titre sacré, je ne la quitterai plus, et je la servirai au lieu de lui nuire.

— Eh bien, voilà une heureuse idée ! s'écria Salvator ; j'en suis étourdi, je tombe des nues ! Songes-tu à ce que tu dis, Karol ? toi, épouser la Floriani !

— Ce doute m'offense, fais-moi grâce de tes étonnements. J'y suis résolu, viens avec moi plaider ma cause et obtenir son consentement.

— Jamais ! répondit Salvator ; à moins que, dans dix ans d'ici, jour pour jour, tu ne viennes me faire la même demande. O Karol ! je ne te connaissais pas encore, malgré tant de jours passés dans ton intimité ! Toi, qui te défendais de vivre, par excès d'austérité, de méfiance et de fierté, voilà que tu te jettes dans un excès contraire, et que tu prends la vie corps à corps comme un forcené ! Moi, qui ai subi tant de sermons et de remontrances de ta part, voilà qu'il me faut jouer le rôle de mentor pour te préserver de toi-même !

Salvator énuméra alors à son ami toutes les impossibilités d'une semblable union. Il lui parla fortement et naïvement. Il confessa que la Floriani était digne, par elle-même, de tant d'amour et de dévouement, et que, quant à lui, s'il avait dix ans de plus, et qu'il pût se résoudre à l'enchaînement du mariage, il la préférerait à toutes les duchesses de la terre. Mais il démontra au jeune prince que cet accord des goûts, des opinions, des caractères et des tendances, qui sont le fond du calme conjugal, ne pouvait jamais s'établir entre un homme de son âge, de son rang et de sa nature, et la fille d'un paysan, devenue comédienne, plus âgée que lui de six ans, mère de famille, démocrate dans ses instincts et ses souvenirs, etc., etc. Il n'est pas même nécessaire de rappeler au lecteur tout ce que Salvator lui dut dire sur ce sujet. Mais l'influence qu'il avait prise sur son ami durant la première partie de cet entretien, échoua complétement devant son obstination. Karol avait compris de la vie tout ce qu'il en pouvait comprendre, le dévouement absolu. Tout ce qui était d'intérêt personnel et de prudence bien entendue pour sa propre existence, était lettre close pour lui.

Pardonne-lui, lecteur, ses puérilités, ses jalousies et ses caprices. Ceci n'en était plus un de sa part, et c'est dans de telles occasions que la grandeur et la force de son âme rachetaient le détail. Plus Salvator lui démon-

trait les inconvénients de son projet, plus il le lui faisait
aimer. S'il eût pu assimiler ce mariage à un martyre
incessant, où Karol devait subir tous les genres de torture au profit de la Floriani et de ses enfants, Karol l'eût
remercié de lui faire le tableau d'une vie si conforme à
son ambition et à son besoin de sacrifice. Il l'eût accompli avec transport, ce sacrifice. Il eût pu encore faire un
crime à Lucrezia de prononcer devant lui un nom qui
sonnait mal à son oreille, de laisser Salvator lui embrasser les genoux, de menacer son enfant du fouet, ou
de trop caresser son chien, mais il n'eût jamais songé à
lui reprocher d'avoir accepté l'immolation de toute sa vie.

Heureusement... ai-je raison de dire heureusement?...
n'importe! la Floriani, en recevant cette offre inattendue, fit triompher par son refus tous les arguments du
comte Albani. Elle fut attendrie jusqu'aux larmes de l'a-
mour du prince, mais elle n'en fut pas étonnée, et Karol
lui sut gré d'y avoir compté. Quant à son consentement,
elle lui répondit que, quand même il irait de la vie de
ses enfants, elle ne le donnerait point.

Telle fut la conclusion d'un combat de délicatesse et
de générosité qui dura plus de huit jours à la villa Floriani. L'idée de ce mariage blessait l'invincible fierté de
Lucrezia; peut-être, dans l'intérêt même de ses enfants,
avait-elle tort. Mais cette résistance était conforme au
genre d'orgueil qui l'avait faite si grande, si bonne et si
malheureuse. Une seule fois, dans sa vie, à quinze ans,
elle avait jugé tout naturel d'accepter l'offre naïve d'un
mariage disproportionné en apparence. Ranieri n'était
pourtant ni noble, ni très-riche, et la fille de Menapace,
dans ce temps-là, apportait en dot son innocence et sa
beauté dans toute leur splendeur. Mais il n'avait pu lui
tenir parole, et la Floriani elle-même l'en avait vite dégagé, en prenant une idée juste de la société, et en

voyant combien son amant eût été condamné à souffrir
pour elle de la malédiction d'un père et des persécutions
d'une famille. Depuis, elle avait fait le serment, non de
renoncer au mariage, mais de ne jamais épouser qu'un
homme de sa condition et pour qui cette union serait un
honneur et non une honte.

Elle sentait cela si profondément, que rien ne put l'é-
branler, et que la persistance du prince l'affligea beaucoup. Ce que toute autre femme, à sa place, eût pris
pour un hommage enivrant, lui semblait presque une
prétention humiliante, et, si elle n'eût connu l'ignorance
de Karol sur tous les calculs vrais de l'existence sociale,
elle lui eût su mauvais gré d'espérer la fléchir.

Depuis qu'elle était mère de quatre enfants, et qu'elle
avait expérimenté les accès de jalousie rétroactive que
la vue de cette famille causait à ses amants, elle avait
résolu de ne jamais se marier. Elle ne craignait encore
rien de semblable de la part de Karol, elle ne prévoyait
pas si tôt qu'il subirait, à cet égard, les mêmes tortures
que les autres; mais elle se disait qu'elle serait forcée
de faire à la position et aux intérêts d'un époux quelconque des sacrifices qui retomberaient sur son intimité
avec ses enfants; que cet époux aurait infailliblement à
rougir devant le monde de les produire et de les patro-
ner; qu'enfin Karol perdrait sa considération et son titre
d'homme sérieux, dans l'opinion cruelle et froide des
hommes, en acceptant toutes les conséquences de son
dévouement romanesque.

Elle n'eut donc aucun besoin de s'appuyer sur le sentiment du comte Albani, pour rester inébranlable. Karol
eut une patience enchanteresse, tant qu'il espéra la persuader. Mais la Floriani, voyant qu'en invoquant toujours la considération du prince et les sentiments de sa
noble famille, elle risquait d'agir, en apparence, comme

ces femmes qui opposent une résistance hypocrite pour mieux enlacer leur proie, elle coupa court à ces instances par un refus net et un peu brusque. Elle avait aussi une peur affreuse de se laisser attendrir; car, en n'écoutant que son dévouement maternel du moment, elle eût cédé à ses prières et à ses larmes. Elle fut donc forcée de feindre un peu et de proclamer une sorte de haine systématique pour le mariage, quoiqu'elle n'eût jamais songé à faire le procès de l'hyménée en général.

Lorsque le prince se fut en vain convaincu de l'inutilité de ses instances, il tomba dans une affliction profonde. Aux larmes tendrement essuyées par la Floriani, succéda un besoin de rêver, d'être seul, de se perdre en conjectures sur cette vie réelle dans laquelle il avait voulu entrer, et où il ne pouvait réussir à voir clair. Alors revinrent les fantômes de l'imagination, les soupçons d'un esprit qui ne pouvait apprécier aucun fait matériel à sa juste valeur, la jalousie, tourment inévitable d'un amour dominateur trompé dans ses espérances de possession absolue.

Il s'imagina que Salvator avait concerté avec Lucrezia tout ce qu'il lui avait dit d'inspiration, et tout ce qui s'était passé naturellement et spontanément entre eux dans ces longs entretiens où son âme s'était épuisée. Il crut que Salvator n'avait pas renoncé à être à son tour l'amant de Lucrezia, et que, le traitant comme un enfant gâté, il lui avait permis de passer avant lui, pour réclamer ses droits en secret aussitôt qu'il le verrait rassasié. C'était, pour cela, pensait-il, qu'il l'avait tant exhorté à s'éloigner de temps en temps, afin de ne pas laisser devenir trop sérieux l'amour de Lucrezia, et de pouvoir se faire écouter d'elle dans quelque intervalle.

Ou bien, supposition plus gratuite et plus folle encore! Karol se disait que Salvator avait eu avant lui la pensée d'épouser Lucrezia, et que, d'un commun accord, elle et lui, liés d'une amitié conforme à leur caractère, s'étaient promis de s'unir quelque jour, quand ils auraient joui encore un certain temps de leur mutuelle liberté. Karol reconnaissait bien que l'amour de Lucrezia pour lui avait été naïf et spontané, mais il redoutait de le voir cesser aussi vite qu'il s'était allumé, et, comme tous les hommes, en pareil cas, il s'alarmait de cet entraînement qu'il avait tant admiré et tant béni.

Et puis, quand la conscience intime de ce malheureux amant justifiait sa maîtresse auprès des chimères de son cerveau malade, il se disait que la Floriani avait en lui, pour la première fois de sa vie, un amant digne d'elle, et qu'elle s'y attacherait naturellement pour toujours, si des artifices étrangers et des suggestions funestes ne venaient pas l'en détourner. Alors il songeait au comte Albani, et il l'accusait de vouloir séduire Lucrezia par les raisonnements d'une philosophie épicurienne et par la fascination impudique de ses désirs mal étouffés. Il incriminait le moindre mot, le moindre regard. Salvator était infâme, Lucrezia était faible et abandonnée.

Puis, il pleurait, quand ces deux amis, qui ne parlaient ensemble que de lui et ne vivaient que de sollicitude et de tendresse pour lui, venaient l'arracher à ses méditations solitaires et l'accabler de caresses franches et de doux reproches. Il pleurait dans les bras de Salvator, il pleurait aux pieds de Lucrezia. Il n'avouait pas sa folie, et, l'instant d'après, il en était plus que jamais possédé.

XXIV.

— Elle ne m'aime pas, elle ne m'a jamais aimé, disait-il à Salvator dans les moments où son amitié pour lui redevenait lucide. Elle ne comprend même pas l'amour, cette âme si froide et si forte, quand elle invoque, pour me dégoûter de l'épouser, des considérations à moi personnelles ! Elle ne sait donc pas que rien n'atteint la joie d'un cœur rempli d'amour, quand il a tout sacrifié à la possession de ce qu'il aime ! Que parle-t-elle de me conserver ma liberté ? Je comprends bien que c'est elle qui craint de perdre la sienne. Mais que signifie le mot de liberté dans l'amour ? Peut-on en concevoir une autre que celle de s'appartenir l'un à l'autre sans aucun obstacle ? Si c'est, au contraire, une porte laissée ouverte au refroidissement et aux distractions, c'est-à-dire à l'infidélité, il n'y a pas, il n'y a jamais eu d'amour dans le cœur qui se défend ainsi !

Salvator essayait de justifier la Floriani de ces cruels soupçons ; mais c'était en vain, Karol était trop malheureux pour être juste. Tantôt il venait demander à son ami des consolations et des secours contre sa propre faiblesse, tantôt il le fuyait, persuadé qu'il était le principal ennemi de son bonheur.

Cette situation devenait chaque jour plus sombre et plus douloureuse, et le comte Albani, portant de bons conseils et de bonnes paroles d'affection à ces deux amants, tour à tour, voyait pourtant la plaie s'envenimer et leur bonheur devenir un supplice. Il eût voulu couper court en enlevant Karol. C'était impossible. Sa vie, à lui, n'était point agréable dans ce conflit perpétuel, et il eût souhaité partir. Il n'osait abandonner son ami au milieu d'une pareille crise.

Lucrezia avait espéré que Karol se calmerait et s'habituerait à l'idée de n'être que son amant. En voyant sa souffrance se prolonger et s'exalter, elle fut tout à coup saisie d'une profonde lassitude. Quand une mère voit son enfant condamné à la diète par le médecin, se tourmenter, pleurer, demander des aliments avec une insistance désespérée, elle se trouble, elle hésite, elle se demande s'il faut écouter la rigueur de la science, ou se confier aux instincts de la nature. Il advint que la Lucrezia procéda un peu de même à l'égard de son amant. Elle se demanda s'il ne valait pas mieux lui administrer le secours dangereux, mais souverain peut-être, de céder à sa volonté, que le condamner, par sa prudence, à une lente agonie. Elle appela Salvator, elle lui parla, elle s'avoua presque vaincue. Elle avoua aussi que ce mariage lui paraissait sa propre perte, mais qu'elle ne pouvait tenir plus longtemps au spectacle d'une douleur comme celle de Karol, et qu'elle ne voulait point lui refuser cette preuve d'amour et de dévouement.

Salvator se sentait presque aussi ébranlé qu'elle. Néanmoins il se raidit contre la compassion et lutta encore pour préserver ces deux amants de la tentation d'une irréparable folie.

Karol, qui épiait tous leurs mouvements plus qu'ils ne le pensaient, et qui devinait, sans l'entendre, tout ce qui se disait autour de lui, vit l'irrésolution de la Floriani et la persistance du comte. Ce dernier lui sembla jouer un rôle odieux. Il y eut des moments où il lui voua une haine profonde.

Les choses en étaient là, et Karol l'eût emporté sans un événement qui réveilla toute la force des arguments de la Lucrezia.

Karol se promenait sur le sable du rivage au bas du parc, et dans l'enceinte même de la propriété ; fermée nuit et jour aux curieux. Cependant, comme l'eau était basse, par suite de la sécheresse, il y avait une langue de côte sabloneuse, mise à sec, qui permettait aux gens du dehors de pénétrer dans l'enclos, pour peu qu'ils en eussent la fantaisie. La jalousie instinctive du prince lui

avait fait remarquer cette circonstance, et il avait ha-
sardé plusieurs fois, tout haut, l'observation que quelques pieux entrelacés de branches feraient une barrière
bien vite établie pour fermer quelques toises de grève
découverte. La Floriani lui avait promis de le faire faire;
mais, préoccupée de pensées bien autrement importantes,
elle n'y avait pas songé. Retirée dans son boudoir avec
Salvator, elle lui disait, en ce moment, qu'elle était à
bout de son courage, et que voir souffrir si obstinément
par sa faute l'être pour lequel elle aurait voulu donner sa vie, devenait une entreprise au-dessus de ses
forces.

Pendant ce temps, Karol marchait sur la grève, en
proie à ses agitations accoutumées, et ne voyant des objets extérieurs que ce qui pouvait irriter son mal et aggraver ses inquiétudes. Ce passage si mal gardé l'impatientait particulièrement chaque fois qu'il approchait de
la limite insuffisante.

Il ne voyait que cela, et pourtant la nature était splen-
dide; les rayons du couchant empourpraient l'atmosphère,
les rossignols chantaient, et, dans une nacelle amarrée à
quelques pas du prince, la charmante Stella berçait le
petit Salvator qui jouait avec des coquillages. C'était un
groupe adorable que ces deux enfants, l'un absorbé par
cette mystérieuse tension de l'esprit que les enfants portent dans leurs jeux, l'autre perdu dans une rêverie non
moins mystérieuse, en balançant la barque légère avec
ses petits pieds, et en chantant, d'une voix frêle comme
le bruissement de l'eau, un refrain monotone et lent.
Stella, en chantant ainsi sur la barque attachée à un
saule, croyait faire une longue navigation sur le lac. Elle
était lancée dans un poëme sans fin, tout peuplé des plus
riantes fictions. Salvator, en examinant, en rangeant et
en dérangeant ses coquilles et ses cailloux sur la ban-

quette qui lui servait d'appui, avait l'air sérieux et profond d'un savant qui résout une équation.

Antonia, la belle paysanne qui les surveillait, était
assise à quelque distance et filait avec grâce. Karol ne
voyait rien de tout cela. Il ne se doutait seulement pas
de la présence des deux enfants. Il ne voyait que Biffi
occupé à tailler des pieux, et bien lent à son gré, car la
nuit allait venir, et il n'aurait pas seulement commencé
à les planter dans une heure.

Tout à coup Biffi prit ses pieux, les chargea sur son
épaule, et parut vouloir les emporter vers la chaumière
du pêcheur.

Le prince se fût fait un crime de jamais donner un
ordre dans la maison de la Floriani, car une indiscrétion
sans importance, la plus légère infraction au savoir-vivre,
est un véritable crime aux yeux des gens de sa classe.
Mais, en ce moment, dominé par une impatience insurmontable, il demanda à Biffi, d'un ton d'autorité, pourquoi il abandonnait son ouvrage en emportant les maté-
riaux.

Biffi était d'un naturel doux et moqueur comme ceux
de son pays. Il fit d'abord la sourde oreille, pensant probablement que l'histrion jouait au prince pour le tâter.
Puis, observant avec surprise l'emportement de Karol, il
s'arrêta et daigna répondre que ces pieux étaient desti-
nés au jardinet du père Menapace et qu'il allait les y
installer.

— La signora ne vous a-t-elle pas ordonné, au contraire, dit Karol tout tremblant d'une inexplicable colère,
de les placer ici pour fermer cette grève?

— Elle ne m'en a rien dit, répondit Biffi, et je ne vois
rien à fermer ici, puisqu'à la première pluie l'eau re-
montera jusqu'au mur de clôture.

— Cela ne vous regarde pas, reprit Karol; ce que la

18.

signora commande, il me semble qu'il faut le faire.

— Soit ! répondit Biffi, je ne demande pas mieux ; mais si le père Menapace me voit employer à ceci les pieux qu'il voulait prendre pour soutenir sa vigne, il se fâchera.

— N'importe ! dit Karol tout hors de lui, vous devez obéir à la signora.

— J'en conviens, dit encore Biffi irrésolu et déchargeant à demi son fardeau ; c'est bien elle qui me paie, mais c'est son père qui me gronde.

Karol insista ; il voyait ou croyait voir errer au loin un homme qui côtoyait le lac, et s'arrêtait de temps en temps comme s'il eût cherché à s'orienter vers la villa Floriani. La lenteur indocile de Biffi exaspérait le prince. Il porta la main sur son épaule d'un air de commandement, et avec un regard d'indignation qui était si étranger à la douceur habituelle de sa physionomie, que Biffi eut peur et se hâta d'obéir.

— Ah çà ! seigneur prince, dit-il avec une câlinerie un peu railleuse, que le prince trouva plus outrageante qu'elle ne l'était, montrez-moi la place, et commandez-moi, puisque vous savez ce qu'il faut faire ; moi, je n'en sais rien ; on ne m'a averti de rien, je le jure !

Karol fit ce que de sa vie il ne s'était cru capable de faire. Il descendit à l'exécution d'une chose matérielle, au point de dessiner avec sa canne sur le sable la ligne de clôture que Biffi devait suivre, de lui indiquer la place où il fallait planter les piquets, et il le fit avec d'autant plus de justesse et d'ardeur, que, cette fois, il ne se trompait point : l'étranger qu'il avait aperçu dans le lointain s'approchait visiblement ; et, marchant toujours sur la grève, se dirigeait vers lui sans hésitation.

— Hâtez-vous, dit le prince à Biffi, si vous n'avez pas le temps d'entrelacer ce soir les branches de la palissade,

que vos pieux soient du moins plantés, afin que les pro-
meneurs respectent cette indication.

— Je ferai ce que voudra Votre Excellence, répondit
Biffi avec son humilité narquoise. Mais qu'elle ne s'inquiète pas, il n'y a pas de voleurs dans le pays, et jamais
il n'en est entré par là.

— Allez toujours, dépêchez-vous! dit le prince en proie
à une anxiété dévorante et tout à fait maladive; et il
roulait dans sa main une pièce d'or, pour faire voir à
Biffi qu'il serait largement récompensé.

— Votre Excellence va perdre un beau sequin, dit le
malin paysan en jetant un regard de convoitise sur la
main tremblante et distraite de Karol.

— Maître Biffi, répondit le prince, je connais l'usage;
j'ai touché par mégarde à votre serpe, je vous dois un
pour-boire. Il est tout prêt pour quand vous aurez fini.

— Votre Excellence a trop de bonté! s'écria Biffi élec-
trisé tout d'un coup. Oh! pardieu! pensa-t-il, c'est bien
un vrai prince, je le vois maintenant; mais je n'en dirai
rien au père Menapace, car il me garderait mon sequin
pour m'empêcher, soi-disant, de le dépenser mal à propos.

Et il se mit à travailler avec une rapidité et une vigueur
athlétique, bien résolu, si le pêcheur venait l'interrompre,
de lui dire avec aplomb qu'il agissait d'après l'ordre direct de la signora.

Tous les pieux étaient plantés lorsque l'obstiné personnage dont l'approche causait une sueur froide au
prince, arriva jusqu'à cette démarcation, et s'y arrêta.
les bras croisés sur sa poitrine, les yeux fixés devant lui,
dans la direction du prolongement de la grève, et sans
paraître cependant faire aucune attention au prince ni
à Biffi.

Cette préoccupation était au moins bizarre, car il n'é-
tait séparé d'eux que par quelques piquets. Il ne sem-

blait pourtant pas songer à franchir cette limite fraîche-
ment marquée. C'était un homme jeune, d'une taille
médiocre et d'une mise assez recherchée, sans être de
trop bon goût; sa figure était admirablement belle, mais
son regard fixe et son œil distrait annonçaient une espèce
de fou, ou tout au moins de maniaque; à moins que
ce ne fût un genre qu'il jugeait à propos de se donner.

Le prince, révolté d'abord de son audace, commençait
à prendre de cet homme l'opinion qu'il ne savait réellement ni où il était, ni où il voulait aller, lorsque l'étranger, s'adressant à Biffi, lui dit d'une voix ronflante :
« Mon ami, n'est-ce point là la villa Floriani ? »

— Oui, Monsieur, répondit le jeune homme sans se
distraire de son travail.

Le prince dardait sur l'étranger le regard du lion qui
défend sa proie. L'étranger jeta sur lui un regard de curiosité à peu près indifférente, et, sans s'inquiéter le
moins du monde de l'expression de cette physionomie
bouleversée, il se remit à contempler la grève à laquelle
Karol tournait le dos.

Karol se retourna vivement, en pensant que Lucrezia
s'avançait peut-être de ce côté, et que c'était son approche qui fascinait ainsi le voyageur; mais il ne vit sur
la grève que les enfants et leur bonne.

En ce moment Stella sortait de la barque, et, soule-
vant son petit frère dans ses bras, elle lui disait : « Allons, Salvator, laissez-vous aider, Monsieur, ou bien vous
tomberez dans l'eau. »

A l'idée que l'enfant pouvait tomber dans l'eau avant
que la bonne l'eût rejoint, Karol, dont l'esprit douloureux était toujours aux aguets de quelque malheur, oublia l'étranger et courut vers la barque pour aider Stella;
mais les deux enfants étaient déjà en sûreté sur le sable,

et Karol, entendant marcher sur ses talons, se retourna et vit l'étranger derrière lui.

Il avait, sans façon, franchi la ligne fatale, et, sans daigner regarder le prince, il passa près de lui, fit un bond rapide vers les enfants, et prit le petit Salvator dans ses bras, comme s'il eût voulu l'enlever.

Par un mouvement spontané, le prince Karol et Antonia s'élancèrent sur l'étranger. Karol le saisit par le bras avec une vigueur dont l'indignation décuplait la portée naturelle, et Biffi, armé de sa serpe, approcha de manière à prêter main-forte, au besoin, contre l'étranger.

Celui-ci ne leur répondit que par un sourire de dédain ; mais Stella fut la seule qui ne montra aucune terreur :

— Vous êtes fous ! s'écria-t-elle en riant. Je connais bien ce monsieur, il ne veut faire aucun mal à Salvator, car il l'aime beaucoup. Je vais avertir maman que vous êtes là, ajouta-t-elle en s'adressant au voyageur.

— Non, mon enfant, répondit ce dernier, c'est fort inutile. Salvator ne me reconnaît pas, et je fais peur ici à tout le monde. On croit que je veux l'enlever. Tiens, ajouta-t-il en lui rendant son jeune frère, ne te dérange pas. Je ne désire qu'une chose, c'est de vous regarder encore un instant, et puis je m'en irai.

— Maman ne vous laissera pas partir sans vous dire bonjour, reprit la petite.

— Non, non, je n'ai pas le temps de m'arrêter, dit l'étranger visiblement troublé ; tu diras à ta mère que je la salue... Elle se porte bien, ta mère ?

— Très-bien ; elle est à la maison. N'est-ce pas que Salvator a beaucoup grandi ?

— Et embelli ! répondit l'étranger. C'est un ange ! Ah ! s'il voulait me laisser l'embrasser !... Mais il a peur de moi, et je ne veux pas le faire pleurer.

— Salvator, dit la petite, embrassez donc monsieur. C'est votre bon ami, que vous avez oublié! Allons, mettez vos petits bras à son cou. Vous aurez du bonbon, et je dirai à maman que vous avez été très-aimable.

L'enfant céda, et après avoir embrassé l'étranger, il redemanda ses coquillages et ses cailloux et se remit à jouer sur le sable.

L'étranger s'était appuyé contre la nacelle; il regardait l'enfant avec des yeux pleins de larmes. Le prince, la bonne et Biffi, qui le surveillaient attentivement, semblaient invisibles pour lui.

Cependant, au bout de quelques instants, il parut remarquer leur présence et sourit de l'anxiété qui se peignait encore sur leurs figures. Celle de Karol attira surtout son attention, et il fit un mouvement pour se rapprocher de lui.

— Monsieur, lui dit-il, n'est-ce point au prince de Roswald que j'ai l'honneur de parler?

Et, sur un signe affirmatif du prince, il ajouta : « Vous commandez ici, et moi, je ne connais dans cette maison, probablement, que les enfants et leur mère ; ayez l'obligeance de dire à ces braves serviteurs de s'éloigner un peu, afin que j'aie l'honneur de vous dire quelques mots. »

— Monsieur, répondit le prince en l'emmenant à quelques pas de là, il me paraît plus simple de nous éloigner nous-mêmes; car je ne commande point ici, comme vous le prétendez, et je n'ai que les droits d'un ami. Mais ils suffisent pour que je regarde comme un devoir de vous faire une observation. Vous n'êtes pas entré ici régulièrement, et vous n'y pouvez rester davantage sans l'autorisation de la maîtresse du logis. Vous avez franchi une palissade, non achevée, il est vrai, mais que la bienséance vous commandait de respecter. Veuillez vous retirer par où vous êtes venu et vous présenter sous votre nom à la grille du parc. Si la signora Floriani juge à propos de vous recevoir, vous ne risquerez plus de rencontrer chez elle des personnes disposées à vous en faire sortir.

—Épargnez-vous le rôle que vous jouez, Monsieur, répondit l'étranger avec hauteur ; il est ridicule. Et, voyant étinceler les yeux du prince, il ajouta avec une douceur railleuse : « Ce rôle serait indigne d'un homme généreux comme vous, si vous saviez qui je suis ; écoutez-moi, vous allez vous en convaincre par vous-même. »

XXV.

—Je m'appelle, poursuivit l'étranger en baissant la voix, Onorio Vandoni, et je suis le père de ce bel enfant dont vous voilà désormais constitué le gardien. Mais vous n'avez pas le droit de m'empêcher d'embrasser mon fils, et vous le réclameriez en vain, ce droit que je vous refuserais par la force si la persuasion ne suffisait point. Vous pensez bien que, lorsque la signora Floriani a cru devoir rompre les liens qui nous unissaient, il m'eût été facile de réclamer, ou du moins de lui contester la possession de mon enfant. Mais à Dieu ne plaise que j'aie voulu le priver, dans un âge aussi tendre, des soins d'une femme dont le dévouement maternel est incomparable ! Je me suis soumis en silence à l'arrêt qui me séparait de lui, je n'ai consulté que son intérêt et le soin de son bonheur. Mais ne pensez pas que j'aie consenti à le perdre à jamais de vue. De loin, comme de près, je l'ai toujours surveillé, je le surveillerai toujours. Tant qu'il vivra avec sa mère, je sais qu'il sera heureux. Mais s'il la perdait, ou si quelque circonstance imprévue engageait la signora à se séparer de lui, je reparaîtrais avec le zèle et l'au-

torité de mon rôle de père. Nous n'en sommes point là.
Je sais ce qui se passe ici. Le hasard et un peu d'adresse
de ma part m'ont appris que vous étiez l'heureux amant
de la Lucrezia. Je vous plains de votre bonheur, Monsieur ! car elle n'est point une femme qu'on puisse aimer
à demi, et qu'on puisse se consoler de perdre !... Mais
ce n'est point de cela qu'il s'agit. Il ne s'agit que de l'enfant... je sais que je n'ai plus le droit de parler de la
mère. Je me suis donc assuré de vos bons sentiments pour
lui, de la douceur et de la dignité de votre caractère. Je
sais... ceci va vous étonner, car vous croyez vos secrets
bien enfermés dans cette retraite que vous gardez avec
jalousie, et que vous étiez en train de palissader vous-
même, quand j'ai osé enjamber vos fortifications ! Eh
bien, apprenez qu'il n'est point de secrets de famille qui
échappent à l'observation des valets... Je sais que vous
voulez épouser Lucrezia Floriani, et que Lucrezia Floriani n'accepte pas encore votre dévouement. Je sais que
vous auriez servi volontiers de père à ses enfants. Je vous
en remercie pour mon compte, mais je vous aurais délivré de ce soin en ce qui concerne mon fils, et si la signora
venait à se laisser fléchir par vos instances, vous pouvez
compter toujours sur trois enfants et non sur quatre.

« Ce que je vous dis ici, Monsieur, ce n'est point pour
que vous le répétiez à Lucrezia. Cela ressemblerait à
une menace de ma part, à une lâche tentative pour m'op-
poser au succès de votre entreprise. Mais si j'évite ses
regards, si je ne vais pas chercher le douloureux et dangereux plaisir de la voir, je ne veux pas que vous vous
mépreniez sur les motifs de ma prudence. Il est bon, au
contraire, que vous les connaissiez. Vous voyez, qu'en
dépit de vos retranchements, il m'était bien facile de
pénétrer ici, de voir mon fils et même de l'enlever. Si
j'y étais venu avec une pareille résolution, j'y aurais mis

plus d'audace ou plus d'habileté. Je ne comptais pas avoir le plaisir de causer avec vous en approchant de cette maison, et en me laissant fasciner par la vue de mon enfant... que j'ai reconnu... ah! presque d'une lieue de distance, et lorsqu'il ne m'apparaissait que comme un point noir sur la grève! Cher enfant!... Je ne dirai pas : *Pauvre enfant!* il est heureux, il est aimé... Mais je m'en vais en me disant : Pauvre père! pourquoi n'as-tu pas pu être aimé aussi? Adieu, Monsieur! je suis charmé d'avoir fait connaissance avec vous, et je vous laisse le soin de raconter, comme il vous conviendra, cette bizarre entrevue. Je ne l'ai point provoquée, je ne la regrette pas. Je ne sens point de haine contre vous; j'aime à croire que vous méritez mieux votre félicité que je n'ai mérité mon infortune. La destinée est une femme capricieuse qu'on maudit parfois, mais qu'on invoque toujours! »

Vandoni parla encore quelque temps avec plus de facilité que de suite, et avec plus de franchise que de chaleur. Cependant, lorsqu'il eut embrassé son fils une dernière fois, sans rien dire, il parut profondément ému.

Mais, tout aussitôt, il salua le prince avec l'aplomb obséquieux et railleur du comédien, et il s'éloigna, sans se retourner, jusqu'à la palissade où Biffi s'était remis à travailler. Là, il s'arrêta encore assez longtemps pour regarder l'enfant, puis enfin il salua de nouveau le prince, et se remit en marche.

Outre l'émotion fâcheuse et le désagrément insupportable d'une pareille rencontre, la figure, la voix, la tournure et le discours de cet homme, quoique annonçant une grande bonté et une grande loyauté naturelles, n'excitèrent chez Karol qu'une antipathie prononcée. Vandoni était beau, assez instruit, et d'une honnêteté à toute épreuve; mais tout en lui sentait le théâtre, et il fallait l'habitude que la Floriani avait de fréquenter des comédiens encore plus affectés et plus ampoulés, pour qu'elle ne se fût jamais aperçue de ce qui choquait tant le prince à la première vue, à savoir cette affectation de solennité, qui trahissait l'étude à chaque pas, à chaque mot. Vandoni était un mélange d'emphase et de naïveté assez difficile à définir. La nature l'avait fait ce qu'il voulait paraître; mais, ainsi qu'il arrive aux artistes secondaires, l'art lui était devenu une seconde nature. Il était sincèrement généreux et délicat, mais il ne pouvait plus se contenter de l'être par le fait; il avait besoin de le dire et de confier ses sentiments comme il récitait un monologue sur la scène. Tandis que les comédiens de premier ordre portent leur âme dans leur rôle, ceux qui n'ont qu'une médiocre inspiration ramènent leur rôle dans la vie privée et le jouent sans en avoir conscience, à tous les instants du jour.

En raison de cette infirmité, le bon Vandoni avait l'extérieur moins sérieux que ses sentiments, et il ôtait à ses paroles le poids qu'elles eussent eu par elles-mêmes, s'il ne les eût débitées avec un soin trop consciencieux. Tandis que les inflexions justes et la prononciation nette de la Floriani partaient d'elle-même et d'elle seule, la prononciation nette et les inflexions justes de Vandoni sentaient la leçon du professeur. Il en était de même de sa démarche, de son geste et de l'expression de sa physionomie. Tout cela sentait le miroir. Il est bien vrai que l'étude avait passé dans son être et dans son sang, et qu'il disait d'abondance ce qu'en d'autres temps il s'était péniblement étudié à bien dire. Mais la convention première de son débit et de son attitude reparaissait toujours, et tandis que le bon goût de la causerie est d'atténuer dans la forme ce qu'on peut apporter de force dans le fond, son bon goût, à lui, consistait à tout faire ressortir et à ne rien laisser dans l'ombre.

Ainsi, en parlant de son amour paternel, il fit sentir trop l'attendrissement ; en revendiquant ses droits de père et en parlant avec générosité à son rival, il se posa trop en héros de drame ; en voulant paraître résigné à l'infidélité de sa maîtresse, il força trop l'intention et prit presque un air de roué qui était bien au-dessus de son courage, Joignez à tout cela une gêne secrète dont les artistes médiocres ne se débarrassent jamais moins que lorsqu'ils cherchent l'aisance, et vous vous expliquerez ce sourire incertain, que Karol prit pour le comble de l'impertinence, ce regard parfois troublé, qu'il attribua à l'hébêtement de la débauche, enfin, ces gestes arrondis qu'il fut tenté de souffleter.

Pourtant, cette impression personnelle du prince Karol en contact avec le comédien Vandoni, était toute relative. Leurs défauts à tous deux étaient si opposés, qu'à les voir ensemble il eût fallu condamner tour à tour deux caractères qu'on eût acceptés isolément. Le prince péchait par excès de réserve, et, à force de haïr tout ce qui, dans la forme, pouvait être taxé de la plus légère exagération, il avait, par moments, une raideur glaciale un peu désobligeante. Vandoni, au contraire, ne voulait passer devant personne sans lui laisser une certaine opinion de son mérite. Ses yeux ne cherchaient pas, comme ceux du prince, à éviter l'insulte d'un regard curieux, ils cherchaient ce regard et l'interrogeaient pour juger de l'effet produit. Quand l'effet lui paraissait manqué, il s'obstinait, afin d'en trouver un meilleur ; mais comme il n'avait pas cette vivacité d'esprit qu'ont les grands comédiens, les grands avocats et les grands causeurs pour faire naître l'occasion de se manifester et de se développer, il restait souvent à côté de son effet.

Il n'était pourtant rien de tout ce que le prince voulut supposer, d'après sa manière d'être. Il n'était ni borné, ni hâbleur, ni débauché, ni insolent. C'était plutôt une nature bienveillante, quoique assez personnelle, sincère quoique un peu vaine, sobre et douce, bien que portée, dans l'occasion, à se targuer du contraire. Il avait eu le malheur d'aspirer toujours à plus de célébrité qu'il n'en pouvait avoir. Sa passion était de jouer les premiers rôles; il n'y était jamais parvenu. Alors, voulant faire valoir les emplois effacés qui lui étaient confiés, il avait joué trop en conscience les rôles de père noble, de druide, de confident ou de capitaine des gardes. C'est un grand tort que de vouloir attirer trop l'attention sur les parties d'un ouvrage dramatique que l'auteur a placées au second plan. S'il y avait un endroit faible, voire une platitude dans son rôle, Vandoni la faisait impitoyablement ressortir, et il était tout étonné d'avoir fait siffler le poëte qu'il avait cru servir de tout son zèle et de tous ses moyens.

En outre, il était petit et voulait paraître grand. Il avait une de ces belles voix de basse-taille qui ne peuvent varier leurs inflexions et que la nature a condamnées à une sonorité monotone. Il tirait vanité d'avoir un plus beau timbre que tel ou tel acteur en renom, et ne se disait pas qu'une voix éraillée conduite par le génie est plus sympathique et plus puissante qu'un vigoureux instrument obéissant à un souffle vulgaire. Ce bon Vandoni! il s'en allait pensant avoir remis à sa place, avec beaucoup de finesse, de mesure et de dignité, l'orgueil jaloux du petit prince de Roswald; et le prince de Roswald haussait les épaules en le voyant partir, se demandant avec une profonde douleur comment la Floriani avait pu souffrir un seul jour l'intimité d'un homme si ridicule et médiocre.

Hélas ! Karol n'était pas, à cet égard, au bout de ses
peines, car Vandoni ne se retirait pas pleinement satisfait de *son effet*. Il regrettait de n'avoir pas rencontré
Lucrezia pour lui montrer un détachement philosophique
ou une fierté magnanime qu'il n'avait pu feindre dans les
premiers moments de leur rupture. Il regrettait d'avoir
laissé à cette femme si forte l'idée qu'il ne l'était pas
autant qu'elle, et tout ce qu'il y avait eu de naïf et de
touchant dans ses larmes et dans sa colère, il voulait
l'effacer par quelque scène de gloriole miséricordieuse
qui lui paraissait d'un plus beau style.

Il ralentissait donc le pas, à mesure qu'il s'éloignait,
sachant bien qu'il faut aider le hasard, et le hasard le
plus aisé à prévoir aida sa petite ruse. Il était encore en
vue lorsque la Floriani descendit sur la grève.

Et que venait-elle faire sur cette grève, au lieu de rester dans son boudoir à causer avec le comte Albani ?
C'est qu'elle avait fini de causer, c'est qu'elle avait
triomphé de la résistance de ce dernier, c'est qu'elle venait dire au prince : Vous l'emportez ; je vous aime trop
pour persister à vous faire souffrir. Soyez mon époux.
J'expose mon amour maternel à de rudes combats, je
brave l'avenir, j'étouffe le cri de ma conscience, mais je
me damnerai pour vous s'il le faut !

Mais, de même qu'on se brise les mains et la tête en
courant avec transport vers une porte que l'on compte
franchir et qui se trouve fermée, de même la Floriani se
heurta et resta comme terrassée en rencontrant la figure
froide et chagrine de son amant. Il la salua avec la courtoisie d'un respect passé à l'état de système, mais son
regard semblait lui dire : « Femme, qu'y a-t-il de commun entre vous et moi ? »

Jamais encore il ne s'était montré à elle aussi triste ;
et comme, chez les natures qui ne veulent pas se livrer,

19.

la tristesse prend l'apparence du dédain, elle fut épouvantée de l'expression de son visage. Elle regarda autour
d'elle comme pour demander aux objets extérieurs la
cause de cette révolution funeste. Elle vit Vandoni à distance. Elle pensait si peu à lui qu'elle ne le reconnut
point ; mais Stella courut à elle pour le lui désigner.
« M. Vandoni s'en va, il n'a pas voulu que je t'appelle[1] ;
il dit qu'il n'a pas le temps de s'arrêter. Sans doute il re-
reviendra ; il a demandé comment tu te portais ; il a embrassé Salvator, il a pleuré. On dirait qu'il a beaucoup
de chagrin. Au reste, il a causé avec le prince, qui te
racontera tout cela. Moi, je n'en sais pas davantage. »

Et l'enfant retourna jouer avec son frère.

La Lucrezia regarda alternativement le prince et Vandoni. Vandoni s'était retourné, il la voyait ; mais il affectait d'être toujours absorbé par la vue de son fils. Le
prince s'était détourné avec une sorte de dégoût à l'idée
que la Floriani allait rappeler son ancien amant et le
lui présenter peut-être.

Elle comprit fort bien tout ce qui se passait, et ne s'é-
tonna plus de l'angoisse de Karol. Mais elle savait, ou du
moins elle croyait que, d'un mot, elle pouvait la faire
cesser, tandis que Vandoni s'en allait humilié et brisé,
sans doute. Il s'en allait discrètement, sans avoir eu le
temps de reconnaître et de caresser son fils. Elle s'imagina qu'il souffrait énormément, tandis qu'il ne souffrait
réellement pas beaucoup dans ce moment-là. Il avait
bien les entrailles paternelles, et quand il était seul et
qu'il pensait à Salvator, il pleurait de bonne foi. Mais,
en présence de son rival et de son infidèle, il avait un
rôle à soutenir, et, comme il arrive toujours aux acteurs

---

1. L'auteur sait très-bien que l'enfant aurait dû dire *appelasse*, mais
l'enfant ne l'a point dit.

sur la scène, le monde réel disparaissait devant l'émotion du monde fictif.

La Floriani était trop vraie, trop aimante, trop généreuse pour se rendre compte de ce qu'il éprouvait alors.
Elle ne sentit qu'une immense compassion, l'horreur
d'imposer le malheur et la honte à un homme qui l'avait
beaucoup aimée et qu'elle s'était efforcée d'aimer aussi.
Elle comprit bien que ce qu'elle allait faire irriterait profondément Karol; mais elle se dit qu'avec la réflexion, non-
seulement il lui pardonnerait, mais encore il approuve-
rait son mouvement. Le cœur raisonne vite, et, quand il
est poussé par la conscience, il sacrifie sans hésiter toute
répugnance et tout intérêt personnel. Elle courut vers la
palissade, appela Vandoni d'une voix assurée, et, quand
il se fut retourné pour venir à elle, elle fit quelques pas
au-devant lui, lui tendit la main et l'embrassa cordialement.

Certes, Vandoni fut touché d'un élan si généreux et si
hardi. Il avait espéré trouver une petite vengeance dans
la confusion de Lucrezia en présence de son nouvel
amant. Il n'avait pas compté qu'elle le rappellerait; c'est
pourquoi il avait été bien aise de se faire voir le plus
longtemps possible pour prolonger la souffrance de son
rival. Mais le cœur de la Floriani était bien au-dessus
de toutes ces petitesses, et l'on ne fait pas rougir une
femme profondément sincère et vaillante. Vandoni oublia son rôle, et couvrit de baisers et de larmes les
mains de son infidèle. Il ne jouait plus le drame, il était
vaincu.

— Je ne te permets pas de nous quitter ainsi, lui dit
la Lucrezia avec une fermeté calme et affectueuse. Je ne
sais d'où tu viens; mais fatigué ou non, tu te reposeras
ici, tu verras Salvator à ton aise. Nous causerons de lui
ensemble, et nous nous quitterons cette fois plus tran-

quilles et meilleurs amis qu'auparavant. Tu le veux,
n'est-ce pas, mon ami? Nous avons été frères. Voici le
moment de le redevenir.

— Mais le prince de Roswald?... dit Vandoni en baissant la voix.

— Tu crois qu'il sera jaloux? Pas de fatuité, Vandoni!
il ne le sera point. Mais tu verras qu'il n'a point entendu
dire de mal de toi ici, et que tu as droit à ses égards et
à son estime.

— A sa place, je n'aurais jamais souffert qu'un ancien
amant...

— Apparemment il vaut mieux que toi, mon ami! Il
est plus confiant et plus généreux que tu ne l'étais à
mon égard. Viens, je veux te présenter à lui.

— C'est inutile! dit Vandoni qui se sentait faible et
attendri, et qui ne pouvait se résoudre à se montrer naturellement à son rival. Je me suis déjà présenté moi-
même. Il a été fort poli. Mais tu veux donc absolument
que j'entre chez toi? C'est insensé!

Lucrezia ne lui répondit qu'en lui montrant Salvator.
Il céda, moitié par tendresse, moitié par malice.

XXVI.

S'il n'est guère d'hommes qui puissent se résigner à
voir face à face celui qui les remplace dans le cœur d'une
maîtresse, sans désirer d'en tirer un peu de vengeance,
il n'est guère de femmes non plus qui se hasardent, sans
un peu de trouble, à mettre ces deux hommes en présence.

Pourtant la Floriani n'éprouva pas le secret malaise
qui accompagne de pareilles rencontres. Pourquoi l'eût-
elle éprouvé, lorsque, toute sa vie, elle avait joué cartes
sur table avec une franchise sans bornes? Il ne s'agis-

sait point là de payer d'audace ou d'habileté pour ménager deux rivaux également trompés. Il y avait un
amant avoué dans le présent et un amant avoué dans le
passé. Si la passion pouvait être un peu philosophe,
l'amant heureux serait plein de courtoisie et de générosité pour l'amant délaissé ; mais elle ne l'est pas du tout :
elle voudrait accaparer le passé comme le présent et
comme l'avenir. Elle s'alarme d'un souvenir, et en cela
elle raisonne fort mal ; car, en amour, rien n'est moins
tentant que de retourner au passé, rien n'est moins dangereux que la vue d'un être qu'on a quitté volontairement et par lassitude.

Malheureusement personne ne connaissait moins le
cœur humain que le prince Karol. Le sien était unique
en son genre, et chaque fois qu'il voulait rapporter les
pensées d'autrui aux siennes propres, il était certain
qu'il devait se tromper. Il essaya de se représenter l'émotion qu'il éprouverait si la princesse Lucie venait à lui
apparaître, et il s'imagina que si elle se présentait,
comme le spectre de Banco, à la table de la Floriani, il
tomberait foudroyé, non pas tant de frayeur que de remords et de regret. De là, il partit pour supposer que la
Floriani ne pouvait pas revoir Vandoni en chair et en
os sans éprouver aussi le regret violent de l'avoir brisé,
et le remords d'appartenir sous ses yeux à un autre.

Or, il n'y avait pas de supposition plus injuste et plus
absurde que celle-là. Lucrezia revoyait tous les petits
travers, tous les innocents ridicules de Vandoni, avec
des yeux qu'elle ne se faisait plus conscience d'ouvrir
tout grands. Elle comparait cet être, dont elle n'avait
jamais été très-enthousiasmée, avec celui qui lui causait
un enthousiasme sans bornes. En réalité, d'ailleurs, la
comparaison était tellement à l'avantage du prince, que,
s'il eût pu lire dans l'âme de sa maîtresse, il aurait vu

clairement que la présence de Vandoni redoublait la
passion de Lucrezia pour lui-même.

Il ne sut pas comprendre le triomphe de sa position.
Son inquiétude jalouse le rendit à cet égard trop modeste, tandis que, d'autre part, le peu de cas qu'il croyait
devoir faire de Vandoni le rendait hautain, au point
qu'il se sentait humilié de succéder à un pareil homme.
Il ne sut pas cacher son dépit, son anxiété, son mortel
déplaisir. Pendant que Vandoni soupait à côté de Lucrezia, il ne put tenir en place. Il sortit pour ne point le
voir et l'entendre. Puis il rentra pour l'empêcher d'être
entreprenant. Il ne fit qu'aller et venir, en proie à une
fièvre terrible, évitant le regard tendre et rassurant de
Lucrezia et dédaignant les avances de ce bon Vandoni,
qui, grâce à lui, se croyait chargé du rôle de généreux.

Si c'est, comme je le crois, l'orgueil qui nous rend
jaloux, il faut avouer que c'est un orgueil bien maladroit
et bien inconséquent. Vandoni s'était promis d'abord
d'inquiéter un peu son rival par un air de confiance et
de familiarité avec Lucrezia. Mais il n'avait point réussi
à se donner cet air-là. Il y avait, dans la tranquille bonté
de la Floriani, quelque chose de si franc et de si digne,
que tout l'art du comédien échouait devant cette absence
d'art. Mais le prince prit si bien à tâche d'aider, par sa
folie, à la démangeaison d'impertinence de Vandoni,
que ce dernier se trouva vengé sans y avoir contribué le
moins du monde. Il put se réjouir de voir les angoisses
qu'il causait, et, à la fin du souper, il dit à Lucrezia,
en suivant des yeux Karol qui sortait pour la dixième
fois : « Vous vous vantiez, ma belle amie, ou plutôt vous
vantiez votre charmant prince, en me disant qu'il valait
mieux que moi, qu'il n'était point jaloux du passé, et
qu'il ne souffrirait pas en me voyant. Il souffre au contraire, il souffre trop pour que je reste davantage. Adieu

donc! je m'en vais sur cette triste vérité qu'il n'y a point
d'amant sublime, et que les ennuis que vous avez cru
fuir en me quittant, vous les retrouvez avec un autre.
Vous n'avez fait que mettre un beau visage brun à la
place d'un visage blond qui n'était pas mal. Le changement est toujours un plaisir pour les femmes! Mais con-
venez, à présent, que pour être jaloux de vous, je n'étais
point un monstre, puisque voici votre nouveau Dieu,
votre idole, votre ange, tourmenté par le même démon
qui me rongeait le cœur. »

— Vandoni, répondit Lucrezia, j'ignore si le prince est
jaloux de toi. J'espère que tu te trompes ; mais, comme
je ne veux pas que tu m'accuses de feindre avec toi, supposons qu'il le soit en effet : qu'en veux-tu conclure?
Que j'ai eu tort de te quitter? Ai-je fait ici un plaidoyer
pour te prouver que j'avais eu raison? Non ; je crois que
le tort est toujours à celui qui veut se soustraire à la
souffrance. J'ai eu ce tort : ne me l'as-tu point encore
pardonné?

— Ah! qui pourrait garder du ressentiment contre
toi? dit Vandoni en lui baisant la main avec une émotion
sincère. Je t'aime toujours, je serais toujours prêt à te
consacrer ma vie, si tu voulais revenir à moi, même en
ne m'aimant pas plus que par le passé !... car je ne me
fais point illusion, tu ne m'as jamais aimé que d'amitié !

— Je ne t'ai ; du moins, jamais trompé à cet égard,
et j'ai fait mon possible pour n'être pas trop ingrate.
Peut-être avions-nous une trop ancienne amitié l'un pour
l'autre, peut-être nous sentions-nous trop frères pour
être amants !

— Parle pour toi, cruelle ! moi...

— Toi, tu es un noble cœur, et, si tu crois faire souffrir en effet le prince, tu vas te retirer. Mais je ne veux
pour rien au monde renoncer à ton amitié, et je compte

la retrouver plus tard, quand les feux de la jeunesse auront fait place, chez le prince, au calme d'une paisible
affection. La mienne pour toi, Vandoni, est fondée sur
l'estime ; elle est à l'épreuve du temps et de l'absence. Il
existe entre nous un lien indissoluble ; ma tendresse
pour ton fils est un garant pour toi de celle que je te
conserve.

— Mon fils ! Ah ! oui, parlons de mon fils, s'écria
Vandoni redevenu tout à fait sérieux. Eh bien, Lucrezia,
êtes-vous contente de moi ? Ai-je laissé voir à vos autres
enfants que celui-là m'appartenait ? Ah ! quelle étrange
position vous m'avez faite ! ne jamais entendre le nom
de père sortir pour moi de la bouche de mon fils !

— Vandoni, votre fils sait à peine parler, et ne sait
encore que mon nom et celui de ses frères. Je ne savais
pas si nous nous reverrions jamais... Maintenant, si vous
êtes calme, si vous avez pris une décision importante,
parlez ! Sous quel nom et dans quelles idées dois-je
l'élever ?

— Ah ! Lucrezia, vous savez ma faiblesse pour vous,
mon dévouement aveugle, ma lâche soumission, devrais-je
dire ! Si vous ne devez pas vous marier, que votre volonté soit faite, que mon fils porte votre nom, et qu'il
me soit seulement permis de le voir et d'être son meilleur
ami, après vous. Mais si vous devez devenir princesse de
Roswald, j'exige que mon enfant me soit rendu. J'aime
mieux lui voir partager ma vie errante et mon sort pré-
caire que d'abandonner mon autorité et mes devoirs à
un étranger.

— Mon ami, reprit Lucrezia, il y a plus d'orgueil que
de tendresse dans cette résolution, et je n'emploierai
qu'un seul argument pour la combattre. En supposant
que je me marie demain, Salvator est encore, pour huit
ou dix ans, au moins, un petit enfant, et les soins d'une

femme lui sont nécessaires. A quelle femme le confierez-vous donc? Avez-vous une sœur, une mère? Non! vous ne pourrez le confier qu'à une maîtresse ou à une servante! Croyez-vous qu'il soit aussi bien soigné, aussi bien élevé, aussi heureux qu'avec moi? Dormirez-vous tranquille, quand, forcé de vous rendre à la répétition tout le jour, et à la représentation tout le soir, vous laisserez ce pauvre enfant à la merci d'une servante infidèle ou d'une marâtre haineuse?

— Non, sans doute! dit Vandoni en soupirant, vous avez raison. De ce que vous êtes riche, indépendante et célèbre, vous avez tous les droits, tous les pouvoirs, même celui de chasser le père et de garder l'enfant.

— Vandoni! tu me fais mal, répondit Lucrezia, ne parle point ainsi. Veux-tu que j'assure, dès à présent, à notre enfant, une partie de ma fortune, dont tu auras la tutelle et la direction? Veux-tu surveiller son éducation, être consulté sur tous les détails, régler son avenir? J'y consens avec joie, pourvu que tu le laisses près de moi et que tu me charges d'être le pouvoir exécutif de tes volontés. Je suis bien sûre que nous nous entendrons sur tous les points, dans l'intérêt d'un être qui nous est plus cher que la vie.

— Non! non! Pas d'aumône! s'écria Vandoni; je ne suis point un lâche, et je mourrai à l'hôpital avant d'accepter de toi un secours déguisé sous un nom, sous une forme quelconque. Garde l'enfant! garde-le tout entier. Je sais bien qu'il ne connaîtra et n'aimera que toi! Ce serait bien vainement qu'un jour je viendrais le réclamer, lui dire qu'il m'appartient, qu'il est forcé de me suivre. Il ne se séparera jamais volontairement d'une mère telle que toi! Allons, le sort en est jeté, je vois que tu vas devenir princesse...

— Rien n'est décidé à cet égard, mon ami, je te le

jure, et je te jure surtout, par ce qu'il y a de plus sacré,
par ton honneur et par ton fils, que si tu mets à mon
mariage la condition que je me séparerai de cet enfant,
je ne me marierai jamais !

— Tu es donc toujours la même, ô femme étrange et
admirable ! s'écria Vandoni exalté. Tu es donc toujours
mère avant tout ! Tu préfères donc toujours tes enfants
à la gloire, à la richesse, à l'amour même !

— A la richesse et à la gloire, très-certainement, répondit-elle avec un sourire calme. Quant à l'amour, dans
ce moment-ci, je n'ose te répondre ; mais ce qu'il y a de
certain, c'est que je connais mon devoir, et que mon premier devoir c'est celui de tout sacrifier, même l'amour,
à ces enfants de l'amour. Le plus épris, le plus fidèle des
amants peut se consoler, mais des enfants ne retrouvent
jamais une mère.

— Eh bien, je pars tranquille, dit Vandoni en lui ser-
rant la main, et je n'exige plus de toi qu'une promesse.
Jure-moi de ne point épouser ce prince si charmant, mais
si jaloux, avant un an d'ici ! Je ne puis me persuader
qu'il soit meilleur que moi et qu'il voie toujours d'un œil
calme tes gages de tes amours passées. Je connais ta
clairvoyance, la fermeté et la promptitude de tes sacrifices quand le sort de tes enfants te semble compromis.
Je sais fort bien pourquoi tu n'as pu me supporter longtemps ! c'est que j'avais beau faire, je détestais la ressemblance de ta Béatrice avec le misérable Tealdo Soavi.
Eh bien, d'ici à un an, le prince de Roswald détestera
Salvator, si ce n'est déjà fait ; si aujourd'hui, peut-être,
la vue de cet enfant ne lui est pas déjà insupportable.
Pas d'entraînement trop subit, pas de coups de tête, je
t'en supplie, ma chère Lucrezia ! et tu resteras toujours
libre, car je m'en rends bien compte, maintenant que je
suis sage et désintéressé dans la question : la liberté ab-

solue est le seul état qui te convienne, et la tendre mère
de quatre enfants de l'amour ne doit pas confier leur sort
à la vertu d'un mari, quelque assurée qu'elle soit.

— Je crois que tu as raison, dit Lucrezia, et j'entends
avec plaisir la voix calme de mon ancien ami. Sois tranquille, frère! ta vieille camarade, ta sœur fidèle n'expo-
sera pas, dans un moment d'enthousiasme, l'avenir des
enfants qu'elle adore.

— Maintenant, adieu! dit Vandoni en la pressant sur
son cœur avec une tendresse chaste et profonde. Adieu,
l'être que j'aime encore le mieux sur la terre! Je ne te
reverrai pas de si tôt, peut-être. Je ne chercherai pas à
te revoir; je vois que je troublerais tes amours, et je
t'avoue que je ne suis pas assez fort pour les voir sans
souffrir. Quand tu auras un intervalle de repos et de
liberté, à travers tes sublimes et folles passions, appelle-
moi un instant à tes pieds; j'y resterai docile et soumis,
heureux de te voir et d'embrasser mon fils, jusqu'à ce
que tu me dises comme aujourd'hui : « Va-t'en, j'aime,
et ce n'est pas toi! »

Si Vandoni était brusquement parti sur ce noble épan-
chement, il eût été ce que Dieu l'avait fait, un bon esprit
et un bon cœur. Si, au lieu de courir le monde d'émotions factices que lui imposait son emploi, il eût pu demeurer quelque temps dans cette disposition chaleureuse
et vraie, il eût reparu transformé sur la scène, et le public eût peut-être été fort surpris d'avoir à applaudir un
excellent artiste, au lieu de sourire patiemment aux
froides et correctes déclamations d'un comédien *utile*.

Mais on n'évite point sa destinée, et le prince Karol
reparaissant tout à coup, Vandoni retrouva tout à coup
son affectation. Il voulut lui faire un discours d'adieux,
dans lequel il s'efforçait d'insinuer délicatement les idées
et les sentiments sous l'empire desquels il venait de se

trouver. Il échoua complétement; il ne dit que des choses embrouillées, sans goût, sans suite, et, passant du grave au doux, du plaisant au sévère, il fut tour à tour emphatique et trivial, pédant et ridicule.

Il est vrai que l'air hautain et impatient du prince, ses réponses sèches et ses saluts ironiques étaient faits pour démonter un acteur plus habile que Vandoni. Ce dernier vit bien qu'il manquait son effet; et, se rejetant sur l'aplomb maladroit du comédien sifflé, il se retourna vers la Floriani, en lui disant d'un air un peu débraillé : « Ma foi, je crois que je *patauge*, et que je ferai bien d'en rester là, si je ne veux m'*enfoncer* tout à fait, et te faire rougir de ton pauvre camarade. N'importe, tu parleras à ma place quand je serai parti, et tu diras que ton ami est un bon diable, qui ne veut faire de peine à personne. » Quelle chute !

Salvator Albani, qui avait occupé ces deux heures à tâcher de distraire Karol, s'empressa, avec sa bienveillance accoutumée, de passer sur toutes ces misères l'éponge de la politesse et de l'enjouement affectueux. Il prit Vandoni sous le bras, en lui disant qu'il était charmé d'avoir fait connaissance avec lui, qu'il irait le voir dans la première ville d'Italie où ils se retrouveraient ensemble; enfin, qu'il allait lui tenir compagnie en se promenant avec lui jusqu'à Iseo, où Vandoni avait laissé son voiturin.

— Et le petit Salvator? dit Vandoni au moment de partir. Je ne le reverrai donc pas?

— Il est endormi, répondit Lucrezia. Viens lui dire bonsoir.

— Non, non ! reprit-il à voix basse, mais de manière à être entendu du prince et du comte : cela m'ôterait le peu de courage que j'ai !

Il fut assez content de l'intonation de cette dernière

parole et du mouvement qu'il fit en s'arrachant de la
maison. C'était un petit effet, mais il était juste, et, pour
tous les enfants du monde, il n'eût pas voulu ne pas sortir brusquement sur cet effet-là.

— A moins que le prince ne soit un âne, pensa-t-il, il
ne pourra douter que je n'aie dans le caractère un certain héroïsme naturel, qui me rend bien supérieur aux
emplois secondaires où me réduisent l'injustice du public
et la jalousie des concurrents.

La faiblesse secrète du pauvre Vandoni était de se
croire né pour de plus hautes destinées, et, quand il
commençait à se lier avec quelqu'un, il ne manquait pas
de lui raconter toutes les intrigues de coulisses dont il se
regardait comme victime. Il n'en fit point grâce au comte
Albani durant le trajet à pied qu'ils parcoururent ensemble. Salvator l'encourageant par sa complaisance et se
dévouant à cet ennui capital pour laisser à Karol et à Lucrezia le loisir de s'expliquer, Vandoni lui exposa toutes
les traverses de sa vie de théâtre, et ne put même résister au désir de réciter à pleine voix, sur la grève, des
fragments d'Alfieri et de Goldoni, pour lui montrer de
quelle manière il eût pu s'acquitter des premiers rôles.

Pendant que Salvator subissait cette épreuve, Karol,
assis dans un coin du salon, gardait un silence obstiné, et
la Floriani cherchait à entamer une conversation qui les
amènerait à de mutuels épanchements. Elle n'avait pas
encore pénétré le fond de son âme à l'endroit de la jalousie, et, malgré les avertissements de Vandoni, elle se
refusait à y croire. Comme il n'entrait pas dans ses instincts de franchise de tourner longtemps autour du sujet
qui l'intéressait, elle se leva, s'approcha du prince, et lui
prenant la main avec force : « Vous êtes mortellement
triste ce soir, lui dit-elle, et j'en veux savoir la cause.
Vous tremblez ! Vous êtes malade ou vous souffrez d'un

secret chagrin. Karol, votre silence me fait mal, parlez !
Je vous l'ordonne au nom de l'amour, ou je vous le demande à genoux, répondez-moi. Est-ce ma persistance à
refuser d'unir mon sort au vôtre qui vous affecte ainsi,
et ne prendrez-vous jamais votre parti à cet égard?... Eh
bien ! Karol, s'il en est ainsi, je céderai ; je ne vous demande qu'une année de réflexions de votre part...

— Vous avez été très-bien conseillée par votre ami
M. Vandoni, répondit le prince, et je dois lui savoir un
gré infini de son intervention. Mais vous me permettrez
de ne pas me soumettre aux conditions que vous daignez
me faire de sa part. Je vous demande la permission de
me retirer. Je suis un peu fatigué des déclamations que
j'ai entendues ce soir. Peut-être m'y habituerai-je si vos
amis redeviennent assidus chez vous. Mais ce n'est pas
encore fait, et j'ai la tête brisée. Quant aux persécutions
que je vous ai fait subir, et dont vous devez être bien
lasse vous-même, je vous supplie de les oublier, et de
croire que je respecterai assez votre repos désormais
pour ne plus les renouveler.

En parlant ainsi d'un ton glacial, Karol se leva, et,
saluant très-profondément la Floriani, il alla s'enfermer
dans sa chambre.

XXVII.

De toutes les colères, de toutes les vengeances, la plus
noire, la plus atroce, la plus poignante est celle qui reste
froide et polie. Quand vous verrez un être se maîtriser
à ce point, dites, si vous voulez, qu'il est grand et fort,
mais ne dites point qu'il est tendre et bon. J'aime mieux
la grossièreté du paysan jaloux, qui bat sa femme, que
la dignité glacée du prince qui déchire sans sourciller le
cœur de sa maîtresse. J'aime mieux l'enfant qui égra-

tigne et mord, que celui qui boude en silence. Soyons
emportés, violents, malappris, disons-nous des injures,
cassons les glaces et les pendules, je le veux bien : ce
sera absurde, mais cela ne prouvera point que nous nous
haïssons. Au lieu que si nous nous tournons le dos fort
poliment en nous séparant sur une parole amère et dédaigneuse, nous sommes perdus, et tout ce que nous
ferons pour nous raccommoder nous brouillera davantage.

Voilà ce que pensait la Floriani restée seule et stupé-
faite. Quoique fort douce à l'habitude, elle avait eu de
grands accès d'indignation dans sa vie. Elle s'était alors
abandonnée à la violence de son chagrin, elle avait maudit, elle avait cassé, elle avait peut-être juré, je n'en ré-
pondrais pas ; elle était la fille d'un pêcheur, et d'un
pays où les serments par le corps de Bacchus et celui de
la madone, par le sang de Diane et par celui du Christ,
font à tout propos intervenir le ciel chrétien et païen
dans les agitations de la vie domestique. Mais ce qu'il y
a de certain, c'est qu'elle n'avait jamais cru repousser et
chasser de son cœur, d'une manière absolue et subite,
les êtres qu'elle aimait assez pour s'irriter contre eux.
Elle ne comprenait donc absolument rien à ces colères
froides et pâles, qui ressemblent à un détachement anti-
humain, à un stoïcisme odieux, à un abandon éternel.
Elle resta plus d'un quart d'heure, immobile, terrassée
sous le coup des paroles inouïes de son amant.

Enfin elle se leva et marcha dans le salon, se demandant si elle venait de faire un rêve affreux, et si c'était
bien Karol, cet homme qui, le matin encore, pleurait
d'amour à ses pieds et semblait se consumer dans une
extase divine, qui venait de lui parler ce langage d'un
dépit guindé, digne des ruses puériles de la comédie,
mais indigne, à coup sûr, d'une affection réelle, d'une
passion sentie.

Incapable de supporter longtemps une angoisse de ce genre sans la comprendre, elle monta à la chambre du prince, frappa d'abord avec précaution, puis avec autorité, et enfin, voyant qu'on ne lui répondait pas et que la porte résistait, d'une main aussi forte que celle d'une mère qui va chercher son enfant au milieu des flammes, elle fit sauter le verrou et entra.

Karol était assis sur le bord de son lit, la figure tournée et enfoncée dans les coussins en lambeaux; ses manchettes, son mouchoir avaient été mis en pièces par ses ongles crispés et frémissants comme ceux d'un tigre; sa figure était effrayante de pâleur, ses yeux injectés de sang. Sa beauté avait disparu comme par un prestige infernal.

La souffrance extrême tournait chez lui à une rage d'autant plus difficile à contenir, qu'il ne se connaissait pas cette faculté déplorable, et que, n'ayant jamais été contrarié, il ne savait point lutter contre lui-même.

La Floriani avait posé son flambeau près de lui. Elle avait écarté ses mains brûlantes de son visage, elle le regardait avec stupeur. Elle n'était point étonnée de voir un homme jaloux en proie à un accès de furie. Ce n'était pas un spectacle nouveau pour elle, et elle savait bien qu'on n'en meurt point. Mais voir cet être angélique réduit aux mêmes excès de violence et de faiblesse que Tealdo Soavi, ou tout autre de même trempe, c'était un tel contre-sens, une telle invraisemblance, qu'elle ne pouvait en croire ses yeux.

— Vous voulez m'humilier ou m'avilir jusqu'au bout! s'écria Karol en la repoussant. Vous avez voulu voir jusqu'à quel point vous pouviez me faire descendre au-dessous de moi-même! Êtes-vous contente à présent? Auquel de vos amants allez-vous me comparer?

— Voilà des paroles bien amères, répondit la Floriani

avec une douceur pleine de tristesse, je ne m'en offenserai point, parce que je vois qu'en effet vous n'êtes point vous-même dans ce moment-ci. Je m'attendais à vous trouver froid et méprisant comme tout à l'heure, et je venais, au nom de l'amour et de la vérité, vous demander compte de vos dédains ; je suis consternée de vous trouver exaspéré comme vous l'êtes, et je ne crois pas que le triomphe que vous m'attribuez soit bien doux pour mon orgueil. Quel langage entre nous, Karol ! ô mon Dieu, que s'est-il donc passé, pour que vous doutiez de la douleur effroyable que j'éprouve à vous voir souffrir ainsi ? mais, sans doute, si j'en suis la cause involontaire, je dois avoir en moi la puissance de la faire cesser. Dites-m'en le moyen, et s'il faut ma vie, ma raison, ma dignité, ma conscience, je les mettrai à vos pieds pour vous guérir et vous calmer. Parlez-moi, expliquez-vous, faites que je vous comprenne, voilà tout ce que je vous demande. Rester dans le doute et vous laisser subir ces tourments sans chercher à les adoucir, voilà ce qui m'est impossible, ce que vous n'obtiendrez jamais de moi. Ouvrez-moi donc ce cœur meurtri et malade, et si, pour m'y faire lire, il faut que vous m'accabliez de reproches et d'outrages, ne vous retenez pas, j'aime mieux cela que le silence, je ne m'offenserai de rien, je me justifierai avec douceur, avec soumission. Je vous demanderai pardon même, s'il le faut, quoique j'ignore absolument mes torts. Mais il faut qu'ils soient bien graves pour vous faire tant de mal. Répondez-moi, je vous le demande à genoux. »

Pour montrer tant de patience et de résignation, il fallait que la Floriani fût vaincue et terrassée par un amour immense, et tel qu'elle-même n'eût jamais cru pouvoir le ressentir après tant d'orages du même genre, après de si nombreuses déceptions, tant de fatigues de

cœur et d'esprit, tant de dégoûts et de déboires. N'ayant
jamais menti, s'étant dévouée et sacrifiée toujours, mais
jamais avilie, ni même aventurée pour un intérêt personnel quelconque, elle avait une fierté ombrageuse, un orgueil réel ; descendre à se justifier lui avait toujours paru
au-dessus de ses forces, et le soupçon lui était une mortelle injure.

Pourtant elle s'humilia longtemps avec une mansuétude infinie devant ce malheureux enfant, qui ne voulait
point parler parce qu'il ne le pouvait pas.

Qu'eût-il pu dire, en effet? Le désordre où sa raison
était tombée était trop douloureux pour être volontaire.
Suivre le conseil de Lucrezia, l'injurier, lui faire de san-
glants reproches, l'eût soulagé sans doute ; mais il n'avait
pas la faculté de répandre ses tourments au dehors, parce
qu'il n'avait pas l'égoïsme de vouloir les faire partager.
Et puis, injurier sa maîtresse! il eût préféré la tuer ; il
se fût tué avec elle, emportant sa passion dans la tombe.
Mais l'outrager en paroles, il lui semblait que s'il eût pu
s'y résoudre, il l'aurait condamnée devant Dieu et que
Dieu les eût séparés dans l'éternité. Pour en venir là, il
eût fallu ne plus l'aimer, et plus il souffrait par elle, plus
il se sentait l'esclave de la passion.

Elle ne put que deviner ce qui se passait en lui, car
il ne se révéla que par des réponses détournées et des
réticences douloureuses. Il se défendait faiblement en
apparence, mais, au fond, sa retenue était invincible, et
le nom de Vandoni ne pouvait venir sur ses lèvres.

— Voyons, lui dit la Floriani lorsqu'elle fut au bout
de sa patience et qu'elle eut épuisé toutes les forces de
son amour à lui arracher quelques paroles vagues, d'une
profondeur ou d'une obscurité effrayantes : « Voyons,
mon pauvre ange, vous êtes jaloux et vous n'en voulez
pas convenir? Vous, jaloux! Ah! qu'il m'est amer de le

constater, moi, que vous avez habituée à planer, sur les
ailes d'un amour sublime, au-dessus de toutes les misères
humaines! Que vous me faites de mal, et que j'étais loin
de croire cela possible de votre part! Ah! laissez-moi ne
vous répondre que par des reproches douloureux et francs.
Vous ne voulez pas m'en faire; je le préférerais parce que
je·pourrais me disculper, au lieu que je suis réduite à
chercher de quoi j'ai à me défendre. Mais avant de vous
parler *raison*, puisqu'il le faut, laissez-moi me plaindre,
laissez-moi pleurer! C'est le dernier cri de l'amour heureux qui s'exhale vers le ciel d'où il était descendu, et
où il va retourner maintenant pour toujours! Laissez-
moi vous dire que vous avez commis aujourd'hui un
grand crime contre moi, contre vous-même et contre
Dieu, qui avait béni notre confiance infinie l'un pour
l'autre. Hélas! vous avez souillé par le soupçon la passion la plus pure, la plus complète, la plus délicieuse de
ma vie. Je n'avais jamais aimé, je n'avais jamais été heureuse; pourquoi m'arrachez-vous sitôt ma joie, mes délices? Vous m'avez entraînée dans le ciel, et vous me
rejetez brutalement sur la terre! Mon Dieu, mon Dieu!
je ne le méritais pas, je nageais avec toi dans l'empyrée.
Je croyais à l'éternité de cette béatitude. Tout ce qui est
de ce monde ne me paraissait plus que rêves et fantômes;
excepté mes enfants, que j'emportais dans mes bras vers
ce monde supérieur, je n'avais plus souci de rien... Et
à présent, il faut descendre, il faut marcher sur les
sentiers humains, se déchirer aux épines, se froisser
contre les rochers... Allons, vous l'avez voulu. Parlons
donc de ces choses-là, de Vandoni, de mon passé, et de
ce que l'avenir peut me réserver de devoirs, d'embarras
et d'ennuis. J'espérais les traverser seule, vous laissant
calme et indifférent à ces misères, étrangères à notre
passion. Le fardeau du travail et des devoirs d'ici-bas

m'eût été léger si j'avais pu vous préserver d'y toucher.
Vous ne vous en seriez pas seulement aperçu, si vous
étiez resté vous-même, et si vous aviez conservé la suprême confiance qui nous faisait si forts et si purs!...
Vous l'avez perdue, vous m'avez retiré le talisman qui
m'eût rendue invulnérable à la douleur et à l'inquiétude.
Je vais maintenant vous dire quelles obligations pèsent
sur ma vie réelle, quels ménagements je dois garder,
quels devoirs ma conscience me trace. Mais, pour les
comprendre, il faut vous donner la peine de raisonner
un peu, de connaître mon passé, de le juger, et d'en
tirer une conclusion sérieuse, une fois pour toutes!...
Vandoni...

— Ah! s'écria Karol, tremblant comme un enfant,
ne prononcez plus ce nom, et faites-moi grâce de tout ce
que vous voulez me dire. Je n'ai pas encore, je n'aurai
peut-être jamais la force de l'entendre. Je hais ce Vandoni, je hais tout ce qui dans votre vie n'est pas vous-
même. Que vous importe! Il n'entre pas dans vos devoirs de me réconcilier avec ce qui me froisse et me
révolte autour de vous. Laissez-moi, puisque cela m'est
possible et n'est possible qu'à moi, voir en vous deux
êtres distincts. L'un que je n'ai pas connu et que je ne
veux pas connaître ; l'autre que je connais, que je possède, et que je ne veux pas voir mêlé aux choses que je
déteste. Oui, oui, Lucrezia, tu l'as dit, ce serait descendre et retomber dans la fange des sentiers humains.
Viens sur mon cœur, oublions les atroces souffrances de
cette journée et retournons à Dieu. Que t'importe ce qui
s'est passé en moi? Cela me regarde, et j'ai la force de
le subir, puisque j'ai celle de t'aimer autant que si rien
ne m'avait troublé! Non, non, pas d'explications, pas
de récits, pas de confidences, pas de raisonnements.
Prends-moi dans tes bras, et emporte-moi loin de ce

monde maudit où je ne vois pas clair, où je ne respire
pas, où je suis condamné à ramper plus bas que les autres hommes, si j'y retombe sans ton amour et sans mon
enthousiasme. »

La Floriani se contenta de cette fausse réparation, ou,
de guerre lasse, elle feignit de s'en contenter ; mais, en
cela, elle eut grand tort, et se précipita d'elle-même
dans un abîme de chagrins. Karol s'habitua, dès ce
jour, à croire que la jalousie n'est point une insulte,
et qu'une femme aimée peut et doit la pardonner toujours.

Elle retrouva, au salon, vers minuit, Salvator qui venait de reconduire Vandoni et qui eut la délicatesse de
ne pas lui dire combien il avait trouvé ce brave garçon
ridicule et ennuyeux. Elle n'eut pas le courage de lui
confier à quel point le prince avait été irrité de la présence de son ancien amant ; mais elle ne put s'empêcher
d'admirer combien l'amitié est plus indulgente, secou-
rable et généreuse que l'amour. Car elle ne se dissimu-
lait plus les travers de Vandoni, et elle voyait bien que
Salvator s'était dévoué pour l'en débarrasser.

Lucrezia se retira auprès de ses enfants, résolue à oublier les chagrins de cette journée et à dormir, pour s'é-
veiller, comme une mère vigilante et active, au point du
jour. Mais quoiqu'elle eût acquis plus que personne, dans
sa vie de douleurs, la faculté de laisser reposer ses chagrins et de dormir avec, comme un pauvre soldat en
campagne dort au bivouac avec sa faim et ses blessures,
elle ne put fermer l'œil de la nuit, et tous les souvenirs
amers qui s'étaient assoupis dans son sein, depuis quelque temps, s'y ranimèrent un à un, puis tous ensemble,
pour la torturer sans relâche. Elle vit, comme autant de
spectres railleurs et menaçants, ses erreurs et ses déceptions, les ingrats qu'elle avait faits et les méchants

qu'elle n'avait pas pu convertir. Elle lutta vainement contre l'épouvante du passé, en se réfugiant dans le présent. Le présent ne lui offrait plus de sécurité, et les anciennes douleurs ne se ranimaient ainsi que parce qu'une douleur nouvelle, plus profonde que toutes les autres, venait leur donner carrière.

Quand elle se leva, pâle et brisée, le soleil brillant du matin, les fleurs chargées d'humides parfums, les rossignols enivrés de leurs propres chants, ne ramenèrent pas, comme les autres jours, le calme et l'espérance dans son cœur. Elle ne se sentit pas vivre par le sens poétique de la nature, comme à l'ordinaire. Il lui semblait qu'entre cette fraîche et riante nature et son pauvre sein brisé, il y avait désormais un ennemi secret, un ver rongeur, qui empêchait la sève de la vie de venir jusqu'à lui. Elle ne voulut pourtant pas se rendre compte de l'étendue de son désastre. Karol fut courbé à ses pieds ce jour-là. Il ne voulait pas faire oublier ses torts, il ne les connaissait pas, puisque, selon sa coutume, il les avait déjà oubliés lui-même : mais il avait besoin de tendresse, d'effusion et de bonheur, après plusieurs jours passés dans les larmes ou la colère. Jamais il n'était plus séduisant et plus adorable que quand le paroxysme de son amertume et de son dépit l'avait débarrassé de sa souffrance. La Floriani eut encore à lutter contre son projet de mariage, mais cette fois elle résista courageusement. Ce qui s'était passé la veille l'avait éclairée, et elle n'était pas d'humeur à se laisser dire deux fois qu'on *la suppliait* de n'y plus songer. Si l'offre de son nom était, de la part du prince, un grand hommage rendu à l'amour qu'elle méritait, le fait de retirer poliment ses offres, dans un moment de soupçon jaloux, était un outrage dont la fière Lucrezia sentait la portée plus que lui-même. Sans **lui dire** quelle force nouvelle elle avait puisée contre lui

dans cette circonstance, elle lui ôta tout espoir, et, cette
fois, il accepta son arrêt provisoirement, sans amertume,
en avouant qu'il méritait le châtiment d'être soumis à
quelque longue épreuve.

Mais deux jours ne se passèrent point sans ramener de
nouveaux orages. Un commis-voyageur réussit à pénétrer dans la maison pour proposer des armes de chasse.
Célio eut envie d'un nouveau fusil, sa mère le lui refusa
d'abord ; puis, voulant lui en faire la surprise, elle eut
un *a-parté* avec le voyageur pour marchander et acheter
l'objet de cette convoitise enfantine. Le jeune homme
était d'une belle figure, un peu familier et bavard. La
beauté et la célébrité de sa nouvelle cliente le rendaient
plus *éloquent* que de coutume, sans toutefois lui faire
perdre la tête et l'empêcher de bien vendre sa marchan-
dise. C'était la veille de l'anniversaire de Célio, et sa
mère voulut mettre le joli et léger fusil de chasse sous le
traversin de l'enfant, pour qu'il le trouvât le soir au
moment de se coucher. Le commis-voyageur s'empressa
de la suivre dans sa chambre, sans trop lui en demander
la permission, pour cacher lui-même le fusil sous le
chevet de Célio et recevoir le paiement convenu. Karol,
qui avait été faire la sieste, entra en cet instant, et
trouva la Floriani dans sa chambre, en tête-à-tête avec
un beau garçon à gros favoris noirs, qui lui parlait d'un
air animé, la regardait avec des yeux hardis, et arrangeait la couverture d'un lit, tandis qu'elle souriait avec
bonhomie des hâbleries qu'il débitait, et qu'elle songeait
à l'ivresse de Célio lorsque la surprise ferait son effet.

Il n'en fallait pas tant pour que l'imagination de Karol,
prompte à l'insulte, et s'emparant toujours du fait apparent sans le comprendre et sans l'expliquer, prît un essor
funeste. Il laissa échapper une exclamation bizarre, outrageante, sur le seuil de la chambre de Lucrezia, et

s'enfuit comme un homme qui vient d'être témoin de son déshonneur. Il lui fallut tout le reste du jour pour se calmer et ouvrir les yeux. Il fallut que la Floriani descendît à une explication avilissante pour elle et pour lui. Elle le traita, cette fois, comme un malade qu'il faut persuader et guérir, sans prendre ses hallucinations au sérieux. Mais que devient l'enthousiasme, que devient l'amour, quand celui qui en est l'objet se conduit comme un maniaque?

Un autre jour on vint dire à la Floriani que Mangiafoco, le pêcheur qui l'avait recherchée autrefois en mariage, et qui lui avait causé tant de frayeur et d'éloignement, était à l'article de la mort, et demandait à la voir avant de rendre l'âme. Cet homme n'avait jamais osé se présenter devant elle depuis qu'elle était revenue dans le pays, et ce n'était pas sans répugnance qu'elle consentait à lui fermer les yeux. Mais c'était un devoir de religieuse miséricorde à remplir, et elle partit sans hésiter, pour l'autre rive du lac, avec son père et Biffi. Elle trouva un moribond qui lui demandait pardon des peines et des peurs qu'il lui avait faites jadis, et qui la suppliait de prier pour le repos de son âme. Elle le consola avec bonté, et sa compassion généreuse adoucit les dernières convulsions d'agonie de cet homme, ancien soldat, espèce de bandit déjà vieux, méchant, brutal, avare, et cependant doué d'une certaine intelligence et de quelques instincts patriotiques et romanesques.

La Floriani revint assez émue, après avoir vu s'exhaler péniblement son dernier soupir. Elle raconta simplement à Salvator, devant Karol, ce qui s'était passé, et les paroles tantôt absurdes, tantôt profondes, que cet homme lui avait dites en se débattant contre la mort. Salvator trouva que, dans ce dévouement nouveau, sa chère Floriani avait été admirable comme toujours; mais Karol garda le silence. Il avait été inquiet de cette sortie soudaine, de cette absence qui avait duré depuis le coucher du soleil jusqu'à minuit. Il ne concevait pas que l'on pût porter tant d'intérêt à un misérable qui l'avait si peu mérité. Et comment avait-il eu l'audace d'appeler à son lit de mort une femme à laquelle il s'était rendu si haïssable? Il fallait qu'il eût de la confiance dans sa bonté et dans sa faculté d'oublier les outrages!

Ces réflexions furent faites d'un ton assez singulier. Lucrezia, qui n'était pas encore sur le *qui-vive* de la jalousie à tout propos, et qui ne s'était pas encore doutée que sa bonne action eût paru criminelle au prince, le regarda avec surprise et vit qu'il était en colère. Il avait les yeux rouges, il faisait claquer les articulations de ses doigts; c'était une sorte de tic nerveux qui trahissait son dépit et qu'elle commençait à comprendre.

Elle ne put se défendre de hausser les épaules.

Karol ne s'en aperçut point et continua :

— Quel âge avait ce *Mangiafoco?*

— Soixante ans, au moins, répondit-elle d'un ton froid et sévère.

— Et, sans doute, reprit Karol au bout d'un instant, il avait une bien belle figure, une barbe effrayante, des guenilles pittoresques? c'était un bandit de théâtre ou de roman qu'on ne pouvait regarder sans frémir? L'imagination des femmes se plaît à ces dehors-là, et on est toujours flatté d'avoir enchaîné un animal sauvage. Sans doute, en expirant, il avait l'air du tigre blessé qui jette sur la colombe un dernier regard de convoitise et de regret?

— Karol, dit la Floriani en soupirant, un homme qui se meurt est donc chose fort agréable à peindre? Vous devriez aller voir celui-là maintenant qu'il est mort; cela ferait tomber tout de suite votre ironie, et couperait court à vos métaphores poétiques. Mais vous n'irez pas, vous qui parlez si bien, vous n'en aurez pas le courage; sa chaumière est malpropre.

« Comme elle est susceptible, ce soir! pensa Karol. Qui sait ce qui s'est passé autrefois entre elle et ce misérable? »

XXVIII.

Un autre jour, Karol fut jaloux du curé, qui venait faire une quête. Un autre jour, il fut jaloux d'un mendiant qu'il prit pour un galant déguisé. Un autre jour, il fut jaloux d'un domestique qui, étant fort gâté, comme tous les serviteurs de la maison, répondit avec une hardiesse qui ne lui sembla pas naturelle. Et puis, ce fut un colporteur, et puis le médecin; et puis, un grand benêt de cousin, demi-bourgeois, demi-manant, qui vint apporter du gibier à la Lucrezia, et que, bien naturellement, elle traita en bonne parente, au lieu de l'envoyer à l'office. Les choses en arrivèrent à ce point qu'il n'était plus permis de remarquer la figure d'un passant, l'adresse d'un braconnier, l'encolure d'un cheval. Karol était même jaloux des enfants. Que dis-je, *même?* il faudrait dire surtout.

C'était bien là, en effet, les seuls rivaux qu'il eût, les seuls êtres auxquels la Floriani pensât autant qu'à lui. Il ne se rendit pas compte du sentiment qu'il éprouvait en les voyant dévorer leur mère, de caresses. Mais comme, après l'imagination d'un bigot, il n'y en a pas de plus impertinente que celle d'un jaloux, il prit bientôt les enfants en grippe, pour ne pas dire en exécration. Il remarqua enfin qu'ils étaient gâtés, bruyants, entiers, fantasques, et il s'imagina que tous les enfants n'étaient pas de même. Il s'ennuya de les voir presque toujours

entre leur mère et lui. Il trouva qu'elle leur cédait trop,
qu'elle se faisait leur esclave. En d'autres moments
aussi, il se scandalisa quand elle les mettait en péni-
tence. Ce système de gouvernement maternel, si simple, si bien indiqué par la nature, qui consiste à adorer
d'abord les enfants, à s'en occuper sans cesse, à leur
accorder tout ce qui peut les rendre heureux et aimables, sauf à les morigéner et les arrêter ensuite quand
ils en abusent, à les gronder parfois avec énergie et
chaleur pour les récompenser tendrement quand ils le
méritent, tout cela se trouva l'opposé de sa manière de
voir. Selon lui, il ne fallait pas tant se familiariser avec
eux, afin d'avoir moins de peine à se faire craindre, au
besoin. Il ne fallait pas les tutoyer et les caresser, mais
les tenir à distance, en faire, de bonne heure, de petits hommes et de petites femmes bien sages, bien polis,
bien soumis, bien tranquilles. Il fallait leur enseigner
prématurément beaucoup de choses qu'ils ne pouvaient
croire ni comprendre, afin de les habituer à respecter la
règle établie, l'usage, la croyance générale, sans s'occuper d'abord d'une chose qu'il regardait comme impossible, c'est-à-dire de les convaincre de l'utilité et de
l'excellence du principe dont ces usages et ces règles ne
sont que la conséquence. Enfin il fallait oublier qu'ils
étaient des enfants, leur ôter le charme, le plaisir et la
liberté de cette première existence qui leur revient de
droit divin, faire travailler leur mémoire pour éteindre
leur imagination; développer l'habitude de la forme et
retarder l'explication du fond; faire, en un mot, tout
l'opposé de ce que faisait et voulait faire la Floriani.

Il faut se hâter de dire que cette manie de contrecar-
rer, et ce blâme fatigant, n'étaient pas continuels et
absolus chez le prince. Quand sa jalousie ne l'obsédait
point, c'est-à-dire dans ses moments lucides, il disait et

pensait tout le contraire. Il adorait les enfants, il les admirait en toutes choses, même là où il n'y avait rien à
admirer. Il les gâtait plus que la Floriani, et se faisait
leur esclave, sans s'apercevoir, le moins du monde, de
son inconséquence. C'est qu'alors il était heureux et se
montrait sous le côté angélique et idéal de sa nature.
Les accès d'ivresse que lui donnait l'amour de la Floriani étaient le thermomètre qui marquait l'apogée de sa
douceur, de sa bonté et de sa tendresse. Ah ! quel sé-
raphin, quel archange il eût été, s'il avait pu rester
toujours ainsi ! Dans ces moments-là, qui duraient parfois des heures, des jours entiers, il était tout bienveillance, tout charité, tout miséricorde, tout dévouement
pour tous les êtres qui l'approchaient. Il se détournait
du chemin pour ne pas écraser un insecte, il se serait
jeté dans le lac pour sauver le chien de la maison. Il eût
fait le chien lui-même pour entendre les éclats de rire du
petit Salvator ; il se fût fait lièvre ou perdrix pour donner à Célio le plaisir de tirer un coup de fusil. Sa tendresse et son effusion allaient jusqu'à l'excès, jusqu'à
l'absurde. C'était alors un de ces enthousiastes sublimes
qu'il faut enfermer comme des fous ou adorer comme
des dieux.

Mais aussi quelle chute, quel cataclysme épouvantable dans tout son être, quand, à l'accès de joie et de
tendresse, succédait l'accès de douleur, de soupçon et
de dépit ! Alors, tout changeait de face dans la nature.
Le soleil d'Iseo était armé de flèches empoisonnées, la
vapeur du lac était pestilentielle, la divine Lucrezia
était une Pasiphaé, les enfants de petits monstres; Célio
devait périr sur l'échafaud, Laërtes était enragé, Salvator Albani était le traître Yago, et le vieux Menapace
le juif Shylock. Des nuages noirs s'amoncelaient à l'horizon, tout pleins de Vandoni, de Boccaferri, de Man-

giafoco, de rivaux déguisés en mendiants, en commis-
voyageurs, en curés, en laquais, en colporteurs et en
moines; ces nuées allaient s'ouvrir et faire pleuvoir sur
la villa une armée d'anciens amis, d'anciens amants (ce
qui était pour lui la même race de vipères) ! et la Floriani, souillée de hideux embrassements, l'appelait avec
un rire infernal pour assister à cette orgie fantastique !

Ne croyez pas que son imagination, privée de frein et
sans cesse excitée par une disposition naturelle et par
une passion insensée, restât au-dessous de ce tableau.
Il me serait impossible de la suivre et de vous la faire
suivre dans les tourbillons délirants qu'elle parcourait.
Jamais le Dante n'a rêvé de supplices semblables à ceux
que se créait cet infortuné. Ils étaient sérieux à force
d'être absurdes, et il n'est point d'apparition grotesque
qui ne fasse peur aux enfants, aux malades et aux jaloux.

Mais comme il était souverainement poli et réservé,
jamais personne ne pouvait seulement soupçonner ce
qui se passait en lui. Plus il était exaspéré, plus il se
montrait froid, et l'on ne pouvait juger du degré de sa
fureur qu'à celui de sa courtoisie glacée. C'est alors
qu'il était véritablement insupportable, parce qu'il voulait raisonner et soumettre la vie réelle à laquelle il n'a-
vait jamais rien compris, à des principes qu'il ne pouvait définir. Alors il trouvait de l'esprit, un esprit faux
et brillant pour torturer ceux qu'il aimait. Il était persi-
fleur, guindé, précieux, dégoûté de tout. Il avait l'air
de mordre tout doucement pour s'amuser, et la blessure
qu'il faisait pénétrait jusqu'aux entrailles. Ou bien, s'il
n'avait pas le courage de contredire et de railler, il se
renfermait dans un silence dédaigneux, dans une bou-
derie navrante. Tout lui paraissait étranger et indifférent. Il se mettait à part de toutes choses, de toutes gens,

de toute opinion et de toute idée. Il ne *comprenait pas cela*. Quand il avait fait cette réponse aux caressantes investigations d'une causerie qui s'efforçait en vain de le distraire, on pouvait être certain qu'il méprisait profondément tout ce qu'on avait dit et tout ce qu'on pourrait dire.

La Floriani craignait que sa famille, et le comte Albani lui-même, ne vinssent à pressentir cette jalousie qu'elle devinait enfin, et dont elle se sentait humiliée mortellement. Elle en cachait donc avec soin les causes misérables et s'efforçait d'en adoucir les déplorables effets. Après s'être beaucoup inquiétée d'abord pour la santé et pour la vie du prince, elle put constater qu'il ne se portait jamais mieux que quand il s'était livré à des agitations et à des colères intérieures, qui eussent tué tout autre que lui. Il est des organisations qui ne puisent leur force que dans la souffrance, et qui semblent se renouveler en se consumant, comme le phénix. Elle cessa donc de s'alarmer, mais elle commença à souffrir étrangement d'une intimité à laquelle l'enfer des poëtes peut seul être comparé. Elle était devenue, entre les mains de ce terrible amant, la pierre que Sisyphe roule sans cesse au sommet de la montagne et laisse choir au fond d'un abîme; malheureuse pierre qui ne se brise jamais !

Elle essaya de tout, de la douceur, de l'emportement, des prières, du silence, des reproches. Tout échoua. Si elle était calme et gaie en apparence, pour empêcher les autres de voir clair dans son malheur, le prince, ne comprenant rien à cette force de volonté qui n'était pas en lui, s'irritait de la trouver vaillante et généreuse. Il haïssait alors en elle, ce qu'il appelait, dans sa pensée, un fonds d'insouciance bohémienne, une certaine dureté d'organisation populaire. Loin de s'alarmer du mal qu'il

lui faisait, il se disait qu'elle ne sentait rien, qu'elle
avait, par bonté, certains moments de sollicitude, mais,
qu'en général, rien ne pouvait entamer une nature si
résistante, si robuste et si facile à distraire et à consoler. On eût dit qu'alors il était jaloux même de la santé,
si forte en apparence, de sa maîtresse, et qu'il reprochait à Dieu le calme dont il l'avait douée. Si elle respirait une fleur, si elle ramassait un caillou, si elle prenait un papillon pour la collection de Célio, si elle ap-
prenait une fable à Béatrice, si elle caressait le chien, si
elle cueillait un fruit pour le petit Salvator : « Quelle nature étonnante !... se disait-il, tout lui plaît, tout l'a-
muse, tout l'enivre. Elle trouve de la beauté, du parfum, de la grâce, de l'utilité, du plaisir dans les moindres détails de la création. Elle admire tout, elle aime
tout ! — Donc elle ne m'aime pas, moi, qui ne vois,
qui n'admire, qui ne chéris, qui ne comprends qu'elle
au monde ! Un abîme nous sépare ! »

C'était vrai, au fond : une nature riche par exubérance et une nature riche par exclusivité, ne peuvent se
fondre l'une dans l'autre. L'une des deux doit dévorer
l'autre et n'en laisser que des cendres. C'est ce qui arriva.

Si, par hasard, la Floriani, accablée de fatigue et de
chagrin, ne parvenait point à cacher ce qu'elle souffrait,
Karol, rendu tout à coup à sa tendresse pour elle, oubliait sa mauvaise humeur et s'inquiétait avec excès. Il
la servait à genoux, il l'adorait dans ces moments-là,
plus encore qu'il ne l'avait adorée dans leur lune de miel.
Que ne pouvait-elle dissimuler, ou manquer tout à fait
de force et de courage ! si elle se fût montrée constamment à lui, abattue et languissante, ou si elle eût pu affecter longtemps un air sombre et mécontent, elle l'eût
guéri peut-être de sa personnalité maladive. Il se fût ou-

blié pour elle; car ce féroce égoïste était le plus dévoué,
le plus tendre des amis, lorsqu'il voyait souffrir. Mais,
comme il souffrait alors lui-même d'une douleur réelle
et fondée, la généreuse Floriani rougissait d'avoir cédé
à un moment de défaillance. Elle se hâtait de secouer
sa langueur et de paraître tranquille et ferme. Quant
à feindre le ressentiment, elle en était incapable; rarement elle se sentait irritée contre lui; mais lorsqu'elle
l'était, elle ne se contenait point et le gourmandait avec
violence. Jamais elle n'avait rien fardé, ni rien dissi-
mulé; et, comme le plus souvent, elle n'éprouvait que
chagrin et compassion en subissant l'injustice d'autrui,
le plus souvent aussi, elle souffrait sans être en colère,
et surtout sans bouder. Elle méprisait ces ruses fémini-
nes, et elle avait grand tort, dans son intérêt, de les
mépriser : on le lui fit bien voir ! Il est dans la nature
humaine d'abuser et d'offenser toujours, quand on est
sûr d'être toujours pardonné, sans même avoir la peine
de demander pardon.

Salvator Albani avait toujours connu son ami inégal
et fantasque, exigeant à l'excès, ou désintéressé à l'excès. Mais les bons moments, jadis, avaient été les plus
habituels, les plus durables; et, chaque jour, au contraire, depuis qu'il était revenu à la villa Floriani, Salvator voyait le prince perdre ses heures de sérénité, et
tomber dans une habitude de maussaderie étrange; son
caractère s'aigrissait sensiblement. D'abord ce fut une
heure mauvaise par semaine, puis une mauvaise heure
par jour. Peu à peu, ce ne fut plus qu'une bonne heure
par jour, et enfin une bonne heure par semaine. Quelque tolérant et d'humeur facile que fût le comte, il en
vint à trouver cette manière d'être intolérable. Il en fit
la remarque d'abord à son ami, puis à Lucrezia, puis à
tous deux ensemble, et enfin il sentit que son caractère

à lui-même allait s'aigrir et se transformer, s'il persistait
à vivre auprès d'eux.

Il prit la résolution de s'en aller tout à fait. La Floriani fut épouvantée de l'idée de rester en tête-à-tête avec
cet amant que, deux mois auparavant, elle eût voulu
enlever et mener au bout du monde pour vivre avec lui
dans le désert. Salvator, par sa gaieté douce, par sa
manière enjouée et philosophique d'envisager toutes les
misères domestiques, lui était d'un immense secours. Sa
présence contenait encore le prince et le forçait à s'observer, du moins devant les enfants. Qu'allait-elle devenir? qu'allait devenir surtout Karol, quand leur aimable compagnon ne serait plus entre eux, pour les préserver l'un de l'autre?

Comme elle le retenait avec instances, son effroi et sa
douleur se trahirent; son secret lui échappa, ses larmes
firent irruption. Albani consterné vit qu'elle était profondément malheureuse, et que s'il ne réussissait à emmener Karol, du moins pour quelque temps, elle et lui
étaient perdus.

Cette fois, il n'hésita plus. Il n'eut pour son ami ni pitié, ni faiblesse. Il ne ménagea aucune de ses susceptibilités. Il affronta sa colère et son désespoir. Il ne lui
cacha point qu'il travaillerait de toutes ses forces à dé-
tacher la Floriani de lui, s'il ne s'exécutait pas de lui-
même en s'éloignant d'elle. — Que ce soit pour six mois
ou pour toujours, peu m'importe, lui dit-il en finissant
sa rude exhortation; je ne peux prévoir l'avenir. J'ignore
si tu oublieras la Floriani, ce qui serait fort heureux pour
toi, ou si elle te sera infidèle, ce qui serait fort sage de
sa part; mais je sais qu'elle est brisée, malade, désespérée, et qu'elle a besoin de repos. C'est la mère de quatre
enfants; son devoir est de se conserver pour eux, et de
se délivrer d'une souffrance intolérable. Nous allons par-

tir ensemble, ou nous battre ensemble; car je vois bien
que plus je t'avertis, plus tu fermes les yeux; plus je veux
t'entraîner, plus tu te cramponnes à cette pauvre femme.
Par la persuasion ou par la force, je t'emmènerai, Karol !
J'en ai fait le serment sur la tête de Célio et de ses frères.
C'est moi qui t'ai amené ici, c'est moi qui t'y ai fait rester. Je t'ai perdu en croyant te sauver; mais il y a encore
du remède, et maintenant que je vois clair, je te sau-
verai malgré toi. Nous partons cette nuit, entends-tu?
Les chevaux sont à la porte.

Karol était pâle comme la mort. Il eut grand'peine à
desserrer ses dents contractées. Enfin il laissa échapper
cette réponse laconique et décisive :

— Fort bien, vous me conduirez jusqu'à Venise, et
vous m'y laisserez pour revenir ici toucher le prix de
votre exploit. Cela était arrangé entre vous deux. Il y a
longtemps que j'attendais ce dénouement.

— Karol ! s'écria Salvator, transporté de la première
fureur sérieuse qu'il eût éprouvée de sa vie, tu es bien
heureux d'être faible; car si tu étais un homme, je te
briserais sous mon poing. Mais je veux te dire que cette
pensée est d'un être méchant, cette parole d'un être lâche et ingrat. Tu me fais horreur, et j'abjure ici toute
l'amitié que j'ai eue pour toi pendant si longtemps. Adieu,
je te fuis, je ne veux jamais te revoir, je deviendrais lâche et méchant aussi avec toi.

— Bien, bien ! reprit le prince, arrivé au comble de
la colère, et, par conséquent, de la sécheresse amère et
dédaigneuse. Continuez, outragez-moi, frappez-moi, bat-
tons-nous, afin que je meure ou que je parte; c'est là le
plan, je le sais. Elle sera bien douce, la nuit de plaisir
qui récompensera votre conduite chevaleresque !

Salvator était au moment de s'élancer sur Karol. Il
prit une chaise à deux mains, incertain de ce qu'il allait

faire. Il se sentait devenir fou, il tremblait comme une
femme nerveuse, et pourtant il aurait eu la force, en ce
moment, de faire écrouler la maison sur sa tête.

Il y eut un moment de silence affreux, pendant lequel
on entendit monter, dans l'air calme du soir, une petite
voix douce qui disait : — Ecoute, maman, je sais ma leçon de français, et je vais te la dire avant de m'endormir :

> Deux coqs vivaient en paix, une poule survint,
> Et voilà la guerre allumée !
> Amour, tu perdis Troie !

La fenêtre d'en bas se ferma, et la voix de Stella se
perdit. Salvator éclata d'un rire amer, brisa sa chaise
en la remettant sur ses pieds, et sortit impétueusement
de la chambre de Karol, en poussant la porte avec
fracas.

— Lucrezia, dit-il à la Floriani, en allant frapper chez
elle, laisse un peu tes enfants, appelle la bonne, je veux
te parler tout de suite.

Il l'emmena au fond du parc : « Ecoute, lui dit-il,
Karol est un misérable ou un malheureux, le plus lâche
ou le plus fou de tes amants, le plus dangereux à coup
sûr, celui qui te tuera à coups d'épingles, si tu ne le
quittes sur l'heure. Il est jaloux de tout, il est jaloux de
son ombre, c'est une maladie ; mais il est jaloux de moi,
et cela c'est une infamie ! Jamais il ne se résoudra à te
quitter ; il ne veut pas partir, il ne partira pas. C'est à
toi de fuir de ta propre maison. Il n'y a pas un moment
à perdre, saute dans une barque, gagne la prochaine
poste, va-t'en à Rome, à Milan, au bout du monde ; ou
tiens-toi cachée, bien cachée dans quelque chaumière...
Je déraisonne peut-être, je n'ai pas ma tête, tant je suis
indigné ; mais il faut trouver un moyen.... Tiens ! en voici

un, pénible, mais certain. Fuyons ensemble. Nous n'irions qu'à deux lieues d'ici, nous n'y resterions que deux heures, c'est assez ! Il croira qu'il a deviné juste, que je suis ton amant; il est trop fier pour hésiter alors à prendre son parti, et tu en seras à jamais délivrée.

— Tu es fou toi-même, mon pauvre ami ! répondit la Lucrezia, ou tu veux qu'il le devienne. Mais moi, je souffre assez d'être soupçonnée, je ne me résoudrai point à être méprisée !

— Être soupçonnée, c'est être méprisée déjà, malheureuse fèmme ! Tu tiens donc encore à l'estime d'un homme que tu ne peux plus prendre au sérieux? Quelle folie ! Allons, viens avec moi, que crains-tu? Que j'abuse de ton accablement et me rende digne, malgré toi, de la bonne opinion que Karol a de mon caractère? Moi, je ne suis pas un lâche, et s'il faut te rassurer davantage, je puis te dire que je ne suis plus amoureux de toi. Non, non; Dieu m'en préserve ! Tu es trop faible, trop crédule, trop absurde. Tu n'es pas la femme forte que je croyais; tu n'es qu'un enfant sans cervelle et sans fierté. Ta passion pour Karol m'a bien guéri, je te le jure, de celle que j'aurais pu concevoir pour toi. Allons, le temps presse. S'il venait, en ce moment, t'implorer, tu lui ouvrirais tes bras et tu lui ferais serment de ne jamais le quitter. Je te connais, fuyons donc ! Sauvons-le et présentons-lui son fantôme comme une réalité. Qu'il te croie menteuse et galante; qu'il te haïsse, qu'il parte en te maudissant, en secouant la poussière de ses pieds. Que crains-tu? l'opinion d'un fou? Il ne te traduira pas devant celle du monde; il gardera un éternel silence sur son désastre. Si tu le veux, d'ailleurs, tu te justifieras plus tard. Mais, à présent, il faut couper le mal dans sa racine. Il faut fuir.

— Tu n'oublies qu'une chose, Salvator, répondit la

Lucrezia, c'est que, coupable ou malheureux, je l'aime et l'aimerai toujours. Je donnerais mon sang pour alléger sa souffrance, et tu crois que je pourrais lui déchirer le cœur pour reconquérir mon repos ! Ce serait un étrange moyen !

— En ce cas, tu es lâche aussi, s'écria le comte, et je t'abandonne ! Souviens-toi de ce que je te dis ici : tu es perdue !

— Je le sais bien, répondit-elle ; mais, avant de partir, tu te réconcilieras avec lui !

— Ne m'y pousse pas, je suis capable de le tuer. Je m'en vais de suite, c'est le plus sûr. Adieu, Lucrezia.

— Adieu, Salvator, lui dit-elle en se jetant dans ses bras, nous ne nous reverrons peut-être jamais !

Elle fondit en larmes, mais elle le laissa partir.

XXIX.

Le jour qui suivit le départ de Salvator, avant que le prince fût sorti de sa chambre, Lucrezia était sortie de la maison. Elle s'était jetée seule dans une barque, et retrouvant, pour se diriger elle-même, la vigueur de ses jeunes années, elle avait traversé le lac. En face de la villa, sur la rive opposée, il y avait un petit bois d'oliviers qui rappelait à la Floriani des souvenirs d'amour et de jeunesse. C'est là qu'elle avait, quinze ans auparavant, donné de fréquents rendez-vous à son premier amant, Memmo Ranieri. C'est là qu'elle lui avait dit, pour la première fois, qu'elle l'aimait, c'est là qu'elle avait, plus tard, concerté avec lui sa fuite. C'est là aussi qu'elle s'était mainte fois cachée pour éviter la surveillance de son père ou les poursuites de Mangiafoco.

Depuis son retour au pays, elle n'avait pas voulu retourner dans ce bosquet que son premier amant avait nommé, dans son jeune enthousiasme, le *bois sacré*. On le voyait des fenêtres de la villa. Parfois, dans les commencements, les regards de la Lucrezia s'y étaient arrêtés par mégarde ; mais, ne voulant pas réveiller ses propres souvenirs, elle les en avait détournés aussitôt qu'elle avait eu conscience de sa rêverie. Depuis qu'elle aimait Karol, elle avait souvent regardé le bois et admiré le développement des arbres, sans se souvenir de Memmo et de l'ivresse de ses premières amours. Cependant, par un instinct de délicatesse, elle n'y avait jamais conduit les promenades de son nouvel amant.

En quittant sa maison, quelques heures après le brusque départ d'Albani, en s'aventurant au hasard sur le lac, elle n'avait pas formé le dessein d'aller visiter le *bois sacré*. Elle souffrait, elle avait la fièvre, elle éprouvait le besoin de se retremper dans l'air du matin et de fortifier son âme défaillante par le mouvement du corps. Ce fut un instinct non raisonné, mais irrésistible qui la força à faire glisser sa nacelle dans cette petite crique ombragée. Elle l'y laissa dans les broussailles, et, sautant sur la rive, elle s'enfonça dans l'épaisseur mystérieuse du bois.

Les oliviers avaient grandi, les ronces avaient poussé, les sentiers étaient plus étroits et plus sombres que par le passé. Plusieurs avaient été envahis par la végétation. Lucrezia eut peine à se reconnaître, à retrouver les chemins où jadis elle eût marché les yeux fermés. Elle chercha bien longtemps un gros arbre sous lequel son amant avait coutume de l'attendre, et qui portait encore ses initiales creusées par lui avec un couteau. Ces caractères étaient désormais bien difficiles à reconnaître ; elle les devina plutôt qu'elle ne les vit. Enfin, elle s'assit sur l'herbe, au pied de cet arbre, et se plongea dans ses réflexions. Elle repassa dans sa mémoire les détails et l'ensemble de sa première passion, et les compara avec ceux de la dernière, non pour établir un parallèle entre deux hommes qu'elle ne songeait pas à juger froidement, mais pour interroger son propre cœur sur ce qu'il pouvait encore ressentir de passion et supporter de souffrances. Insensiblement elle se représenta avec suite et lucidité toute l'histoire de sa vie, tous ses essais de dévouement, tous ses rêves de bonheur, toutes ses déceptions et toutes ses amertumes. Elle fut effrayée du récit qu'elle se faisait de sa propre existence, et se demanda si c'était bien elle qui avait pu se tromper tant de fois, et s'en apercevoir sans mourir ou sans devenir folle.

Il est peu d'instants dans la vie où une personne de ce caractère ait une faculté aussi nette de se consulter et de se résumer.

Les âmes dépourvues d'égoïsme et d'orgueil n'ont pas une vision bien nette d'elles-mêmes. A force d'être capables de tout, elles ne savent pas bien de quoi elles sont capables. Toujours remplies de l'amour des autres et préoccupées du soin de les servir, elles arrivent à s'oublier jusqu'à s'ignorer. Il n'était peut-être pas arrivé à la Floriani de s'examiner et de se définir trois fois en sa vie.

Ce qu'il y a de certain, c'est qu'elle ne l'avait encore jamais fait aussi complétement et avec une si entière certitude. Ce fut aussi la dernière fois qu'elle le fit, tout le reste de sa vie étant la conséquence prévue et acceptée de ce qu'elle put constater en ce moment solennel.

— « Voyons, se dit-elle ; mon dernier amour est-il aussi ardent que le premier ? Il l'a été davantage, mais il ne l'est déjà plus. Karol a détruit presque aussi vite que Memmo les illusions du bonheur.

« Mais ce dernier amour, déjà privé d'espérance, est-il

moins profond et moins durable? Je le sens encore si
tendre, si dévoué, si maternel, qu'il ne m'est point possible d'en prévoir la fin, et en cela il diffère du premier.
Car je m'étais dit que si Memmo me trompait, je cesse-
rais de l'aimer, au lieu que je me sens désabusée aujour-
d'hui sans pouvoir me convaincre que je pourrai guérir.
Il est vrai que j'ai pardonné beaucoup et longtemps à
Memmo ; mais je me rendais compte, chaque fois, d'une
diminution sensible dans mon affection, au lieu qu'aujourd'hui l'affection persiste et ne diminue point en raison de ma souffrance.

« D'où vient cela ? Était-ce la faute de Memmo ou la
mienne, si, plus jeune et plus forte, je me détachais de
lui plus aisément que je ne puis le faire aujourd'hui de
Karol? C'était peut-être un peu sa faute, mais je pense
que c'était encore plus la mienne.

« C'était surtout la faute de la jeunesse. L'amour était
lié alors en nous au sentiment et au besoin d'être heureux. Je me croyais aveuglément dévouée, et dans toutes
mes actions, je me sacrifiai ; mais si l'amour ne résista
point à des sacrifices trop grands et trop répétés, c'est
qu'à mon insu j'avais un fonds de personnalité. N'est-ce
point le fait et le droit de la jeunesse? Oui, sans doute,
elle aspire au bonheur, elle se sent des forces pour le
chercher, et croit qu'elle en aura pour le retenir. Elle ne
serait point l'âge de l'énergie, de l'inquiétude et des
grands efforts, si elle n'était mue par l'ambition des
grandes victoires et l'appétit des grandes félicités.

« Aujourd'hui, que me reste-t-il de mes illusions successives! la certitude qu'elles ne pouvaient pas et ne
devaient pas se réaliser. C'est ce qu'on appelle la raison,
triste conquête de l'expérience ! Mais comme il n'est pas
plus facile de chasser la raison quand elle vient habiter
en nous, que de l'appeler quand nous ne sommes pas

assez forts pour la recevoir, il serait vain et coupable, peut-être, de maudire ses froids bienfaits, ses durs conseils. Allons, voici le jour de te saluer et de t'accepter, sagesse sans pitié, jugement sans appel !

« Que veux-tu de moi ? parle, éclaire ; dois-je m'abstenir d'aimer ? Ici tu me renvoies à mon instinct ; suis-je encore capable d'aimer ? Oui, plus que jamais, puisque c'est l'essence de ma vie, et que je me sens vivre avec intensité par la douleur ; si je ne pouvais plus aimer, je ne pourrrais plus souffrir. Je souffre, donc j'aime et j'existe.

« Alors, à quoi faut-il renoncer ? à l'espérance du bonheur ? Sans doute ; il me semble que je ne peux plus espérer ; et pourtant l'espérance, c'est le désir, et ne pas désirer le bonheur, c'est contraire aux instincts et aux droits de l'humanité. La raison ne peut rien prescrire qui soit en dehors des lois de la nature ! »

Ici, Lucrezia fut embarrassée. Elle rêva longtemps, se perdit dans des divagations apparentes, dans des souvenirs qui semblaient n'avoir rien de commun avec sa recherche laborieuse. Mais tout sert de fil conducteur aux âmes droites et simples. Elle se retrouva au milieu de ce dédale, et reprit ainsi son raisonnement. Patience, lecteur, si tu es encore jeune, il te servira peut-être à toi-même.

« C'est, pensa-t-elle, qu'il s'agirait de définir le bonheur. Il y en a de plusieurs sortes, il y en a pour tous les âges de la vie. L'enfance songe à elle-même, la jeunesse songe à se compléter par un être associé à ses propres joies ; l'âge mûr doit songer que, bien ou mal fournie, sa carrière personnelle va finir, et qu'il faut s'occuper exclusivement du bonheur d'autrui. Je m'étais dit cela avant l'âge, je l'avais senti, mais pas aussi complètement que je peux et que je dois le croire et le sentir aujourd'hui.

Mon bonheur, je ne le puiserai plus dans les satisfactions qui auront mon *moi* pour objet. Est-ce que j'aime mes enfants à cause du plaisir que j'ai à les voir et à les caresser? Est-ce que mon amour pour eux diminue quand ils me font souffrir? C'est quand je les vois heureux que je le suis moi-même. Non, vraiment, à un certain âge, il n'y a plus de bonheur que celui qu'on donne. En chercher un autre est insensé. C'est vouloir violer la loi divine, qui ne nous permet plus de régner par la beauté et de charmer par la candeur.

« J'essaierai donc plus que jamais de rendre heureux ceux que j'aime, sans m'inquiéter, sans seulement m'occuper de ce qu'ils me feront souffrir. Par cette résolution, j'obéirai au besoin d'aimer que j'éprouve encore et aux instincts de bonheur que je puis satisfaire. Je ne demanderai plus l'idéal sur la terre, la confiance et l'enthousiasme à l'amour, la justice et la raison à la nature humaine. J'accepterai les erreurs et les fautes, non plus avec l'espoir de les corriger et de jouir de ma conquête, mais avec le désir de les atténuer et de compenser, par ma tendresse, le mal qu'elles font à ceux qui s'y abandonnent. Ce sera la conclusion logique de toute ma vie. J'aurai enfin dégagé cette solution bien nette des nuages où je la cherchais. »

Avant de quitter le bois d'oliviers, la Floriani rêva encore pour se reposer d'avoir pensé. Elle se représenta l'illusion récente de son bonheur avec Karol et de celui qu'elle avait cru pouvoir lui donner. Elle se dit que c'était une faute de sa part d'avoir caressé un si beau rêve, après tant de déceptions et d'erreurs, et elle se demanda si elle devait s'en humilier devant Dieu ou se plaindre à lui d'avoir été soumise à une si dévorante épreuve.

Elle avait été si brillante et si suave, cette courte phase de sa dernière ivresse! c'était la plus complète, la

plus pure de sa vie, et elle était déjà finie pour jamais !
Elle sentait bien qu'il serait inutile d'en chercher une
semblable avec un autre amant, car il n'y avait pas sur
la terre une seconde nature aussi exclusive et aussi passionnée que celle de Karol, une âme aussi riche en
transports, aussi puissante pour l'extase et le sentiment
de l'adoration.

— « Eh bien, n'est-il plus le même ? se disait-elle.
Quand le démon qui le tourmente s'endort, ne redevient-
il pas ce qu'il était auparavant ? Ne semble-t-il pas, au
contraire, qu'il soit plus ardent et plus enivré que dans
les premiers jours ? Pourquoi ne m'habituerais-je pas à
souffrir des jours et des semaines, pour oublier tout, dans
ces heures de célestes ravissements ? »

Mais là elle était arrêtée dans sa chimère par la lumière funeste qui s'était faite en elle. Elle sentait que son
esprit, plus juste et plus logique que celui de Karol, n'a-
vait pas la faculté d'onblier en un instant ses propres tortures. Elle se rappelait, dans ses bras, l'affront que sa
jalousie venait de lui infliger, elle ne pouvait comprendre
ce don terrible et bizarre qu'ont certains êtres de mépriser ce qu'ils adorent et d'adorer ce qu'ils méprisent.
Elle ne pouvait plus croire au bonheur, elle ne le sentait
plus. Elle en avait perdu la puissance.

— « Pardonne-moi, mon Dieu, s'écria-t-elle dans son
cœur, de donner un dernier regret à cette joie parfaite
que tu m'as laissé connaître si tard et que tu me retires
si vite ! Je ne blasphémerai point contre ton bienfait ; je
ne dirai pas que tu t'es joué de moi. Tu as voulu briser
ma raison, je ne me suis pas défendue. J'ai cédé naïvement, comme toujours, au délire, et maintenant, dans
ma détresse, je n'oublie pas que cette folie était le bonheur. Sois donc béni, ô mon Dieu ! et, avec toi, **la main
qui caresse et qui terrasse ! »**

Alors la Floriani fut saisie d'une immense douleur en disant un éternel adieu à ses chères illusions. Elle se roula par terre, noyée de larmes. Elle exhala les sanglots qui se pressaient dans sa poitrine en cris étouffés. Elle voulut donner cours à une faiblesse qu'elle sentait devoir être la dernière, et à des pleurs qui ne devaient plus couler.

Quand elle fut apaisée par une fatigue accablante, elle dit adieu au vieux olivier, témoin de ses premières joies et de ses derniers combats. Elle sortit du bois, et elle n'y revint jamais ; mais elle souhaita toujours d'exhaler son dernier soupir sous cet ombrage tutélaire ; et, chaque fois qu'elle se sentit faiblir, des fenêtres de sa villa elle regarda le *bois sacré*, songeant au calice d'amertume qu'elle y avait épuisé, et cherchant dans le souvenir de cette dernière crise un instinct de force pour se défendre et de l'espérance et du désespoir.

XXX.

Me voici arrivé, cher lecteur, au terme que je m'étais proposé, et le reste ne sera plus de ma part qu'un acte de complaisance pour ceux qui veulent absolument un dénouement quelconque.

Toi, lecteur sensé, je gage que tu es de mon avis, et que tu trouves les dénouements fort inutiles. Si je suivais en ce point ma conviction et ma fantaisie, aucun roman ne finirait, afin de mieux ressembler à la vie réelle. Quelles sont donc les histoires d'amour qui s'arrêtent d'une manière absolue par la rupture ou par le bonheur, par l'infidélité ou par le sacrement ? Quels sont les événements qui fixent notre existence dans des conditions durables ? Je conviens qu'il n'y a rien de plus joli au monde que l'antique formule de conclusion : « Ils vécurent beaucoup

d'années et furent toujours heureux. » Cela se disait dans
la littérature antéhistorique, dans les temps fabuleux.
Heureux temps, si l'on croyait à de si doux mensonges !

Mais aujourd'hui nous ne croyons plus à rien, nous
rions quand nous lisons cette ritournelle charmante.

Un roman n'est jamais qu'un épisode dans la vie. Je
viens de vous raconter ce qui pouvait offrir unité de
temps et de lieu dans les amours du prince de Roswald
et de la comédienne Lucrezia. Maintenant, est-ce que
vous voulez savoir le reste ? Est-ce que vous ne pourriez
pas me le raconter vous-mêmes ? Est-ce que vous ne
voyez pas mieux que moi où vont les caractères de mes
personnages ? Est-ce que vous tenez à savoir les faits ?

Si vous l'exigez, je ne serai pas long, et je ne vous
causerai aucune surprise, puisque je m'y suis engagé.
Ils s'aimèrent longtemps et vécurent très-malheureux.
Leur amour fut une lutte acharnée, à qui absorberait
l'autre. La seule différence entre eux, c'est que la Floriani eût voulu modifier le caractère et calmer l'esprit de
Karol pour le rendre heureux comme tout le monde,
tandis que lui eût voulu renouveler entièrement l'être
qu'il adorait pour se l'assimiler et goûter avec lui un
bonheur impossible.

Certes, si l'on voulait tout suivre et tout analyser, il y
aurait encore dix volumes à faire, un pour chaque année
qu'ils subirent attachés au même boulet. Ces dix volumes
pourraient être instructifs, mais risqueraient de devenir
encore un peu plus monotones que les deux que voici.
En somme, la Floriani supporta toutes les injustices de
son amant avec une persévérance inouïe, et Karol mé-
connut le dévouement et la loyauté de sa maîtresse avec
une obstination inconcevable. Rien ne put le guérir de sa
jalousie, parce qu'il n'était pas dans la nature de sa passion de s'éclairer et de s'adoucir. Jamais femme ne fut

plus ardemment aimée, et, en même temps, plus calomniée et plus avilie dans le cœur de son amant.

Elle avait toujours demandé à Dieu de lui faire rencontrer une âme exclusivement livrée à l'amour comme la sienne. Elle fut trop exaucée; celle de Karol lui versa des torrents d'amour et de fiel, intarissables.

Ce que Salvator leur avait prédit se réalisa à certains égards. Le monde découvrit la retraite de la Floriani et vint l'y saluer. Ses anciens amis accoururent; il y en eut de toutes sortes. Boccaferri eut son tour, et, par parenthèse, il se trouva que Boccaferri avait soixante-dix ans. Aucun ne causa le plus léger motif de jalousie à Karol ; tous furent l'objet de sa mortelle jalousie et de son irréconciliable aversion. La Floriani combattit avec bravoure pour préserver la dignité de ceux qui méritaient des égards. Elle en abandonna, en riant, quelques-uns à la férule de Karol, et se préserva du plus grand nombre. Elle ne voulut pourtant pas être lâche, et chasser, pour lui complaire, des êtres malheureux et dignes d'intérêt ou de pitié. Il lui en fit des crimes irrémissibles, et, dix ans après, quand leur nom revenait dans la conversation, il s'écriait avec une conviction qui eût été comique si elle n'eût été déplorable : « Je ne pourrai jamais oublier *le mal* que m'a fait cet homme-là ! » Et tout ce mal consistait à n'avoir pas été mis à la porte, sans motif, par la Floriani.

Elle essaya de le distraire, de le faire voyager, de le quitter même pendant quelques moments de l'année. Il traînait sa jalousie partout, il abhorrait les postillons et les aubergistes, et ne fermait pas l'œil en voyage, pensant qu'on allait toujours lui dérober son trésor. Il jetait l'argent à pleines mains; mais, en amour, il était avare jusqu'à la frénésie. Qnand il était séparé de Lucrezia pendant quelques semaines, dévoré des mêmes inquiétudes, il tombait malade, parce qu'il ne voulait les confier à personne et ne pouvait en faire retomber l'amertume sur celle qui les causait innocemment. Elle était forcée de le rappeler. Il reprenait la santé et la vie dès qu'il pouvait la faire souffrir.

Il l'aimait tant, il était si fidèle, si absorbé, si enchaîné, il parlait d'elle avec tant de respect, que c'eût été une gloire pour une femme vaine. Mais la Floriani ne détestait personne assez pour lui souhaiter ce genre de bonheur.

Il finit par triompher, comme il arrive toujours aux volontés acharnées à un but unique. Il ramena la Floriani à la villa, qui était encore le lieu le plus retiré qu'ils pussent trouver, et là il réussit à la séquestrer et à l'isoler si bien, qu'elle passa pour morte longtemps avant de l'être.

Elle s'éteignit comme une flamme, privée d'air. Son supplice fut lent, mais sans relâche. Il faut des années pour détruire à coups d'épingles un être robuste au moral et au physique. Elle s'habituait à tout; personne ne savait renoncer comme elle aux satisfactions de la vie. Elle céda toujours, tout en ayant l'air de se défendre; elle n'eût résisté qu'à des caprices qui eussent fait le malheur de ses enfants. Mais Karol, malgré ce qu'il souffrait de ce partage, n'essaya jamais de les éloigner un seul instant de leur mère. Il employa tout ce qu'il possédait d'empire sur lui-même à ne leur jamais laisser voir qu'elle était sa victime et qu'il s'arrogeait sur elle un droit de propriété absolue.

La comédie fut si bien jouée, et Lucrezia fut si calme et si résignée, que personne ne se douta de son malheur; les enfants étaient arrivés à aimer le prince, excepté Célio, qui était poli avec lui et ne lui parlait jamais.

La Floriani, mise ainsi au secret, ne regrettait pas le monde et ses amis. Elle les avait quittés volontairement, une première fois, elle les quittait encore, par complaisance il est vrai, mais sans amertume. Elle aimait la retraite, le travail, la campagne. Elle se consacrait exclusivement à l'éducation de ses enfants, et enseignait à Célio l'art du théâtre, pour lequel il montrait une vocation passionnée.

Mais Karol, privé enfin de sujets de jalousie, trouva le moyen de lutter contre les idées, les études et les opinions de la Floriani. Il la persécutait poliment et gracieusement sur toutes choses ; il n'était de son goût et de son avis sur aucune. L'inaction le dévorait ; ayant consacré à la possession d'une femme toutes les puissances de sa volonté et toutes les minutes de son existence, il était, au moral, le despote le plus acharné, comme, au physique, il était le geôlier le plus vigilant. La pauvre Floriani vit sa dernière consolation empoisonnée, lorsque l'esprit de contradiction et l'âpreté d'une controverse puérile et irritante la poursuivirent jusque dans le sanctuaire de sa vie le plus respectable et le plus pur. « Elle avait tort de consentir à ce que Célio fût comédien ; c'était un métier infâme. Elle avait tort d'enseigner le chant à Béatrice, et la peinture à Stella ; des femmes ne doivent point être trop artistes. Elle avait tort de laisser le père Menapace amasser de l'argent ; enfin, elle avait tort de ne pas contrarier la vocation et les instincts de tous les siens, outre qu'elle avait tort d'aimer les animaux, de faire cas des scabieuses, de préférer le bleu au blanc, que sais-je ! elle avait toujours tort. »

Un beau jour, la Floriani eut quarante ans. Elle n'était plus belle ; condamnée à une inaction contraire à ses besoins d'activité, elle avait pourtant perdu son em-

bonpoint. Elle était jaune, et, sans ses beaux yeux calmes
et profonds, sans sa distinction et sa grâce tranquille,
sans la franchise de sa physionomie souriante, elle eût
fait peine à voir, après avoir été la plus belle femme de
l'Italie. Il est vrai que le prince la trouvait toujours plus
séduisante et plus dangereuse pour le repos des humains,
à mesure qu'il la faisait vieillir et enlaidir. Il était aussi
amoureux que le premier jour ; il ne pouvait se persuader que les jeunes gens ne deviendraient pas épris d'elle
jusqu'à la folie, si par malheur ils la voyaient.

Quant à elle, elle se sentit tout à coup lasse d'arriver
aux souffrances et aux infirmités d'une vieillesse prématurée, sans en recueillir les fruits, sans inspirer de confiance à son amant, sans avoir conquis son estime, sans
avoir cessé d'être aimée de lui comme une maîtresse et
non comme une amie. Elle soupira, en se disant qu'elle
avait travaillé en vain dans sa jeunesse pour inspirer
l'amour, et dans son âge mûr pour inspirer le respect.
Elle sentait pourtant qu'à ces différents âges elle avait
mérité ce qu'elle cherchait. Elle embrassa ses enfants,
un soir, en leur disant avec un accent qui les fit tressaillir au milieu de leur sérénité habituelle : « Vous êtes
tout pour moi, et si je désire vivre encore quelques années, c'est pour vous seuls. »

En effet, elle n'aimait plus Karol, il avait comblé la
mesure, avec une goutte d'eau sans doute, mais la coupe
débordait ; le vase trop plein et comprimé se brise. La
Floriani garda le silence, même avec Salvator, qui était
venu enfin la voir, sans pouvoir toutefois se réconcilier
bien cordialement avec le prince. Elle sentit qu'elle se
brisait, mais elle était brave et ne voulait point croire la
mort prochaine. Elle voulait au moins faire débuter Célio, marier Stella ; la veille de sa mort, elle fit avec eux
les plus beaux projets du monde ; mais hélas ! l'amour

était sa vie : en cessant d'aimer, elle devait cesser de vivre.

Le matin, elle alla s'asseoir dans la chaumière de son père. Célio l'avait accompagnée ; elle paraissait mieux portante, parce que sa figure était gonflée; elle ne se plaignait jamais, de peur d'inquiéter ses enfants. Elle plaisanta Biffi sur sa toilette du dimanche. Puis, elle se leva en entendant sonner le déjeuner. Tout à coup, elle fit un grand cri, étreignit avec force le cou de son fils, et retomba en souriant sur la même chaise, où, petite paysanne, elle avait filé tant de fois sa quenouille chargée de lin.

Célio avait vingt-deux ans alors, il était grand, beau et robuste ; il prit sa mère dans ses bras, la croyant évanouie. Il marcha ainsi vers le parc; mais, au moment de franchir la grille, il se trouva en face de Karol et de Salvator Albani, qui venaient de chercher la Lucrezia pour déjeuner. Karol ne comprit pas, et resta comme une statue. Salvator comprit tout de suite, et sans pitié pour lui, car il avait bien deviné que la mort de Lucrezia était son œuvre incessante, il lui dit à voix basse en le poussant en arrière : « Courez aux autres enfants, emmenez-les, cela les tuerait. Leur mère est morte ! »

Ce dernier mot frappa au cœur de Célio. Il regarda le visage de sa mère, il vit qu'elle était morte en effet, quoiqu'elle eût encore l'œil ouvert et tranquille et la bouche souriante. Il tomba évanoui avec le cadavre sur le seuil du parc.

Karol ne vit rien de ce qui se passait. Une heure après, il était seul, toujours debout devant la grille, pétrifié, hébété. Il lisait sur une pierre qui se trouvait en face de lui, un vers que le temps et la pluie n'avaient jamais pu effacer :

Lasciate ogni speranza, voi ch' entrate !

Il le relisait et cherchait à se rappeler en quelle circonstance il l'avait déjà remarqué. Il avait perdu le sentiment de la douleur.

En mourut-il, ou devint-il fou? Il serait trop facile d'en
finir ainsi avec lui; je n'en dirai plus rien..... à moins
qu'il ne me prenne envie de recommencer un roman où
Célio, Stella, les deux Salvator, Béatrice, Menapace,
Biffi, Tealdo Soavi, Vandoni et même Boccaferri, joueront
leur rôle autour du prince Karol. C'est bien assez de tuer
le personnage principal, sans être forcé de récompenser,
de punir ou de sacrifier un à un tous les autres.

FIN DE LUCREZIA FLORIANI.

LAVINIA

LAVINIA

AN OLD TALE

BILLET.

« Puisque vous allez vous marier, Lionel, ne serait-il pas convenable de nous rendre mutuellement nos lettres et nos portraits? Cela est facile, puisque le hasard nous rapproche, et qu'après dix ans écoulés sous des cieux différents nous voilà aujourd'hui à quelques lieues l'un de l'autre. Vous venez, m'a-t-on dit, quelquefois à Saint-Sauveur; moi, j'y passe huit jours seulement. J'espère donc que vous y serez dans le courant de la semaine avec le paquet que je réclame. J'occupe la maison Estabanette, au bas de la chute d'eau. Vous pourrez y envoyer la personne destinée à ce message; elle vous reportera un paquet semblable, que je tiens tout prêt pour vous être remis en échange. »

RÉPONSE.

« Madame,

« Le paquet que vous m'ordonnez de vous envoyer est ici cacheté, et portant votre suscription. Je dois être reconnaissant sans doute de voir que vous n'avez pas douté qu'il ne fût entre mes mains au jour et au lieu où il vous plairait de le réclamer.

« Mais il faut donc, Madame, que j'aille moi-même à
Saint-Sauveur le porter, pour le confier ensuite aux mains
d'une tierce personne qui vous le remettrait? Puisque
vous ne jugez point à propos de m'accorder le bonheur
de vous voir, n'est-il pas plus simple que je n'aille pas
au lieu que vous habitez m'exposer à l'émotion d'être si
près de vous? Ne vaut-il pas mieux que je confie le paquet à un messager dont je suis sûr, pour qu'il le porte
de Bagnères à Saint-Sauveur? J'attends vos ordres à cet
égard; quels qu'ils soient, Madame, je m'y soumettrai
aveuglément. »

BILLET.

« Je savais, Lionel, que mes lettres étaient par hasard
entre vos mains dans ce moment, parce que Henry, mon
cousin, m'a dit vous avoir vu à Bagnères et tenir de vous
cette circonstance. Je suis bien aise que Henry, qui est
un peu menteur, comme tous les bavards, ne m'ait pas
trompée. Je vous ai prié d'apporter vous-même le paquet
à Saint-Sauveur, parce que de tels messages ne doivent
pas être légèrement exposés dans des montagnes infes-
tées de contrebandiers qui pillent tout ce qui leur tombe
sous la main. Comme je vous sais homme à défendre
vaillamment un dépôt, je ne puis pas être plus tranquille
qu'en vous rendant vous-même garant de celui qui m'intéresse. Je ne vous ai point offert d'entrevue, parce que
j'ai craint de vous rendre encore plus désagréable la démarche déjà pénible que je vous imposais. Mais puisque
vous semblez attacher à cette entrevue une idée de regret, je vous dois et je vous accorde de tout mon cœur
ce faible dédommagement. En ce cas, comme je ne veux
pas vous faire sacrifier un temps précieux à m'attendre,
je vais vous fixer le jour, afin que vous ne me trouviez

point absente. Soyez donc à Saint-Sauveur le 15, à neuf heures du soir. Vous irez m'attendre chez moi, et vous me ferez avertir par ma négresse. Je rentrerai aussitôt. Le paquet sera prêt... Adieu. »

Sir Lionel fut désagréablement frappé de l'arrivée du second billet. Elle le surprit au milieu d'un projet de voyage à Luchon, pendant lequel la belle miss Ellis, sa prétendue, comptait bien sur son escorte. Le voyage devait être charmant. Aux eaux, les parties de plaisir réussissent presque toujours, parce qu'elles se succèdent si rapidement qu'on n'a pas le temps de les préparer ; parce que la vie marche brusque, vive et inattendue ; parce que l'arrivée continuelle de nouveaux compagnons donne un caractère d'improvisation aux plus menus détails d'une fête.

Sir Lionel s'amusait donc aux eaux des Pyrénées, autant qu'il est séant à un bon Anglais de s'amuser. Il était en outre passablement amoureux de la riche stature et de la confortable dot de miss Ellis ; et sa désertion, au moment d'une *cavalcade* si importante (mademoiselle Ellis avait fait venir de Tarbes un fort beau navarrin gris pommelé, qu'elle se promettait de faire briller en tête de la caravane), pouvait devenir funeste à ses projets de mariage. Cependant la position de sir Lionel était embarrassante ; il était homme d'honneur et des plus délicats. Il fut trouver son ami sir Henry pour lui faire part de ce cas de conscience.

Mais, pour forcer le jovial Henry à lui accorder une attention sérieuse, il commença par le quereller.

« Étourdi et bavard que vous êtes ! s'écria-t-il en entrant ; c'était bien la peine d'aller dire à votre cousine que ses lettres étaient entre mes mains ! Vous n'avez jamais été capable de retenir sur vos lèvres une parole dan-

gereuse. Vous êtes un ruisseau qui répand à mesure
qu'il reçoit ; un de ces vases ouverts qui ornent les statues des naïades et des fleuves ; le flot qui les traverse
ne prend pas même le temps de s'y arrêter...

— Fort bien, Lionel ! s'écria le jeune homme ; j'aime
à vous voir dans un accès de colère : cela vous rend
poétique. Dans ces moments-là vous êtes vous-même un
ruisseau, un fleuve de métaphores, un torrent d'éloquence, un réservoir d'allégories...

— Ah ! il s'agit bien de rire ! s'écria Lionel en colère ;
nous n'allons plus à Luchon.

— Nous n'y allons plus ! Qui a dit cela ?

— Nous n'y allons plus, vous et moi ; c'est moi qui
vous le dis.

— Parlez pour vous tant qu'il vous plaira ; pour moi,
je suis bien votre serviteur.

— Moi, je n'y vais pas, et par conséquent ni vous non
plus. Henry, vous avez fait une faute, il faut que vous la
répariez. Vous m'avez suscité une horrible contrariété ;
votre conscience vous ordonne de m'aider à la supporter. Vous dînez avec moi à Saint-Sauveur.

— Que le diable m'emporte si je le fais ! s'écria Henry ;
je suis amoureux fou depuis hier soir de la petite Borde-
laise dont je me suis tant moqué hier matin. Je veux aller
à Luchon, car elle y va : elle montera mon yorkshire, et
elle fera crever de jalousie votre grande aquilaine Margaret Ellis.

— Ecoutez, Henry, dit Lionel d'un air grave ; vous êtes
mon ami ?

— Sans doute ; c'est connu. Il est inutile de nous attendrir sur l'amitié dans ce moment-ci. Je prévois que ce
début solennel tend à m'imposer...

— Écoutez-moi, vous dis-je, Henry ; vous êtes mon
ami ; vous vous applaudissez des événements heureux de

ma vie, et vous ne vous pardonneriez pas légèrement,
je suppose, de m'avoir causé un préjudice, un malheur
véritable?

— Non, sur mon honneur! Mais de quoi est-il question?

— Eh bien! Henry, vous faites manquer peut-être mon
mariage.

— Allons donc! quelle folie! parce que j'ai dit à ma
cousine que vous aviez ses lettres, et qu'elle vous les réclame? Quelle influence lady Lavinia peut-elle exercer
sur votre vie après dix ans d'oubli réciproque? Avez-vous
la fatuité de croire qu'elle ne soit pas consolée de votre
infidélité? Allons donc, Lionel! c'est par trop de remords! le mal n'est pas si grand! il n'a pas été sans remède, croyez-moi bien... »

En parlant ainsi, Henry portait nonchalamment la main
à sa cravate et jetait un coup d'œil au miroir; deux actes
qui, dans le langage consacré de la pantomime, sont faciles
à interpréter.

Cette leçon de modestie, dans la bouche d'un homme
plus fat que lui, irrita sir Lionel.

« Je ne me permettrai aucune réflexion sur le compte
de lady Lavinia, répondit-il en tâchant de concentrer son
amertume. Jamais un sentiment de vanité blessée ne me
fera essayer de noircir la réputation d'une femme, n'eussé-
je jamais eu d'amour pour elle.

— C'est absolument le cas où je suis, reprit étourdi-
ment sir Henry; je ne l'ai jamais aimée, et je n'aï jamais
été jaloux de ceux qu'elle a pu mieux traiter que moi;
je n'ai d'ailleurs rien à dire de la vertu de ma glorieuse
cousine Lavinia; je n'ai jamais essayé sérieusement de
l'ébranler...

— Vous lui avez fait cette grâce, Henry? Elle doit vous
en être bien reconnaissante!

— Ah çà, Lionel! de quoi parlons-nous, et qu'êtes-vous venu me dire? Vous sembliez hier fort peu religieux envers le souvenir de vos premières amours; vous étiez absolument prosterné devant la radieuse Ellis. Aujourd'hui, où en êtes-vous, s'il vous plaît? Vous semblez n'entendre pas raison sur le chapitre du passé, et puis vous parlez d'aller à Saint-Sauveur au lieu d'aller à Luchon! Voyons, qui aimez-vous ici? qui épousez-vous?

— J'épouse miss Margaret, s'il plaît à Dieu et à vous.

— A moi?

— Oui, vous pouvez me sauver. D'abord, lisez le nouveau billet que m'écrit votre cousine. Est-ce fait? Fort bien. A présent, vous voyez, il faut que je me décide entre Luchon et Saint-Sauveur, entre une femme à conquérir et une femme à consoler.

— Halte-là, impertinent! s'écria Henry; je vous ai dit cent fois que ma cousine était fraîche comme les fleurs, belle comme les anges, vive comme un oiseau, gaie, vermeille, élégante, coquette : si cette femme-là est désolée, je veux bien consentir à gémir toute ma vie sous le poids d'une semblable douleur.

— N'espérez pas me piquer, Henry; je suis heureux d'entendre ce que vous me dites. Mais en ce cas, pourrez-vous m'expliquer l'étrange fantaisie qui porte lady Lavinia à m'imposer un rendez-vous?

— O stupide compagnon! s'écria Henry; ne voyez-vous pas que c'est votre faute? Lavinia ne désirait pas le moins du monde cette entrevue : j'en suis bien sûr, moi; car lorsque je lui parlai de vous, lorsque je lui demandai si le cœur ne lui battait pas quelquefois, sur le chemin de Saint-Sauveur à Bagnères, à l'approche d'un groupe de cavaliers au nombre desquels vous pouviez être, elle me répondit d'un air nonchalant : « Vraiment! peut-être que mon cœur battrait si je venais à le rencontrer. » Et le dernier mot de sa phrase fut délicieusement modulé par un bâillement. Oui, ne mordez pas votre lèvre, Lionel, un de ces jolis bâillements de femme tout petits, tout frais, si harmonieux qu'ils semblent polis et caressants, si longs et si traînants qu'ils expriment la plus profonde apathie et la plus cordiale indifférence. Mais vous, au lieu de profiter de cette bonne disposition, vous ne pouvez pas résister à l'envie de faire des phrases. Fidèle à l'éternel pathos des amants disgraciés, quoique enchanté de l'être, vous affectez le ton élégiaque, le genre lamentable ; vous semblez pleurer l'impossibilité de la voir, au lieu de lui dire naïvement que vous en étiez le plus reconnaissant du monde...

— De telles impertinences ne peuvent se commettre. Comment aurais-je prévu qu'elle allait prendre au sérieux quelques paroles oiseuses arrachées par la convenance de la situation?

— Oh! je connais Lavinia; c'est une malice de sa façon !

— Éternelle malice de femme! Mais, non; Lavinia était la plus douce et la moins railleuse de toutes; je suis sûr qu'elle n'a pas plus envie que moi de cette entrevue. Tenez, mon cher Henry, sauvez-nous tous deux de ce supplice; prenez le paquet, allez à Saint-Sauveur; chargez-vous de tout arranger; faites-lui comprendre que je ne dois pas...

— Quitter miss Ellis à la veille de votre mariage, n'est-ce pas? Voilà une bonne raison à donner à une rivale! Impossible! mon cher; vous avez fait la folie, il faut la boire. Quand on a la sottise de garder dix ans le portrait et les lettres d'une femme, quand on a l'étourderie de s'en vanter à un bavard comme moi, quand on a la rage de faire de l'esprit et du sentiment à froid dans une lettre de rupture, il faut en subir toutes les conséquences. Vous n'avez rien à refuser à lady Lavinia tant que ses lettres seront entre vos mains ; et, quel que soit le mode de communication qu'elle vous impose, vous lui êtes soumis tant que vous n'aurez point accompli cette solennelle démarche. Allons, Lionel, faites seller votre poney, et partons ; car je vous accompagne. J'ai quelques torts dans tout ceci, et vous voyez que je ne ris plus quand il s'agit de les réparer. Partons ! »

Lionel avait espéré que Henry trouverait un autre moyen de le tirer d'embarras. Il restait consterné, immobile, enchaîné à sa place par un sentiment secret de résistance involontaire aux arrêts de la nécessité. Cependant il finit par se lever, triste, résigné, et les bras croisés sur sa poitrine. Sir Lionel était, en fait d'amour, un héros accompli. Si son cœur avait été parjure à plus d'une passion, jamais sa conduite extérieure ne s'était écartée du code des *procédés*, jamais aucune femme n'avait eu à lui reprocher une démarche contraire à cette condescendance délicate et généreuse qui est le meilleur signe d'abandon que puisse donner un homme bien élevé à une femme irritée. C'est avec la conscience d'une exacte fidélité à ces règles que le beau sir Lionel se pardonnait les douleurs attachées à ses triomphes.

« Voici un moyen ! s'écria enfin Henry en se levant à son tour. C'est la coterie de nos belles compatriotes qui décide tout ici. Miss Ellis et sa sœur Anna sont les pouvoirs les plus éminents du conseil d'amazones. Il faut obtenir de Margaret que ce voyage, fixé à demain, soit retardé d'un jour. Un jour ici, c'est beaucoup, je le sais ; mais enfin il faut l'obtenir, prétexter un empêchement sérieux, et partir dès cette nuit pour Saint-Sauveur. Nous y arriverons dans l'après-midi ; nous nous reposerons jusqu'au soir ; à neuf heures, pendant le rendez-vous, je ferai seller nos chevaux, et à dix heures (j'imagine qu'il ne faut pas plus d'une heure pour échanger deux paquets de lettres) nous remontons à cheval, nous courons toute la nuit, nous arrivons ici avec le soleil levant, nous trouvons la belle Margaret piaffant sur sa noble monture, ma jolie petite madame Bernos caracolant sur mon yorkshire; nous changeons de bottes et de chevaux; et, couverts de poussière, exténués de fatigue, dévorés d'amour, pâles, intéressants, nous suivons nos dulcinées par monts et par vaux. Si l'on ne récompense pas tant de zèle, il faut pendre toutes les femmes pour l'exemple. Allons, es-tu prêt? »

Pénétré de reconnaissance, Lionel se jeta dans les bras de Henry. Au bout d'une heure celui-ci revint. « Partons, lui dit-il, tout est arrangé; on retarde le départ pour Luchon jusqu'au 16; mais ce n'a pas été sans peine. Miss Ellis avait des soupçons. Elle sait que ma cousine est à Saint-Sauveur, et elle a une aversion effroyable pour ma cousine, car elle connaît les folies que tu as faites jadis pour elle. Mais moi, j'ai habilement détourné les soupçons; j'ai dit que tu étais horriblement malade, et que je venais de te forcer à te mettre au lit...

— Allons, juste ciel! une nouvelle folie pour me perdre!

— Non, non, du tout! Dick va mettre un bonnet de nuit à ton traversin; il va le coucher en long dans ton lit, et commander trois pintes de tisane à la servante de la maison. Surtout il va prendre la clef de cette chambre dans sa poche, et s'installer devant la porte avec une figure allongée et des yeux hagards; et puis il lui est enjoint de ne laisser entrer personne et d'assommer quiconque essaierait de forcer la consigne, fût-ce miss Margaret elle-même. Hein! le voici déjà qui bassine ton lit. Fort bien! il a une excellente figure; il veut se donner l'air triste, il a l'air imbécile. Sortons par la porte qui

donne dans le ravin. Jack mènera nos chevaux au bout
du vallon, comme s'il allait les promener, et nous le re-
joindrons au pont de Lonnio. Allons, en route, et que le
dieu d'amour nous protége ! »

Ils parcoururent rapidement là distance qui sépare les
deux chaînes de montagne, et ne ralentirent leur course
que dans la gorge étroite et sombre qui s'étend de Pier-
refitte à Luz. C'est sans contredit une des parties les plus
austères et les plus caractérisées des Pyrénées. Tout y
prend un aspect formidable. Les monts se resserrent ; le
Gave s'encaisse et gronde sourdement en passant sous les
arcades de rochers et de vigne sauvage ; les flancs noirs
du rocher se couvrent de plantes grimpantes dont le vert
vigoureux passe à des teintes bleues sur les plans éloi-
gnés, et à des tons grisâtres vers les sommets. L'eau du
torrent en reçoit des reflets tantôt d'un vert limpide,
tantôt d'un bleu mat et ardoisé, comme on en voit sur les
eaux de la mer.

De grands ponts de marbre d'une seule arche s'élan-
cent d'un flanc à l'autre de la montagne, au-dessus des
précipices. Rien n'est si imposant que la structure et la
situation de ces ponts jetés dans l'espace, et nageant dans
l'air blanc et humide qui semble tomber à regret dans le
ravin. La route passe d'un flanc à l'autre de la gorge
sept fois dans l'espace de quatre lieues. Lorsque nos
deux voyageurs franchirent le septième pont, ils aper-
çurent au fond de la gorge, qui insensiblement s'élargis-
sait devant eux, la délicieuse vallée de Luz, inondée des
feux du soleil levant. La hauteur des montagnes qui
bordent la route ne permettait pas encore au rayon ma-
tinal d'arriver jusqu'à eux. Le merle d'eau faisait entendre son petit cri plaintif dans les herbes du torrent.
L'eau écumante et froide soulevait avec effort les voiles
de brouillard étendus sur elle. A peine, vers les hauteurs,

quelques lignes de lumières doraient les anfractuosités des rochers et la chevelure pendante des clématites. Mais au fond de ce sévère paysage, derrière ces grandes masses noires, âpres et revêches comme les sites aimés de Salvator, la belle vallée, baignée d'une rosée étincelante, nageait dans la lumière et formait une nappe d'or dans un cadre de marbre noir.

« Que cela est beau ! s'écria Henry, et que je vous plains d'être amoureux, Lionel ! Vous êtes insensible à toutes ces choses sublimes ; vous pensez que le plus beau rayon du soleil ne vaut pas un sourire de miss Margaret Ellis.

— Avouez, Henry, que Margaret est la plus belle personne des trois royaumes.

— Oui, la théorie à la main, c'est une beauté sans défaut. Eh bien ! c'est celui que je lui reproche, moi. Je la voudrais moins parfaite, moins majestueuse, moins classique. J'aimerais cent fois mieux ma cousine, si Dieu me donnait à choisir entre elles deux.

— Allons donc, Henry, vous n'y songez pas, dit Lionel en souriant ; l'orgueil de la famille vous aveugle. De l'aveu de tout ce qui a deux yeux dans la tête, lady Lavinia est d'une beauté plus que problématique ; et moi, qui l'ai connue dans toute la fraîcheur de ses belles années, je puis vous assurer qu'il n'y a jamais eu de parallèle possible...

— D'accord ; mais que de grâce et de gentillesse chez Lavinia ! des yeux si vifs, une chevelure si belle, des pieds si petits ! »

Lionel s'amusa pendant quelque temps à combattre l'admiration de Henry pour sa cousine. Mais, tout en mettant du plaisir à vanter la beauté qu'il aimait, un secret sentiment d'amour-propre lui faisait trouver du plaisir encore à entendre réhabiliter celle qu'il avait aimée. Ce fut, au

reste, un moment de vanité, rien de plus ; car jamais la
pauvre Lavinia n'avait régné bien réellement sur ce cœur,
que les succès avaient gâté de bonne heure. C'est peut-
être un grand malheur pour un homme que de se trouver
jeté trop tôt dans une position brillante. L'aveugle prédi-
lection des femmes, la sotte jalousie des vulgaires rivaux,
c'en est assez pour fausser un jugement novice et cor-
rompre un esprit sans expérience.

Lionel, pour avoir trop connu le bonheur d'être aimé,
avait épuisé en détail la force de son âme ; pour avoir
essayé trop tôt des passions, il s'était rendu incapable de
ressentir jamais une passion profonde. Sous des traits
mâles et beaux, sous l'expression d'une physionomie
jeune et forte, il cachait un cœur froid et usé comme celui
d'un vieillard.

« Voyons, Lionel, dites-moi pourquoi vous n'avez pas
épousé Lavinia Buenafè, aujourd'hui lady Blake par votre
faute? car enfin, sans être rigoriste, quoique je sois assez
disposé à respecter, parmi les priviléges de notre sexe,
le sublime droit du bon plaisir, je ne saurais, quand j'y
songe, approuver beaucoup votre conduite. Après lui
avoir fait la cour deux ans, après l'avoir compromise autant qu'il est possible de compromettre une jeune miss
(ce qui n'est pas chose absolument facile dans la bien-
heureuse Albion), après lui avoir fait rejeter les plus
beaux partis, vous la laissez là pour courir après une
cantatrice italienne, qui certes ne méritait pas d'inspirer
un pareil forfait. Voyons, Lavinia n'était-elle pas spiri-
tuelle et jolie? n'était-elle pas la fille d'un banquier portugais, juif à la vérité, mais riche? n'était-ce pas un bon
parti? ne vous aimait-elle pas jusqu'à la folie?

—Eh ! mon ami, voici ce dont je me plains : elle m'aimait beaucoup trop pour qu'il me fût possible d'en faire
ma femme. De l'avis de tout homme de bon sens, une

femme légitime doit être une compagne douce et paisible,
Anglaise jusqu'au fond de l'âme, peu susceptible d'amour,
incapable de jalousie, aimant le sommeil, et faisant un
assez copieux abus de thé noir pour entretenir ses facultés dans une assiette conjugale. Avec cette Portugaise
au cœur ardent, à l'humeur active, habituée de bonne
heure aux déplacements, aux mœurs libres, aux idées
libérales, à toutes les pensées dangereuses qu'une femme
ramasse en courant le monde, j'aurais été le plus malheureux des maris, sinon le plus ridicule. Pendant quinze
mois, je m'abusai sur le malheur inévitable que cet
amour me préparait. J'étais si jeune alors ! j'avais vingt-
deux ans ; souvenez-vous de cela, Henry, et ne me con-
damnez pas. Enfin, j'ouvris les yeux au moment où j'allais commettre l'insigne folie d'épouser une femme amou-
reuse folle de moi.... Je m'arrêtai au bord du précipice,
et je pris la fuite pour ne pas succomber à ma faiblesse.

— Hypocrite ! dit Henry. Lavinia m'a raconté bien autrement cette histoire : il paraît que, longtemps avant la
cruelle détermination qui vous fit partir pour l'Italie avec
la Rosmonda, vous étiez déjà dégoûté de la pauvre juive,
et vous lui faisiez cruellement sentir l'ennui qui vous
gagnait auprès d'elle. Oh ! quand Lavinia raconte cela,
je vous assure qu'elle n'y met point de fatuité ; elle avoue
son malheur et vos cruautés avec une modestie ingénue
que je n'ai jamais vu pratiquer aux autres femmes. Elle
a une façon à elle de dire : « Enfin, je l'ennuyais. » Tenez, Lionel, si vous lui aviez entendu prononcer ces
mots, avec l'expression de naïve tristesse qu'elle sait y
mettre, vous auriez des remords, je le parierais.

— Eh ! n'en ai-je pas eu ! s'écria Lionel. Voilà ce qui
nous dégoûte encore d'une femme : c'est tout ce que
nous souffrons pour elle après l'avoir quittée ; ce sont ces
mille vexations dont son souvenir nous poursuit ; c'est

la voix du monde bourgeois qui crie vengeance et ana-
thème, c'est la conscience qui se trouble et s'effraie ; ce
sont de légers reproches bien doux et bien cruels que
la pauvre délaissée nous adresse par les cent voix de la
renommée. Tenez, Henry, je ne connais rien de plus ennuyeux et de plus triste que le métier d'homme à bonnes
fortunes.

— A qui le dites-vous ! » répondit Henry d'un ton
vaillant, en faisant ce geste de fatuité ironique qui lui
allait si bien. Mais son compagnon ne daigna pas sourire,
et il continua à marcher lentement, en laissant flotter les
rênes sur le cou de son cheval, et en promenant son regard fatigué sur les délicieux tableaux que la vallée dé-
roulait à ses pieds.

Luz est une petite ville située à environ un mille de
Saint-Sauveur. Nos dandys s'y arrêtèrent ; rien ne put
déterminer Lionel à pousser jusqu'au lieu qu'habitait
lady Lavinia : il s'installa dans une auberge et se jeta sur
son lit en attendant l'heure fixée pour le rendez-vous.

Quoique le climat soit infiniment moins chaud dans
cette vallée que dans celle de Bigorre, la journée fut
lourde et brûlante. Sir Lionel, étendu sur un mauvais lit
d'auberge, ressentit quelques mouvements fébriles, et
s'endormit péniblement au bourdonnement des insectes
qui tournoyaient sur sa tête dans l'air embrasé. Son compagnon, plus actif et plus insouciant, traversa la vallée,
rendit des visites à tout le voisinage, guetta le passage
des cavalcades sur la route de Gavarni, salua les belles
ladys qu'il aperçut à leurs fenêtres ou sur les chemins,
jeta de brillantes œillades aux jeunes Françaises, pour
lesquelles il avait une préférence décidée, et vint enfin
rejoindre Lionel à l'entrée de la nuit.

« Allons, debout, debout ! s'écria-t-il en pénétrant
sous ses rideaux de serge ; voici l'heure du rendez-vous.

« — Déjà? dit Lionel, qui, grâce à la fraîcheur du soir, commençait à dormir d'un sommeil paisible; quelle heure est-il donc, Henry? »

Henry répondit d'un ton emphatique

> At the close of the day when the Hamlet is still
> And nought but the torrent is heard upon the hill...

— Ah ! pour Dieu, faites-moi grâce de vos citations, Henry! Je vois bien que la nuit descend, que le silence gagne, que la voix du torrent nous arrive plus sonore et plus pure; mais lady Lavinia ne m'attend qu'à neuf heures; je puis peut-être dormir encore un peu.

— Non, pas une minute de plus, Lionel. Il faut nous rendre à pied à Saint-Sauveur; car j'y ai fait conduire nos chevaux dès ce matin, et les pauvres animaux sont assez fatigués, sans compter ce qui leur reste à faire. Allons, habillez-vous. C'est bien. A dix heures je serai à cheval, à la porte de lady Lavinia, tenant en main votre palefroi et prêt à vous offrir la bride, ni plus ni moins que notre grand William à la porte des théâtres, lorsqu'il était réduit à l'office de jockey, le grand homme ! Allons, Lionel, voici votre porte-manteau, une cravate blanche, de la cire à moustache. Patience donc ! Oh ! quelle négligence ! quelle apathie ! Y songez-vous, mon cher? se présenter avec une mauvaise toilette devant une femme que l'on n'aime plus, c'est une faute énorme ! Sachez donc bien qu'il faut, au contraire, lui apparaître avec tous vos avantages, afin de lui faire sentir le prix de ce qu'elle perd. Allons, allons ! relevez-moi votre chevelure encore mieux que s'il s'agissait d'ouvrir le bal avec miss Margaret. Bien ! Laissez-moi donner un coup de brosse à votre habit. Eh quoi ! auriez-vous oublié un flacon d'essence de tubéreuse pour inonder votre foulard des Indes? Ce serait impardonnable; non; Dieu soit loué !

le voici. Allons, Lionel, vous embaumez, vous resplen-
dissez; partez. Songez qu'il y va de votre honneur de
faire verser quelques larmes en apparaissant ce soir pour
la dernière fois sur l'horizon de lady Lavinia. »

Lorsqu'ils traversèrent la bourgade Saint-Sauveur, qui
se compose de cinquante maisons au plus, ils s'étonnèrent
de ne voir aucune personne élégante dans la rue ni aux
fenêtres. Mais ils s'expliquèrent cette singularité en passant devant les fenêtres d'un rez-de-chaussée d'où partaient les sons faux d'un violon, d'un flageolet et d'un
tympanon, instrument indigène qui tient du tambourin
français et de la guitare espagnole. Le bruit et la poussière apprirent à nos voyageurs que le bal était commencé, et que tout ce qu'il y a de plus élégant parmi
l'aristocratie de France, d'Espagne et d'Angleterre, réuni
dans une salle modeste, aux murailles blanches déco-
rées de guirlandes de buis et de serpolet, dansait au
bruit du plus détestable charivari qui ait jamais déchiré
des oreilles et marqué la mesure à faux.

Plusieurs groupes de *baigneurs*, de ceux qu'une condition moins brillante ou une santé plus réellement dé-
truite privaient du plaisir de prendre une part active à
la soirée, se pressaient devant ces fenêtres pour jeter,
par-dessus l'épaule les uns des autres, un coup d'œil de
curiosité envieuse ou ironique sur le bal, et pour échanger quelque remarque laudative ou maligne, en attendant que l'horloge du village eût sonné l'heure où tout
convalescent doit aller se coucher, sous peine de perdre
le *benefit* des eaux minérales.

Au moment où nos deux voyageurs passèrent devant
ce groupe, il y eut dans cette petite foule un mouvement
oscillatoire vers l'embrasure des fenêtres; et Henry,
en essayant de se mêler aux curieux, recueillit ces paroles :

« C'est la belle juive Lavinia Blake qui va danser. On dit que c'est la femme de toute l'Europe qui danse le mieux. »

« Ah ! venez, Lionel ! s'écria le jeune baronnet ; venez voir comme ma cousine est bien mise et charmante ! »

Mais Lionel le tira par le bras ; et, rempli d'humeur et d'impatience, il l'arracha de la fenêtre, sans daigner jeter un regard de ce côté.

« Allons, allons ! lui dit-il, nous ne sommes pas venus ici pour voir danser. »

Cependant il ne put s'éloigner assez vite pour qu'un autre propos, jeté au hasard autour de lui, ne vînt pas frapper son oreille.

« Ah ! disait-on, c'est le beau comte de Morangy qui la fait danser.

— Faites-moi le plaisir de me dire quel autre ce pourrait être ? répondit une autre voix.

— On dit qu'il en perd la tête, reprit un troisième interlocuteur. Il a déjà crevé pour elle trois chevaux, et je ne sais combien de jockeys. »

L'amour-propre est un si étrange conseiller, qu'il nous arrive cent fois par jour d'être, grâce à lui, en pleine contradiction avec nous-mêmes. Par le fait, sir Lionel était charmé de savoir lady Lavinia placée, par de nouvelles affections, dans une situation qui assurait leur indépendance mutuelle. Et pourtant la publicité des triomphes qui pouvaient faire oublier le passé à cette femme délaissée fut pour Lionel une espèce d'affront qu'il dévora avec peine.

Henry, qui connaissait les lieux, le conduisit au bout du village, à la maison qu'habitait sa cousine. Là il le laissa.

Cette maison était un peu isolée des autres ; elle s'adossait, d'un côté, à la montagne, et de l'autre, elle

dominait le ravin. A trois pas, un torrent tombait à grand
bruit dans la cannelure du rocher ; et la maison, inondée,
pour ainsi dire, de ce bruit frais et sauvage, semblait
ébranlée par la chute d'eau et prête à s'élancer avec elle
dans l'abîme. C'était une des situations les plus pittoresques que l'on pût choisir, et Lionel reconnut dans
cette circonstance l'esprit romanesque et un peu bizarre
de lady Lavinia.

Une vieille négresse vint ouvrir la porte d'un petit salon au rez-de-chaussée. A peine la lumière vint à frapper
son visage luisant et calleux, que Lionel laissa échapper une exclamation de surprise. C'était Pepa, la vieille
nourrice de Lavinia, celle que, pendant deux ans, Lionel avait vue auprès de sa bien-aimée. Comme il n'était
en garde contre aucune espèce d'émotion, la vue inattendue de cette vieille, en réveillant en lui la mémoire
du passé, bouleversa un instant toutes ses idées. Il faillit
lui sauter au cou, l'appeler *nourrice*, comme au temps
de sa jeunesse et de sa gaieté, l'embrasser comme une
digne servante, comme une vieille amie ; mais Pepa re-
cula de trois pas, en contemplant d'un air stupéfait l'air
empressé de Lionel. Elle ne le reconnaissait pas.

« Hélas ! je suis donc bien changé ? » pensa-t-il.

« Je suis, dit-il avec une voix troublée, la personne
que lady Lavinia a fait demander. Ne vous a-t-elle pas pré-
venue?...

— Oui, oui, Milord, répondit la négresse ; milady est
au bal : elle m'a dit de lui porter son éventail aussitôt
qu'un gentleman frapperait à cette porte. Restez ici, je
cours l'avertir... »

La vieille se mit à chercher l'éventail. Il était sur le
coin d'une tablette de marbre, sous la main de sir Lionel. Il le prit pour le remettre à la négresse, et ses doigts
en conservèrent le parfum après qu'elle fut sortie.

Ce parfum opéra sur lui comme un charme ; ses organes nerveux en reçurent une commotion qui pénétra jusqu'à son cœur et le fit tressaillir. C'était le parfum que Lavinia préférait : c'était une espèce d'herbe aromatique qui croît dans l'Inde, et dont elle avait coutume jadis d'imprégner ses vêtements et ses meubles. Ce parfum de patchouly, c'était tout un monde de souvenirs, toute une vie d'amour ; c'était une émanation de la première femme que Lionel avait aimée. Sa vue se troubla, ses artères battirent violemment ; il lui sembla qu'un nuage flottait devant lui, et, dans ce nuage, une fille de seize ans, brune, mince, vive et douce à la fois : la juive Lavinia, son premier amour. Il la voyait passer rapide comme un daim, effleurant les bruyères, foulant les plaines giboyeuses de son parc, lançant sa haquenée noire à travers les marais ; rieuse, ardente et fantasque comme Diana Vernon, ou comme les fées joyeuses de la verte Irlande.

Bientôt il eut honte de sa faiblesse, en songeant à l'ennui qui avait flétri cet amour et tous les autres. Il jeta un regard tristement philosophique sur les dix années de raison positive qui le séparaient de ces jours d'églogue et de poésie ; puis il invoqua l'avenir, la gloire parlementaire et l'éclat de la vie politique sous la forme de miss Margaret Ellis, qu'il invoqua elle-même sous la forme de sa dot ; et enfin il se mit à parcourir la pièce où il se trouvait, en jetant autour de lui le sceptique regard d'un amant désabusé et d'un homme de trente ans aux prises avec la vie sociale.

On est simplement logé aux eaux des Pyrénées ; mais, grâce aux avalanches et aux torrents qui, chaque hiver, dévastent les habitations, à chaque printemps on voit renouveler ou rajeunir les ornements et le mobilier. La maisonnette que Lavinia avait louée était bâtie en marbre

brut et toute lambrissée en bois résineux à l'intérieur.
Ce bois, peint en blanc, avait l'éclat et la fraîcheur du
stuc. Une natte de joncs, tissue en Espagne et nuancée
de plusieurs couleurs, servait de tapis. Des rideaux de
basin bien blancs recevaient l'ombre mouvante des sapins qui secouaient leurs chevelures noires au vent de la
nuit, sous l'humide regard de la lune. De petits seaux
de bois d'olivier verni étaient remplis des plus belles fleurs
de la montagne. Lavinia avait cueilli elle-même, dans
les plus désertes vallées et sur les plus hautes cimes, ces
belladones au sein vermeil, ces aconits au cimier d'azur,
au calice vénéneux; ces silènes blanc et rose, dont les
pétales sont si délicatement découpés; ces pâles sapo-
naires; ces clochettes transparentes et plissées comme
de la mousseline; ces valérianes de pourpre; toutes ces
sauvages filles de la solitude, si embaumées et si fraîches,
que le chamois craint de les flétrir en les effleurant dans
sa course, et que l'eau des sources inconnues au chasseur les couche à peine sous son flux nonchalant et silencieux.

Cette chambrette blanche et parfumée avait, en vérité,
et, comme à son insu, un air de rendez-vous; mais elle
semblait aussi le sanctuaire d'un amour virginal et pur.
Les bougies jetaient une clarté timide; les fleurs semblaient fermer modestement leur sein à la lumière; aucun vêtement de femme, aucun vestige de coquetterie
ne s'était oublié à traîner sur les meubles : seulement un
bouquet de pensées flétries et un gant blanc décousu gi-
saient côte à côte sur la cheminée. Lionel, poussé par
un mouvement irrésistible, prit le gant et le froissa dans
ses mains. C'était comme l'étreinte convulsive et froide
d'un dernier adieu. Il prit le bouquet sans parfum, le
contempla un instant, fit une allusion amère aux fleurs
qui le composaient, et le rejeta brusquement loin de

lui. Lavinia avait-elle posé là ce bouquet avec le dessein qu'il fût commenté par son ancien amant?

Lionel s'approcha de la fenêtre et écarta les rideaux pour faire diversion, par le spectacle de la nature, à l'humeur qui le gagnait de plus en plus. Ce spectacle était magique. La maison, plantée dans le roc, servait de bastion à une gigantesque muraille de rochers taillés à pic, dont le Gave battait le pied. A droite tombait la cataracte avec un bruit furieux; à gauche un massif d'épicéas se penchait sur l'abîme; au loin se déployait la vallée incertaine et blanchie par la lune. Un grand laurier sauvage qui croissait dans une crevasse du rocher apportait ses longues feuilles luisantes au bord de la fenêtre, et la brise, en les froissant l'une contre l'autre, semblait prononcer de mystérieuses paroles.

Lavinia entra, tandis que Lionel était plongé dans cette contemplation; le bruit du torrent et de la brise empêcha qu'il ne l'entendît. Elle resta plusieurs minutes debout derrière lui, occupée sans doute à se recueillir, et se demandant peut-être si c'était là l'homme qu'elle avait tant aimé; car, à cette heure d'émotion obligée et de situation prévue, Lavinia croyait pourtant faire un rêve. Elle se rappelait le temps où il lui aurait semblé impossible de revoir sir Lionel sans tomber morte de colère et de douleur. Et maintenant elle était là, douce, calme, indifférente peut-être...

Lionel se retourna machinalement et la vit. Il ne s'y attendait pas, un cri lui échappa; puis, honteux d'une telle inconvenance, confondu de ce qu'il éprouvait, il fit un violent effort pour adresser à lady Lavinia un salut correct et irréprochable.

Mais, malgré lui, un trouble imprévu, une agitation invincible, paralysait son esprit ingénieux et frivole, cet esprit si docile, si complaisant, qui se tenait toujours

prêt, suivant les lois de l'amabilité, à se jeter tout entier dans la circulation, et à passer, comme l'or, de
main en main pour l'usage du premier venu. Cette fois,
l'esprit rebelle se taisait et restait éperdu à contempler
lady Lavinia.

C'est qu'il ne s'attendait pas à la revoir si belle.... Il
l'avait laissée bien souffrante et bien altérée. Dans ce
temps-là les larmes avaient flétri ses joues, le chagrin
avait amaigri sa taille; elle avait l'œil éteint, la main sè-
che, une parure négligée. Elle s'enlaidissait imprudem-
ment alors, la pauvre Lavinia ! sans songer que la douleur n'embellit que le cœur de la femme, et que la plupart des hommes nieraient volontiers l'existence de l'âme
chez la femme, comme il fut fait en un certain concile de
prélats italiens.

Maintenant Lavinia était dans tout l'éclat de cette seconde beauté qui revient aux femmes quand elles n'ont
pas reçu au cœur d'atteintes irréparables dans leur première jeunesse. C'était toujours une mince et pâle Portugaise, d'un reflet un peu bronzé, d'un profil un peu
sévère; mais son regard et ses manières avaient pris
toute l'aménité, toute la grâce caressante des Françaises.
Sa peau brune était veloutée par l'effet d'une santé calme
et raffermie; son frêle corsage avait retrouvé la souplesse
et la vivacité florissante de la jeunesse; ses cheveux,
qu'elle avait coupés jadis pour en faire un sacrifice à
l'amour, se déployaient maintenant dans tout leur luxe
en épaisses torsades sur son front lisse et uni; sa toilette
se composait d'une robe de mousseline de l'Inde et d'une
touffe de bruyère blanche cueillie dans le ravin et mêlée
à ses cheveux. Il n'est pas de plus gracieuse plante que
la bruyère blanche; on eût dit, à la voir balancer ses
délicates girandoles sur les cheveux noirs de Lavinia, des
grappes de perles vivantes. Un goût exquis avait présidé

à cette coiffure et à cette simple toilette, où l'ingénieuse coquetterie de la femme se révélait à force de se cacher.

Jamais Lionel n'avait vu Lavinia si séduisante. Il faillit un instant se prosterner et lui demander pardon ; mais le sourire calme qu'il vit sur son visage lui rendit le degré d'amertume nécessaire pour supporter l'entrevue avec toutes les apparences de la dignité.

A défaut de phrase convenable, il tira de son sein un paquet soigneusement cacheté, et, le déposant sur la table :

« Madame, lui dit-il d'une voix assurée, vous voyez que j'ai obéi en esclave ; puis-je croire, qu'à compter de ce jour, ma liberté me sera rendue ?

— Il me semble, lui répondit Lavinia avec une expression de gaieté mélancolique, que, jusqu'ici, votre liberté n'a pas été trop enchaînée, sir Lionel ! En vérité, seriez-vous resté tout ce temps dans mes fers ? J'avoue que je ne m'en étais pas flattée.

— Oh ! Madame, au nom du ciel, ne raillons pas ! N'est-ce pas un triste moment que celui-ci ?

— C'est une vieille tradition, répondit-elle, un dénoûment convenu, une situation inévitable dans toutes les histoires d'amour. Et, si, lorsqu'on s'écrit, on était pénétré de la nécessité future de s'arracher mutuellement ses lettres avec méfiance... Mais on n'y songe point. A vingt ans, on écrit avec la profonde sécurité d'avoir échangé des serments éternels : on sourit de pitié en songeant à ces vulgaires résultats de toutes les passions qui s'éteignent ; on a l'orgueil de croire que, seul entre tous, on servira d'exception à cette grande loi de la fragilité humaine ! Noble erreur, heureuse fatuité d'où naissent la grandeur et les illusions de la jeunesse ! n'est-ce pas, Lionel ? »

Lionel restait muet et stupéfait. Ce langage tristement

philosophique, quoique bien naturel dans la bouche de
Lavinia, lui semblait un monstrueux contre-sens, car il
ne l'avait jamais vue ainsi : il l'avait vue, faible enfant,
se livrer aveuglément à toutes les erreurs de la vie, s'a-
bandonner confiante à tous les orages de la passion ; et,
lorsqu'il l'avait laissée brisée de douleur, il l'avait entendue encore protester d'une fidélité éternelle à l'auteur
de son désespoir.

Mais la voir ainsi prononcer l'arrêt de mort sur toutes
les illusions du passé, c'était une chose pénible et effrayante. Cette femme qui se survivait à elle-même, et
qui ne craignait pas de faire l'oraison funèbre de sa vie,
c'était un spectacle profondément triste, et que Lionel
ne put contempler sans douleur. Il ne trouva rien à répondre. Il savait bien mieux que personne tout ce qui
pouvait être dit en pareil cas, mais il n'avait pas le courage d'aider Lavinia à se suicider.

Comme, dans son trouble, il froissait le paquet de
lettres dans ses mains :

« Vous me connaissez assez, lui dit-elle; je devrais dire que vous vous souvenez encore assez de moi,
pour être bien sûr que je ne réclame ces gages d'une ancienne affection par aucun de ces motifs de prudence
dont les femmes s'avisent quand elles n'aiment plus. Si
vous aviez un tel soupçon, il suffirait, pour me justifier,
de rappeler que, depuis dix ans, ces gages sont restés
entre vos mains, sans que j'aie songé à vous les retirer.
Je ne m'y serais jamais déterminée si le repos d'une autre femme n'était compromis par l'existence de ces pa-
piers... »

Lionel regarda fixement Lavinia, attentif au moindre
signe d'amertume ou de chagrin que la pensée de Margaret Ellis ferait naître en elle; mais il lui fut impossible
de trouver la plus légère altération dans son regard ou

dans sa voix. Lavinia semblait être invulnérable désormais.

« Cette femme s'est-elle changée en diamant ou en glace ? » se demanda-t-il.

« Vous êtes généreuse, lui dit-il avec un mélange de reconnaissance et d'ironie, si c'est là votre unique motif.

— Quel autre pourrais-je avoir, sir Lionel? Vous plairait-il de me le dire?

— Je pourrais présumer, Madame, si j'avais envie de nier votre générosité (ce qu'à Dieu ne plaise!), que des motifs personnels vous font désirer de rentrer dans la possession de ces lettres et de ce portrait.

— Ce serait m'y prendre un peu tard, dit Lavinia en riant; à coup sûr, si je vous disais que j'ai attendu jusqu'à ce jour pour avoir des *motifs personnels* (c'est votre expression), vous auriez de grands remords, n'est-ce pas?

— Madame, vous m'embarrassez beaucoup, » dit Lionel; et il prononça ces mots avec aisance, car là il se retrouvait sur son terrain. Il avait prévu des reproches, et il était préparé à l'attaque; mais il n'eut pas cet avantage; l'ennemi changea de position sur-le-champ.

« Allons, mon cher Lionel, dit-elle en souriant avec un regard plein de bonté qu'il ne lui connaissait pas encore, lui qui n'avait connu d'elle que la femme passionnée, ne craignez pas que j'abuse de l'occasion. Avec l'âge, la raison m'est venue, et j'ai fort bien compris, depuis longtemps, que vous n'étiez point coupable envers moi. C'est moi qui le fus envers moi-même, envers la société, envers vous peut-être; car, entre deux amants aussi jeunes que nous l'étions, la femme devrait être le guide de l'homme. Au lieu de l'égarer dans les voies d'une destinée fausse et impossible, elle devrait le conserver au monde, en l'attirant à elle. Moi, je n'ai rien su faire à

propos ; j'ai élevé mille obstacles dans votre vie ; j'ai été
la cause involontaire, mais imprudente, des longs cris
de réprobation qui vous ont poursuivi ; j'ai eu l'affreuse
douleur de voir vos jours menacés par des vengeurs que
je reniais, mais qui s'élevaient, malgré moi, contre vous ;
j'ai été le tourment de votre jeunesse et la malédiction de
votre virilité. Pardonnez-le-moi, j'ai bien expié le mal
que je vous ai fait. »

Lionel marchait de surprise en surprise. Il était venu
là comme un accusé qui va s'asseoir à contre-cœur sur la
sellette, et on le traitait comme un juge dont la miséricorde est implorée humblement. Lionel était né avec un
noble cœur ; c'était le souffle des vanités du monde qui
l'avait flétri dans sa fleur. La générosité de lady Lavinia
excita en lui un attendrissement d'autant plus vif qu'il
n'y était pas préparé. Dominé par la beauté du caractère
qui se révélait à lui, il courba la tête et plia le genou.

« Je ne vous avais jamais comprise, Madame, lui dit-il
d'une voix altérée ; je ne savais point ce que vous valez :
j'étais indigne de vous, et j'en rougis.

— Ne dites pas cela, Lionel, répondit-elle en lui tendant la main pour le relever. Quand vous m'avez connue,
je n'étais pas ce que je suis aujourd'hui. Si le passé pouvait se transposer, si aujourd'hui je recevais l'hommage
d'un homme placé comme vous l'êtes dans le monde...

— Hypocrite ! pensa Lionel : elle est adorée du comte
de Morangy, le plus fashionable des grands seigneurs !

— Si j'avais, continua-t-elle avec modestie, à décider
de la vie extérieure et publique d'un homme aimé, je
saurais peut-être ajouter à son bonheur, au lieu de chercher à le détruire...

— Est-ce une avance ? se demanda Lionel éperdu.

Et, dans son trouble, il porta avec ardeur la main de
Lavinia à ses lèvres. En même temps, il jeta un regard

sur cette main, qui était remarquablement blanche et mignonne. Dans la première jeunesse des femmes, leurs mains sont souvent rouges et gonflées; plus tard, elles pâlissent, s'allongent, et prennent des proportions plus élégantes.

Plus il la regardait, plus il l'écoutait, et plus il s'étonnait de lui découvrir des perfections nouvellement acquises. Entre autres choses, elle parlait maintenant l'anglais avec une pureté extrême, elle n'avait conservé de l'accent étranger et des mauvaises locutions dont jadis Lionel l'avait impitoyablement raillée, que ce qu'il fallait pour donner à sa phrase et à sa prononciation une originalité élégante et gracieuse. Ce qu'il y avait de fier et d'un peu sauvage dans son caractère s'était concentré peut-être au fond de son âme; mais son extérieur n'en trahissait plus rien. Moins tranchée, moins saillante, moins poétique peut-être qu'elle ne l'avait été, elle était désormais bien plus séduisante aux yeux de Lionel; elle était mieux selon ses idées, selon le monde.

Que vous dirai-je? Au bout d'une heure d'entretien, Lionel avait oublié les dix années qui le séparaient de Lavinia, ou plutôt il avait oublié toute sa vie; il se croyait auprès d'une femme nouvelle, qu'il aimait pour la première fois; car le passé lui rappelait Lavinia chagrine, jalouse, exigeante; il montrait surtout Lionel coupable à ses propres yeux; et, comme Lavinia comprenait ce que les souvenirs auraient eu pour lui de pénible, elle eut la délicatesse de n'y toucher qu'avec précaution.

Ils se racontèrent mutuellement la vie qui s'était écoulée depuis leur séparation. Lavinia questionnait Lionel sur ses amours nouvelles avec l'impartialité d'une sœur; elle vantait la beauté de miss Ellis, et s'informait avec intérêt et bienveillance de son caractère et des avantages qu'un tel hymen devait apporter à son ancien ami. De

26

son côté, elle raconta d'une manière brisée, mais piquante et fine, ses voyages, ses amitiés, son mariage avec un vieux lord, son veuvage et l'emploi qu'elle faisait désormais de sa fortune et de sa liberté. Dans tout ce qu'elle disait, il y avait bien un peu d'ironie; tout en rendant hommage au pouvoir de la raison, un peu d'amertume secrète se montrait contre cette impérieuse puissance, se trahissait sous la forme du badinage. Mais la miséricorde et l'indulgence dominaient dans cette âme dévastée de bonne heure, et lui imprimaient quelque chose de grand qui l'élevait au-dessus de toutes les autres.

Plus d'une heure s'était écoulée. Lionel ne comptait pas les instants; il s'abandonnait à ses nouvelles impressions avec cette ardeur subite et passagère qui est la dernière faculté des cœurs usés. Il essayait, par toutes les insinuations possibles, d'animer l'entretien, en amenant Lavinia à lui parler de la situation réelle de son cœur; mais ses efforts étaient vains : la femme était plus mobile et plus adroite que lui. Dès qu'il croyait avoir touché une corde de son âme, il ne lui restait plus dans la main qu'un cheveu. Dès qu'il espérait saisir l'être moral et l'étreindre pour l'analyser, le fantôme glissait comme un souffle et s'enfuyait insaisissable comme l'air.

Tout à coup on frappa avec force; car le bruit du torrent, qui couvrait tout, avait empêché d'entendre les premiers coups; et maintenant on les réitérait avec impatience. Lady Lavinia tressaillit.

« C'est Henry qui vient m'avertir, lui dit sir Lionel; mais, si vous daignez m'accorder encore quelques instants, je vais lui dire d'attendre. Obtiendrai-je cette grâce, Madame ? »

Lionel se préparait à l'implorer obstinément, lorsque Pepa entra d'un air empressé.

« Monsieur le comte de Morangy veut entrer à toute force, dit-elle en portugais à sa maîtresse. Il est là... il n'écoute rien... -

— Ah ! mon Dieu ! s'écria ingénument Lavinia en anglais ; il est si jaloux ! Que vais-je faire de vous, Lionel ? »

Lionel resta comme frappé de la foudre.

« Faites-le entrer, dit vivement Lavinia à la négresse. Et vous, dit-elle à sir Lionel, passez sur ce balcon. Il fait un temps magnifique ; vous pouvez bien attendre là cinq minutes pour me rendre service. »

Et elle le poussa vivement sur le balcon. Puis elle fit retomber le rideau de basin, et, s'adressant au comte qui entrait :

« Que signifie le bruit que vous faites ? lui dit-elle avec aisance. C'est une véritable invasion.

— Ah ! pardonnez-moi, Madame ! s'écria le comte de Morangy ; j'implore ma grâce à deux genoux. Vous voyant sortir brusquement du bal avec Pepa, j'ai cru que vous étiez malade. Ces jours derniers vous avez été indisposée ; j'ai été si effrayé ! Mon Dieu ! pardonnez-moi, Lavinia, je suis un étourdi, un fou... mais, je vous aime tant, que je ne sais plus ce que je fais... »

Pendant que le comte parlait, Lionel, à peine revenu de sa surprise, s'abandonnait à un violent accès de colère.

« Impertinente femme ! pensait-il, qui ose bien me prier d'assister à un tête-à-tête avec son amant ! Ah ! si c'est une vengeance préméditée, si c'est une insulte volontaire, qu'on prenne garde à moi ! Mais quelle folie ! si je montrais du dépit, ce serait la faire triompher... Voyons ! assistons à la scène d'amour avec le sang-froid d'un vrai philosophe... »

Il se pencha vers l'embrasure de la fenêtre, et se hasarda à élargir avec le bout de sa cravache la fente que laissaient les deux rideaux en se joignant. Il put ainsi voir et entendre.

Le comte de Morangy était un des plus beaux hommes de France, blond, grand, d'une figure plus imposante qu'expressive, parfaitement frisé, dandy des pieds jusqu'à la tête. Le son de sa voix était doux et velouté. Il grasseyait un peu en parlant; il avait l'œil grand, mais sans éclat; la bouche fine et moqueuse, la main blanche comme une femme, et le pied chaussé dans une perfection indicible. Aux yeux de sir Lionel, c'était le rival le plus redoutable qu'il fût possible d'avoir à combattre; c'était un adversaire digne de lui, depuis le favori jusqu'à l'orteil.

Le comte parlait français, et Lavinia répondait dans cette langue, qu'elle possédait aussi bien que l'anglais. Encore un talent nouveau de Lavinia ! Elle écoutait les fadeurs du beau *talon rouge* avec une complaisance singulière. Le comte hasarda deux ou trois phrases passionnées, qui parurent à Lionel s'écarter un peu des règles du bon goût et de la convenance dramatique. Lavinia ne se fâcha point; il n'y eut même presque pas de raillerie dans ses sourires. Elle pressait le comte de retourner au bal le premier, lui disant qu'il n'était pas convenable qu'elle y rentrât avec lui. Mais il s'obstinait à vouloir la conduire jusqu'à la porte, en jurant qu'il n'entrerait qu'un quart d'heure après. Tout en parlant, il s'emparait des mains de lady Blake, qui les lui abandonnait avec une insouciance paresseuse et agaçante.

La patience échappait à sir Lionel.

« Je suis bien sot, se dit-il enfin, d'assister patiemment à cette mystification, quand je puis sortir... »

Il marcha jusqu'au bout du balcon. Mais le balcon était fermé, et au-dessous s'étendait une corniche de rochers qui ne ressemblait pas trop à un sentier. Néanmoins

Lionel se hasarda courageusement à enjamber la balustrade et à faire quelques pas sur cette corniche ; mais il
fut bientôt forcé de s'arrêter : la corniche s'interrompait
brusquement à l'endroit de la cataracte, et un chamois
eût hésité à faire un pas de plus. La lune, montant sur
le ciel, montra en cet instant à Lionel la profondeur de
l'abîme, dont quelques pouces de roc le séparaient. Il fut
obligé de fermer les yeux pour résister au vertige qui
s'emparait de lui, et de regagner avec peine le balcon.
Quand il eut réussi à repasser la balustrade, et qu'il vit
enfin ce frêle rempart entre lui et le précipice, il se crut
le plus heureux des hommes, dût-il payer l'asile qu'il
atteignait au prix du triomphe de son rival. Il fallut donc
se résigner à entendre les tirades sentimentales du comte
de Morangy.

« Madame, disait-il, c'est trop longtemps feindre avec
moi. Il est impossible que vous ne sachiez pas combien je
vous aime, et je vous trouve cruelle de me traiter comme
s'il s'agissait d'une de ces fantaisies qui naissent et meurent
dans un jour. L'amour que j'ai pour vous est un sentiment de toute la vie ; et si vous n'acceptez le vœu que je
fais de vous consacrer la mienne, vous verrez, Madame,
qu'un homme du monde peut perdre tout respect des
convenances et se soustraire à l'empire de la froide raison. Oh ! ne me réduisez pas au désespoir, ou craignez-
en les effets.

— Vous voulez donc que je m'explique décidément ?
répondit Lavinia. Eh bien ! je vais le faire. Savez-vous
mon histoire, Monsieur ?

— Oui, Madame, je sais tout ; je sais qu'un misérable,
que je regarde comme le dernier des hommes, vous a
indignement trompée et délaissée. La compassion que
votre infortune m'inspire ajoute à mon enthousiasme. Il

26.

n'y a que les grandes âmes qui soient condamnées à être victimes des hommes et de l'opinion.

— Eh bien, Monsieur, reprit Lavinia, sachez que j'ai su profiter des rudes leçons de ma destinée ; sachez qu'aujourd'hui je suis en garde contre mon propre cœur et contre celui d'autrui. Je sais qu'il n'est pas toujours au pouvoir de l'homme de tenir ses serments, et qu'il abuse aussitôt qu'il obtient. D'après cela, Monsieur, n'espérez pas me fléchir. Si vous parlez sérieusement, voici ma réponse : « Je suis invulnérable. Cette femme tant décriée pour l'erreur de sa jeunesse est entourée désormais d'un rempart plus solide que la vertu, la méfiance. »

— Ah ! c'est que vous ne m'entendez pas, Madame, s'écria le comte en se jetant à ses genoux. Que je sois maudit si j'ai jamais eu la pensée de m'autoriser de vos malheurs pour espérer des sacrifices que votre fierté condamne...

— Êtes-vous bien sûr, en effet, de ne l'avoir eue jamais ? dit Lavinia avec son triste sourire.

— Eh bien, je serai franc, dit M. de Morangy avec un accent de vérité où la *manière* du grand seigneur disparut entièrement. Peut-être l'ai-je eue avant de vous connaître, cette pensée que je repousse maintenant avec remords. Devant vous la feinte est impossible ; Lavinia ; vous subjuguez la volonté, vous anéantiriez la ruse, vous commandez la vénération. Oh ! depuis que je sais ce que vous êtes, je jure que mon adoration a été digne de vous. Écoutez-moi, Madame, et laissez-moi à vos pieds attendre l'arrêt de ma vie. C'est par d'indissolubles serments que je veux vous dévouer tout mon avenir. C'est un nom honorable, j'ose le croire, et une brillante fortune, dont je ne suis pas vain, vous le savez, que je viens mettre à vos pieds, en même temps qu'une âme qui vous adore, un cœur qui ne bat que pour vous.

— C'est donc réellement un mariage que vous me proposez? dit lady Lavinia sans témoigner au comte une surprise injurieuse. Eh bien, Monsieur, je vous remercie de cette marque d'estime et d'attachement. »

Et elle lui tendit la main avec cordialité.

« Dieu de bonté! elle accepte! s'écria le comte en couvrant cette main de baisers.

— Non pas, Monsieur, dit Lavinia; je vous demande le temps de la réflexion.

— Hélas! mais puis-je espérer?

— Je ne sais pas; mais comptez sur ma reconnaissance. Adieu. Retournez au bal; je l'exige. J'y serai dans un instant. »

Le comte baisa le bord de son écharpe avec passion et sortit. Aussitôt qu'il eut refermé la porte, Lionel écarta tout à fait le rideau, s'apprêtant à recevoir de lady Blake l'autorisation de rentrer. Mais lady Blake était assise sur le sofa, le dos tourné à la fenêtre. Lionel vit sa figure se refléter dans la glace placée vis-à-vis d'eux. Ses yeux étaient fixés sur le parquet, son attitude morne et pensive. Plongée dans une profonde méditation, elle avait complétement oublié Lionel, et l'exclamation de surprise qui lui échappa lorsque celui-ci sauta au milieu de la chambre fut l'aveu ingénu de cette cruelle distraction.

Il était pâle de dépit; mais il se contint.

« Vous conviendrez, lui dit-il, que j'ai respecté vos nouvelles affections, Madame. Il m'a fallu un profond désintéressement pour m'entendre insulter à dessein peut-être..... et pour rester impassible dans ma cachette.

— A dessein? répéta Lavinia en le fixant d'un air sévère. Qu'osez-vous penser de moi, Monsieur? Si ce sont là vos idées, sortez!

— Non, non, ce ne sont pas là mes idées, dit Lionel en

marchant vers elle et en lui prenant le bras avec agitation. Ne faites pas attention à ce que je dis. Je suis fort
troublé... C'est qu'aussi vous avez bien compté sur ma
raison en me faisant assister à une semblable scène.

— Sur votre raison, Lionel ! Je ne comprends pas ce
mot. Vous voulez dire que j'ai compté sur votre indifférence ?

— Raillez-moi tant que vous voudrez, soyez cruelle,
foulez-moi aux pieds ! vous en avez le droit... Mais je suis
bien malheureux !... »

Il était fortement ému. Lavinia crut ou feignit de croire
qu'il jouait la comédie.

« Finissons-en, lui dit-elle en se levant. Vous auriez dû
faire votre profit de ce que vous m'avez entendue répondre au comte de Morangy ; et pourtant l'amour de cet
homme ne m'offense pas... Adieu, Lionel. Quittons-nous
pour toujours, mais quittons-nous sans amertume. Voici
votre portrait et vos lettres... Allons, laissez ma main, il
faut que je retourne au bal.

— Il faut que vous retourniez danser avec M. de Morangy, n'est-ce pas ? dit Lionel en jetant son portrait avec
colère et en le broyant de son talon.

— Écoutez donc, dit Lavinia un peu pâle, mais calme,
le comte de Morangy m'offre un rang et une haute réhabilitation dans le monde. L'alliance d'un vieux lord né
m'a jamais bien lavée de la tache cruelle qui couvre une
femme délaissée. On sait qu'un vieillard reçoit toujours
plus qu'il ne donne. Mais un homme jeune, riche, noble,
envié, aimé des femmes... c'est différent ! Cela mérite
qu'on y pense, Lionel ; et je suis bien aise d'avoir jusqu'ici ménagé le comte. Je devinais depuis longtemps la
loyauté de ses intentions.

— O femmes ! la vanité ne meurt point en vous ! » s'é-
cria Lionel avec dépit lorsqu'elle fut partie.

Il alla rejoindre Henry à l'hôtellerie. Celui-ci l'attendait avec impatience.

« Damnation sur vous, Lionel ! s'écria-t-il. Il y a une grande heure que je vous attends sur mes étriers. Comment ! deux heures pour une semblable entrevue ! Allons, en route ! vous me raconterez cela chemin faisant.

— Bonsoir, Henry. Allez-vous-en dire à miss Margaret que le traversin qui est couché à ma place dans mon lit est au plus mal. Moi, je reste.

— Cieux et terre ! qu'entends-je ! s'écria Henry ; vous ne voulez point aller à Luchon ?

— J'irai une autre fois ; je reste ici maintenant.

— Mais c'est impossible ! Vous rêvez. Vous n'êtes point réconcilié avec lady Blake ?

— Non pas, que je sache ; tant s'en faut ! Mais je suis fatigué, j'ai le spleen, j'ai une courbature. Je reste. »

Henry tombait des nues. Il épuisa toute son éloquence pour entraîner Lionel ; mais ne pouvant y réussir, il descendit de cheval, et jetant la bride au palefrenier :

« Eh bien, s'il en est ainsi, je reste aussi, s'écria-t-il. La chose me paraît si plaisante que j'en veux être témoin jusqu'au bout. Au diable les amours de Bagnères et les projets de grande route ! Mon digne ami sir Lionel Bridgemont me donne la comédie ; je serai le spectateur assidu et palpitant de son drame. »

Lionel eût donné tout au monde pour se débarrasser de ce surveillant étourdi et goguenard ; mais cela fut impossible.

« Puisque vous êtes déterminé à me suivre, lui dit-il, je vous préviens que je vais au bal.

— Au bal ? soit. La danse est un excellent remède pour le spleen et les courbatures. »

Lavinia dansait avec M. de Morangy. Lionel ne l'avait jamais vue danser. Lorsqu'elle était venue en Angleterre,

elle ne connaissait que le boléro, et elle ne s'était jamais
permis de le danser sous le ciel austère de la Grande-
Bretagne. Depuis, elle avait appris nos contredanses, et
elle y portait la grâce voluptueuse des Espagnoles jointe
à je ne sais quel reflet de pruderie anglaise qui en modé-
rait l'essor. On montait sur les banquettes pour la voir
danser. Le comte de Morangy était triomphant. Lionel
était perdu dans la foule.

Il y a tant de vanité dans le cœur de l'homme ! Lionel
souffrait amèrement de voir celle qui fut longtemps dominée et emprisonnée dans son amour, celle qui jadis
n'était qu'à lui, et que le monde n'eût osé venir réclamer
dans ses bras, libre et fière maintenant, environnée
d'hommages et trouvant dans chaque regard une vengeance ou une réparation du passé. Lorsqu'elle retourna
à sa place, au moment où le comte avait une distraction,
Lionel se glissa adroitement auprès d'elle et ramassa son
éventail qu'elle venait de laisser tomber. Lavinia ne s'attendait point à le trouver là. Un faible cri lui échappa,
et son teint pâlit sensiblement.

« Ah ! mon Dieu ! lui dit-elle, je vous croyais sur la
route de Bagnères.

— Ne craignez rien, Madame, lui dit-il à voix basse ;
je ne vous compromettrai point auprès du comte de Morangy. »

Cependant il n'y put tenir longtemps, et bientôt il revint l'inviter à danser.

Elle accepta.

« Ne faudra-t-il pas aussi que j'en demande la permission à M. le comte de Morangy ? » lui dit-il.

Le bal dura jusqu'au jour. Lady Lavinia était sûre de
faire durer un bal tant qu'elle y resterait. A la faveur du
désordre qui se glisse peu à peu dans une fête à mesure
que la nuit s'avance, Lionel put lui parler souvent. Cette

nuit acheva de lui faire tourner la tête. Enivré par les
charmes de lady Blake, excité par la rivalité du comte,
irrité par les hommages de la foule qui à chaque instant
se jetait entre elle et lui, il s'acharna de tout son pouvoir
à réveiller cette passion éteinte, et l'amour-propre lui fit
sentir si vivement son aiguillon qu'il sortit du bal dans
un état de délire inconcevable.

Il essaya en vain de dormir. Henry, qui avait fait la
cour à toutes les femmes et dansé toutes les contredanses,
ronfla de toute sa tête. Dès qu'il fut éveillé :

« Eh bien, Lionel, dit-il en se frottant les yeux, vive
Dieu ! mon ami, c'est une histoire piquante que votre
réconciliation avec ma cousine ; car n'espérez pas me
tromper, je sais à présent le secret. Quand nous sommes
entrés au bal, Lavinia était triste et dansait d'un air distrait ; dès qu'elle vous a vu, son œil s'est animé, son front
s'est éclairci. Elle était rayonnante à la valse quand vous
l'enleviez comme une plume à travers la foule. Heureux
Lionel ! à Luchon une belle fiancée et une belle dot, à
Saint-Sauveur une belle maîtresse et un grand triomphe !

— Laissez-moi tranquille avec vos balivernes ! » dit
Lionel avec humeur.

Henry était habillé le premier. Il sortit pour voir ce qui
se passait, et revint bientôt en faisant son vacarme ac-
coutumé sur l'escalier.

« Hélas ! Henry, lui dit son ami, ne perdrez-vous point
cette voix haletante et ce geste effaré ? On dirait toujours
que vous venez de lancer le lièvre et que vous prenez les
gens à qui vous parlez pour des limiers découplés.

— A cheval ! à cheval ! cria Henry. Lady Lavinia Blake
est à cheval : elle part pour Gèdres avec dix autres jeunes
folles et je ne sais combien de godelureaux, le comte de
Morangy en tête... ce qui ne veut pas dire qu'elle n'ait
que le comte de Morangy en tête : entendons-nous !

— Silence, *clown !* s'écria Lionel. A cheval en effet, et partons ! »

La cavalcade avait pris de l'avance sur eux. La route de Gèdres est un sentier escarpé, une sorte d'escalier taillé dans le roc, côtoyant le précipice, offrant mille difficultés aux chevaux, mille dangers très-réels aux voyageurs. Lionel lança son cheval au grand galop. Henry crut qu'il était fou ; mais, pensant qu'il y allait de son honneur de ne pas rester en arrière, il s'élança sur ses traces. Leur arrivée fut un incident fantastique pour la caravane. Lavinia frémissait à la vue de ces deux écervelés courant ainsi sur le revers d'un abîme effroyable. Quand elle reconnut Lionel et son cousin, elle devint pâle et faillit tomber de cheval. Le comte de Morangy s'en aperçut et ne la quitta plus du regard. Il était jaloux.

C'était un aiguillon de plus pour Lionel. Tout le long de la journée il disputa le moindre regard de Lavinia avec obstination. La difficulté de lui parler, l'agitation de la course, les émotions que faisait naître le sublime spectacle des lieux qu'ils parcouraient, la résistance adroite et toujours aimable de lady Blake, son habileté à guider son cheval, son courage, sa grâce, l'expression toujours poétique et toujours naturelle de ses sensations, tout acheva d'exalter sir Lionel. Ce fut une journée bien fatigante pour cette pauvre femme obsédée de deux amants entre lesquels elle voulait tenir la balance égale : aussi accueillait-elle avec reconnaissance son joyeux cousin et ses grosses folies lorsqu'il venait caracoler entre elle et ses adorateurs.

A l'entrée de la nuit le ciel se couvrit de nuages. Un orage sérieux s'annonçait. La cavalcade doubla le pas ; mais elle était encore à plus d'une lieue de Saint-Sauveur lorsque la tempête éclata. L'obscurité devint complète : les chevaux s'effrayèrent, celui du comte de Morangy l'emporta au loin. La petite troupe se débanda, et il fallut tous les efforts des guides qui l'escortaient à pied pour empêcher que des accidents sérieux ne vinssent terminer tristement un jour si gaiement commencé.

Lionel, perdu dans d'affreuses ténèbres, forcé de marcher le long du rocher en tirant son cheval par la bride, de peur de se jeter avec lui dans le précipice, était dominé par une inquiétude bien plus vive. Il avait perdu Lavinia malgré tous ses efforts, et il la cherchait avec anxiété depuis un quart d'heure, lorsqu'un éclair lui montra une femme assise sur un rocher un peu au-dessus du chemin. Il s'arrêta, prêta l'oreille et reconnut la voix de lady Blake; mais un homme était avec elle : ce ne pouvait être que M. de Morangy. Lionel le maudit dans son âme; et, résolu au moins à troubler le bonheur de ce rival, il se dirigea comme il put vers le couple. Quelle fut sa joie en reconnaissant Henry auprès de sa cousine! Celui-ci, en bon et insouciant compagnon, lui céda la place, et s'éloigna même pour garder les chevaux.

Rien n'est si solennel et si beau que le bruit de l'orage dans les montagnes. La grande voix du tonnerre, en roulant sur des abîmes, se répète et retentit dans leur profondeur; le vent, qui fouette les longues forêts de sapins et les colle sur le roc perpendiculaire comme un vêtement sur des flancs humains, s'engouffre aussi dans les gorges et y jette de grandes plaintes aiguës et traînantes comme des sanglots. Lavinia, recueillie dans la contemplation de cet imposant spectacle, écoutait les mille bruits de la montagne ébranlée, en attendant qu'un nouvel éclair jetât sa lumière bleue sur le paysage. Elle tressaillit lorsqu'il vint lui montrer sir Lionel assis près d'elle à la place qu'occupait son cousin un instant auparavant. Lionel pensa qu'elle était effrayée par l'orage, et il prit sa main pour la rassurer. Un autre éclair lui montra Lavinia un

coude appuyé sur un genou et le menton enfoncé dans
sa main, regardant d'un air d'enthousiasme la grande
scène des éléments bouleversés. « Oh! mon Dieu! que
cela est beau! lui dit-elle; que cette clarté bleue est vive
et douce à-la-fois! Avez-vous vu ces déchiquetures du
rocher rayonner comme des saphirs, et ce lointain livide
où les cimes des glaciers se levaient comme de grands
spectres dans leurs linceuls? Avez-vous remarqué aussi
que, dans le brusque passage des ténèbres à la lumière
et de la lumière aux ténèbres, tout semblait se mouvoir,
s'agiter comme si ces monts s'ébranlaient pour s'écrouler?

— Je ne vois rien ici que vous, Lavinia, lui dit-il avec
force; je n'entends de voix que la vôtre, je ne respire
d'air que votre souffle, je n'ai d'émotion qu'à vous sentir
près de moi. Savez-vous bien que je vous aime éperdument? Oui, vous le savez; vous l'avez bien vu aujour-
d'hui, et peut-être vous l'avez voulu. Eh bien! triomphez
s'il en est ainsi. Je suis à vos pieds, je vous demandé le
pardon et l'oubli du passé, le front dans la poussière; je
vous demande l'avenir, oh! je vous le demande avec passion, et il faudra bien me l'accorder, Lavinia; car je vous
veux fortement, et j'ai des droits sur vous...

— Des droits? répondit-elle en lui retirant sa main.

— N'est-ce donc pas un droit, un affreux droit, que le
mal que je t'ai fait, Lavinia? Et si tu me l'as laissé prendre pour briser ta vie, peux-tu me l'ôter aujourd'hui que
je veux la relever et réparer mes crimes? »

On sait tout ce qu'un homme peut dire en pareil cas.
Lionel fut plus éloquent que je ne saurais l'être à sa place.
Il se monta singulièrement la tête; et, désespérant de
vaincre autrement la résistance de lady Blake, voyant
bien d'ailleurs qu'en restant au-dessous des soumissions
de son rival il lui faisait un avantage trop réel, il s'éleva

au même dévouement : il offrit son nom et sa fortune à lady Lavinia.

« Y songez-vous ! lui dit-elle avec émotion. Vous renonceriez à miss Ellis lorsqu'elle vous est promise, lorsque votre mariage est arrêté !

— Je le ferai, répondit-il. Je ferai une action que le monde trouvera insolente et coupable. Il faudra peut-être la laver dans mon sang ; mais je suis prêt à tout pour vous obtenir : car le plus grand crime de ma vie, c'est de vous avoir méconnue, et mon premier devoir, c'est de revenir à vous. Oh ! parlez, Lavinia, rendez-moi le bonheur que j'ai perdu en vous perdant. Aujourd'hui je saurai l'apprécier et le conserver, car moi aussi j'ai changé : je ne suis plus cet homme ambitieux et inquiet qu'un avenir inconnu torturait de ses menteuses promesses. Je sais la vie aujourd'hui, je sais ce que vaut le monde et son faux éclat. Je sais que pas un de mes triomphes n'a valu un seul de vos regards, et la chimère du bonheur que j'ai poursuivie m'a toujours fui jusqu'au jour où elle me ramène à vous. Oh ! Lavinia, reviens à moi aussi ! Qui t'aimera comme moi ? qui verra comme moi ce qu'il y a de grandeur, de patience et de miséricorde dans ton âme ? »

Lavinia gardait le silence, mais son cœur battait avec une violence dont s'apercevait Lionel. Sa main tremblait dans la sienne, et elle ne cherchait pas à la retirer, non plus qu'une tresse de ses cheveux que le vent avait détachée et que Lionel couvrait de baisers. Ils ne sentaient pas la pluie qui tombait en gouttes larges et rares. Le vent avait diminué, le ciel s'éclaircissait un peu, et le comte de Morangy venait à eux aussi vite que pouvait le lui permettre son cheval déferré et boiteux, qui avait failli le tuer en tombant contre un rocher.

Lavinia l'aperçut enfin et s'arracha brusquement aux

transports de Lionel. Celui-ci, furieux de ce contre-temps,
mais plein d'espérance et d'amour, l'aida à se remettre à
cheval, et l'accompagna jusqu'à la porte de sa maison.
Là elle lui dit en baissant la voix : « Lionel, vous m'avez
fait des offres dont je sens tout le prix. Je n'y peux répondre sans y avoir mûrement réfléchi...

— O Dieu ! c'est la même réponse qu'à M. de Morangy !

— Non , non, ce n'est pas la même chose , répondit-
elle d'une voix altérée. Mais votre présence ici peut faire
naître bien des bruits ridicules. Si vous m'aimez vraiment, Lionel, vous allez me jurer de m'obéir.

— Je le jure par Dieu et par vous.

— Eh bien ! partez sur-le-champ, et retournez à Bagnères; je vous jure à mon tour que dans quarante heures
vous aurez ma réponse.

— Mais que deviendrai-je, grand Dieu ! pendant ce
siècle d'attente?

— Vous espérerez », lui dit Lavinia en refermant précipitamment la porte sur elle, comme si elle eût craint d'en
dire trop.

Lionel espéra en effet. Il avait pour motifs une parole
de Lavinia et tous les arguments de son amour-propre.

« Vous avez tort d'abandonner la partie, lui disait
Henry en chemin; Lavinia commençait à s'attendrir. Sur
ma parole, je ne vous reconnais pas là, Lionel. Quand
ce n'eût été que pour ne pas laisser Morangy maître du
champ de bataille... Allons ! vous êtes plus amoureux de
miss Ellis que je ne pensais. »

Lionel était trop préoccupé pour l'écouter. Il passa le
temps que Lavinia lui avait fixé enfermé dans sa chambre, où il se fit passer pour malade, et ne daigna pas
désabuser sir Henry, qui se perdait en commentaires sur
sa conduite. Enfin, la lettre arriva; la voici :

« *Ni l'un ni l'autre*. Quand vous recevrez cette lettre, quand M. de Morangy, que j'ai envoyé à Tarbes, recevra ma réponse, je serai loin de vous deux ; je serai partie, partie à tout jamais, perdue sans retour pour vous et pour lui.

« Vous m'offrez un nom, un rang, une fortune ; vous croyez qu'un grand éclat dans le monde est une grande séduction pour une femme. Oh ! non, pas pour celle qui le connaît et le méprise comme je le fais. Mais pourtant ne croyez pas, Lionel, que je dédaigne l'offre que vous m'avez faite de sacrifier un mariage brillant et de vous enchaîner à moi pour toujours.

« Vous avez compris ce qu'il y a de cruel pour l'amour-propre d'une femme à être abandonnée, ce qu'il y a de glorieux à ramener à ses pieds un infidèle, et vous avez voulu me dédommager par ce triomphe de tout ce que j'ai souffert ; aussi je vous rends toute mon estime, et je vous pardonnerais le passé si cela n'était pas fait depuis longtemps.

« Mais sachez, Lionel, qu'il n'est pas en votre pouvoir de réparer ce mal. Non, cela n'est au pouvoir d'aucun homme. Le coup que j'ai reçu est mortel : il a tué pour jamais en moi la puissance d'aimer ; il a éteint le flambeau des illusions, et la vie m'apparaît sous son jour terne et misérable.

« Eh bien, je ne me plains pas de ma destinée ; cela devait arriver tôt ou tard. Nous vivons tous pour vieillir et pour voir les déceptions envahir chacune de nos joies. J'ai été désabusée un peu jeune, il est vrai, et le besoin d'aimer a longtemps survécu à la faculté de croire. J'ai longtemps, j'ai souvent lutté contre ma jeunesse comme contre un ennemi acharné ; j'ai toujours réussi à la vaincre.

« Et croyez-vous que cette dernière lutte contre vous,

cette résistance aux promesses que vous me faites ne
soit pas bien cruelle et bien difficile? Je peux le dire à
présent que la fuite me met à l'abri du danger de succomber : je vous aime encore, je le sens; l'empreinte
du premier objet qu'on a aimé ne s'efface jamais entièrement; elle semble évanouie; on s'endort dans l'oubli
des maux qu'on a soufferts; mais que l'image du passé
se lève, que l'ancienne idole reparaisse, et nous sommes
encore prêts à plier le genou devant elle. Oh! fuyez!
fuyez, fantôme et mensonge! vous n'êtes qu'une ombre,
et si je me hasardais à vous suivre, vous me conduiriez
encore parmi les écueils pour m'y laisser mourante et
brisée. Fuyez! je ne crois plus en vous. Je sais que vous
ne disposez pas de l'avenir, et que si votre bouche est
sincère aujourd'hui, la fragilité de votre cœur vous for-
cera de mentir demain.

« Et pourquoi vous accuserais-je d'être ainsi? ne sommes-nous pas tous faibles et mobiles? Moi-même n'étais-
je pas calme et froide quand je vous ai abordé hier? N'é-
tais-je pas convaincue que je ne pouvais pas vous aimer?
N'avais-je pas encouragé les prétentions du comte de
Morangy? Et pourtant le soir, quand vous étiez assis près
de moi sur ce rocher, quand vous me parliez d'une voix
si passionnée au milieu du vent et de l'orage, n'ai-je pas
senti mon âme se fondre et s'amollir? Oh! quand j'y
songe, c'était votre voix des temps passés, c'était votre
passion des anciens jours, c'était vous, c'était mon premier amour, c'était ma jeunesse que je retrouvais tout à
la fois!

« Et puis à présent que je suis de sang-froid, je me
sens triste jusqu'à la mort; car je m'éveille et me souviens d'avoir fait un beau rêve au milieu d'une triste vie.

« Adieu, Lionel. En supposant que votre désir de m'é-
pouser se fût soutenu jusqu'au moment de se réaliser

(et à l'heure qu'il est, peut-être, vous sentez déjà que je puis avoir raison de vous refuser), vous eussiez été malheureux sous l'étreinte d'un lien pareil ; vous auriez vu le monde, toujours ingrat et avare de louanges devant nos bonnes actions, considérer la vôtre comme l'accomplissement d'un devoir, et vous refuser le triomphe que vous en attendiez peut-être. Puis vous auriez perdu le contentement de vous-même en n'obtenant pas l'admiration sur laquelle vous comptiez. Qui sait ! j'aurais peut-être moi-même oublié trop vite ce qu'il y avait de beau dans votre retour, et accepté votre amour nouveau comme une réparation due à votre honneur. Oh ! ne gâtons pas cette heure d'élan et de confiance que nous avons goûtée ce soir ; gardons-en le souvenir, mais ne cherchons pas à la retrouver.

« N'ayez aucune crainte d'amour-propre en ce qui concerne le comte de Morangy ; je ne l'ai jamais aimé. Il est un des mille impuissants qui n'ont pu (moi aidant, hélas !) faire palpiter mon cœur éteint. Je ne voudrais pas même de lui pour époux. Un homme de son rang vend toujours trop cher la protection qu'il accorde, en la faisant sentir. Et puis je hais le mariage, je hais tous les hommes, je hais les engagements éternels, les promesses, les projets, l'avenir arrangé à l'avance par des contrats et des marchés dont le destin se rit toujours. Je n'aime plus que les voyages, la rêverie, la solitude, le bruit du monde, pour le traverser et en rire, puis la poésie pour supporter le passé, et Dieu pour espérer l'avenir. »

Sir Lionel Bridgemont éprouva d'abord une grande mortification d'amour-propre ; car il faut le dire pour consoler le lecteur qui s'intéresserait trop à lui, depuis quarante heures il avait fait bien des réflexions. D'abord il songea à monter à cheval, à suivre lady Blake, à vaincre sa résistance, à triompher de sa froide raison. Et puis il songea qu'elle pourrait bien persister dans son refus, et que pendant ce temps miss Ellis pourrait bien s'offenser de sa conduite et repousser son alliance... Il resta.

« Allons, lui dit Henry le lendemain en le voyant baiser la main de miss Margaret, qui lui accordait cette marque de pardon après une querelle assez vive sur son absence, l'année prochaine nous siégerons au parlement. »

FIN DE LAVINIA.

Clichy. — Impr. M. Loignon, Paul Dupont et Cie, rue du Bac-d'Asnières, 12.